究極英單 12000 ❸ 高階字彙

3

株式会社アルク◎著　游懿萱◎譯

眾文圖書股份有限公司

前言

活學更要活用
史上最強單字書

《究極英單 12000》系列由長年致力於英語教材及書籍出版的日本アルク集團所製作，在選字和編排兩方面都有獨到之處，是一套深獲好評的字彙書。

アルク從過去 40 多年來各類英文語料及大量參考資料中，精選出對英文學習者最重要的 12000 字，根據英文母語者的使用頻率，由淺入深分爲四冊，共計 12 個 Level（等級），幫助學生、上班族、社會人士等都能循序漸進，有效率地學習。

此外，本系列也列舉出許多有助於學習單字的例句、片語、文法要點等，讓讀者在廣泛背誦單字之餘，更深入了解單字用法，不再只是單純背單字，更進一步變成能夠靈活運用的字彙達人。

本書特色

1 閱讀各種英文報刊一定要會的 3000 個單字！

究極英單 12000			
資優	12000 字 Level 10 ~ 12	→	擁有母語者都驚奇的字彙力
高階	9000 字 Level 7 ~ 9	→	流暢閱讀英文報章雜誌（本書程度）
進階	6000 字 Level 4 ~ 6	→	挑戰各類英文考試高分
基礎	3000 字 Level 1 ~ 3	→	奠定英文聽說讀寫基礎

《究極英單 12000》根據母語者的使用頻率篩選單字，同時考量單字對英語學習者的實用性和重要性，不僅收錄各種英文場合都會使用的重要單字，也涵蓋許多字彙書經常省略但母語者卻很常用的字。

爲了因應廣大英語學習者的需求，《究極英單 12000》系列分爲四冊共計 12 個 Level（等級），由淺到深，循序漸進，每讀完一級，就往自我設定的學習目標再前進一步！本書《究極英單 12000 ③ 高階字彙》爲其中的第三冊，收錄 Level 7 ~ 9 共 3000 個單字。

這 3000 個單字絕大部分是閱讀英文新聞、雜誌等必須具備的字彙，以及 TOEIC（多益）測驗經常出現的單字，因此是成功取得 TOEIC 金色證書、樂讀英文報刊的關鍵字彙。讀完本書後你將具備 TOEIC 900 分、全民英檢高級、劍橋高級英語認證的實力！

2 閱讀 Review Passage，了解單字實際出現在報導時的用法！

每個 Level 的最後都會提供五篇新聞、雜誌體裁的 Review Passage（短文）。短文中運用了許多本書所收錄的單字。藉由閱讀新聞報導，讀者更可實際了解單字的用法，也可了解到書中所收錄的單字，是我們與世界接軌的重要字彙。另外，不妨善加利用「神奇記憶板」，學習從上下文中背單字，如此不僅能增快記憶單字的效率，還能讓單字牢記在心中，一舉兩得！

3 結合「例句」與「單字表」，兼顧深度與廣度！

每個 Level 的 1000 字都包含 Power Sentences（例句）及 Word List（單字表）兩大部分，透過「例句」讓讀者了解整句的用法並加強記憶，再藉由「單字表」分主題列出相關補充單字，兼顧學習深度與廣度。這兩大部分的編排方式說明如下：

Power Sentences

Power Sentences（例句）部分以動詞為主，分為「狀態．存在類」、「溝通類」、「動作類」、「行為類」、「知覺．思考類」五大類動詞，再依照每一個例句中出現的主要動詞字母順序排列，讓讀者可以一口氣學習程度相近的同類動詞，同時透過例句充分了解動詞的用法。為方便讀者記憶與學習，每個例句要介紹的主要動詞以紅底清楚標示，同一例句中收錄的其他字彙則維持白底。

使用方法圖解 ➜ p. viii

Word List

除了 Power Sentences（例句）外，另外在 Word List（單字表）部分收錄眾多動詞以外的補充字彙，在「名詞」、「形容詞」等各種詞性之下，依照「生活」、「自然」、「數字」等不同主題分類，方便讀者快速記憶與查詢。另外，也維持本書一貫「活學活用」的精神，補充單字的常見用法。

使用方法圖解 ➔ p. x

4 TOEIC 應考例句，加深印象、掌握考試重點！

在 Power Sentences 或 Word List 中，遇到 TOEIC 常考的單字，都會特別標註常出現在測驗的哪個部分，並且提供可能出現在測驗中的例句，幫助讀者快速掌握考試重點，同時透過例句加深對單字的印象，更清楚單字的用法，一兼三顧，學習、考試更輕鬆如意！

使用方法圖解 ➔ p. ix 及 p. x

5 附贈神奇記憶板，隨時複習的最佳利器！

本書特別贈送的神奇記憶板，是幫助讀者快速複習的最佳利器。只要放在內頁，紅字部分馬上隱藏不見，讀本立刻變身成練習本，隨時自我測驗。另外還可以發揮創意用在其他地方！例如抄筆記時，單字或重點部分用紅筆寫下來，複習時就可以用神奇記憶板遮住紅筆部分，立即測驗是否已經記住重點。

本書建議的學習方法

為達到最佳學習效果，建議讀者「從頭開始，一個一個單元循序漸進學習」。理由如下：

1. Power Sentences 部分不會出現超越該 Level 程度的單字，第一次出現的單字都會加以解說，學習毫不吃力。

2. 重要單字會反覆出現在之後的 Power Sentences 中，強化記憶。

本書建議的學習方法圖示如下：

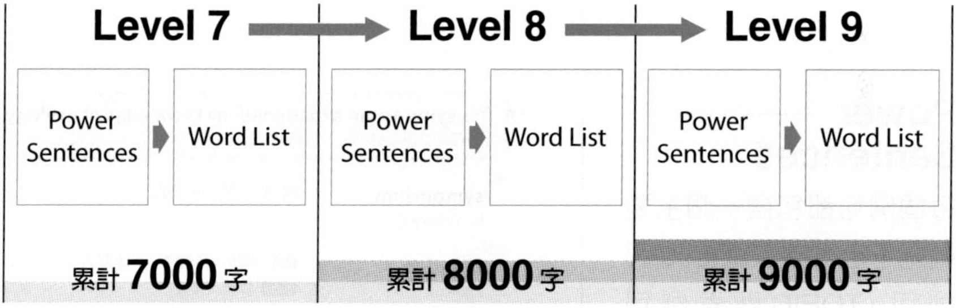

＊從 Level 1 開始累計字數。

特別叮嚀：請先閱讀「使用方法」和「圖例說明」，便於了解書中所使用的圖例和標記。另外，也可以參閱本系列第一冊或第二冊所提供的「英文文法速成祕笈」，如此一來學習會更有效率！

循序漸進，輕鬆提升字彙實力不是夢！

使用方法 Power Sentences

Power Sentences 以動詞為主，其他詞性的單字為輔，有效活學活用。

動詞類型

動詞依用法及性質分成「狀態・存在」、「溝通」、「動作」、「行為」、「知覺・思考」五類。

Power Sentences

每個例句都包含一個主要動詞，全書共收錄 540 個例句（TOEIC 應考例句未計入）。由一個例句可同時記住多個相同程度的單字。各個 Level 不會出現超越程度的單字。首次出現的單字以粗體標示並一一解說；學過的單字則會不時再次出現。

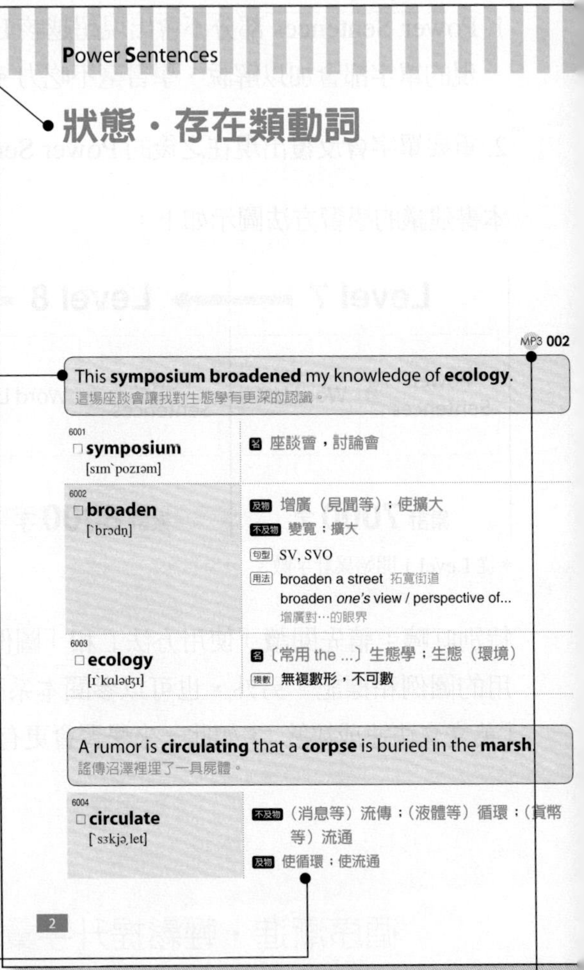

Power Sentences
狀態・存在類動詞
MP3 002
This **symposium broadened** my knowledge of **ecology**.
這場座談會讓我對生態學有更深的認識。
6001
□ **symposium**
[sɪm`pozɪəm]
名 座談會，討論會
6002
□ **broaden**
[`brɔdn̩]
及物 增廣（見聞等）；使擴大
不及物 變寬；擴大
句型 SV, SVO
用法 broaden a street 拓寬街道
broaden *one's* view / perspective of...
增廣對…的眼界
6003
□ **ecology**
[ɪ`kɑlədʒɪ]
名〔常用 the ...〕生態學；生態（環境）
複數 無複數形，不可數
A rumor is **circulating** that a **corpse** is buried in the **marsh**.
謠傳沼澤裡埋了一具屍體。
6004
□ **circulate**
[`sɝkjə͵let]
不及物（消息等）流傳；（液體等）循環；（貨幣等）流通
及物 使循環；使流通
2

解說

列出單字的主要意思，包括不同詞性的字義。另外，在 用法 中斜體的 *one's*, *V*, *Ving* 等，表示可依實際情況變化。

圖例說明 ➔ p. xii

音軌

每一個音軌基本上收錄 10 句的內容。

單字

單字都列出音標、詞性及字義。單字前面的編號可以幫助讀者掌握所學字數並方便查閱；小方框可打勾標記已經學會的單字。加上紅底的單字表示本句要介紹的主要動詞，會特別講解句型、變化、用法等。

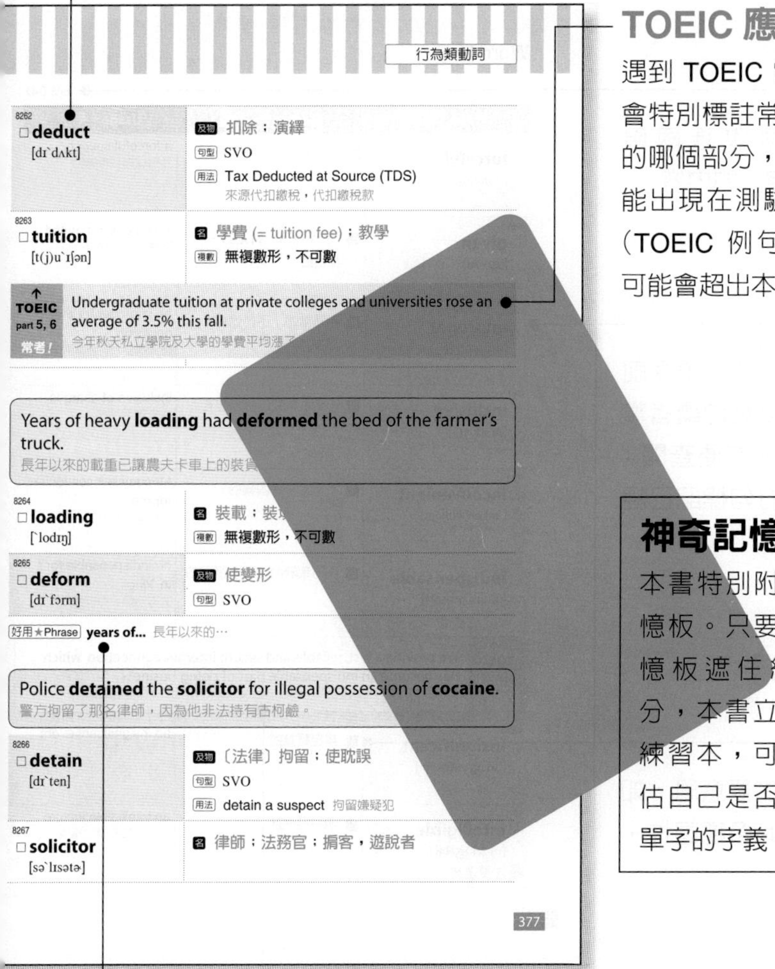

行為類動詞

8262 □ **deduct** [dɪ`dʌkt]
及物 扣除；演繹
句型 SVO
用法 Tax Deducted at Source (TDS)
來源代扣繳稅，代扣繳稅款

8263 □ **tuition** [t(j)u`ɪʃən]
名 學費 (= tuition fee)；教學
複數 無複數形，不可數

↑ TOEIC part 5, 6 常考！
Undergraduate tuition at private colleges and universities rose an average of 3.5% this fall.
今年秋天私立學院及大學的學費平均漲了

Years of heavy **loading** had **deformed** the bed of the farmer's truck.
長年以來的載重已讓農夫卡車上的裝貨

8264 □ **loading** [`lodɪŋ]
名 裝載；裝
複數 無複數形，不可數

8265 □ **deform** [dɪ`fɔrm]
及物 使變形
句型 SVO

好用★Phrase **years of...** 長年以來的…

Police **detained** the **solicitor** for illegal possession of **cocaine**.
警方拘留了那名律師，因為他非法持有古柯鹼。

8266 □ **detain** [dɪ`ten]
及物 〔法律〕拘留；使耽誤
句型 SVO
用法 detain a suspect 拘留嫌疑犯

8267 □ **solicitor** [sə`lɪsətə]
名 律師；法務官；掮客，遊說者

377

TOEIC 應考例句

遇到 TOEIC 常考的單字，會特別標註常出現在測驗的哪個部分，並且提供可能出現在測驗中的例句。（TOEIC 例句中的單字，可能會超出本書程度。）

神奇記憶板

本書特別附贈神奇記憶板。只要用神奇記憶板遮住紅色字部分，本書立刻變身成練習本，可以輕鬆評估自己是否已經記住單字的字義。

好用★Phrase

解說 Power Sentences 中出現的常用片語、慣用語等。

使用方法 Word List

補充 Power Sentences 以外的單字，依照詞性和主題分類，列出字義和用法。

音軌

每一個音軌收錄兩頁「Word．單字」的內容。

單字

列出單字及音標，單字前面的編號可以幫助讀者掌握所學字數並方便查閱；小方框則可打勾標記已經學會的單字。

解說

解釋單字的主要意思。如果一個單字有多種詞性，也會列出來。

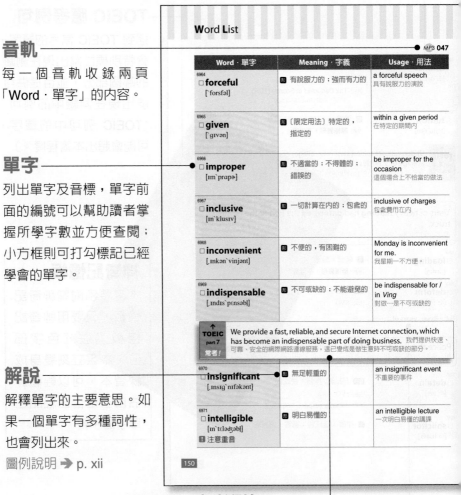

圖例說明 ➔ p. xii

Word List

MP3 047

Word．單字	Meaning．字義	Usage．用法
6964 □ **forceful** [ˋforsfəl]	形 有說服力的；強而有力的	a forceful speech 具有說服力的演說
6965 □ **given** [ˋgɪvən]	形〔限定用法〕特定的，指定的	within a given period 在特定的期間內
6966 □ **improper** [ɪmˋprɑpə]	形 不適當的；不得體的；錯誤的	be improper for the occasion 這個場合上不恰當的做法
6967 □ **inclusive** [ɪnˋklusɪv]	形 一切計算在內的；包含的	inclusive of charges 包含費用在內
6968 □ **inconvenient** [ˌɪnkənˋvinjənt]	形 不便的，有困難的	Monday is inconvenient for me. 我星期一不方便。
6969 □ **indispensable** [ˌɪndɪsˋpɛnsəbl]	形 不可或缺的；不能避免的	be indispensable for / in *Ving* 對做…是不可或缺的

TOEIC part 7 常考！ We provide a fast, reliable, and secure Internet connection, which has become an indispensable part of doing business. 我們提供快速、可靠、安全的網際網路連線服務，這已變成是做生意時不可或缺的部分。

Word．單字	Meaning．字義	Usage．用法
6970 □ **insignificant** [ˌɪnsɪgˋnɪfəkənt]	形 無足輕重的	an insignificant event 不重要的事件
6971 □ **intelligible** [ɪnˋtɛlədʒəbl] ! 注意重音	形 明白易懂的	an intelligible lecture 一次明白易懂的講課

150

TOEIC 應考例句

遇到 TOEIC 常考的單字，會特別標註常出現在測驗的哪個部分，並且提供可能出現在測驗中的例句。（TOEIC 例句中的單字，可能會超出本書程度。）

主題分類

箭頭 (⬇) 開始到下一個主題之前的單字都屬於同一主題，幫助讀者掌握單字使用的情境，增強記憶。

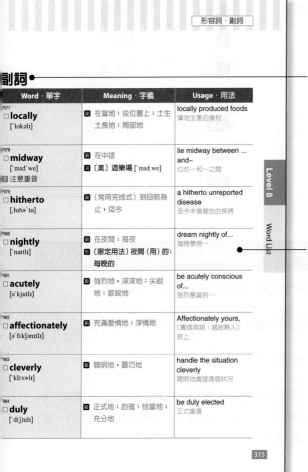

形容詞・副詞

副詞

詞性

依詞性區分，可幫助讀者確實記住每個單字最常使用的詞性。

Word・單字	Meaning・字義	Usage・用法
7977 □ **locally** [ˋlokəlɪ]	副 在當地；從位置上；土生土長地；局部地	locally produced foods 當地生產的食材
7978 □ **midway** [ˋmɪdˋwe] ! 注意重音	副 在中途 名〔美〕遊樂場 [ˋmɪd͵we]	lie midway between ... and~ 位於⋯和～之間
7979 □ **hitherto** [͵hɪðəˋtu]	副〔常用完成式〕到目前為止，迄今	a hitherto unreported disease 至今未曾報告的疾病
980 □ **nightly** [ˋnaɪtlɪ]	副 在夜間；每夜 形〔限定用法〕夜間（用）的；每晚的	dream nightly of... 每晚夢見⋯
981 □ **acutely** [əˋkjutlɪ]	副 強烈地，深深地；尖銳地；敏銳地	be acutely conscious of... 強烈意識到⋯
982 □ **affectionately** [əˋfɛkʃənɪtlɪ]	副 充滿愛情地；深情地	Affectionately yours, 〔書信用語：寫給熟人〕敬上
983 □ **cleverly** [ˋklɛvəlɪ]	副 聰明地，靈巧地	handle the situation cleverly 聰明地處理這個狀況
984 □ **duly** [ˋd(j)ulɪ]	副 正式地；的確；恰當地；充分地	be duly elected 正式當選

Level 8 Word List

315

用法

舉例說明單字如何實際運用在片語或句子中，活學活用，效果加倍！

圖例說明

詞性圖例	代表意義	詞性圖例	代表意義
be	be 動詞	冠	冠詞
不及物	不及物動詞	介	介系詞
及物	及物動詞	連	連接詞
助	助動詞	嘆	感嘆詞
名	名詞	疑代	疑問代名詞
代	代名詞	疑副	疑問副詞
形	形容詞	關代	關係代名詞
副	副詞	關副	關係副詞

其他圖例	意義說明
變化	列出不規則變化動詞的過去式和過去分詞。
複數	說明名詞是否可數，或列出可數名詞特殊的複數形。
句型	列出主要動詞的常用句型。
ex	根據動詞的常用句型提供例句。SVC, SVOO, SVOC 為常見的動詞句型。如果 Power Sentences 符合其中一種句型，則 ex 不會再舉出相同句型的例句。
用法	舉出主要動詞的用法，或片語等英文母語者經常使用的說法。要特別注意的是 call ... up 或 call up... 都是「打電話給…」的意思，但是代名詞只能放在 call 和 up 的中間，例如只能說 call him up，而不能說 call up him。

!	必須特別注意的發音、重音、句型、文法等，會用 ! 標示。
好用★Phrase	列出 Power Sentences 中必須注意的片語、慣用語等。

※ 同一種單字拼法因字源不同而有不同字義時，以 ①、② 等數字標出不同字源的字義。

※〔英〕、〔美〕分別代表「英式」及「美式」用法。

Contents

LEVEL 7

Start ▶

豐富說寫表達的7000字

Power Sentences

Word List

狀態・存在類動詞

MP3 002

This symposium broadened my knowledge of ecology.
這場座談會讓我對生態學有更深的認識。

6001 □ **symposium** [sɪm`pozɪəm]	名 座談會，討論會
6002 □ **broaden** [`brɔdn̩]	及物 增廣（見聞等）；使擴大 不及物 變寬；擴大 句型 SV, SVO 用法 broaden a street 拓寬街道 broaden *one's* view / perspective of... 增廣對⋯的眼界
6003 □ **ecology** [ɪ`kɑlədʒɪ]	名〔常用 the ...〕生態學；生態（環境） 複數 無複數形，不可數

A rumor is circulating that a corpse is buried in the marsh.
謠傳沼澤裡埋了一具屍體。

6004 □ **circulate** [`sɝkjə͵let]	不及物（消息等）流傳；（液體等）循環；（貨幣等）流通 及物 使循環；使流通

	句型 SV, SVO 用法 circulate through the body 體內循環 circulate among... 在…間流通
6005 □ **corpse** [kɔrps]	名 屍體
6006 □ **marsh** [marʃ]	名 沼澤，濕地

The **fingerprints** left on the scene **coincided** with those of the **plumber** arrested by the police.
現場遺留的指紋與警方逮捕的水管工人的指紋相符。

6007 □ **fingerprint** [ˋfɪŋgɚˏprɪnt]	名〔常用 fingerprints〕指紋 及物 採集…的指紋
6008 □ **coincide** [ˏkoɪnˋsaɪd]	不及物 符合；（見解等）相同；同時發生 句型 SV 用法 coincide with... 與…一致
6009 □ **plumber** [ˋplʌmɚ] ! 注意發音	名 水管工人，配管工人

TOEIC part 2, 3 常考！
How much should I expect to pay for a plumber?
我應該要付給水管工人多少錢？

The secondary examination **comprises dictation** and an oral comprehension test.
複試包含聽寫和口試。

6010 □ **comprise** [kəm`praɪz]	及物 包含；由…構成 句型 SVO 用法 be comprised of... 由…構成
6011 □ **dictation** [dɪk`teʃən]	名 聽寫；聽寫的字句

To our **amazement**, the results of the experiment **contradicted** our **hypothesis**.
令我們驚訝的是，實驗結果竟然和我們的假設相抵觸。

6012 □ **amazement** [ə`mezmənt]	名 驚訝，詫異 複數 無複數形，不可數
6013 □ **contradict** [ˌkɑntrə`dɪkt]	及物 與…矛盾；反駁；提出論據反對 不及物 陳述反對的意見 句型 SV, SVO 用法 contradict the fact that... 與…的事實矛盾 You're contradicting yourself. 你的說法自相矛盾。
6014 □ **hypothesis** [haɪ`pɑθəsɪs]	名 假設；前提；猜測 複數 hypotheses

好用★Phrase **to *one's* amazement** 令某人驚訝的是

The war had **crippled** the **lieutenant**, and he has been using a **wheelchair** since then.
戰爭導致那名陸軍中尉殘廢，從那時起他就必須坐輪椅。

6015 □ **cripple** [ˋkrɪpl̩]	及物 使殘廢；使跛；使損傷；使削弱 句型 SVO 用法 cripple the economy 癱瘓經濟 The heavy snowfall crippled the railroads. 大雪癱瘓了鐵路交通。 名 **肢體殘廢的人，跛子**
6016 □ **lieutenant** [luˋtɛnənt]	名 陸軍中尉；副官；海軍上尉
6017 □ **wheelchair** [ˋ(h)wil͵tʃɛr]	名 輪椅

The sudden whistle of a steam **locomotive deafened** my ears.
火車頭突然發出的汽笛聲震得我的耳朵要聾了。

6018 □ **locomotive** [͵lokəˋmotɪv]	名 火車頭 形 **火車頭的**
6019 □ **deafen** [ˋdɛfn̩]	及物 使聽不到；使隔音 句型 SVO 用法 The explosion deafened me. 爆炸聲把我震聾了。

That **optimism doomed** the company to **bankruptcy**.
樂觀主義使這家公司走向破產。

6020 □ **optimism** [ˋɑptəmɪzəm]	名 樂觀主義 複數 **無複數形，不可數**

6021
□ **doom**
[dum]

及物 使…的失敗（或滅亡）成為必然，注定
句型 SVO
用法 be doomed to *V* 注定要…
doom ... to failure / extinction
注定…要失敗 / 滅亡
名（尤指壞的）命運；毀滅；〔宗教〕末日審判

6022
□ **bankruptcy**
[ˋbæŋkrʌptsɪ]

名 破產，倒閉；（名譽等的）完全喪失

TOEIC part 7 常考！
The company ran a huge deficit and filed for bankruptcy.
公司因為巨額虧損而提出了破產申請。

The newly designed **cylinders** in the engine have **enhanced** its strength.
引擎中新設計的汽缸提升了引擎的馬力。

6023
□ **cylinder**
[ˋsɪlɪndɚ]

名 汽缸；圓筒

6024
□ **enhance**
[ɪnˋhæns]

及物 提高（品質、價值等）
句型 SVO
用法 enhance the quality / transparency of...
提高…的品質 / 透明度
enhance the security of the network
強化網路的安全性

TOEIC part 4 常考！
The approval of this drug is expected to enhance the company's overall competitive position in the market.
這項藥品的批准可望提升公司在市場上的整體競爭力。

He **enriched** his **expertise** in English translation through some **intensive** programs.
他透過一些密集的課程來增加自己在英文翻譯方面的知能。

6025 □ **enrich** [ɪn`rɪtʃ]	及物 使豐富；提高…的營養價值；使（鈾等）濃縮 句型 SVO 用法 enrich ... with / by~ 透過～來使…變得豐富 enrich the soil with fertilizer 施肥讓土壤肥沃 enrich the standard of living 提升生活水準
6026 □ **expertise** [ˌɛkspɚ`tiz]	名 專門技術（或知識） 複數 **無複數形，不可數**

↑ TOEIC part 4 常考！ Construction of a database is time-consuming and requires considerable expertise.
建構資料庫相當費時，也需要相當多的專業技術。

6027 □ **intensive** [ɪn`tɛnsɪv]	形 密集的；徹底的；強烈的；〔文法〕強調的

■ **English** 英語的

MP3 **003**

Dense **smog enveloped** the whole city.
濃濃的煙霧覆蓋了整個城市。

6028 □ **smog** [smɑg]	名 煙霧
6029 □ **envelop** [ɛn`vɛləp]	及物 包住，蓋住 句型 SVO 用法 envelop ... in~ ～包圍了…；～覆蓋了… be enveloped in... 被包圍在…之中；被覆蓋在…

The piano **soloist** was the most **expressive** among all the players and also **excelled** in technique.
這名鋼琴獨奏家是所有演奏者中表情最豐富，也是技巧最出色的一位。

6030
□ **soloist**
[ˋsoloɪst]

名 獨奏者；獨唱者

6031
□ **expressive**
[ɪkˋsprɛsɪv]

形 表情豐富的；表現上的；(expressive of...) 表示…的

6032
□ **excel**
[ɪkˋsɛl]

不及物 擅長，傑出
及物 勝過，優於
句型 SV, SVO
用法 excel in / at... 在…勝出，在…方面出眾

Plaster is **flaking** off the wall in the **lavatory**.
洗手間牆壁上的灰泥正在剝落。

6033
□ **plaster**
[ˋplæstɚ]

名 灰泥，塗牆泥；石膏
複數 無複數形，不可數
及物 在…上塗灰泥；黏貼；把（頭髮）梳平

6034
□ **flake**
[flek]

不及物 （成小薄片）剝落
及物 使成薄片
句型 SV, SVO
用法 flake out（因疲倦或酒醉而）昏倒，睡著
名 薄片，碎片

6035
□ **lavatory**
[ˋlævəˏtorɪ]

名 盥洗室，洗手間

A flag was **madly flapping** in the **thunderstorm.**
有一面旗子在大雷雨中猛烈地飄動。

6036 □ **madly** [ˋmædlɪ]	副 猛烈地；瘋狂地
6037 □ **flap** [flæp]	不及物 （旗子等）啪噠啪噠地拍動 及物 使（旗子等）啪噠啪噠地拍動 句型 SV, SVO 名 拍打聲；（飛機的）襟翼；（書的）摺頁
6038 □ **thunderstorm** [ˋθʌndɚˏstɔrm]	名 大雷雨

His face **flushed** red with **indignation.**
他的臉因憤慨而漲紅了。

6039 □ **flush** [flʌʃ]	不及物 （因興奮或憤怒而）臉頰發紅；沖洗 及物 使臉頰發紅；用水沖洗 句型 SV, SVO 用法 flush red with anger 氣得面紅耳赤 Anger flushed his face. 憤怒讓他的臉漲紅。 flush ... away 把…沖走 flush ... out 沖洗… 名 沖洗；臉紅
6040 □ **indignation** [ˏɪndɪgˋneʃən]	名 憤慨，義憤 複數 無複數形，不可數

The incident **heightened** people's awareness of **contradictions** in the law.
這個事件讓人們更深刻地體會到法律的矛盾之處。

6041
□ **heighten**
[`haɪtn̩]

❗ 注意發音

及物 提高，加強

不及物 變高

句型 SV, SVO

用法 heighten cooling effect 增強冷卻效果
heighten the security level 提高安全等級

6042
□ **contradiction**
[ˌkɑntrə`dɪkʃən]

名 矛盾；自相矛盾的說法（或行為）；反駁

The audience **hushed** when the **lecturer** began to speak.
當講師開始說話時，聽眾就安靜了下來。

6043
□ **hush**
[hʌʃ]

不及物 安靜下來

及物 使安靜；撫慰（不安等）；使祕而不宣

句型 SV, SVO

用法 hush up 保持沉默
hush ... up 掩蓋（事實、證據等）

名 寂靜，沉默

6044
□ **lecturer**
[`lɛktʃərɚ]

名（大學的）講師；演講者

They **illuminate** the whole street with millions of lights in **wintertime**.
冬季時他們會用無數的燈來裝飾整個街道。

6045
□ **illuminate**
[ɪ`luməˌnet]

及物 用燈裝飾；照亮；啓發

句型 SVO

	用法 illuminate the whole... 照亮／裝飾了整個… illuminate ... at night 在夜晚照亮了…
6046 □ **wintertime** [ˋwɪntɚˏtaɪm]	名〔常用 the ...〕冬季 複數 無複數形，不可數

Today the most **prevailing** models of cellphones **incorporate** camera and video features.
現今最普遍的行動電話包含了照相與錄影的功能。

6047 □ **prevailing** [prɪˋvelɪŋ]	形〔限定用法〕普遍的；流行的；占優勢的
6048 □ **incorporate** [ɪnˋkɔrpəˏret] ! 注意發音	及物 使結合；把…編入；使組成（有限）公司 不及物 合併，結合 句型 SV, SVO 用法 incorporate ... into~ 將…編入～ incorporate with... 和…合併 形 合併的；法人組織的，公司組織的 [ɪnˋkɔrp(ə)rɪt]

好用★Phrase **a cellphone** 行動電話

US air **raids** on **metropolitan** areas in Japan **intensified** in 1945.
1945 年時美國密集地對日本各大都會區進行空襲。

6049 □ **raid** [red]	名 突襲；（警察）搜查；侵入 及物 突襲；（警察）搜查
6050 □ **metropolitan** [ˏmɛtrəˋpalətn̩]	形〔多作限定用法〕主要都市的，大都市的

6051
□ **intensify**
[ɪn`tɛnsəˌfaɪ]

不及物 變激烈；變強
及物 使變激烈；增強
句型 SV, SVO
用法 as the storm intensified 當暴風雨增強時
intensify the attack against... 對…進行猛烈的攻擊
intensify *one's* efforts to *V* 更努力做…

好用★Phrase **an air raid** 空襲
■ **US** 美國
■ **Japan** 日本

MP3 **004**

Excessive **intake** of alcohol can **lengthen** the **rehabilitation** from an injury.
飲酒過量會延長受傷恢復的時間。

6052
□ **intake**
[`ɪnˌtek]

名 攝取（量）；吸入（量）；（空氣等）入口

6053
□ **lengthen**
[`lɛŋθən]

及物 使變長
不及物 變長
句型 SV, SVO
用法 have *one's* trousers lengthened two centimeters 讓褲子放長兩公分
lengthen a platform 擴增月台的長度

6054
□ **rehabilitation**
[ˌri(h)əˌbɪlə`teʃən]

名 康復；（受刑人等）重返社會；重建
複數 無複數形，不可數

Using a **cane** will **lessen** the pain of the **bruise** on your knee.
使用拐杖可以減輕你膝蓋瘀傷所造成的疼痛。

6055
□ **cane**
[ken]

名 籐杖，拐杖；長而有節的莖；甘蔗 (= sugar cane)
及物 用籐條鞭打

6056
□ **lessen**
[ˋlɛsn̩]

及物 減少；使變小
不及物 減少；變小
句型 SV, SVO
用法 lessen *one's* pain 減輕痛苦
lessen a tax burden 減輕稅負

6057
□ **bruise**
[bruz]

! 注意發音

名 瘀傷；（蔬果等的）碰傷；（感情的）創傷
及物 使受瘀傷；碰傷（蔬果等）；傷害（感情）
不及物 （水果等）碰傷

Recollections of her **debut** as a jazz singer **temporarily lightened** her heart.
回憶起第一次以爵士歌手身分上台的情景，她一時間心情覺得很愉快。

6058
□ **recollection**
[͵rɛkəˋlɛkʃən]

名 回憶；記憶（力）；回憶起的事物，往事

6059
□ **debut**
[deˋbju]

! 注意發音

名（演員等）初次登台
不及物 （在社交場合上）初次露面；初次登台
及物 （產品等）初次發表
形〔限定用法〕初次演出的

6060
□ **temporarily**
[ˋtɛmpə,rɛrəlɪ]

副 暫時，臨時

↑ TOEIC part 5, 6 常考！

This road will be temporarily closed to traffic to allow emergency repairs to be carried out.
這條路將暫時不開放車輛通行，以便進行緊急修復工作。

6061
□ **lighten**
[ˋlaɪtn̩]

及物 使（心情等）變輕鬆；使變明亮
不及物 變明亮
句型 SV, SVO
用法 lighten up 放輕鬆，心情變得愉快

The government **nationalized** the country's biggest mine in spite of the **miners**' opposition.
即便礦工反對，政府仍將國內最大的礦山國有化。

6062
□ **nationalize**
[ˋnæʃənə,laɪz]

及物 使國有化；使成為全國性
句型 SVO
用法 nationalize a bank 使銀行國有化

6063
□ **miner**
[ˋmaɪnɚ]

名 礦工

In many books, a **preface precedes** the contents page, and **appendix** pages will follow the contents page.
在很多書中，序言會放在正文之前，而附錄會放在正文之後。

6064
□ **preface**
[ˋprɛfɪs]

名 序言；開端
及物 為…作序

! 注意發音

6065 □ **precede** [pri`sid]	及物 （順序、時間、重要性等）在…之前 句型 SVO 用法 a series of earthquakes preceding the eruption 在火山爆發前出現了一連串的地震
6066 □ **appendix** [ə`pɛndɪks]	名 （書等的）附錄；〔醫學〕闌尾，盲腸 複數 appendixes, appendices

My **pulse quickened** as a mixture of expectation and **apprehension** built in my chest.
內心交織著期待與不安的情感，讓我的脈搏加快。

6067 □ **pulse** [pʌls]	名 脈搏；有節奏的跳動；（電子的）脈衝；（聲音、光線的）波動 不及物 跳動；脈動
6068 □ **quicken** [`kwɪkən]	不及物 變快；變活潑 及物 加速；使有生氣 句型 SV, SVO 用法 quicken *one's* pace 加快腳步
6069 □ **apprehension** [ˌæprɪ`hɛnʃən]	名 不安，憂慮；逮捕

The **figs** in the garden have fully **ripened**.
花園裡的無花果已經完全成熟了。

6070 □ **fig** [fɪg]	名 無花果；無花果樹；少許

6071
□ **ripen**
[`raɪpən]

不及物 （水果等）變成熟；時機成熟
及物 使（水果等）成熟
句型 SV, SVO
用法 ripen into... 成熟而變成…

All the **goldfish** in the aquarium are dead, and they have begun to **rot** in the water.
水族箱裡所有的金魚都死了，也已經開始在水中腐爛。

6072
□ **goldfish**
[`gold͵fɪʃ]

名 金魚

6073
□ **rot**
[rɑt]

不及物 腐爛；腐朽；（道德等）墮落
及物 使腐爛；使墮落
句型 SV, SVO
用法 rot off / away 腐朽，爛掉
名 腐爛；墮落

The **distributor simplified** the **merchandise** management system.
物流業者簡化了商品管理系統。

6074
□ **distributor**
[dɪ`strɪbjətɚ]

名 物流業者；批發商；分配器；配電器

6075
□ **simplify**
[`sɪmplə͵faɪ]

及物 簡化，使單純
句型 SVO
用法 be greatly simplified 大幅簡化
simplify the process 簡化流程
simplify a problem 簡化問題

6076
□ **merchandise** [ˋmɝtʃən͵daɪz]
名〔集合名詞〕商品
複數 無複數形，不可數
及物 買賣；促銷

TOEIC part 7 常考！
If your merchandise arrives damaged, please contact our customer service department within 24 hours of receipt.
若您的商品送達時有損毀的情況，請於收到貨的 24 小時內與我們的客服部聯絡。

Chicago is a **metropolis** which is **situated** on Lake Michigan.
芝加哥是座落在密西根湖畔的大都市。

6077
□ **metropolis** [məˋtrapəlɪs]
名 大都市，主要都市；（工商業、文化等的）中心都市
! 注意重音

6078
□ **situate** [ˋsɪtʃʊ͵et]
及物 使位於；使處於…的地位
句型 SVO

■ **Chicago** 芝加哥
■ **Lake Michigan** 密西根湖

MP3 005

Several **doses** of the medicine will **soothe** your **bowel** disorder.
這種藥吃幾次就能減輕你腸道不適的症狀。

6079
□ **dose** [dos]
名（藥的）一劑；服用量

6080
□ **soothe** [suð]
及物 減輕（痛苦等）；撫慰
不及物 起撫慰作用
句型 SV, SVO

6081
□ **bowel**
[ˋbaʊəl]

名 腸子

Subscriptions to the magazine have **surpassed** 50,000.
這本雜誌的訂閱量超過五萬本。

6082
□ **subscription**
[səbˋskrɪpʃən]

名 訂購；訂閱費；捐款

6083
□ **surpass**
[sɚˋpæs]

! 注意重音

及物 多於；勝過
句型 SVO
用法 surpass ... in~ 在～勝過…

The **scandalous** incident **symbolizes** the **telecommunications** bubble of the 1990s.
這個可恥的事件象徵 1990 年代電信業的泡沫化。

6084
□ **scandalous**
[ˋskændləs]

形 可恥的；中傷人的

6085
□ **symbolize**
[ˋsɪmbəˏlaɪz]

及物 象徵；用符號表示
句型 SVO

6086
□ **telecommunications**
[ˏtɛlɪkəˏmjunəˋkeʃənz]

名〔用作單數〕電信，通訊

The snow on the roof of the **storehouse** began to **thaw** by noon.
倉庫屋頂上的積雪在中午前開始融化了。

6087
□ **storehouse**
[ˋstor͵haʊs]
名 倉庫，儲藏所

6088
□ **thaw**
[θɔ]
不及物 （冰、雪等）融化；（冷凍品）解凍；（身體等）變暖和；（人）變和藹
及物 融解（冰、雪等）；使（冷凍品）解凍
句型 SV, SVO
用法 thaw out 解凍
名 融化；解凍；（關係等）緩和

The fog on the sea **thickened**, and we could see only the light of a **lighthouse** far away.
海上的霧變濃了，我們只能看到遠處燈塔的亮光。

6089
□ **thicken**
[ˋθɪkən]
不及物 （液體等）變濃；變密；變厚
及物 使（液體等）變濃；增加密度；使變厚
句型 SV, SVO
用法 thicken ... with~ 用～使…變濃

6090
□ **lighthouse**
[ˋlaɪt͵haʊs]
名 燈塔

The **stationery** store he started five years ago is **thriving**.
他五年前開始經營的文具店，現在生意興隆。

6091
□ **stationery**
[ˋsteʃə͵nɛrɪ]
名 文具；（附信封的）信紙
複數 無複數形，不可數

↑ TOEIC part 5, 6 常考！

We offer a wide variety of office stationery as well as office furniture, equipment, and other supplies.
我們提供各式各樣的辦公室文具，以及辦公家具、設備及其他用品。

6092
□ **thrive**
[θraɪv]

不及物 （事業等）興旺發達；繁榮；（動植物）茁壯生長

變化 thrived (throve) / thrived (thriven)

句型 SV

用法 thrive on... 吃…而長得健壯；可以出色地應付…

The website about **gardening updated** its information every day.
這個有關園藝的網站每天都會更新消息。

6093
□ **gardening**
[ˋgɑrdnɪŋ]

名 園藝

複數 無複數形，不可數

6094
□ **update**
[ʌpˋdet]

! 注意重音

及物 更新；向…提供最新資訊

句型 SVO

用法 update *someone* on... 告知某人關於…的最新消息

名 最新資訊 [ˋʌpˏdet]

I completely forgot about the bouquet, and it **withered** in the vase.
我完全忘了那束花，所以那束花就在花瓶裡枯萎了。

6095
□ **wither**
[ˋwɪðɚ]

不及物 枯萎；（體力等）變衰弱；褪色

及物 使枯萎；使衰弱

句型 SV, SVO

用法 wither away 枯萎；衰亡

溝通類動詞

MP3 006

The new **chancellor affirmed** the **continuation** of **drastic** financial reform.
新總理主張繼續大幅進行財政改革。

6096 □ **chancellor** [ˋtʃænsələ˞]	名〔常用 Chancellor〕(德、奧等的) 總理；〔英〕大臣
6097 □ **affirm** [əˋfɝm]	及物 主張；斷言，肯定 不及物 斷言，肯定 句型 SV, SVO 用法 affirm (to~) that... (對~) 主張… affirm the importance of... 申明…的重要性 affirm *one's* right to *V* 主張有做…的權利
6098 □ **continuation** [kən͵tɪnjuˋeʃən]	名 繼續；(故事等的) 續篇
6099 □ **drastic** [ˋdræstɪk]	形 激烈的；徹底的；(藥效) 猛烈的

好用★Phrase **financial reform** 財政改革

An **anonymous** letter **alleges** that the **commissioner** was involved in a **conspiracy**.
有一封匿名信宣稱委員涉入一樁陰謀。

6100 □ **anonymous** [ə`nanəməs]	形 匿名的；沒特色的
6101 □ **allege** [ə`lɛʤ]	及物（無充分證據而）宣稱，主張 句型 SVO 用法 allege that... 宣稱…，主張…
6102 □ **commissioner** [kə`mɪʃənɚ]	名（委員會、理事會等的）委員，理事；行政長官
6103 □ **conspiracy** [kən`spɪrəsɪ]	名 陰謀；共謀

好用★Phrase **be involved in...** 涉入…

His **arrogant** and **deceitful** attitude **aroused fury** among **creditors**.
他傲慢與虛偽的態度激怒了債主。

6104 □ **arrogant** [`ærəgənt]	形 傲慢的，無禮的
6105 □ **deceitful** [dɪ`sitfəl]	形 虛偽的；欺騙的；容易使人誤解的
6106 □ **arouse** [ə`raUz] ! 注意發音	及物 喚起（感情、好奇心等）；叫醒 句型 SVO 用法 arouse envy in... 激起對…的羨慕 arouse public sentiment against... 引發大眾對…的反感

6107
□ **fury**
[ˋfjʊrɪ]

名 狂怒；（戰爭、疾病等的）猛烈

6108
□ **creditor**
[ˋkrɛdɪtɚ]

名 債權人，債主；貸方

Pedestrians should **beware** of the many cars crossing this **pathway**.
行人應該注意行經這條小路的車輛。

6109
□ **pedestrian**
[pəˋdɛstrɪən]

名 行人；徒步旅行者
形〔限定用法〕徒步的，步行的

↑ TOEIC part 1 常考！
Several pedestrians are waiting for the signal to change.
有幾個行人正在等待號誌轉換。

6110
□ **beware**
[bɪˋwɛr]

不及物 注意，當心
及物 注意，當心
句型 SV, SVO
用法 beware of... 注意…
beware that... 注意…

6111
□ **pathway**
[ˋpæθˏwe]

名 小路，小徑

In the **tram** the girls were **chattering** about their favorite pop **idols**.
女孩們在電車上不停地聊著她們喜愛的流行偶像。

6112
□ **tram**
[træm]

名 電車；纜車；礦車

6113 □ **chatter** [ˋtʃætɚ]	不及物 喋喋不休；（鳥等）鳴叫 句型 SV 用法 chatter about... 喋喋不休地討論… 名 嘮叨；（鳥的）叫聲
6114 □ **idol** [ˋaɪdl̩]	名 偶像，受崇拜的人或物

The administration **clarified** its intent to reform the **constitutional** system.
政府闡明了改革憲政體系的企圖。

6115 □ **clarify** [ˋklærə͵faɪ]	及物 闡明；使（頭腦等）變清楚 句型 SVO
6116 □ **constitutional** [͵kanstɪˋt(j)uʃənl̩]	形 憲法上的；立憲的；保健的

The **dean commended** the students for their **superb theses.**
院長表揚了學位論文傑出的學生。

6117 □ **dean** [din]	名（大學或學院的）院長；系主任
6118 □ **commend** [kəˋmɛnd]	及物 稱讚，表揚；推薦 句型 SVO
6119 □ **superb** [sʊˋpɝb, sə-]	形 極好的；上乘的；華麗的
6120 □ **thesis** [ˋθisɪs]	名 學位論文；命題 複數 theses

The official's **predecessor conceded** that the **statistical** data was a **falsehood.**
這名官員的上一任承認這些統計資料不實。

6121 □ **predecessor** [ˋprɛdɪˏsɛsɚ]	名 前任者，前輩；原有的事物
6122 □ **concede** [kənˋsid]	及物（不情願地）承認；給予（權利等） 不及物 讓步；承認失敗 句型 SV, SVO, SVOO ex I conceded him the point.（I=S, conceded=V, him=O, the point=O） 我在這一點上對他讓步。 用法 concede defeat（選舉）承認敗選 concede victory to *one's* rival 承認對手獲得勝利 concede (to~) that...（向～）承認…
6123 □ **statistical** [stəˋtɪstɪkḷ]	形〔多作限定用法〕統計的；統計學的
6124 □ **falsehood** [ˋfɔlsˏhʊd]	名 虛假；謊言；欺瞞

He **conferred** with his **treasurer** about **fiscal** matters.
他和財務主管商討了財務上的問題。

6125 □ **confer** [kənˋfɝ]	不及物 商談 及物 授予（學位、稱號等） 句型 SV, SVO 用法 confer with... 和…商談 confer a degree on... 授予…學位
6126 □ **treasurer** [ˋtrɛʒərɚ]	名 財務主管；會計

6127 □ **fiscal** [ˋfɪskḷ]	形 財務的；會計的；國庫的

He **confided** to me with a **weary** look that he was **dissatisfied** with his job.
他帶著疲憊的神情悄悄告訴我他對工作的不滿。

6128 □ **confide** [kənˋfaɪd]	不及物 吐露祕密；信賴 及物 吐露（祕密）；委託 句型 SV, SVO 用法 confide (to~) that... （向～）吐露… confide in... 信賴…；向…吐露祕密
6129 □ **weary** [ˋwɪrɪ]	形 疲倦的；厭倦的；乏味的
6130 □ **dissatisfied** [dɪsˋsætɪsˏfaɪd]	形 感到不滿的

MP3 007

The **pastor consoled** the **sorrowful** families.
牧師安慰了那些悲傷的家庭。

6131 □ **pastor** [ˋpæstɚ]	名 牧師；牧羊人
6132 □ **console** [kənˋsol]	及物 安慰 句型 SVO 用法 console ... with~ 用～安慰… console ... for~ 因～而安慰… 名 控制台；（電視機等的）落地式座架 [ˋkansol]

6133
□ **sorrowful**
[ˋsarəfəl]

形 悲傷的

He **formulated** his ideas about the **amendment** of the constitution.
他明確闡述了對憲法修正案的想法。

6134
□ **formulate**
[ˋfɔrmjə͵let]

及物 有系統地闡述（計畫等）；使公式化；構想出（方法等）

句型 SVO

用法 formulate *one's* ideas 闡述想法
formulate *one's* own position on a matter
就某事清楚地說明自己的見解

6135
□ **amendment**
[əˋmɛndmənt]

名 修正案；改正

She was **grumbling** in **annoyance** about some kitchen **utensils.**
她生氣地抱怨一些廚房用品不好用。

6136
□ **grumble**
[ˋgrʌmbl̩]

不及物 發牢騷

及物 埋怨

句型 SV, SVO

用法 grumble about... 抱怨…
grumble at... 向…抱怨

名 怨言，牢騷

6137
□ **annoyance**
[əˋnɔɪəns]

名 惱怒；使人煩惱的事

6138 □ **utensil** [ju`tɛnsḷ]	名〔常用 utensils〕用具，器皿

> The **disciples implored** their master to teach them more about the **doctrine**.
> 信衆請求大師教導他們更多有關教義的內容。

6139 □ **disciple** [dɪ`saɪpḷ]	名 信徒，弟子，門徒
6140 □ **implore** [ɪm`plor]	及物 懇求 句型 SVO 用法 implore ... to *V* 懇求…去做～
6141 □ **doctrine** [`daktrɪn]	名 教義，教條；（外交政策上的）主義

> Eliot's **persuasive** powers **induced** me to restore my duties as **trustee.**
> 在艾略特強力的說服下，我再度擔任理事的職位。

6142 □ **persuasive** [pɚ`swesɪv]	形 有說服力的 名 誘因
6143 □ **induce** [ɪn`djus]	及物 勸誘；引起 句型 SVO 用法 induce ... to *V* 勸誘…去做～
6144 □ **trustee** [trʌs`ti] ! 注意發音	名（公司、學院等的）理事；受託人；保管人

The audience **manifested** its **dissatisfaction** with the actor's **unskilled** performance.
觀眾對於那名演員生澀的演技表示不滿。

6145 □ **manifest** [ˋmænəˏfɛst]	及物 顯露（感情等）；證明 句型 SVO 用法 manifest *one's* intention to *V* 表明要做…的意圖 形 一目了然的
6146 □ **dissatisfaction** [ˏdɪssætɪsˋfækʃən]	名 不滿；不滿的原因
6147 □ **unskilled** [ʌnˋskɪld]	形 不熟練的；笨拙的；不用特別技巧的

Sherlock Holmes's **eccentric** and **unpredictable** behavior often **perplexed** Dr. Watson.
福爾摩斯不尋常且無法預測的行為常讓華生醫生感到困惑。

6148 □ **eccentric** [ɪkˋsɛntrɪk]	形（人、行動等）反常的，古怪的 名 古怪的人
6149 □ **unpredictable** [ˏʌnprɪˋdɪktəbl̩]	形 不可預料的，出乎意料的
6150 □ **perplex** [pɚˋplɛks]	及物 使困惑 句型 SVO 用法 be perplexed at / by / with... 對…感到困惑

She **professed** to be **supportive** of the **civic** movement.
她公開表示支持市民運動。

6151
□ **profess**
[prə`fɛs]

及物 公開表示；假裝
不及物 公開表示，宣稱
句型 SV, SVO, SVOC
ex She professed herself innocent.
S V O C
她宣稱自己是無辜的。
用法 profess that... 公開表示…
profess to *V* 假裝…

6152
□ **supportive**
[sə`portɪv]

形 支持的；給予幫助的

6153
□ **civic**
[`sɪvɪk]

形〔限定用法〕市民的；城市的；市的

We **reconciled** Mr. Jansen with his business **foe**.
我們讓簡森先生和他的商業對手和解了。

6154
□ **reconcile**
[`rɛkən͵saɪl]
! 注意重音

及物 使和解；調解；使一致；使安於
不及物 和解
句型 SV, SVO
用法 reconcile conflicts between... 調解…之間的衝突
reconcile *oneself* to... 甘於…
reconcile *oneself* to *Ving* 甘心做…

6155
□ **foe**
[fo]

名 敵人；反對者

The TV program **roused** my interest in **folklore**.
這個電視節目激發我對民間傳說的興趣。

6156 □ **rouse** [raʊz]	及物 激發（情感等）；叫醒 句型 SVO 用法 rouse *one's* jealousy / curiosity 引起嫉妒心 / 好奇心
6157 □ **folklore** [ˋfok͵lor]	名 民間傳說

■ **TV (= television)** 電視節目；電視機

The professor **slanted** the data to make his **botanical** discovery **sensational**.
教授扭曲資料以使他在植物學上的發現造成轟動。

6158 □ **slant** [slænt]	及物 有傾向性地編寫（報導等）；使傾斜 不及物 傾斜；傾向 句型 SV, SVO 用法 an article slanted in favor of / against... 一篇對…有利 / 不利的文章 a story slanted toward young adults 一則寫給青年人的故事 slant to the left / right 向左 / 右傾 名 傾斜；斜面
6159 □ **botanical** [bəˋtænɪkḷ]	形〔限定用法〕植物學的；植物的
6160 □ **sensational** [sɛnˋseʃənəl]	形 引起轟動的；煽情的；〔口〕極好的

She **testified** that she saw the suspect steal her wallet on the **commuter** train that morning.
她作證說那天早上看到嫌犯在通勤電車上偷走她的皮夾。

6161
□ **testify**
[ˋtɛstə͵faɪ]

及物 作證說；成為…的證據
不及物 作證；成為證據
句型 SV, SVO
用法 testify that... 作證說…
testify for / against... 說出對…有利 / 不利的證詞
testify to... 證明…

↑ TOEIC part 2, 3 常考！

Is it true that you were called to testify in court?
你真的被傳喚到法院作證嗎？

6162
□ **commuter**
[kəˋmjutɚ]

名 通勤者；通學者

好用★Phrase **a commuter train** 通勤電車

動作類動詞

MP3 008

He looked at the **bulletin** board and **blinked** his eyes in **disbelief**.
他看著公布欄同時懷疑地眨眨眼。

6163 □ **bulletin** [ˋbʊlɪtn̩]	名 公告，公報；新聞快報，號外
6164 □ **blink** [blɪŋk]	及物 眨（眼）；眨眼擠掉（眼淚等）；對…視而不見 不及物 眨眼；（星、光等）閃爍 句型 SV, SVO 用法 before you could blink 在一瞬間 blink *one's* eyes 眨眼 blink in surprise / astonishment / amazement at... 驚訝地看著… blink in confusion at... 困惑地看著… 名 眨眼，一瞬間
6165 □ **disbelief** [ˏdɪsbəˋlif]	名 不相信，懷疑 複數 無複數形，不可數

好用★Phrase **a bulletin board** 布告欄

The doorbell **chimed** when I was taking **brunch.**
我吃早午餐的時候門鈴響了。

6166 □ **chime** [tʃaɪm]	不及物 （鐘等）鳴響；（意見等）一致 及物 敲擊（鐘等）；用鐘聲報時 句型 SV, SVO 用法 chime with... 與…一致 chime 11 o'clock 鐘敲 11 點鐘 名 鐘聲；和諧
6167 □ **brunch** [brʌntʃ]	名 早午餐

The bride **chuckled** at her **bridegroom**'s **witty** jokes.
新郎詼諧的笑話讓新娘咯咯地笑。

6168 □ **chuckle** [ˋtʃʌkl̩]	不及物 咯咯地笑，低聲輕笑 句型 SV 名 咯咯聲，低聲的輕笑
6169 □ **bridegroom** [ˋbraɪd͵grum]	名 新郎
6170 □ **witty** [ˋwɪtɪ]	形 詼諧的；機智的

The **hooves** of the horse **clattered** down the **desolate** street at midnight.
深夜時馬蹄在荒涼的街道上發出卡達卡達的聲響。

6171 □ **hoof** [huf]	名 蹄 複數 hooves

6172 □ **clatter** [ˋklætɚ]	不及物 （人、車等）發出卡達聲；咯咯作響 句型 SV 名 咯咯聲；喧嚣聲
6173 □ **desolate** [ˋdɛsəlɪt]	形 荒涼的，無人煙的；悽涼的，孤零零的 及物 使孤寂；使荒蕪 [ˋdɛsəˏlet]

A girl with **curly** blond hair was **clutching** a **bouquet** of flowers.
有著一頭金色捲髮的女孩拿著一束花。

6174 □ **curly** [ˋkɝlɪ]	形 有捲髮的；卷曲的
6175 □ **clutch** [klʌtʃ]	及物 抓住，緊握 不及物 試圖抓住 句型 SV, SVO 用法 A drowning man will clutch at a straw. 〔諺語〕飢不擇食。/ 病急亂投醫。 名 緊握；支配
6176 □ **bouquet** [buˋke] ! 注意發音	名 花束

好用★Phrase **a bouquet of flowers** 一束花

A **serpent coiled** itself around the **bough**.
有一條蟒蛇盤繞在樹枝上。

6177 □ **serpent** [ˋsɝpənt]	名 蟒蛇；大毒蛇；(the Serpent) 惡魔

6178 □ **coil** [kɔɪl]	及物 盤繞；將…捲成一圈 不及物 盤繞 句型 SV, SVO 用法 coil the wire up 把電線捲起來 The snake coiled itself. 這條蛇把自己捲起來。 名 纏繞之物；（繩等）一捲，一圈
6179 □ **bough** [baʊ]	名 大樹枝

The **hound devoured** the meat of a **hare**.
獵犬狼吞虎嚥地吃著野兔肉。

6180 □ **hound** [haʊnd]	名 獵犬 及物 （帶獵犬等）打獵；使追蹤
6181 □ **devour** [dɪ`vaʊr]	及物 狼吞虎嚥地吃；貪婪地看（聽、讀等） 句型 SVO 用法 devour a meal 狼吞虎嚥地吃完一餐 devour a book / novel 專注地看完一本書 / 小說
6182 □ **hare** [hɛr]	名 野兔

The president loves digital **appliances** and always **dictates** his message using a voice recorder.
董事長喜歡數位裝置，總是用錄音機錄下他的訊息。

6183 □ **appliance** [ə`plaɪəns]	名 裝置，器具

6184
☐ dictate
[ˋdɪktet, dɪkˋtet]

及物 口述；使聽寫；命令，要求

不及物 口述；命令

句型 SV, SVO

用法 dictate that... 要求…

dictate ... to *one's* secretary 對祕書口述…

dictate to a secretary 口述給祕書聽

名〔常用 dictates〕命令

The crane **elevated** the **dome** to the top of the building.
千斤頂將圓頂抬到建築物頂端。

6185
☐ elevate
[ˋɛlə͵vet]

及物 舉起；提升；振奮（精神）；提拔

句型 SVO

用法 elevate the level of... 提升…的水準

be elevated to CEO 晉升為總裁

6186
☐ dome
[dom]

名 圓屋頂；半球形物

He **embraced** his **sweetie** tightly when she visited his **mansion.**
當情人造訪他的宅邸時，他緊緊擁抱她。

6187
☐ embrace
[ɪmˋbres]

及物 擁抱；欣然接受（提議等）；抓住（機會等）

不及物（相互）擁抱

句型 SV, SVO

用法 embrace ... warmly / tenderly
溫暖地／溫柔地擁抱…

embrace the challenge of *Ving*
欣然接受做…的挑戰

名 擁抱

6188 □ **sweetie** [ˋswitɪ]	名 情人；可愛的人（或東西）
6189 □ **mansion** [ˋmænʃən]	名 大宅邸；〔英〕(mansions) 公寓大樓

MP3 009

During the **tedious** speech, the **campaigner flipped handouts** to the audience.
在冗長的演說中，活動倡導人快速翻閱著給聽衆的傳單。

6190 □ **tedious** [ˋtidɪəs]	形 冗長乏味的
6191 □ **campaigner** [kæmˋpenɚ]	名（為爭取社會、政治改革而四處奔走的）活動家，運動參加者
6192 □ **flip** [flɪp]	及物 快速翻動（書等）；（用指尖等）輕彈 不及物 快速翻頁；（用指尖等）輕彈 句型 SV, SVO 用法 flip through... 快速翻閱…，將…迅速過目 名 輕彈；空翻
6193 □ **handout** [ˋhændˏaut]	名 傳單；印刷品；講義；（免費的）試用品

After returning from a school **outing**, he **gargled** with **detergent** by mistake.
從學校遠足回來後，他誤拿清潔劑漱口。

6194 □ **outing** [ˋautɪŋ]	名 遠足，郊遊

6195 □ **gargle** [`gargl̩]	不及物 漱口；發出似漱口的聲音 及物 漱；用似漱口聲說出 句型 SV, SVO 名 漱口水
6196 □ **detergent** [dɪ`tɜdʒənt]	名 清潔劑 形〔限定用法〕有洗淨力的

She **giggled** at my story, saying "It's just a **superstition**."
她聽了我的話後，咯咯笑著說：「那只是迷信而已。」

6197 □ **giggle** [`gɪgl̩]	不及物 咯咯地笑 句型 SV 用法 giggle at... 對…咯咯地笑 名 傻笑，可笑的人（或事）；玩笑
6198 □ **superstition** [ˏsupɚ`stɪʃən]	名 迷信

He **grooms** the horses and checks their **horseshoes** every morning.
他每天早上都要照顧馬匹並檢查牠們的馬蹄。

6199 □ **groom** [grum]	及物 照料（動物等）；使整潔 不及物 打扮 句型 SV, SVO 名 新郎 (= bridegroom)；馬伕
6200 □ **horseshoe** [`hɔrsˏʃu]	名 馬蹄形之物；馬蹄鐵 形 馬蹄形的，U 字形的

Keep away from the dog. It is a **brute** and **growls** at anyone.
遠離那隻狗。牠很凶暴，無論對誰都會咆哮。

6201 □ **brute** [brut]
名 野獸，畜生
形〔限定用法〕野獸的；凶暴的，野蠻的

6202 □ **growl** [graʊl]
不及物（狗等）狂吠；（人）憤憤不平地抱怨；（雷電等）轟鳴
及物 咆哮著說
句型 SV, SVO
用法 growl at... 對…咆哮
名 咆哮聲

好用★Phrase **keep away from...** 遠離…

Several **chicks hatched**.
有幾隻小雞孵化出來了。

6203 □ **chick** [tʃɪk]
名 小雞；小鳥；〔俚〕少婦，年輕女子

6204 □ **hatch** [hætʃ]
不及物（蛋）孵化
及物 孵化；策劃（陰謀等）
句型 SV, SVO
用法 hatch out 孵化
hatch a conspiracy 策劃陰謀
名 孵化

They **hauled** the **lifeboat ashore**.
他們把救生艇拖到岸邊。

6205 □ **haul** [hɔl]
及物（用力）拖，拉；搬運
不及物 拖，拉

	句型 SV, SVO 用法 haul off 縮回手臂（以便打人），擺好架勢準備一拚
6206 □ **lifeboat** [ˋlaɪf͵bot]	名 救生艇
6207 □ **ashore** [əˋʃor]	副 向岸邊

A snake crept out from under the **thicket** and **hissed.**
有條蛇從灌木叢裡爬出來並發出嘶嘶聲。

6208 □ **thicket** [ˋθɪkɪt]	名 灌木叢，雜木林
6209 □ **hiss** [hɪs]	不及物 發出嘶嘶聲；（表示警告等）發出噓聲 及物 以噓聲表示（不滿等） 句型 SV, SVO 名 嘶嘶聲；噓聲

好用★Phrase **creep out from...** 從…爬出來

The demonstrators built **barricades** and **hurled** stones at the **riot** police.
示威者架起了路障並對鎮暴警察投擲石塊。

6210 □ **barricade** [ˋbærə͵ked]	名 路障 及物 以障礙物阻塞
6211 □ **hurl** [hɝl]	及物 猛力投擲；吐出（惡言等） 不及物〔棒球〕投球 句型 SV, SVO 用法 hurl … at~ 對～投擲… hurl questions at... 質問…

6212 □ **riot** [`raɪət]	名 暴動，騷動 不及物 掀起暴動

好用★Phrase **riot police** 鎮暴警察

The **jockey lashed** the horse to run faster on the final stretch, but to no **avail**.
騎師在最後的直線跑道上抽打著馬，想讓馬跑得更快，但卻徒勞無功。

6213 □ **jockey** [`dʒɑkɪ]	名 賽馬騎師；駕駛員；操作員 不及物 當賽馬騎師 及物 在賽馬中騎（馬）
6214 □ **lash** [læʃ]	及物 抽打；激起；（用繩等）綁，縛；（風等）猛烈擊打 不及物（風雨等）猛烈擊打；抽打；責難 句型 SV, SVO 用法 lash *someone* into a fury 激得某人大怒 lash against... 猛烈拍打… lash out at / against... 猛烈抨擊… 名 抽打；責難
6215 □ **avail** [ə`vel]	名〔常用於否定句或疑問句〕利益，效用 複數 無複數形，不可數 不及物 有幫助 及物 對…有幫助

好用★Phrase **..., but to no avail.** ……，但卻徒勞無功。

MP3 010

He was fascinated by the **splendor** of the **maple** leaves and **lingered** in the garden.
壯觀的楓葉深深吸引著他，使他在花園裡駐足不去。

6216
□ **splendor** [ˋsplɛndɚ]
名 光輝，燦爛；豪華，壯觀

6217
□ **maple** [ˋmepḷ]
名 楓樹，槭樹

6218
□ **linger** [ˋlɪŋgɚ]
不及物 逗留；（回憶等）歷久猶存；持續看
句型 SV
用法 linger on / about / around... 逗留於…，徘徊於…
His eyes lingered on her full breasts.
他的眼睛流連在她豐滿的胸部上。

You had better check the **usage** of **brackets** because you may be **misplacing** them.
你最好再確認一下括號的用法，因為你很有可能放錯地方了。

6219
□ **usage** [ˋjusɪdʒ]
名 用法；（語言的）慣用法；慣例

6220
□ **bracket** [ˋbrækɪt]
名（各式）括號；托架，壁架
及物 把…括在括號內；為…裝托架

6221
□ **misplace** [mɪsˋples]
及物 把…放錯地方；忘記…放在何處
句型 SVO

好用★Phrase **had better *V*** 最好做…

Many laborers were **paving** the **coastal** road.
許多工人當時正在鋪設沿岸道路。

6222 □ **pave** [pev]	及物 鋪設 句型 SVO 用法 be paved with... 鋪滿了…
6223 □ **coastal** [`kostl̩]	形 沿岸的

The girl **plucked** some weeds and did the **watering** in the garden.
女孩在花園裡拔雜草和澆水。

6224 □ **pluck** [plʌk]	及物 拔，摘，採 句型 SVO 用法 pluck ... out 拔掉…
6225 □ **watering** [`wɔtərɪŋ]	名 澆水，灑水；（織物等表面的）波紋 形 供水的；礦泉的

好用★Phrase **do the watering** 澆水

The **wanderer reappeared** in **shabby** clothes after a **lapse** of three years.
三年後流浪者再度衣衫襤褸地出現。

6226 □ **wanderer** [`wɑndərɚ]	名 流浪者；漫遊者
6227 □ **reappear** [ˌriə`pɪr]	不及物 再出現；重新顯露 句型 SV

6228 □ **shabby** [ˋʃæbɪ]	形（衣服）襤褸的；（家具等）破舊的；（行為等）卑鄙的
6229 □ **lapse** [læps]	名（時間的）流逝；小錯誤 不及物（時間）流逝；（權利）失效；（習慣）廢除

The student **recited** several verses from a poem about **gulls**.
學生朗誦著幾節有關海鷗的詩。

6230 □ **recite** [rɪˋsaɪt]	及物 朗誦（詩等）；詳述 不及物 背誦，朗誦 句型 SV, SVO 用法 recite a poem 朗誦一首詩 recite from John Keats 朗誦約翰・濟慈的詩
6231 □ **gull** [gʌl]	名 海鷗 (= seagull)

Dead leaves on the ground **rustled** as we walked along the **footpath**.
當我們沿著小徑行走時，地面上的枯葉發出沙沙聲。

6232 □ **rustle** [ˋrʌsl̩]	不及物 發沙沙聲；〔美〕偷牲畜 及物 使發出沙沙聲；〔美〕偷（牛等） 句型 SV, SVO
6233 □ **footpath** [ˋfʊtˌpæθ]	名（供人行走的）小徑

People **shrieked** when the Christmas **illuminations** on the street came on all at once.
當街道上聖誕燈飾一次亮起來時，民眾發出尖叫聲。

6234 □ **shriek** [ʃrik]	不及物 尖聲喊叫；（樂器等）發出尖銳聲 及物 尖叫 句型 SV, SVO 用法 shriek in terror 恐懼地尖叫 shriek with laughter 高聲地笑 shriek ... out 尖叫地說出… 名 尖叫聲；尖銳聲
6235 □ **illumination** [ɪˌlumə`neʃən]	名〔常用 illuminations〕燈飾；照明

He **shrugged** when I asked him about the sudden **abandonment** of the project in the **Antarctic**.
我問他為何突然放棄南極計畫時，他聳了聳肩。

6236 □ **shrug** [ʃrʌg]	不及物 聳肩 及物 聳（肩） 句型 SV, SVO 用法 shrug *one's* shoulders 聳肩 shrug ... off 對…不屑一顧 名 聳肩
6237 □ **abandonment** [ə`bændənmənt]	名 放棄，斷念 複數 無複數形，不可數
6238 □ **Antarctic** [æn`tarktɪk]	名 (the Antarctic) 南極地區 形〔限定用法〕南極（地區）的

We were **sipping** on some good **sherry** and talking about what the **horoscope** said about our fortune.
我們喝著上好的雪莉酒，並討論著我們的星座運勢。

6239 □ **sip** [sɪp]	不及物 啜飲 及物 啜飲 句型 SV, SVO 名 一小口；一小口的量
6240 □ **sherry** [ˋʃɛrɪ]	名 雪莉酒
6241 □ **horoscope** [ˋhɔrə͵skop]	名 占星術；（占星用的）十二宮圖

MP3 011

The **plump** baby was **slumbering** in the bed.
胖嘟嘟的小嬰兒正在床上安睡著。

6242 □ **plump** [plʌmp]	形 胖嘟嘟的；豐滿的
6243 □ **slumber** [ˋslʌmbɚ]	不及物 （安穩地）睡；靜止，休眠 句型 SV 名 睡眠；休眠，靜止

The **tramp** was **snoring** on a bench in the station.
那個遊民在車站的長椅上打鼾。

6244 □ **tramp** [træmp]	名 流浪者，遊民 不及物 邁著沉重的腳步行走；步行

6245 □ **snore** [snor]	不及物 打鼾 句型 SV 用法 snore loudly 鼾聲大作 名 鼾聲

The lorry splashed water all over me as it passed.
卡車通過時所濺起的水花潑得我滿身。

6246 □ **lorry** [ˋlɔrɪ]	名〔英〕卡車，運貨汽車
6247 □ **splash** [splæʃ]	及物 將…濺在；（報紙等）顯著報導 不及物 飛濺；潑起水花 句型 SV, SVO 用法 splash down（太空船）在水面上降落 名 濺；（水等濺起的）汙漬；（報紙等）顯著的報導

The stout boy squashed the parsley with his foot.
胖男孩用腳壓碎洋香菜。

6248 □ **stout** [staʊt]	形 肥胖的，粗壯的
6249 □ **squash** [skwaʃ]	及物 壓扁，壓碎 不及物 壓扁，壓碎；用力擠 句型 SV, SVO 名 易壓爛的物品；壁球，回力球
6250 □ **parsley** [ˋparslɪ]	名 洋香菜，歐芹

The man **stabbed** his **spear** into the trunk of the tree.
男子將矛刺進樹幹中。

6251 □ **stab** [stæb]	及物 刺，戳；刺傷 句型 SVO 名 刺傷；突如其來的（不快）情感
6252 □ **spear** [spɪr]	名 矛 及物 用矛刺

I **tumbled** into bed and slept like a log after the **exhausting** work.
做完累人的工作後，我倒在床上睡得像頭豬。

6253 □ **tumble** [\`tʌmbl̩]	不及物 跌倒；翻滾；（價格、股票等）暴跌；（建築物等）倒塌 句型 SV 用法 tumble over... 被…絆倒 tumble down... 從…跌下來 Oil prices tumbled. 油價大幅下跌。 名 跌倒；翻滾；倒塌；暴跌
6254 □ **exhausting** [ɪg\`zɔstɪŋ]	形 使人筋疲力竭的；消耗性的

好用★Phrase **sleep like a log** 睡得很熟，睡得很香甜

The **sleeper** car was **vibrating** so badly that he couldn't sleep well.
臥車晃得很厲害，讓他睡不好。

6255 □ **sleeper** [\`slipɚ]	名 臥車；睡覺者；（鐵路的）枕木

6256
□ **vibrate**
[ˋvaɪbret]

不及物 顫動；振動；（聲音）鳴響
及物 使振動
句型 SV, SVO
用法 vibrate with fear 因為恐懼而顫動

好用★Phrase **so ... that~** 如此…以致於~

He washed his towel in the **creek** and **wrung** it out.
他在溪中洗毛巾並擰乾。

6257
□ **creek**
[krik]

名 小河，小溪；〔英〕小灣

6258
□ **wring**
[rɪŋ]

及物 擰（濕的東西）；緊握；盡力取得
變化 wrung / wrung
句型 SVO, SVOC
ex She wrung the washcloth dry.
(S: She, V: wrung, O: the washcloth, C: dry)
她把浴巾擰乾。
用法 wring ... out 絞出…，扭出…
wring ... from / out of~ 向~強取（承諾、錢等）

She **zipped** up her daypack after removing the **takeout** sandwiches from it.
她從後背包拿出外帶三明治後就拉上了拉鍊。

6259
□ **zip**
[zɪp]

及物 拉開（或拉上）…的拉鍊
不及物 呼嘯前進；迅速進行
句型 SV, SVO, SVOC
ex He zipped his bag shut / open.
(S: He, V: zipped, O: his bag, C: shut / open)
他拉上 / 拉開包包的拉鍊。

	用法 zip ... up 拉上…的拉鍊 zip along 快速前進
6260 □ **takeout** [ˋtek͵aʊt]	形 供外帶的 名 **外賣菜餚；外賣餐館**

行為類動詞

MP3 012

The institute **administers** a **geology forum**, and the theme this year is "**Glaciers.**"
學會負責承辦地質學的論壇，而今年的主題是「冰河」。

6261 □ **administer** [əd`mɪnəstɚ]	及物 管理；執行（法律等）；給予（病人藥物等） 句型 SVO 用法 administer a country 治理國家 administer a company 管理公司 administer medication to... 給…投藥
6262 □ **geology** [dʒɪ`ɑlədʒɪ]	名 地質學；（某地區的）地質情況
6263 □ **forum** [`forəm]	名 論壇，公開討論會；公開討論的廣場
6264 □ **glacier** [`gleʃɚ]	名 冰河

The artist **adorned** the **altar** with **exquisite carvings.**
藝術家用巧奪天工的雕刻品裝飾祭壇。

6265 □ **adorn** [ə`dɔrn]	及物 裝飾；使具魅力 句型 SVO 用法 adorn ... with~ 用～裝飾… adorn *oneself* with... 用…裝扮
6266 □ **altar** [`ɔltɚ]	名 祭壇，聖餐台
6267 □ **exquisite** [`ɛkskwɪzɪt]	形 精美的；優雅的
6268 □ **carving** [`karvɪŋ]	名 雕刻品；雕刻（術）；切肉

The Road Traffic Law will **presumably** be **amended** during the **forthcoming** Diet session.
道路交通法應該會在下一次的國會會期中進行修正。

6269 □ **presumably** [prɪ`zuməblɪ]	副 大概，據推測
6270 □ **amend** [ə`mɛnd]	及物 修正（法律等）；改良 不及物 改過自新 句型 SV, SVO 用法 amend a bill 修正法案 amend an article of the constitution 修正憲法的條文

↑ TOEIC part 2, 3 常考！
It looks like we need to amend some terms in the contract.
我們似乎必須修改合約中的部分條款。

6271 □ **forthcoming** [ˌforθ`kʌmɪŋ]	形 即將到來的；隨時可得的

The Greeks **bestowed** olive **wreaths** on **victors** in the ancient Olympic Games.
在古代的奧林匹克競賽中，希臘人會為優勝者戴上橄欖樹枝做的頭冠。

6272 □ **bestow** [bɪ`sto]	及物 授與（榮譽、頭銜等），把…給予 句型 SVO 用法 bestow ... on~ 將…授與～
6273 □ **wreath** [riθ]	名 花冠，花環，花圈
6274 □ **victor** [`vɪktɚ]	名（競技等的）優勝者；戰勝者

■ **Greek** 希臘人
■ **Olympic Games** 奧林匹克運動會

The restaurant **caters** various events such as weddings, parties, and **luncheons**.
這家餐廳承辦婚禮、派對、午宴等各式各樣的宴席。

6275 □ **cater** [`ketɚ]	及物 提供（宴席等）飲食及服務 不及物 提供飲食及服務；滿足（要求），迎合 句型 SV, SVO 用法 cater for a party 為派對提供餐點
6276 □ **luncheon** [`lʌntʃən]	名（尤指正式的）午餐，午宴

好用★Phrase **such as...** 例如…

They **certified** the **applicant** as a **pharmacist** ten years ago.
他們在 10 年前發給這名申請者藥劑師執照。

6277
□ certify
[ˋsɜtəˏfaɪ]

及物 發證書（執照等）給；證實；保證；（正式）證明
句型 SVO
用法 certify ... as~ 證明…是～
certify that... 證明…

6278
□ applicant
[ˋæpləkənt]

名 申請人；應徵者

6279
□ pharmacist
[ˋfɑrməsɪst]

名 藥劑師

↑ TOEIC part 2, 3 常考！
You should seek advice from a doctor or pharmacist.
你應該諮詢醫師或藥劑師的意見。

She **cherishes** the **luxurious shawl** which she bought as a **souvenir** of a trip to Paris.
她非常珍惜去巴黎旅行時買來當紀念品的名貴披肩。

6280
□ cherish
[ˋtʃɛrɪʃ]

及物 珍愛；細心撫育；懷抱著（希望等）
句型 SVO
用法 cherish the memory of... 珍視…的回憶

6281
□ luxurious
[lʌgˋʒurɪəs]

! 注意重音

形 名貴的；奢華的

6282
□ shawl
[ʃɔl]

名 披肩，圍巾

6283 □ **souvenir** [ˌsuvəˋnɪr, ˋsuvəˌnɪr]	名 紀念品

TOEIC part 2, 3 常考！ I think this necklace would make a great souvenir.
我想這條項鍊會是很棒的紀念品。

■ **Paris** 巴黎

Jason is an **inexperienced trainee**, but he **compensates** for it with his **inherent diligence**.
傑森是缺乏經驗的受訓者，但是他與生俱來的勤奮精神彌補了這項不足。

6284 □ **inexperienced** [ˌɪnɪkˋspɪrɪənst]	形 無經驗的；不熟練的
6285 □ **trainee** [treˋni]	名 受訓者，實習生
6286 □ **compensate** [ˋkɑmpənˌset]	不及物 彌補；賠償 及物 彌補（缺點等）；賠償（損失等） 句型 SV, SVO 用法 compensate (*someone*) for... 補償（某人）… compensate ... with~ 用～補償…
6287 □ **inherent** [ɪnˋhɪrənt]	形〔多作限定用法〕與生俱來的，固有的
6288 □ **diligence** [ˋdɪlədʒəns]	名 勤奮 複數 無複數形，不可數

All restaurants must **conform** to **sanitary criteria**.
所有的餐廳都必須符合衛生標準。

6289
□ **conform**
[kən`fɔrm]
不及物 符合；遵照
及物 使符合；使遵從
句型 SV, SVO
用法 conform to / with... 與…相符；遵照…

6290
□ **sanitary**
[`sænə͵tɛrɪ]
形 衛生的

6291
□ **criterion**
[kraɪ`tɪrɪən]
名（判斷、批評等的）標準
複數 criteria, criterions

The two **superpowers contended** for natural resources in the **peninsula**.
兩大強國互相爭奪半島上的天然資源。

6292
□ **superpower**
[͵supɚ`paʊɚ]
名 超強大國

6293
□ **contend**
[kən`tɛnd]
不及物 爭奪，競爭；爭論
及物 堅決主張
句型 SV, SVO
用法 contend with... 與…競爭；應付…
contend for... 爭取…
contend over... 為…爭論
contend that... 堅決主張…

6294
□ **peninsula**
[pə`nɪnsələ]
名 半島

好用★Phrase **natural resources** 天然資源

MP3 013

The **contractor contrived** to avoid the **confrontation** with his clients and to conceal the **fraud**.
承包商設法避免與客戶起衝突並隱瞞詐欺行為。

6295 □ **contractor** [ˋkɑntræktɚ]	名 承包商；立契約者
6296 □ **contrive** [kənˋtraɪv]	及物 設法做到；策劃（壞事等）；發明 句型 SVO 用法 contrive a plot 謀劃 contrive to *V* 策劃做⋯；設法做到⋯
6297 □ **confrontation** [ˏkɑnfrʌnˋteʃən]	名 對立，衝突
6298 □ **fraud** [frɔd]	名 詐欺（行為）；騙子

You can **detach** the escape **capsule**, shaped like a **cone**, from the spaceship in case of emergency.
緊急時可以讓錐形逃生艙與太空船分離。

6299 □ **detach** [dɪˋtætʃ]	及物 使分離；派遣 不及物 分離 句型 SV, SVO 用法 detach ... from~ 將⋯從～分開 detach *oneself* from... 從⋯脫離
6300 □ **capsule** [ˋkæpsḷ] ! 注意發音	名 膠囊；太空艙 形〔限定用法〕小型的；簡要的

6301
□ **cone**
[kon]

名 圓錐體；圓錐形；錐形物（如裝冰淇淋的錐形筒、錐形路標等）

She **discarded** all of the old **dusters** and **washcloths** at the end of the year.
年底時她將全部的舊撢子及毛巾丟掉了。

6302
□ **discard**
[dɪˋskɑrd]

! 注意重音

及物 捨棄；〔紙牌〕擲出（不要的牌）
不及物 〔紙牌〕擲出不要的牌
句型 SV, SVO
用法 discard old ideas 拋棄舊有觀念
discard the habit of *Ving* 拋棄做…的習慣
名 放棄 [ˋdɪskɑrd]

6303
□ **duster**
[ˋdʌstɚ]

名 撢子；打掃灰塵的人

6304
□ **washcloth**
[ˋwɑʃˌklɔθ]

名（小型的）浴巾，毛巾

The government decided to **dispatch** three **destroyers** to the Indian Ocean.
政府決定派遣三艘驅逐艦到印度洋。

6305
□ **dispatch**
[dɪˋspætʃ]

及物 派遣；（迅速地）發出
句型 SVO
用法 dispatch an envoy 派遣使節
dispatch the peacekeeping forces to...
派遣維和部隊到…
名 派遣；發送

↑ TOEIC part 5, 6 常考！

If the items are in stock, your order will be dispatched immediately after payment is received.
如果商品有現貨，我們會在收到款項後立即為您出貨。

6306 □ **destroyer** [dɪˋstrɔɪɚ]	名 驅逐艦；破壞者

■ **Indian** 印度的

DVDs are now **prevalent** in many living rooms and are rapidly **displacing** VHS tapes.
DVD 現在是許多家庭客廳常見的娛樂，迅速取代了 VHS 錄影帶。

6307 □ **prevalent** [ˋprɛvələnt]	形 盛行的，普遍的
6308 □ **displace** [dɪsˋples]	及物 取代，替代；撤換；迫使（人）離開 句型 SVO 用法 displace ... from~ 強迫…離開～

■ **DVD (= digital video disk / digital versatile disk)** 數位多功能影音光碟
■ **VHS (= video home system)** 家用錄影系統

The **columnist distorted** the facts in his sports columns and got **fiery** criticism from readers.
專欄作家在他自己的運動專欄中扭曲事實，因而遭到讀者猛烈的批評。

6309 □ **columnist** [ˋkɑləm(n)ɪst]	名 專欄作家
6310 □ **distort** [dɪsˋtɔrt]	及物 扭曲（事實等）；弄歪（臉等） 句型 SVO 用法 distort the truth 扭曲事實 His face was distorted with pain. 他的臉因為痛苦而扭曲了。

6311
□ **fiery**
[ˋfaɪərɪ]

形〔多作限定用法〕激烈的；火紅的

A **piercing** shriek from outside **diverted** our attention from the **tiresome sermon**.
外面刺耳的尖叫聲轉移了我們對無聊布道內容的注意力。

6312
□ **piercing**
[ˋpɪrsɪŋ]

形（聲音等）尖銳的；（批判等）尖刻的；（寒氣等）刺骨的

6313
□ **divert**
[dɪˋvɝt, daɪ-]

及物 轉移（注意力）；使轉向
句型 SVO
用法 divert *one's* attention away from...
轉移某人對…的注意力

6314
□ **tiresome**
[ˋtaɪrsəm]

形 令人厭倦的，無聊的

6315
□ **sermon**
[ˋsɝmən]

名 布道，說教；惹人厭的長篇演說

好用★Phrase **from outside** 來自外面（的）

The novelist **donated** the **royalties** from her books to the victims of the hurricane **catastrophe**.
小說家將她書籍的版稅捐給颶風災民。

6316
□ **donate**
[ˋdonet]

及物 捐贈
句型 SVO
用法 donate money to... 捐錢給…
donate *one's* books to a library 把書捐給圖書館

6317
□ **royalty**
[ˋrɔɪəltɪ]

名〔常用 royalties〕版稅；權利金

6318 □ **catastrophe** [kə`tæstrəfɪ]	名 大災難

The **gigantic** company will **embark** on a new **undertaking** next spring.
這家大公司明年春天將會著手從事新的事業。

6319 □ **gigantic** [dʒaɪ`gæntɪk]	形 巨大的；龐大的；巨人似的
6320 □ **embark** [ɪm`bɑrk]	不及物 從事（新事業等）；乘船（或飛機等） 及物 乘（船、飛機等）；裝載；使從事 句型 SV, SVO 用法 embark on... 開始從事（事業、計畫等）；乘（飛機等）
6321 □ **undertaking** [ˌʌndɚ`tekɪŋ]	名 工作，事業；約定

The **harmonious choir enchanted** every person in the **auditorium**.
禮堂裡的每個人都陶醉在合唱團悅耳的歌聲中。

6322 □ **harmonious** [hɑr`monɪəs] ! 注意重音	形 和諧的，悅耳的；和睦的
6323 □ **choir** [kwaɪr] ! 注意發音	名（教會的）唱詩班；合唱團

6324
☐ **enchant**
[ɪn`tʃænt]

及物 使入迷；對…施以魔法
句型 SVO
用法 be enchanted by / with... 被…迷住，心醉於…

6325
☐ **auditorium**
[ˏɔdə`torɪəm]

名 禮堂；（劇場等的）觀眾席，聽眾席

MP3 014

It's not easy to **enforce** every law **evenly** and with **precision**.
要公平且精確地執行每一條法律並不容易。

6326
☐ **enforce**
[ɪn`fors]

及物 執行，實施；強迫；極力主張；強調（意見等）
句型 SVO
用法 enforce a contract 履行契約
enforce regulations 執行規定

6327
☐ **evenly**
[`ivənlɪ]

副 平等地；平坦地

6328
☐ **precision**
[prɪ`sɪʒən]

名〔有時用 a ...〕精確；精度
複數 無複數形，不可數

The doctor **erred** in his **diagnosis** because he failed to take an x-ray.
醫生因未替病人照 X 光而誤診。

6329
☐ **err**
[ɝ]
! 注意發音

不及物 犯錯，出差錯
句型 SV
用法 err in... 在…方面出錯
err in *Ving* 誤做了…

	To err is human, to forgive is divine. 〔諺語〕人皆有錯，唯聖者能恕。／人非聖賢，孰能無過。／錯為人之事，恕為神之業。
6330 □ **diagnosis** [ˌdaɪəg`nosɪs]	名〔醫學〕診斷；判斷 複數 diagnoses

↑ TOEIC part 2, 3 常考！ How did he react to the diagnosis of compound fracture?
對於被診斷出開放性骨折，他有什麼反應？

Several bodyguards **escorted** the **jeweler**.
珠寶商由幾名保鏢護衛著。

6331 □ **escort** [ɪ`skɔrt]	及物 護衛；護送（女子） 句型 SVO 用法 escort a lady to the party 陪伴女性赴宴 名 護衛者；護衛；陪女性赴宴的男士 [`ɛskɔrt]
6332 □ **jeweler** [`ʤuələ˞]	名 珠寶商；寶石匠

A leading politician **exerted decisive** influence in the **abolition** of the law.
有一位重要的政治人物在廢止這條法律上發揮了決定性的影響力。

6333 □ **exert** [ɪg`zɜt]	及物 發揮，產生（威力等）；施加（壓力等）；努力 句型 SVO 用法 exert *one's* pressure on... 施加壓力於… exert *one's* leadership in... 在…發揮領導能力 exert *oneself* to *V* 盡力做…

6334 □ **decisive** [dɪˋsaɪsɪv]	形 決定性的；果斷的；顯然的
6335 □ **abolition** [ˌæbəˋlɪʃən]	名（法律、制度等）廢止；〔有時用 Abolition〕〔美〕廢除奴隸制度 複數 無複數形，不可數

He **expended** great efforts to cut **bureaucracy** in the **municipal** government.
他努力消除市政府的官僚作風。

6336 □ **expend** [ɪkˋspɛnd]	及物 花費（金錢、時間、精力等） 句型 SVO 用法 expend money / energy on... 把錢 / 精力花費在… expend *one's* effort in *Ving* 努力做…
6337 □ **bureaucracy** [bjʊˋrɑkrəsɪ]	名 官僚作風（制度、政治等）；〔集合名詞〕官僚
6338 □ **municipal** [mjuˋnɪsəpl]	形〔多作限定用法〕市的；市政的；市立的

He **forsook** his **vocation** to become a **clergyman**.
他放棄了職業以成為神職人員。

6339 □ **forsake** [fɚˋsek]	及物 拋棄（信念等）；背棄（朋友） 變化 forsook / forsaken 句型 SVO 用法 forsake *one's* principles 拋棄信念 forsake *one's* friend 捨棄朋友

6340 □ **vocation** [voˋkeʃən]	名 職業；天職，使命
6341 □ **clergyman** [ˋklɜdʒɪmən]	名 神職人員，牧師，教士 複數 clergymen

His pianist's **competence** on the **accompaniment gratified** the singer.
他擔任琴師的伴奏能力讓那位歌手覺得很滿意。

6342 □ **competence** [ˋkampətəns]	名 能力；勝任
6343 □ **accompaniment** [əˋkʌmpənɪmənt]	名 伴奏；伴隨物，附加物
6344 □ **gratify** [ˋgrætə͵faɪ]	及物 使滿意，使高興；滿足（慾望等） 句型 SVO 用法 be gratified at the result 對結果感到滿意 be gratified to hear... 很高興聽到… be quite gratified that... 對…感到相當滿意

If you quit a **longtime** habit of smoking, you may **halve** the **hazard** of early **mortality**.
如果你能戒掉長久以來的抽菸習慣，你就能夠將早死的風險減半。

6345 □ **longtime** [ˋlɔŋ͵taɪm]	形〔限定用法〕長期的，歷時甚久的
6346 □ **halve** [hæv]	及物 將…減半；將…二等分 不及物 平分 句型 SV, SVO

	用法 halve the risk of... 將…的風險減半 halve the cost of... 將…的費用減半
6347 □ **hazard** [ˋhæzɚd]	名 危險；危險之源；偶然 及物 大膽說出；冒…的危險做
6348 □ **mortality** [mɔrˋtælətɪ]	名 必死性；（大量）死亡；死亡率 (= mortality rate) 複數 無複數形，不可數

Armed terrorists **hijacked** an airliner carrying a UN **delegation.**
武裝恐怖分子劫持了搭載聯合國代表團的飛機。

6349 □ **hijack** [ˋhaɪˏdʒæk]	及物 劫持（飛機等）；搶奪（運輸中的貨物） 句型 SVO 用法 hijack a jetliner 劫持噴射客機 名 劫持事件
6350 □ **delegation** [ˏdɛləˋgeʃən]	名〔集合名詞〕代表團；（職權等）委任

■ **UN (= United Nations)** 聯合國

Tariff barriers can **hinder** the potential of trade between the two countries.
關稅壁壘會妨礙兩國進行貿易的可能性。

6351 □ **tariff** [ˋtærɪf]	名 關稅；關稅率
6352 □ **hinder** [ˋhɪndɚ]	及物 妨礙；阻止 句型 SVO

用法 hinder economic development 妨礙經濟發展
hinder ... from *Ving* 阻止…做～

好用★Phrase **tariff barriers** 關稅壁壘

MP3 015

The developments in **territorial** negotiations are not **preferable** for us, but we cannot afford to **indulge** in **pessimism**.
雖然領土交涉的進展對我們不利，但我們卻不能陷入悲觀中。

6353
□ **territorial**
[ˌtɛrəˋtorɪəl]
形 領土的；區域性的

6354
□ **preferable**
[ˋprɛfərəbl̩]
形〔多作補述用法〕更值得的；較合人意的
用法 be preferable to... 比…更合人意

6355
□ **indulge**
[ɪnˋdʌldʒ]
不及物 沉溺；縱情
及物 沉溺；使滿足
句型 SV, SVO
用法 indulge *oneself* in pleasure 沉溺於享樂中

6356
□ **pessimism**
[ˋpɛsəmɪzəm]
名 悲觀；悲觀主義
複數 無複數形，不可數

好用★Phrase **cannot afford to *V*** 無法做…；負擔不起…

The **barbarians** kept moving **westward** and **intruded** into the empire.
野蠻人持續西進並侵入了帝國。

6357
□ **barbarian**
[barˋbɛrɪən]
名 野蠻人，未開化的人；無教養的人
形〔多作限定用法〕未開化的

6358 □ **westward** [ˋwɛstwɚd]	副 向西地，往西方地 形〔多作限定用法〕向（在）西的 名 (the ...) 西方
6359 □ **intrude** [ɪnˋtrud]	不及物 侵入；侵害 及物 把（意見等）強插入 句型 SV, SVO 用法 intrude into... 侵入… intrude upon *one's* privacy 干預某人的私生活 intrude *oneself* into... （硬）插入…；打擾…

好用★Phrase **keep *Ving*** 繼續做…

An aged **monk** had difficulty reading small letters, so he **magnified** them with a hand glass.
年老的僧侶在閱讀小字上有困難，因此用放大鏡把字放大。

6360 □ **monk** [mʌŋk]	名 僧侶，修道士
6361 □ **magnify** [ˋmægnəˏfaɪ]	及物 （用透鏡等）放大；誇大 句型 SVO 用法 magnify an image 將影像放大 The tsunami following the earthquake magnified the damage. 地震後隨之而來的海嘯使災情加劇。

As the ship **navigated** over the **equator**, some of the passengers were getting a **tan** on the deck.
當船航行到赤道附近時，有些乘客在甲板上做日光浴。

6362
□ **navigate**
[ˋnævəˏget]

不及物 航海；飛行；操縱；瀏覽網站
及物 駕駛（船、飛機等）；操縱（飛彈等）；瀏覽（網站）
句型 SV, SVO
用法 navigate the website(s) 瀏覽網站
navigate a yacht 駕駛小艇

6363
□ **equator**
[ɪˋkwetɚ]

名〔常用 the equator 或 the Equator〕赤道

6364
□ **tan**
[tæn]

名 日曬後的膚色；黃褐色，小麥色
及物 使（肌膚）曬成黃褐色
形 黃褐色的

好用★Phrase **get a tan** 把皮膚曬成小麥色，做日光浴

They **nominated** the **sophomore** girl for the Akutagawa Award.
他們提名那位大二女學生為芥川文學獎的候選人。

6365
□ **nominate**
[ˋnɑməˏnet]

及物 提名；推薦；任命
句型 SVO
用法 nominate ... for~ 提名…為～
be nominated for president / the presidency 被提名為總統候選人
nominate ... as the new Minister of Foreign Affairs 任命…為新任外交部長

6366
□ **sophomore**
[ˋsɑfəˏmor]

名（四年制大學的）大二學生

Many children suffer a vitamin **deficiency** because their parents do not **nourish** them properly.
許多兒童都有缺乏維他命的問題，這是因為他們的父母沒有提供他們足夠的營養。

6367 □ **deficiency** [dɪ`fɪʃənsɪ]	名 缺乏，不足
6368 □ **nourish** [`nɝɪʃ]	及物 給…營養；懷抱（希望、仇恨等）；助長 句型 SVO 用法 nourish a baby 給嬰兒營養

The communist **regime oppressed** many people.
共產主義政權壓迫了許多人。

6369 □ **regime** [rɪ`ʒim]	名 政權；政體；制度
6370 □ **oppress** [ə`prɛs]	及物 壓迫，嚴厲控制；使沉重 句型 SVO 用法 oppress human rights 壓迫人權 feel oppressed by / with... 因…而感到鬱悶

The **collision overturned** both the **freight** ships.
兩艘貨船因碰撞而翻覆了。

6371 □ **collision** [kə`lɪʒən]	名 碰撞；（意見、利益等）衝突

6372 □ **overturn** [ˌovɚ`tɝn]	及物 使翻覆；顛覆（意見）；推翻（體制等） 不及物 翻轉，傾覆 句型 SV, SVO 用法 overturn a decision 推翻一項決定 overturn the government 推翻政府
6373 □ **freight** [fret] ! 注意發音	名（運輸的）貨物；貨運 複數 無複數形，不可數 及物 裝貨於

好用★Phrase **both of...** 兩者都…

The **delegates** are going to **partake** in the **ceremonial** meeting tonight.
代表將出席今晚的典禮。

6374 □ **delegate** [`dɛlɪgɪt, -ˌget]	名 代表；代議員（有發言權但無投票權） 及物 委任（職務等）；委派…為代表 [`dɛlɪˌget]
6375 □ **partake** [pɑr`tek]	不及物 參加；吃，喝；帶有幾分性質 變化 partook / partaken 句型 SV 用法 partake in... 參加… partake of... 帶有幾分…的性質
6376 □ **ceremonial** [ˌsɛrə`monɪəl]	形 儀式的；禮儀上的 名 儀式；禮節

The surgeon applied a bandage to the wound on my leg and prescribed some drugs.
外科醫生用繃帶包紮了我腿部的傷口，並開了一些藥給我。

6377 □ **bandage** [ˋbændɪʤ]	名 繃帶 及物 用繃帶包紮
6378 □ **prescribe** [prɪˋskraɪb]	及物 開（處方），囑咐（療法）；規定；指示 不及物 開藥方，給醫囑；規定 句型 SV, SVO 用法 prescribe medicine for... 開藥給… prescribe antibiotics / tranquilizers 開抗生素 / 鎮定劑

MP3 016

The clergy presided over the ceremony.
神職人員主持典禮。

6379 □ **clergy** [ˋklɝʤɪ]	名〔集合名詞；用作複數〕神職人員，僧侶
6380 □ **preside** [prɪˋzaɪd]	不及物 擔任會議主席，主持 句型 SV 用法 preside over... 主持…

Several pieces of timber are propping up the roof of the old barracks.
數根木頭支撐著舊兵營的屋頂。

6381 □ **timber** [ˋtɪmbɚ]	名 木材 複數 無複數形，不可數

6382 □ **prop** [prɑp]	及物 支撐；支持；把…倚靠在 句型 SVO 用法 prop ... up 支撐住… 名 支柱；支持者
6383 □ **barrack** [ˋbærək]	名〔常用 barracks〕兵營

You had better **prune** the **twigs** off the trees in your garden.
你最好修剪一下花園裡的樹枝。

6384 □ **prune** [prun]	及物 修剪（枝幹）；削減；刪除 句型 SVO 用法 prune ... away 修剪（枝幹）；刪除（多餘部分） prune ... down 修剪（樹枝等）；削減 名 梅乾
6385 □ **twig** [twɪg]	名 小樹枝

She sometimes **rationalizes** drinking alcohol by saying it will save her from sinking into **melancholy**.
她有時候會把喝酒合理化，辯說這能讓她免於陷入憂鬱中。

6386 □ **rationalize** [ˋræʃənə͵laɪz]	及物 使（行為等）合理化；使（企業等的）經營合理化 不及物 實行合理化 句型 SV, SVO 用法 rationalize *Ving* 將做…一事合理化 rationalize *one's* actions 將行為合理化 rationalize the management 使經營合理化

6387
□ **melancholy**
[ˋmɛlən͵kalɪ]

❗ 注意重音

名 憂鬱；愁思
複數 無複數形，不可數
形 憂鬱的

I was **unsure** if the damage was **intentional** or not, so I **refrained** from making any comments.
我不確定損害是有意或無意所造成的，因此我沒有做任何評論。

6388
□ **unsure**
[͵ʌnˋʃʊr]

形 沒把握的，缺乏信心的；不確定的

6389
□ **intentional**
[ɪnˋtɛnʃənl]

形 故意的

6390
□ **refrain**
[rɪˋfren]

不及物 忍住；戒除
句型 SV
用法 refrain from... 克制不要⋯
refrain from *Ving* 克制不要做⋯
名（詩、歌各節結尾的）疊句

↑ TOEIC part 4 常考！
The group is calling on consumers to refrain from purchasing products through this website.
這個團體呼籲消費者不要透過這個網站購物。

Manufacturers want to **reinforce** the **feedback loop** between their development teams and customers.
製造商想要強化研發團隊與顧客之間的回饋回路。

6391
□ **reinforce**
[͵riɪnˋfɔrs]

及物 強化（論據等）；補強（建築物等）；增強（軍隊等）
句型 SVO

用法 reinforce *one's* arguments 強化主張
reinforce the guard around... 在…周邊增加警衛
reinforce ... with~ 用～強化…

↑ TOEIC part 2, 3 常考！

You need some concrete examples to reinforce your point.
你必須用些具體的例子強化你的論點。

6392
□ **feedback**
[ˋfid͵bæk]
名 反應，回饋；〔電學〕回授

6393
□ **loop**
[lup]
名〔電學〕回路；（用線等繞成的）圈；環狀物
及物 使成圈，把…打成環

The company has **reorganized** its **subsidiaries** into three divisions.
公司已經將子公司重組成三個部門。

6394
□ **reorganize**
[riˋɔrgə͵naɪz]
及物 重新組織
不及物 重新組織
句型 SV, SVO
用法 reorganize ... into~ 將…重組為～

6395
□ **subsidiary**
[səbˋsɪdɪ͵ɛrɪ]
名 子公司
形 隸屬的；輔助的；補貼的

The novel was made into a film five years ago, and **thereafter** its publishers have **reprinted** it several times.
這本小說五年前被拍成電影，從那時起，出版商已經多次再刷了。

6396
□ **thereafter**
[ðɛrˋæftɚ]
副 從那時以後

6397
□ **reprint**
[͵ri`prɪnt]

及物 重印，再刷
不及物 再刷
句型 SV, SVO
名 重印；重印本 [`ri͵prɪnt]

好用★Phrase **be made into a film** 拍成電影

The long wall over there **safeguarded** the city against **aggression** until the end of the 18th century.
直到 18 世紀末以前，這道長牆保護著這座城市免於受到侵略。

6398
□ **safeguard**
[`sef͵gɑrd]

及物 保衛
句型 SVO
用法 safeguard ... from / against~ 保衛…免於～
名 安全裝置；保障措施

6399
□ **aggression**
[ə`grɛʃən]

名 侵略；攻擊

He **skimmed** the **editorial** on the importance of citizen **diplomacy**.
他瀏覽了那篇關於公民外交之重要性的社論。

6400
□ **skim**
[skɪm]

及物 瀏覽；撇去（液體）表面浮物；掠過（水面等）；（為逃稅而）隱瞞（部分收入等）
不及物 飛快掠過（水面等）；瀏覽，略讀
句型 SV, SVO
用法 skim through... 瀏覽…
skim ... from~ 從～撇去…
skim the water's surface （鳥等）掠過水面

6401
□ **editorial**
[͵ɛdə`tɔrɪəl]

名 社論
形 〔多作限定用法〕編輯的

6402 □ **diplomacy** [dɪ`ploməsɪ]	名 外交；外交手腕 複數 無複數形，不可數

MP3 017

A stranger **slew** the **ranch** owner when he was on his way back from the **saloon**.
牧場主人從酒吧回家的路上被一名陌生人殺害了。

6403 □ **slay** [sle]	及物 殺害；〔美俚〕使笑破肚皮 變化 slew / slain 句型 SVO 用法 be slain 被殺害
6404 □ **ranch** [ræntʃ]	名 大牧場；大農場
6405 □ **saloon** [sə`lun]	名 （19 世紀美國西部常見的）酒吧；公共大廳；交誼廳

好用★Phrase **on *one's* way back from...** 從…回家的路上

The **rebellious** army **subdued** the imperial army, and the **tyrant** was taken **captive**.
叛軍制服了皇家軍隊，而暴君也被俘虜了。

6406 □ **rebellious** [rɪ`bɛljəs]	形 造反的；難控制的
6407 □ **subdue** [səb`d(j)u]	及物 制服（敵人等）；征服（國家等）；鎮壓（暴動等）；抑制；使（顏色、音量等）變柔和 句型 SVO

	用法 subdue a riot with tear gas 用催淚瓦斯鎮壓暴動 subdue *one's* anger 抑制憤怒 subdue inflation 抑制通貨膨脹
6408 □ **tyrant** [ˋtaɪrənt]	名 暴君；專制君主；獨裁者
6409 □ **captive** [ˋkæptɪv]	形 被俘虜的 名 俘虜

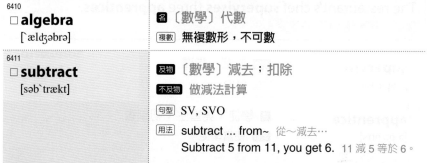

I made a careless mistake on the **algebra** test, and my teacher **subtracted** ten points from my score.
我在代數考試時犯了一個粗心的錯誤，老師扣了我 10 分。

6410 □ **algebra** [ˋældʒəbrə]	名〔數學〕代數 複數 無複數形，不可數
6411 □ **subtract** [səbˋtrækt]	及物〔數學〕減去；扣除 不及物 做減法計算 句型 SV, SVO 用法 subtract ... from~ 從～減去… Subtract 5 from 11, you get 6. 11 減 5 等於 6。

↑ TOEIC part 7 常考！
Enter your coupon number, and the value of the coupon will be subtracted from the total amount of purchase.
輸入折價券號碼，折價的金額會從你購物的總額中扣除。

He **summarized** his essay, which was titled "**Verbal** Communication."
他總結他的文章，稱之為「口語溝通」。

6412
□ **summarize**
[ˋsʌmə͵raɪz]

及物 總結，概述
句型 SVO
用法 summarize the results of... 為…的結果做結論
succinctly / neatly summarize... 簡要地講…

6413
□ **verbal**
[ˋvɝbḷ]

形〔多作限定用法〕口頭的；措辭的；〔文法〕動詞的
名〔文法〕動狀詞（包含不定詞、分詞及動名詞）

The restaurant's chef **supervises** three **apprentices**.
餐廳主廚負責督導三名學徒。

6414
□ **supervise**
[ˋsupɚ͵vaɪz]

及物 監督，指導
句型 SVO

6415
□ **apprentice**
[əˋprɛntɪs]

名 學徒，見習生；初學者
及物 使當學徒

She **sweetened** the **chestnuts** by boiling them with a **scoop** of honey.
她用一匙蜂蜜煮栗子，讓栗子變甜。

6416
□ **sweeten**
[ˋswitn̩]

及物 使變甜；使（氣氛等）和緩
不及物 變甜
句型 SV, SVO
用法 sweeten ... up 使…變甜

6417 □ **chestnut** [ˋtʃɛs͵nʌt]	名 栗子；栗樹
6418 □ **scoop** [skup]	名 一勺的量；勺子；鏟子；獨家新聞 及物 用勺子舀；用鏟子挖（洞等）；搶先報導

The **tile** craftsman **toiled** for a week to complete the interior of the house.
瓷磚工人辛苦工作一週後才將房子內部鋪設完成。

6419 □ **tile** [taɪl]	名 瓷磚 及物 鋪瓷磚於
6420 □ **toil** [tɔɪl]	不及物 辛苦地工作；跋涉 句型 SV 用法 toil at / over *one's* work 努力進行工作 toil up the steep slope 艱難地走上陡坡 名 勞苦；苦工

She lost her **tolerance** of the manager's unreasonable ways when he **trampled** on her sincerity.
經理踐踏她的誠意後，她就再也無法容忍他不合理的行為。

6421 □ **tolerance** [ˋtɑlərəns]	名 寬容；忍耐；（對藥物等的）耐受性
6422 □ **trample** [ˋtræmpl̩]	不及物 蔑視；踩踏，腳步沉重地走 及物 蔑視（感情等）；踩踏 句型 SV, SVO 用法 trample on... 蔑視（權利等） trample about 腳步沉重地走來走去

The lower court sentenced the **storekeeper** to five years' **imprisonment**, and the high court **upheld** the decision.
下級法院判決店主五年有期徒刑，而高等法院也支持這項決定。

6423 □ **storekeeper** [ˋstor͵kipɚ]	名 店主；倉庫管理員
6424 □ **imprisonment** [ɪmˋprɪzənmənt]	名 監禁，入獄；束縛 複數 無複數形，不可數
6425 □ **uphold** [ʌpˋhold]	及物 支持（決定、想法、行為等）；維護（權利等）；舉起（物品） 變化 upheld / upheld 句型 SVO 用法 uphold the sentence 支持判決 uphold *one's* right to a natural death 維護自然死亡的權利

The **prophet withstood insulting** and **scornful** words from the crowd.
先知忍受了群眾侮辱與輕蔑的言語。

6426 □ **prophet** [ˋprɑfɪt]	名 先知；預言者；(the Prophet)（回教先知）穆罕默德
6427 □ **withstand** [wɪðˋstænd]	及物 抵抗（攻擊等）；耐（摩擦等） 變化 withstood / withstood 句型 SVO 用法 withstand pressure / impacts 禁得起壓力 / 衝擊 design ... to withstand earthquakes 設計可抗震的…
6428 □ **insulting** [ɪnˋsʌltɪŋ]	形 侮辱的，無禮的

6429 □ **scornful** [ˋskɔrnfəl]	形 輕蔑的；鄙視的

The violent tempest wrecked an oil tanker off the coast of the island.
一艘在島嶼岸邊的油輪因猛烈的暴風雨而失事。

6430 □ **tempest** [ˋtɛmpɪst]	名 暴風雨；大騷動
6431 □ **wreck** [rɛk]	及物 使（船）失事；毀壞（建築物等）；使（計畫等）挫敗 句型 SVO 用法 be wrecked （船）失事 wreck *one's* holidays 毀了某人的假期 名 失事，遇難；破壞；殘骸
6432 □ **tanker** [ˋtæŋkɚ]	名 油輪；運油飛機

知覺・思考類動詞

MP3 018

He is a **zealous reptile enthusiast** and especially **adores lizards**.
他是個熱愛爬蟲類的狂熱分子，特別是蜥蜴。

6433 □ **zealous** [`zɛləs]	形 狂熱的；熱心的
6434 □ **reptile** [`rɛptaɪl, -tɪl]	名 爬蟲類動物；卑劣的人
6435 □ **enthusiast** [ɪn`θ(j)uzɪˌæst]	名 …狂，狂熱者
6436 □ **adore** [ə`dor]	及物 熱愛；景仰（人）；崇拜（神） 句型 SVO 用法 adore sweets 熱愛甜食 She adores Bruce Willis. 她很崇拜布魯斯・威利。
6437 □ **lizard** [`lɪzɚd]	名 蜥蜴

She has never **beheld** such a **frightful** and **pathetic occurrence**.
她從未見過如此可怕且悲慘的事件。

6438 □ **behold** [bɪ`hold]	及物 看見；〔常用於祈使句〕注視 變化 beheld / beheld 句型 SVO 用法 Behold that star! 你看那顆星星！
6439 □ **frightful** [`fraɪtfəl]	形 令人毛骨悚然的
6440 □ **pathetic** [pə`θɛtɪk]	形 悲慘的；可憐的
6441 □ **occurrence** [ə`kɝəns]	名 事件；(事情等）發生

The **marshal clung** to his **dogmatic** point of view.
最高指揮官堅持自己獨斷的觀點。

6442 □ **marshal** [`marʃəl]	名 最高指揮官，元帥；(集會等的）典禮官 及物 使（部隊等）排列；整理
6443 □ **cling** [klɪŋ]	不及物 執著；緊緊抓住 變化 clung / clung 句型 SV 用法 cling to... 堅持於…；緊抓著…
6444 □ **dogmatic** [dɔg`mætɪk]	形 武斷的；教義的，教條的

好用★Phrase **point of view** 觀點

The **admiral contemplated** the **disastrous** defeat in the battle.
艦隊司令對戰事慘敗一事苦思冥想。

6445 □ **admiral** [ˋædmərəl]	名〔常用 Admiral〕海軍艦隊司令官，海軍將官
6446 □ **contemplate** [ˋkɑntəm͵plet]	及物 仔細思考；打算 句型 SVO 用法 contemplate the present situation 思考現況 contemplate what to do next 思考接下來要怎麼做 contemplate *Ving* 打算做…
6447 □ **disastrous** [dɪˋzæstrəs]	形 損失慘重的；帶來災害的

The magnificent and **picturesque panorama** from the mountain top **dazzled** us.
山頂上壯觀且如詩如畫的全景讓我們讚嘆不已。

6448 □ **picturesque** [͵pɪktʃəˋrɛsk] ! 注意重音	形 風景如畫的
6449 □ **panorama** [͵pænəˋræmə]	名 全景；一連串的景象
6450 □ **dazzle** [ˋdæzl̩]	及物 使讚嘆；（光）使目眩 不及物 （光）眩目 句型 SV, SVO 用法 be dazzled by... 被…迷惑

The company **deemed** it necessary to make some **alterations** to the route of the **pipeline**.
公司認為有必要對輸送管線的路線做一些調整。

6451 □ **deem** [dim]

及物 認為

句型 SVO, SVOC

ex I do not deem him (to be) worthy of this honor.
(S: I / V: deem / O: him / C: (to be) worthy of this honor)

我不認為他配得這項榮譽。

用法 I deem that it is an honor to serve you.
我認為為您服務是一項光榮。

deem it necessary to *V* 認為做…是有必要的

6452 □ **alteration** [ˏɔltəˋreʃən]

名 變更；校改

6453 □ **pipeline** [ˋpaɪpˏlaɪn]

名 輸送管線

Can you **differentiate** between the **consonants** [l] and [r] in English?
你能區分英文 [l] 和 [r] 這兩個子音的不同嗎？

6454 □ **differentiate** [ˏdɪfəˋrɛnʃɪˏet]

不及物 辨別，區分

及物 辨別，區分

句型 SV, SVO

用法 differentiate a rat from a mouse
辨別大鼠和小鼠的不同

differentiate between ... and~ 辨別…與～的不同

6455 □ **consonant** [ˋkɑnsənənt]

名 子音；子音字母

形 一致的，協調的；〔音樂〕諧和音的

■ **English** 英語

Incessant noise from the factory **distracted** her, so she couldn't concentrate on her work.
工廠不斷發出的噪音使她分心，讓她無法專心工作。

6456
□ **incessant**
[ɪn`sɛsənt]

形〔多作限定用法〕連續不斷的

6457
□ **distract**
[dɪ`strækt]

及物 分散（注意力等）；使精神錯亂

句型 SVO

用法 distract *one's* mind from... 將心思從…岔開
distract *oneself* by *Ving* 做…以轉移注意力
be distracted by... 因…而心神大亂

好用★Phrase **concentrate on...** 專心於…

He **foresaw** that the discovery would mark a new **epoch** in **archaeology**.
他預料這項發現將會開創考古學的新紀元。

6458
□ **foresee**
[for`si]

及物 預料，認為；預見，預知

變化 foresaw / foreseen

句型 SVO

用法 foresee the results of... 預知…的結果
foresee impending danger 預見危險逼近中

TOEIC part 5, 6 常考！
We do not foresee any significant challenges for our business over the next five years.
可預見地，我們的事業在今後的五年之間應該不會遇到任何重大的挑戰。

6459
□ **epoch**
[`ipɑk, `ɛpək]

名 新紀元；時期；值得紀念的事件

6460
□ **archaeology**
[ˌarkɪ`ɑlədʒɪ]

名 考古學

複數 無複數形，不可數

The **colonel glared** at the **seaman** with an **indignant** look.
上校面有慍色地盯著水兵看。

6461 □ **colonel** [ˋkɝnl̩]	名 上校
6462 □ **glare** [glɛr]	不及物 怒目注視；（太陽）眩目地照射 及物 用憤怒的目光表示（憎惡等） 句型 SV, SVO 用法 glare angrily / menacingly at... 用憤怒／威脅的眼光盯著⋯ 名 耀眼的光；怒視
6463 □ **seaman** [ˋsimən]	名 船員，水手；〔海軍〕水兵 複數 seamen
6464 □ **indignant** [ɪnˋdɪgnənt]	形 憤慨的

MP3 019

I warned her about her **alcoholism** again and again, but she never **heeded** my advice.
我再三警告她說她有酗酒的問題，但她一直不肯接受我的勸告。

6465 □ **alcoholism** [ˋælkəhɔˌlɪzəm]	名 酗酒，酒精中毒 複數 無複數形，不可數
6466 □ **heed** [hid]	及物 留意 句型 SVO 用法 heed *one's* warning 留心某人的警告 名〔常用 give / pay / take heed to...〕留心，注意

好用★Phrase **again and again** 再三地，反覆地

The **rash** on my arm has been **itching** since I put this **lotion** on it.
從我擦這個化妝水開始，我手臂上的疹子一直很癢。

6467 □ **rash** [ræʃ]	名 疹子 形 輕率的；魯莽的
6468 □ **itch** [ɪtʃ]	不及物 發癢；渴望 及物 使發癢 句型 SV, SVO 用法 itch for... 渴望… 名 癢；渴望
6469 □ **lotion** [ˋloʃən]	名 化妝水；外用藥水

The captain **lamented** the death of the **sergeant** who was killed in the **calamity**.
分局隊長哀悼在災難中喪生的巡佐。

6470 □ **lament** [ləˋmɛnt]	及物 哀悼，悲嘆；悔恨 不及物 哀悼，悲嘆 句型 SV, SVO 用法 lament the death of... 為…的死感到悲慟 lament *Ving* 後悔做了… 名 悲慟，哀悼
6471 □ **sergeant** [ˋsɑrdʒənt] ! 注意發音	名 巡佐；〔軍隊〕中士
6472 □ **calamity** [kəˋlæmətɪ]	名 災難；不幸

The **sociologist meditated** on an **alternate** method to study the effect of **propaganda**.
社會學家思索著用另一種方式來研究宣傳的效果。

6473
□ **sociologist**
[ˌsoʃɪ`ɑlədʒɪst]
名 社會學家

6474
□ **meditate**
[`mɛdəˌtet]
不及物 深思熟慮
及物 計畫
句型 SV, SVO
用法 meditate on / over... 仔細考慮…
meditate a visit to her daughter
打算去看她的女兒

6475
□ **alternate**
[`ɔltənɪt]
形 供替換的；輪流的
名 代理人，替代者，候補者
不及物 輪流發生 [`ɔltəˌnet]

TOEIC part 2, 3 常考！
Is there an alternate way to install this application?
有其他方法可以安裝這個應用程式嗎？

6476
□ **propaganda**
[ˌprɑpə`gændə]
名（對主義、信念的）宣傳

She was **musing** about a **cordial** letter from her **attorney**.
她正在思索著律師誠心寫給她的信件。

6477
□ **muse**
[mjuz]
不及物 沉思
句型 SV
用法 muse about / over... 沉思…

6478
□ **cordial**
[`kɔrdʒəl]
形 誠心誠意的；有興奮作用的
名 補品；甘露酒

6479
□ **attorney**
[ə`tɝnɪ]

名 〔美〕律師；法定代理人

Multiple **simultaneous** system failures **paralyzed** the bank's service for half a day.
同一時間出現了多個系統故障，讓銀行業務癱瘓了半天。

6480
□ **simultaneous**
[ˌsaɪml̩`tenɪəs]

形 同時發生的，同步的

6481
□ **paralyze**
[`pærəˌlaɪz]

及物 使全面停頓；使癱瘓，使麻痺

句型 SVO

用法 be paralyzed with cold 冷到無法動彈
be paralyzed from the waist down 下半身癱瘓
be paralyzed on *one's* left / right side
左／右半身癱瘓

I **presume** that trade **friction** will become a **hindrance** to commerce between the two countries.
我認為貿易摩擦將會成為兩國間的貿易障礙。

6482
□ **presume**
[prɪ`zum]

及物 認為；推測

不及物 推測

句型 SV, SVO

用法 presume that... 認為…
It is presumed that... 根據推斷，……
be presumed innocent 推定無罪

↑ TOEIC part 7 常考！
It would be unreasonable to presume that the company revenue will continue to grow at the same pace as in the past few years.
認為公司盈收持續成長的步調會和過去幾年相同是不合理的事。

6483 □ **friction** [ˋfrɪkʃən]	名 衝突，摩擦；〔物理〕摩擦（力）
6484 □ **hindrance** [ˋhɪndrəns]	名 阻礙；障礙物

好用★Phrase **trade friction** 貿易摩擦

Do you **reckon** that his **assertion** will have any influence on this case?
你認為他的主張會對這個案子產生任何影響嗎？

6485 □ **reckon** [ˋrɛkən]	及物 以為；斷定；數，計算；把…看作 不及物 數，計算 句型 SV, SVO 用法 reckon that... 料想…，認為… reckon ... as / to be~ 把…看作～，認為…是～ reckon on... 寄望… reckon on *one's Ving* 盼望某人做…
6486 □ **assertion** [əˋsɝʃən]	名 主張，斷言

He **recollected** his travel with a **caravan** moving **eastward** across the desert.
他回想起和商隊一起向東穿越沙漠的旅程。

6487 □ **recollect** [ˌrɛkəˋlɛkt]	及物 回想，記起 不及物 回憶 句型 SV, SVO 用法 recollect *Ving* 想起做了… recollect that... 記得…

6488 □ **caravan** [`kærə͵væn]	名（往來於沙漠的）商隊；大型篷車
6489 □ **eastward** [`istwɚd]	副 向東地，往東方地 形〔多作限定用法〕向（在）東的 名 (the ...) 東方

The **navigator repented** his **thoughtless** conduct.
航海者對於自己輕率的行為感到後悔。

6490 □ **navigator** [`nævə͵getɚ]	名 航海者；駕駛員；導航裝置
6491 □ **repent** [rɪ`pɛnt]	及物 對…感到後悔 不及物 後悔 句型 SV, SVO 用法 repent of *Ving* 後悔做了…
6492 □ **thoughtless** [`θɔtlɪs]	形 輕率的；不為他人著想的

The **steward stiffened** with **fright** when he heard the **gunshot**.
乘務員聽到槍響後，因害怕而全身僵硬。

6493 □ **steward** [`st(j)uɚd]	名（火車等的）乘務員；管家，幹事
6494 □ **stiffen** [`stɪfən]	不及物 身體僵硬；變固執；變挺 及物 使僵直；使變硬；使（態度等）強硬 句型 SV, SVO

	用法 His body stiffened with tension. 他的身體因為緊張而僵硬。 stiffen *one's* body 挺起身體 stiffen *one's* attitude toward... 對…採取強硬的態度
6495 □ **fright** [fraɪt]	名（突然的）驚嚇，恐怖；奇醜的人（或物）
6496 □ **gunshot** [ˋgʌn͵ʃɑt]	名 槍砲聲；槍砲射擊；射程 形 **槍砲射擊所造成的**

The tennis player's determination **wavered**, and she lost in the **semifinal**.
那位網球選手的決心動搖了，因而在準決賽中落敗。

6497 □ **waver** [ˋwevɚ]	不及物 猶豫，動搖；搖晃 句型 SV 用法 waver in... 對…猶豫不決 名 **動搖**
6498 □ **semifinal** [͵sɛmɪˋfaɪnl]	名 準決賽 形 **準決賽的**

名詞

MP3 020

生物	Word · 單字	Meaning · 字義	Usage · 用法
生物	6499 □ **canary** [kəˋnɛrɪ] ! 注意重音	名 金絲雀；淡黃色	keep a canary 養金絲雀
	6500 □ **crab** [kræb]	名 螃蟹	crab meat 蟹肉
	6501 □ **leopard** [ˋlɛpəd]	名 豹；豹皮	a black leopard 黑豹
	6502 □ **rooster** [ˋrustə]	名 公雞；狂妄自負的人，好鬥者	the crow of a rooster 公雞啼
	6503 □ **slug** [slʌg]	名 蛞蝓 及物 重擊	Slugs are harmful pests. 蛞蝓是害蟲。
	6504 □ **snail** [snel]	名 蝸牛	at a snail's pace 極緩慢地，牛步
	6505 □ **swarm** [swɔrm]	名（昆蟲等）一大群；群衆 不及物 成群地移動或出現；擠滿	a swarm of red ants 一大群紅螞蟻
動作·運動	6506 □ **avoidance** [əˋvɔɪdəns]	名 逃避 複數 無複數形，不可數	the avoidance of responsibility 逃避責任

Word · 單字	Meaning · 字義	Usage · 用法
6507 □ **continuity** [ˏkantə`njuətɪ]	名 連續；連續的狀態；完整的一系列	historical continuity 歷史延續性
6508 □ **contraction** [kən`trækʃən]	名 收縮；縮短；（開支等）縮減；〔文法〕縮寫	the contraction of muscles 肌肉收縮
6509 □ **conversion** [kən`vɜʒən, -ʃən]	名 轉換；（車等）改造	the conversion of a file format 轉換檔案格式
6510 □ **disappearance** [ˏdɪsə`pɪrəns]	名 消失；看不見；失蹤	the disappearance of the right of inheritance 繼承權的喪失
6511 □ **emergence** [ɪ`mɜdʒəns]	名 出現 複數 **無複數形，不可數**	the emergence of a superpower 超級強權的興起
6512 □ **emission** [ɪ`mɪʃən]	名 排放；放射	the emission of dioxin 排放戴奧辛
6513 □ **omission** [o`mɪʃən]	名 省略，刪除；疏忽	There are a few omissions on her report. 在她的報告裡有一些疏漏的地方。
6514 □ **relay** [`rile]	名 接替；接力賽 (= relay race)；轉播 及物 **轉播** [`rile, rɪ`le]	by relay 以實況轉播的方式
6515 □ **rotation** [ro`teʃən]	名 旋轉；循環；〔天文〕自轉；輪流	in rotation 輪流地

MP3 021

身體・疾病・藥物

Word・單字	Meaning・字義	Usage・用法
6516 □ **wrestling** [`rɛslɪŋ]	名 摔角 複數 無複數形，不可數	a wrestling match 摔角比賽
6517 □ **bellybutton** [`bɛlɪˏbʌtn̩]	名 肚臍	expose *one's* bellybutton 露出肚臍
6518 □ **bosom** [`bʊzəm] ! 注意發音	名 胸部；內心	keep ... in *one's* bosom 把…藏在心裡
6519 □ **disposition** [ˏdɪspə`zɪʃən]	名〔常用 a ...〕性情；傾向	have a mild disposition 性情溫和
6520 □ **eyelash** [`aɪˏlæʃ]	名 睫毛	wear false eyelashes 戴假睫毛
6521 □ **eyelid** [`aɪˏlɪd]	名 眼瞼	a single-edged / double-edged eyelid 單／雙眼皮
6522 □ **eyesight** [`aɪˏsaɪt]	名 視力；視野 複數 無複數形，不可數	have good / poor eyesight 視力良好／不良
6523 □ **incidence** [`ɪnsɪdəns]	名〔常用 a / the ...〕發生率；發生範圍；影響範圍	the incidence of stomach cancer 胃癌的發生率

TOEIC part 2, 3 常考！

So far, there has been a low incidence of flu this year.
到目前為止，今年流感的發生率不高。

Word · 單字	Meaning · 字義	Usage · 用法
6524 □ **injection** [ɪn`dʒɛkʃən]	名 注射；（資金等）投入	get an injection 接受注射

TOEIC part 2, 3 常考！ Why don't you have an injection at the hospital? 你何不去醫院打一針？

Word · 單字	Meaning · 字義	Usage · 用法
6525 □ **knuckle** [`nʌkḷ]	名 指關節 及物 用指關節敲打	crack *one's* knuckles 折指關節以發出喀喀聲
6526 □ **poisoning** [`pɔɪzənɪŋ]	名 中毒 複數 無複數形，不可數	mass food poisoning 集體食物中毒
6527 □ **sexuality** [ˌsɛkʃu`ælətɪ]	名 性慾；性徵；對性的興趣 複數 無複數形，不可數	worry about sexuality 對性事焦慮
6528 □ **swelling** [`swɛlɪŋ]	名 腫脹；隆起物；膨脹 形 腫脹的	the swelling of limbs 四肢腫脹
6529 □ **thigh** [θaɪ]	名 大腿；（鳥類的）腿部	the inner thigh 大腿內側
6530 □ **vein** [ven]	名 靜脈；血管；葉脈；岩脈	the main vein 大靜脈
6531 □ **bias** [`baɪəs]	名 偏見，先入為主的觀念 及物 使（人）有偏見	have a bias against... 對…有偏見

MP3 022

Word · 單字	Meaning · 字義	Usage · 用法
6532 □ **bliss** [blɪs]	名 狂喜；天賜的福氣	sheer bliss 幸福無比
6533 □ **discomfort** [dɪs`kʌmfət]	名 不適；令人不舒服的事	complain of discomfort 抱怨不適之處
6534 □ **discouragement** [dɪs`kɜɪdʒmənt]	名 沮喪；使人洩氣的事物	show discouragement 顯露出沮喪的樣子
6535 □ **dismay** [dɪs`me]	名 沮喪 複數 無複數形，不可數 及物 使沮喪	in dismay 沮喪地
6536 □ **fascination** [ˌfæsə`neʃən]	名 魅力；入迷；令人著迷的事物	talk about the fascination for... 討論…的魅力
6537 □ **greed** [grid]	名 貪慾，貪婪 複數 無複數形，不可數	be blinded by greed 因為貪心而盲目
6538 □ **humility** [(h)ju`mɪlətɪ]	名 謙卑 複數 無複數形，不可數	He needs humility. 他必須要謙虛。
6539 □ **indignity** [ɪn`dɪgnətɪ]	名 侮辱 複數 無複數形，不可數	suffer the indignity of being forced to leave the courtroom 遭受被強制驅離法庭的侮辱
6540 □ **innocence** [`ɪnəsəns]	名 天真無邪；無罪，清白	talk in all innocence 天真地說話

Word · 單字	Meaning · 字義	Usage · 用法
6541 □ **malice** [ˋmælɪs]	名 惡意，怨恨 複數 無複數形，不可數	bear no malice to... 對…沒有惡意
6542 □ **meditation** [ˌmɛdəˋteʃən]	名（精神或宗教上的）冥想；沉思	be deep in meditation 陷入冥想中
6543 □ **motivation** [ˌmotəˋveʃən]	名 動機，誘因	lack motivation to *V* 缺乏做…的動機
6544 □ **negligence** [ˋnɛglɪdʒəns]	名 粗心大意；疏忽的行為	be due to a driver's negligence 由於駕駛的粗心大意

↑ TOEIC part 7 常考！
According to the report, less than one-fourth of medical negligence legal suits are successful.
根據報告指出，只有不到四分之一的醫療疏失訴訟獲得勝訴。

Word · 單字	Meaning · 字義	Usage · 用法
6545 □ **outrage** [ˋaʊtˌredʒ]	名 憤慨；暴力，暴行	feel outrage over... 對…感到憤慨
6546 □ **reluctance** [rɪˋlʌktəns]	名〔有時用 a ...〕不情願，勉強 複數 無複數形，不可數	with reluctance 不情願地，硬著頭皮地
6547 □ **reproach** [rɪˋprotʃ]	名 責備；恥辱；責備的話 及物 責備	above reproach 無可指責，毫無缺點
6548 □ **reverence** [ˋrɛvərəns]	名 尊敬；敬禮	show reverence for... 向…表示敬意

MP3 023

Word · 單字	Meaning · 字義	Usage · 用法
6549 □ **ridicule** [ˋrɪdɪˏkjul]	名 譏笑 複數 無複數形，不可數 及物 譏笑	be exposed to ridicule 被譏笑
6550 □ **texture** [ˋtɛkstʃɚ]	名（撫摸的）質感；肌理；（織物的）質地；（木、石等的）紋理	have smooth texture 擁有光滑的觸感
6551 □ **zeal** [zil]	名 熱忱，熱心 複數 無複數形，不可數	with zeal 充滿熱忱
6552 □ **adaptation** [ˏædəpˋteʃən]	名（劇本、曲目等的）改編；適應，順應	a television adaptation 電視腳本
6553 □ **audition** [ɔˋdɪʃən]	名 試演；試唱；試奏 不及物 試演；試唱；試奏 及物 對…進行面試	have an audition for... 為…試唱（或試演、試奏等）
6554 □ **autobiography** [ˏɔtəbaɪˋagrəfɪ]	名 自傳	write *one's* autobiography 寫自傳
6555 □ **caption** [ˋkæpʃən]	名（照片、插圖、漫畫的）說明文字	a caption under a photo 照片的說明
6556 □ **encore** [ˋaŋkor]	名 安可，安可曲	play ... as an encore 演奏…作為安可曲
6557 □ **genre** [ˋʒanrə]	名（尤指藝術作品的）類型	classify ... into genres 將…分類型

Word・單字	Meaning・字義	Usage・用法
6558 □ **projection** [prə`dʒɛkʃən]	名 放映；投影；發射；凸出（物）；預測	a projection machine（電影）放映機
6559 □ **satire** [`sætaɪr] ! 注意重音	名 諷刺；諷刺作品（如詩、小說、戲劇等）	a satire on the upper class 對上流社會的諷刺
6560 □ **abbreviation** [əˏbrivɪ`eʃən]	名 縮寫形；縮短	LA is an abbreviation of "Los Angeles." LA 是 Los Angeles 的縮寫。
6561 □ **advancement** [əd`vænsmənt]	名（學問等的）進展；晉升	advancement in technologies 科技的進步
6562 □ **anthropology** [ˏænθrə`pɑlədʒɪ]	名 人類學 複數 無複數形，不可數	cultural anthropology 文化人類學
6563 □ **correspondence** [ˏkɔrə`spɑndəns]	名〔集合名詞〕往返書信；通信；一致	be in correspondence with... 和…通信

↑ TOEIC part 2, 3 常考！ Our services include translations of business correspondence and technical, financial, and legal documents in English and French.
我們的服務包括翻譯英文及法文的商業信件與科技、金融及法律文件。

Word・單字	Meaning・字義	Usage・用法
6564 □ **dialect** [`daɪəlɛkt]	名 方言	the Germanic dialects 日耳曼方言
6565 □ **diploma** [dɪ`plomə]	名 畢業證書，文憑；公文 複數 diplomas, diplomata	present a diploma to... 授與…畢業證書

MP3 024

Word · 單字	Meaning · 字義	Usage · 用法
6566 □ **domain** [do`men]	名（活動、思想、知識等的）領域；〔電腦〕網域	the domain of natural science 自然科學領域
6567 □ **exclamation** [ˌɛksklə`meʃən]	名 叫喊；驚呼聲；感嘆句；感嘆詞	an exclamation point 〔美〕驚嘆號 an exclamation mark 〔英〕驚嘆號
6568 □ **gospel** [`gɑspl̩]	名 (the gospel) 福音；(the Gospel) 福音書；福音音樂	a gospel singer 福音歌手
6569 □ **handwriting** [`hændˌraɪtɪŋ]	名 手寫；手稿；筆跡 複數 無複數形，不可數	have beautiful handwriting 字跡娟秀
6570 □ **overview** [`ovɚˌvju]	名〔常用作單數〕概述，概觀	an overview of the French Revolution 法國大革命的概述
6571 □ **pronoun** [`pronaʊn]	名〔文法〕代名詞	a relative pronoun 關係代名詞
6572 □ **quotation** [kwo`teʃən]	名 引用；引文；估價；行情	single / double quotation marks 單／雙引號
6573 □ **rationality** [ˌræʃə`nælətɪ]	名 合理性；通情達理 複數 無複數形，不可數	lack rationality 缺乏合理性
6574 □ **realization** [ˌrɪələ`zeʃən]	名 領會，認識；實現	come to the realization that... 領會到…

Word · 單字	Meaning · 字義	Usage · 用法
6575 □ **rhetoric** [ˋrɛtərɪk]	名 華麗的詞藻；修辭法；修辭學	full of rhetoric 充滿了華麗的詞藻
6576 □ **slang** [slæŋ]	名 俚語；粗話 複數 無複數形，不可數	use slang 使用俚語
6577 □ **utterance** [ˋʌtərəns]	名 發言；言辭	give utterance to *one's* thoughts in public 公開發表想法
時間 6578 □ **duration** [d(j)ʊˋreʃən]	名 (the ...) 持續時間 複數 無複數形，不可數	the duration of a contract 契約有效期間
6579 □ **punctuality** [ˌpʌŋktʃʊˋælətɪ]	名 守時 複數 無複數形，不可數	be strict about punctuality 嚴格要求守時
6580 □ **timing** [ˋtaɪmɪŋ]	名 時機的掌握；時間控制；計時	His timing was perfect when he called me up. 他打電話給我的時間點非常恰當。
自然・植物 6581 □ **calcium** [ˋkælsɪəm]	名 鈣質 複數 無複數形，不可數	be short of calcium 缺乏鈣質
6582 □ **dusk** [dʌsk]	名 黃昏，薄暮 複數 無複數形，不可數	at dusk 黃昏時
6583 □ **hydrogen** [ˋhaɪdrədʒən]	名 氫 複數 無複數形，不可數	hydrogen gas 氫氣

MP3 025

Word · 單字	Meaning · 字義	Usage · 用法
6584 □ **latitude** [ˋlætə͵t(j)ud]	名 緯度；緯度地區；（思想等的）自由範圍	south / north lattitude 南 / 北緯 23.5° north latitude 北緯 23.5 度
6585 □ **mercury** [ˋmɜkjərɪ]	名 汞，水銀 複數 **無複數形，不可數**	mercury contamination / poisoning 汞汙染 / 中毒
6586 □ **reed** [rid]	名 蘆葦；（樂器的）簧片	bend like a reed 像蘆葦一樣彎曲
6587 □ **shrub** [ʃrʌb]	名 灌木	plant shrubs 種植灌木
6588 □ **skyline** [ˋskaɪ͵laɪn]	名（山、建築物等在天空映襯下的）空中輪廓線；地平線	the skyline of skyscrapers in New York 紐約摩天大樓的空中輪廓線
6589 □ **sunbeam** [ˋsʌn͵bim]	名 太陽光束，日光	A sunbeam streamed through the window. 一束陽光穿過窗戶。
6590 □ **vapor** [ˋvepɚ]	名 蒸氣 (= vapour)	water vapor 水蒸氣
6591 □ **willow** [ˋwɪlo]	名 柳樹；柳木製品	willow wood 柳木
6592 □ **chore** [tʃor]	名〔常用 chores〕（家庭或農場的）雜務	do the chores 做雜事

Word · 單字	Meaning · 字義	Usage · 用法
6593 □ **clockwork** [ˋklɑk͵wɝk]	名 鐘錶裝置，發條裝置 複數 無複數形，不可數	a clockwork toy 發條玩具（以發條為動力裝置的機動玩具）
6594 □ **confirmation** [͵kɑnfɚˋmeʃən]	名 確認；證明	a confirmation of a reservation 確認預約
6595 □ **cultivation** [͵kʌltəˋveʃən]	名 栽培；耕作；培養 複數 無複數形，不可數	greenhouse cultivation 溫室栽培
6596 □ **dependency** [dɪˋpɛndənsɪ]	名 依賴；從屬；屬國	alcohol dependency 酒癮
6597 □ **dining** [ˋdaɪnɪŋ]	名 進餐 複數 無複數形，不可數	a dining car 餐車
6598 □ **fasting** [ˋfæstɪŋ]	名 禁食，齋戒 複數 無複數形，不可數	a day of fasting 禁食日
6599 □ **flattery** [ˋflætərɪ]	名 諂媚，阿諛奉承 複數 無複數形，不可數	fall for flattery 對諂媚信以為真
6600 □ **handshake** [ˋhænd͵ʃek]	名 握手	have a firm handshake 用力握手
6601 □ **homecoming** [ˋhom͵kʌmɪŋ]	名（每年一度的）校友返校；回鄉	a college homecoming 大學校友返校日

MP3 026

Word · 單字	Meaning · 字義	Usage · 用法
6602 □ **inclusion** [ɪn\`kluʒən]	名 包含；包含的東西	with the inclusion of... 包含…
6603 □ **inconvenience** [ˌɪnkən\`vinjəns]	名 不便；麻煩事 及物 給…造成不便	cause inconvenience to... 對…造成不便
6604 □ **installation** [ˌɪnstə\`leʃən]	名 安裝；(所安裝的) 設備	installation cost 安裝費
6605 □ **interaction** [ˌɪntə\`ækʃən]	名 互相影響；交流	the interaction between human beings and environment 人與環境的互相影響
6606 □ **livelihood** [\`laɪvlɪˌhʊd]	名〔常用 a / *one's* ...〕生計，營生 複數 無複數形，不可數	make *one's* livelihood by... 以…維生
6607 □ **mentality** [mɛn\`tælətɪ]	名〔常用作單數〕對事情的看法；智力；精神狀態	the mentality of the public 一般大眾的想法
6608 □ **modification** [ˌmɑdəfə\`keʃən]	名 變更；〔文法〕修飾	make modifications on... 變更…
6609 □ **refinement** [rɪ\`faɪnmənt]	名 改進；精巧；高雅；精煉	make refinements to... 改進…
6610 □ **revelation** [ˌrɛvə\`leʃən]	名 意外的新事實；揭露；〔宗教〕啓示	It came as a revelation (to me) that... ……（對我而言）是始料未及之事。

Word・單字	Meaning・字義	Usage・用法
6611 □ **seam** [sim]	名 接縫 及物 縫合；使留下傷痕	The seam came apart. 接縫裂開了。
6612 □ **stance** [stæns]	名〔常用 a / *one's* ...〕態度，立場；〔棒球、高爾夫球等〕擊球姿勢	take a neutral stance toward... 對…採取中立的態度
6613 □ **tribute** [ˋtrɪbjut]	名 讚詞；（表敬意、讚賞的）禮物；貢品	pay tribute to... 向…致敬，讚揚…
6614 □ **accordance** [əˋkɔrdəns]	名（法律、習慣等）一致；和諧 複數 無複數形，不可數	in accordance with instructions 遵照指示
6615 □ **adoption** [əˋdɑpʃən]	名 採用；收養	the adoption of a resolution 採納決議
6616 □ **agenda** [əˋdʒɛndə]	名〔agendum 的複數形，但常用作單數〕議程，會議事項；議題	put ... on the agenda 將…納入議程中

↑ TOEIC part 4 常考！

It was agreed that this item remain on the agenda for further discussion at the next meeting.
大家同意將這個項目納入下次的議程中，以做進一步的討論。

Word・單字	Meaning・字義	Usage・用法
6617 □ **attachment** [əˋtætʃmənt]	名 附屬物；（電子郵件的）附件；依戀	open an attachment 打開附件
6618 □ **auction** [ˋɔkʃən]	名 拍賣，標售 及物 拍賣	sell / buy at online auction 在線上拍賣網站上販售／購物

MP3 027

Word · 單字	Meaning · 字義	Usage · 用法
6619 □ **backing** [ˋbækɪŋ]	名 支援；〔裝訂〕背襯，襯裡	ask for backing 請求支援
6620 □ **ballot** [ˋbælət]	名 選票；無記名投票 不及物 投票表決	count the ballots 開票
6621 □ **bid** [bɪd]	名 出價，投標；努力爭取 不及物 出價 及物 出（價）	make a bid for... 出價買…

↑ TOEIC part 2, 3 常考！ I put an item up for auction online, but there were no bids. 我放了一項物品在網路上拍賣，但是沒有人出價。

Word · 單字	Meaning · 字義	Usage · 用法
6622 □ **census** [ˋsɛnsəs]	名 人口普查	take a census 進行人口普查

↑ TOEIC part 7 常考！ Statistics from the census show that nearly half of men and one-third of women in their early 30s are unmarried. 人口普查的統計數字顯示 30 出頭的男性中有一半未婚，而女性則有三分之一未婚。

Word · 單字	Meaning · 字義	Usage · 用法
6623 □ **citizenship** [ˋsɪtəzən͵ʃɪp]	名 公民身分；公民權；市民權 複數 無複數形，不可數	acquire French citizenship 取得法國公民身分
6624 □ **commonwealth** [ˋkamən͵wɛlθ]	名 (the Commonwealth) 大英國協；聯邦	the Commonwealth of Nations 大英國協
6625 □ **communism** [ˋkamjʊ͵nɪzəm]	名 共產體制；共產主義 複數 無複數形，不可數	communism system 共產主義制度

Word · 單字	Meaning · 字義	Usage · 用法
6626 □ **concession** [kən`sɛʃən]	名 讓步；容許	make a concession to... 對…讓步
6627 □ **corps** [kɔr] ! 注意發音	名〔常構成複合字〕…團；〔集合名詞〕軍團 複數 corps（單複數同形）	the press corps 記者團，新聞採訪團
6628 □ **directive** [də`rɛktɪv]	名 命令，指示 形 指示的	issue a directive to... 發指示給…
6629 □ **disarmament** [dɪs`ɑrməmənt]	名 裁軍；解除武裝 複數 無複數形，不可數	nuclear disarmament 裁減核武
6630 □ **dishonor** [dɪs`ɑnɚ]	名 不名譽；丟臉的人事物 及物 使丟臉	bring dishonor on... 使…蒙羞
6631 □ **dismissal** [dɪs`mɪsl̩]	名 解雇；解散	a dismissal notice 解雇通知
6632 □ **disposal** [dɪ`spozl̩]	名（廢物等的）處理；配置；讓渡，賣掉 複數 無複數形，不可數	a garbage disposal plant 垃圾處理場
6633 □ **dividend** [`dɪvə͵dɛnd]	名（股票、保險等的）利息；〔數學〕被除數	pay a dividend 支付利息

↑ TOEIC part 4 常考！

Norton & Johnson announced today that it will boost its annual dividend 10 percent, to 85 cents per share.

諾頓．強森公司今天宣布將年度股息調高 10%，也就是調高到一股 85 分。

MP3 028

Word · 單字	Meaning · 字義	Usage · 用法
6634 □ **enforcement** [ɪn`forsmənt]	名（法律的）執行；實施；強制 複數 無複數形，不可數	the enforcement of the law 執行法律
6635 □ **exclusion** [ɪk`skluʒən]	名 排除；被排除在外的事物	without exclusion 別無例外
6636 □ **execution** [ˌɛksɪ`kjuʃən]	名 實行；處決；（判決的）執行	put ... into execution 實行…
6637 □ **exile** [`ɛgzaɪl, `ɛksaɪl]	名 放逐，流亡 複數 無複數形，不可數 及物〔常用被動態〕放逐	go into exile 被放逐，流亡 be exiled by... 遭…放逐
6638 □ **expenditure** [ɪk`spɛndɪtʃɚ]	名 支出，經費，開支	income and expenditure 收支
6639 □ **inability** [ˌɪnə`bɪlətɪ]	名 無能，無力 複數 無複數形，不可數	inability to pay 無力支付
6640 □ **incentive** [ɪn`sɛntɪv]	名 誘因，動機 形 激勵的	act as an incentive for *someone* to *V* 成為某人做…的誘因

↑ TOEIC part 2, 3 常考！

What could be the most powerful incentive for people to buy our products?

什麼是刺激人們購買我們產品最有力的誘因？

Word · 單字	Meaning · 字義	Usage · 用法
6641 □ **injustice** [ɪn`dʒʌstɪs]	名 不公正；不公正的行為	do *someone* an injustice 對某人不公正，冤枉某人

Word · 單字	Meaning · 字義	Usage · 用法
6642 □ **interference** [ˌɪntəˋfɪrəns]	名 妨礙，打擾；干預	meet with interference 遭受干擾
6643 □ **kernel** [ˋkɝnl̩]	名（問題等的）核心，要點；（果實的）核，仁	the kernel of a case 事件的核心
6644 □ **lease** [lis]	名 租約；租期 及物 租用（土地、房屋等）	a lease contract 租約
6645 □ **liability** [ˌlaɪəˋbɪlətɪ]	名〔法律〕責任；(liabilities) 債務；〔常用 a ...〕不利條件	criminal liability 刑事責任
6646 □ **lottery** [ˋlɑtərɪ]	名 獎券；抽籤；運氣	win a lottery 中樂透
6647 □ **mainstream** [ˋmenˏstrim]	名 (the ...) 主流 複數 無複數形，不可數 形〔多作限定用法〕主流的	the mainstream of the IT industry 資訊科技產業的主流
6648 □ **mantle** [ˋmæntl̩]	名（作為權力象徵的）衣缽；披風；覆蓋；〔地質〕地幔	take on / wear / assume the mantle of... 接受…的重責大任
6649 □ **memorandum** [ˌmɛməˋrændəm]	名 備忘錄 複數 memorandums, memoranda	sign a memorandum of agreement 簽訂協議備忘錄
6650 □ **menace** [ˋmɛnɪs]	名 威脅；具有危害性的人 及物 威脅	a serious menace to... 對…造成重大威脅

MP3 029

Word · 單字	Meaning · 字義	Usage · 用法
6651 □ **monarchy** [ˋmɑnɚkɪ]	名〔常用 the ...〕君主制，君主政體；君主國	a constitutional monarchy 君主立憲制
6652 □ **mortgage** [ˋmɔrgɪdʒ] ! 注意發音	名 抵押；抵押權；抵押借款	place a mortgage on land 以土地作抵押
6653 □ **nationalism** [ˋnæʃənəˌlɪzəm]	名 愛國意識，愛國心；民族主義 複數 無複數形，不可數	a rise in nationalism 民族主義興起
6654 □ **oath** [oθ]	名 宣誓；誓言	take the oath of office as the US president 宣誓就任美國總統
6655 □ **oppression** [əˋprɛʃən]	名 壓制，壓迫	suffer oppression from... 受到…的壓迫
6656 □ **persuasion** [pɚˋsweʒən]	名 說服力；信念 複數 無複數形，不可數	the art of persuasion 說服的藝術，說服術
6657 □ **petition** [pəˋtɪʃən]	名 請願，陳情；請願書 及物 向…請願	make a petition to... 向…請願

↑ TOEIC part 2, 3 常考！

How many people signed the petition?
有多少人簽署了請願書？

Word · 單字	Meaning · 字義	Usage · 用法
6658 □ **prestige** [prɛsˋtiʒ]	名 名望，威信 複數 無複數形，不可數 形〔限定用法〕有名望的	raise prestige 提高聲譽

Word・單字	Meaning・字義	Usage・用法
6659 □ **reconciliation** [ˌrɛkənˌsɪlɪˋeʃən]	名 和解；調停；一致	seek a reconciliation with... 與…尋求和解
6660 □ **renewal** [rɪˋn(j)uəl]	名（契約等）更新；（城市等）再開發；重生；復活	renewal of a contract 更新合約

TOEIC part 2, 3 常考！
When is my membership up for renewal?
我的會員資格什麼時候會更新？

Word・單字	Meaning・字義	Usage・用法
6661 □ **setup** [ˋsɛtˌʌp]	名 安裝；組織；規劃；內定一方獲勝的比賽	a setup program 安裝程式
6662 □ **snare** [snɛr]	名 陷阱；誘人上當之物 及物 以陷阱捕捉；誘惑	fall into the snares of... 掉入…的陷阱
6663 □ **socialism** [ˋsoʃəˌlɪzəm]	名〔有時用 Socialism〕社會主義；社會主義運動 複數 無複數形，不可數	socialism system 社會主義制度
6664 □ **sponsorship** [ˋspansɚˌʃɪp]	名 贊助；財務援助 複數 無複數形，不可數	under the sponsorship of... 在…的贊助下
6665 □ **submission** [səbˋmɪʃən]	名 屈服；順從；提案	in submission to the power 屈服於權力
6666 □ **subsidy** [ˋsʌbsədɪ]	名（政府的）補助金，津貼	education subsidy 教育津貼

MP3 030

Word · 單字	Meaning · 字義	Usage · 用法
6667 □ **suppression** [sə`prɛʃən]	名 壓制；（感情等）壓抑；禁止（發行、販售等） 複數 無複數形，不可數	the suppression of human rights 打壓人權
6668 □ **suspension** [sə`spɛnʃən]	名（決定等）保留；暫停；停職，休學	a three-month suspension of a project 將計畫暫停三個月
6669 □ **toll** [tol]	名 通行費；傷亡人數 及物 鳴（鐘） 不及物 鐘鳴	a toll road 付費道路
6670 □ **turnover** [`tɝn͵ovɚ]	名 交易額；周轉率；員工流動率 形 翻摺的	a high / low turnover of workers 工人的流動率高／低
6671 □ **tyranny** [`tɪrənɪ]	名 暴政；暴虐	people under tyranny 受暴政統治的人
6672 □ **uniformity** [͵junə`fɔrmətɪ]	名 一致性；千篇一律 複數 無複數形，不可數	uniformity of education 教育的一致性
6673 □ **warfare** [`wɔr͵fɛr]	名〔常構成複合字〕…戰；交戰狀態 複數 無複數形，不可數	guerrilla warfare 游擊戰
⬇食物 6674 □ **appetizer** [`æpə͵taɪzɚ]	名 前菜，開胃菜	serve ... as an appetizer 送上…作為開胃菜
6675 □ **bait** [bet]	名（釣魚用的）餌；誘惑 複數 無複數形，不可數 及物 用餌引誘	bite at the bait （魚）上鉤

Word · 單字	Meaning · 字義	Usage · 用法
6676 □ **barley** [ˋbarlɪ]	名 大麥 複數 無複數形，不可數	a barley field 大麥田
6677 □ **beverage** [ˋbɛvərɪdʒ]	名〔常用 beverages〕（水以外的）飲料	cooling beverages 清涼的飲料

↑ TOEIC part 2, 3 常考！
Are we allowed to bring alcoholic beverages into the stadium?
我們可以攜帶含酒精的飲料進入運動場嗎？

Word · 單字	Meaning · 字義	Usage · 用法
6678 □ **crust** [krʌst]	名 餡餅皮；（硬）麵包皮；地殼 及物 用外皮覆蓋	the crust of a pie 派皮
6679 □ **leftover** [ˋlɛft͵ovɚ]	名〔常用 leftovers〕剩下的飯菜；殘留物 形〔限定用法〕吃剩的	leftovers in the refrigerator 冰箱裡的剩飯剩菜
6680 □ **potluck** [ˋpat͵lʌk]	名 每個人帶一道菜的聚會 複數 無複數形，不可數 形 每個人帶一道菜的	take potluck 吃頓家常便飯；碰運氣 potluck lunch / potluck supper 家常菜聚餐會
6681 □ **seasoning** [ˋsizənɪŋ]	名 調味料；增添趣味的東西	add some seasoning to... 在…中加入調味料
6682 □ **altitude** [ˋæltə͵t(j)ud]	名〔常用 an / the ...〕高度，海拔	fly at an altitude of 10,000 meters 飛行在海拔一萬公尺的高度上

↑ TOEIC part 4 常考！
We are now flying at an altitude of 30,000 feet toward Sydney.
目前飛機飛行的高度是三萬英尺，目的地是雪梨。

MP3 031

Word · 單字	Meaning · 字義	Usage · 用法
6683 □ **density** [ˋdɛnsətɪ]	名 密度	population density 人口密度
6684 □ **diameter** [daɪˋæmətɚ] ! 注意重音	名 直徑；（透鏡等的）倍率	a pipe with a diameter of 30 cm 口徑 30 公分的管子
6685 □ **magnitude** [ˋmægnə͵t(j)ud]	名 地震規模；大小	an earthquake with a magnitude of 9.0 on the Richter scale 芮氏規模 9.0 的地震
6686 □ **maturity** [məˋtʃurətɪ, -ˋt(j)ur-]	名 成熟；完成（期） 複數 無複數形，不可數	reach maturity 成熟
6687 □ **mileage** [ˋmaɪlɪdʒ]	名〔有時用 a ...〕（一加侖燃料所行駛的）英里數 複數 無複數形，不可數	have good gas mileage 燃油使用效率高，低油耗
6688 □ **quart** [kwɔrt]	名 夸脫（液量或容量單位）	liquid / dry quart 液量 / 乾量夸脫
6689 □ **sublime** [səˋblaɪm]	名 (the ...) 至高無上，極點 複數 無複數形，不可數 形〔多作限定用法〕崇高的	the sublime of folly 愚蠢至極
6690 □ **trifle** [ˋtraɪfl̩]	名 (a ...) 小量；瑣事 不及物 輕視；開玩笑	be a trifle surprised 有點驚訝
6691 □ **airway** [ˋɛr͵we]	名 空中航線；呼吸道	British Airways 英國航空公司

Word · 單字	Meaning · 字義	Usage · 用法
6692 □ **axis** [ˋæksɪs]	名 軸；(the Axis) 第二次世界大戰的軸心國 複數 axes	the earth's axis 地軸
6693 □ **birthplace** [ˋbɝθˏples]	名 出生地；發源地	the birthplaces of ancient civilizations 古文明的發源地
6694 □ **buffet** [bəˋfe, bu-]	名（列車的）餐車；自助餐；碗櫥	have a meal at a buffet 吃自助餐
6695 □ **bypass** [ˋbaɪˏpæs]	名（繞過城鎮中心的）旁通道；〔醫學〕旁道管 及物 迂迴繞過	a bypass surgery 心臟繞道手術
6696 □ **cellar** [ˋsɛlɚ]	名 地下室；酒窖	a wine cellar 酒窖
6697 □ **churchyard** [ˋtʃɝtʃˏjard]	名 教堂墓地；教堂庭院	in a churchyard 在教堂的墓地中
6698 □ **cloakroom** [ˋklokˏrum]	名（劇場等的）衣帽間；寄物處；議員休息室	check *one's* coat at the cloakroom 將外套寄放在衣帽間
6699 □ **compartment** [kəmˋpartmənt]	名（列車的）隔間	in a compartment 在小隔間裡
6700 □ **den** [dɛn]	名（盜賊等的）巢窟；獸穴；密室	a den of thieves 賊窩

MP3 032

Word · 單字	Meaning · 字義	Usage · 用法
6701 □ **dormitory** [ˋdɔrmə͵torɪ]	名（學校的）宿舍	live in a dormitory 住在宿舍中
6702 □ **enclosure** [ɪnˋkloʒɚ]	名 圈地；圍欄；（信函的）附件	keep ... in an enclosure 將…養在圈地中
6703 □ **hostel** [ˋhastl̩]	名 簡易招待所	a youth hostel 青年旅館
6704 □ **intersection** [͵ɪntɚˋsɛkʃən]	名（道路的）交叉口；交點	at an intersection 在十字路口
6705 □ **junction** [ˋdʒʌŋkʃən]	名（路的）交會點；（河的）匯合處；接合	the junction of two roads 在兩條路交會之處
6706 □ **rim** [rɪm]	名〔常用 the ...〕（尤指圓狀物體的）邊緣 及物 鑲邊於	the rim of a bowl 碗的邊緣
6707 □ **slot** [slɑt]	名 狹長孔；狹通道；（節目表等的）時段	put a coin into a slot 將硬幣放入投幣孔中 a new time slot 新時段
6708 □ **threshold** [ˋθrɛʃ(h)old]	名 入口；門檻；開端	cross the threshold 跨越門檻
6709 □ **vacancy** [ˋvekənsɪ]	名 空房；空地；（職位等的）空缺；失神	fill a vacancy 填補空缺

↑ TOEIC part 2, 3 常考！

Sorry, we have no vacancies at present.
抱歉，我們目前沒有空房。

人

Word · 單字	Meaning · 字義	Usage · 用法
6710 □ **aide** [ed]	名（政府高官的）副官；助手，副手	a presidential aide 總統幕僚
6711 □ **ancestry** [ˋænsɛstrɪ]	名〔集合名詞〕祖先；世系，血統	trace *one's* ancestry back to... 祖先可追溯到…
6712 □ **bachelor** [ˋbætʃələ]	名 未婚男子；〔常用 Bachelor〕學士（學位）	an eligible bachelor 適婚的單身男子
6713 □ **chap** [tʃæp]	名 ① 傢伙，小伙子 ②（皮膚、嘴唇等的）龜裂	Hi, old chap! 〔對熟人〕嗨，老兄弟！
6714 □ **clown** [klaʊn]	名 小丑；愛開玩笑的人 不及物 扮小丑；開玩笑	be dressed like a clown 穿得像小丑一樣
6715 □ **comrade** [ˋkɑmræd]	名 同志；（尤指共產黨）黨員	gather comrades 募集同志
6716 □ **controller** [kənˋtrolə]	名（會計等的）主計長；控制裝置	a controller of audit 審計主管
6717 □ **feeder** [ˋfidə]	名 進食者；飼養者；餵食器；奶瓶	a heavy feeder 食量很大的人

MP3 033

Word · 單字	Meaning · 字義	Usage · 用法
6718 □ **forefather** [ˋfor͵faðɚ]	名〔常用 forefathers〕祖先	pay respect to *one's* forefathers 向祖先致敬
6719 □ **guardian** [ˋgardɪən]	名 守護者；管理員；監護人	a guardian angel 守護天使
6720 □ **householder** [ˋhaʊs͵holdɚ]	名 一家之主，戶長	become a householder 成為一家之主
6721 □ **kin** [kɪn]	名〔集合名詞；用作複數〕親屬 形 有親屬關係的	a kin group 親屬團體
6722 □ **landlord** [ˋlænd͵lɔrd]	名 房東；店主；地主	a landlord of an apartment building 公寓大樓的房東
6723 □ **mediator** [ˋmidɪ͵etɚ]	名 調停者，仲裁者	act as a mediator 擔任調停人
6724 □ **mover** [ˋmuvɚ]	名 搬運家具的人；搬運工；移動的人或物	a household mover 搬家公司
6725 □ **optimist** [ˋaptəmɪst]	名 樂天派，樂觀主義者	an innate optimist 天生的樂觀主義者
6726 □ **patriot** [ˋpetrɪət]	名 愛國者，憂國志士	praise patriots 讚揚愛國者

Word · 單字	Meaning · 字義	Usage · 用法
6727 □ **payer** [`peɚ]	名 付款人	a good / bad payer 及時付費者 / 時常拖欠費用者
6728 □ **pessimist** [`pɛsəmɪst]	名 悲觀者，厭世者	He is rather a pessimist. 他是個相當悲觀的人。
6729 □ **referee** [ˌrɛfə`ri]	名 裁判員；調停者 不及物 仲裁	make an appeal to the referee 向裁判提出申訴
6730 □ **seeker** [`sikɚ]	名 探求者；自動導引的彈頭	a job seeker 求職者
6731 □ **striker** [`straɪkɚ]	名 罷工者；〔足球〕前鋒；（時鐘的）打錘	play as a striker 擔任足球前鋒
6732 □ **supplier** [sə`plaɪɚ]	名 供應商；供給者；供應國	a supplier vendor 供應商
6733 □ **teller** [`tɛlɚ]	名（銀行的）出納員；（投票的）點票員；敘述者	work as a teller 擔任出納員
6734 □ **tradesman** [`tredzmən]	名 零售商人；工匠	a tradesman's entrance 送貨人入口
6735 □ **traitor** [`tretɚ]	名 背叛者	be called a traitor 被稱為叛徒

MP3 034

Word · 單字	Meaning · 字義	Usage · 用法
6736 □ **bedding** [ˋbɛdɪŋ]	名 寢具；〔建築〕基座 複數 無複數形，不可數	wash the bedding 洗寢具
6737 □ **brochure** [broˋʃʊr]	名 小冊子	send a brochure 寄送一本小冊子

TOEIC part 2, 3 常考！
How can I get a free brochure?
我如何才能拿到免費的小手冊？

Word · 單字	Meaning · 字義	Usage · 用法
6738 □ **cardboard** [ˋkard͵bord]	名 厚紙板 複數 無複數形，不可數	a cardboard box 紙箱
6739 □ **cartridge** [ˋkartrɪʤ]	名（裝液體等以塞入較大裝置的）容器；彈藥筒	an ink cartridge 墨水匣
6740 □ **chariot** [ˋtʃærɪət]	名 雙輪戰車；四輪輕便馬車	a chariot race 戰車比賽
6741 □ **coffin** [ˋkɔfɪn]	名 棺材，靈柩	lay a body into a coffin 將屍體放入靈柩中
6742 □ **complement** [ˋkampləmənt] ! 注意發音	名 補足物；〔文法〕補語 及物 補足 [ˋkamplə͵mɛnt]	serve as a complement to... 作為…的補充物
6743 □ **crumb** [krʌm] ! 注意發音	名〔常用 crumbs〕（麵包等的）碎屑；少許	bread crumbs 麵包屑

Word · 單字	Meaning · 字義	Usage · 用法
6744 □ **crutch** [krʌtʃ]	名〔常用 crutches〕拐杖；支撐	walk on crutches 拄拐杖走路
6745 □ **fabric** [`fæbrɪk]	名 織物，布料；（建築、社會等的）結構	silk fabric 絲織品
6746 □ **fringe** [frɪndʒ]	名 流蘇，穗；〔常用 fringes〕邊緣；次要部分 形 附加的	a fringe around the edge of a tablecloth 桌巾邊緣的流蘇
6747 □ **furnace** [`fɜnɪs]	名 火爐；極悶熱的地方	feed wood into the furnace 將木頭放入火爐中
6748 □ **grease** [gris]	名 油脂；潤滑油 複數 無複數形，不可數 及物 塗油脂於	wipe grease off *one's* hands 擦掉手上的油脂
6749 □ **handicraft** [`hændɪ,kræft]	名〔常用 handicrafts〕手工藝品；手藝	handicraft industry 手工業
6750 □ **hearth** [hɑrθ]	名 爐床，爐邊（起爐火的地面）；家庭	on the hearth 在爐邊 *one's* hearth and home 溫暖舒適的家庭生活
6751 □ **hive** [haɪv]	名 蜂箱 (= beehive)；群衆 及物 (hive off...) 從…分離出來成為獨立部分	go out of a hive 傾巢而出
6752 □ **hurdle** [`hɜdl̩]	名 障礙物 及物 跳越（障礙物等）；克服（困難等）	clear a hurdle 清除障礙物

MP3 035

Word · 單字	Meaning · 字義	Usage · 用法
6753 □ **indicator** [ˋɪndə͵ketɚ]	名 指示器；指標；（汽車等的）方向燈；指示者	a direction indicator 方向燈
6754 □ **jug** [dʒʌg]	名 水罐，水壺	a jug of beer 一罐啤酒
6755 □ **knob** [nɑb]	名（門等）圓形把手；（電器等的）旋鈕	turn a knob 轉動門把
6756 □ **leaflet** [ˋliflɪt]	名（廣告）傳單，散頁印刷品；小冊子	hand out leaflets on the street 在街上分發傳單

↑ TOEIC part 2, 3 常考！

Further details are given in a leaflet available at the information desk.
在服務台可以拿到提供進一步資訊的小冊子。

Word · 單字	Meaning · 字義	Usage · 用法
6757 □ **outfit** [ˋaʊt͵fɪt]	名 全套服裝；（一起活動的）團體 及物 提供（服裝、裝備等）	outfits for cold weather 禦寒衣物
6758 □ **pail** [pel]	名 桶	fill a pail with water 把桶子裝滿水
6759 □ **pebble** [ˋpɛbl]	名 卵石	small pebbles 小卵石
6760 □ **peg** [pɛg]	名 掛鉤；釘；栓；樁 及物 釘木釘於	put *one's* overcoat on the peg 將外套掛在掛鉤上

Word · 單字	Meaning · 字義	Usage · 用法
6761 □ **pottery** [ˋpatərɪ]	名 陶器；陶藝 複數 無複數形，不可數	make pottery 製作陶器
6762 □ **pouch** [paʊtʃ]	名 小袋；（動物的）育兒袋	a waist pouch 腰包
6763 □ **rake** [rek]	名 耙子 及物 以耙子等耙平；搜索	with a rake 用耙子
6764 □ **rein** [ren]	名（馬等的）韁繩；(the reins) 支配權，控制權 及物 控制	pull on the reins 拉韁繩
6765 □ **roller** [ˋrolɚ]	名 滾筒；輾壓機	paint the wall with a roller 用滾筒粉刷牆壁
6766 □ **rug** [rʌg]	名（只鋪於室內部分地面的）小地毯；〔英〕蓋膝厚毯	lay a rug on the floor 在地上鋪上小地毯
6767 □ **shaft** [ʃæft]	名 軸；柄；矛；（光線等）一道	a drive shaft 傳動軸
6768 □ **specimen** [ˋspɛsəmən]	名 標本；樣本，樣品；實例；〔口〕怪人	a plant specimen 植物標本

↑ TOEIC part 1 常考！

Butterfly specimens are on display in the room.
蝴蝶標本在室內展示中。

MP3 036

Word · 單字	Meaning · 字義	Usage · 用法
6769 □ **spike** [spaɪk]	名 大釘；(spikes)（防滑）釘鞋；（價格等）遽增 及物 以大釘釘牢	drive a spike into a wall 將大釘釘進牆面
6770 □ **spoke** [spok]	名（車輪的）輪輻；（梯子的）梯階	a wheel spoke 輪輻
6771 □ **spur** [spɝ]	名 馬刺；激勵 及物 用靴刺踢；激勵	set spurs to a horse 用馬刺鞭策馬
6772 □ **staple** [ˋstepl̩]	名 釘書針 及物 用釘書機裝訂 形〔限定用法〕主要的	refill staples 補充釘書針
6773 □ **stapler** [ˋsteplɚ]	名 釘書機	attach ... with a stapler 用釘書機裝訂…
6774 □ **stopper** [ˋstɑpɚ]	名 塞，栓；制止者；〔棒球〕救援投手 及物 用塞子塞住	the stopper of a bottle 瓶塞
6775 □ **strand** [strænd]	名（念珠等的）串；（線等）股；（頭髮的）縷 及物 使擱淺	a strand of beads 一串珠子
6776 □ **submarine** [ˌsʌbməˋrin]	名 潛水艇 形〔限定用法〕海中的	a nuclear submarine 核子潛艇
6777 □ **textile** [ˋtɛkstaɪl, -tɪl]	名 紡織品	textile fabrics 紡織品

Word・單字	Meaning・字義	Usage・用法
6778 □ **timer** [ˋtaɪmɚ]	名 計時器；定時開關；（比賽等的）計時員	set a timer for ten minutes 將計時器調到 10 分鐘
6779 □ **valve** [vælv]	名 閥，活門；（心臟等的）瓣膜	a safety valve 安全閥
6780 □ **wallpaper** [ˋwɔlˏpepɚ]	名 壁紙 及物 貼壁紙於	change wallpapers on a desktop 更換電腦桌面的桌布
6781 □ **ware** [wɛr]	名〔常構成複合字〕…製品，…用具	tableware 餐具
6782 □ **yarn** [jɑrn]	名 毛線，紗線；奇聞軼事	a ball of yarn 一球毛線 spin a yarn 編故事，胡謅

形容詞

⬇位置關係・相對關係

Word・單字	Meaning・字義	Usage・用法
6783 □ **advantageous** [ˏædvənˋtedʒəs]	形 有利的，有助益的	an advantageous situation 有利的狀況
6784 □ **centered** [ˋsɛntɚd]	形 中央的；〔常構成複合字〕以…中心的	customer-centered services 客戶導向服務
6785 □ **hind** [haɪnd]	形〔限定用法〕後面的	the hind legs of a horse 馬的後腳

MP3 037

Word · 單字	Meaning · 字義	Usage · 用法
6786 □ **identical** [aɪ`dɛntɪkl̩]	形〔限定用法〕(the ...) 相同的；完全一致的	have identical DNA 擁有相同的 DNA
6787 □ **lofty** [`lɔftɪ]	形 高聳的；高尚的	lofty mountains 巍峨的山
6788 □ **premier** [prɪ`m(j)ɪɚ]	形〔限定用法〕第一的；最初的 名 首相；總理	the premier issue 創刊號
6789 □ **respective** [rɪ`spɛktɪv]	形〔限定用法〕各自的，分別的	in their respective countries 在他們各自的國家中
6790 □ **roundabout** [`raʊndəˌbaʊt]	形〔多作限定用法〕(路線) 迂迴的；拐彎抹角的 名 圓環；旋轉木馬	a roundabout route 迂迴的路線
6791 □ **uphill** [`ʌp`hɪl] ! 注意發音	形 (道路) 上坡的；〔多作限定用法〕艱難的 副 往上坡 名 上坡 [`ʌpˌhɪl]	an uphill slope 上坡
6792 □ **vertical** [`vɜtɪkl̩]	形 垂直的 名 垂直線 (或面)	vertical thinking 垂直思考
6793 □ **conceptual** [kən`sɛptʃʊəl]	形 概念上的	a conceptual diagram 概念圖
6794 □ **cultivated** [`kʌltəˌvetɪd]	形 有教養的，舉止文雅的；耕種的，栽培的	a cultivated person 有教養的人

Word · 單字	Meaning · 字義	Usage · 用法
6795 □ **knowledgeable** [ˋnɑlɪdʒəbl̩]	形 博學的	be knowledgeable about... 對…有豐富的知識
6796 □ **linguistic** [lɪŋˋgwɪstɪk]	形〔多作限定用法〕語言的；語言學的	linguistic ability 語言能力
6797 □ **papal** [ˋpepl̩]	形〔限定用法〕羅馬教宗的；羅馬教會的	papal authority 羅馬教宗的權力
6798 □ **stylistic** [staɪˋlɪstɪk]	形〔多作限定用法〕文體風格的	a stylistic rule 體例
6799 □ **theoretical** [ˌθiəˋrɛtɪkl̩]	形〔多作限定用法〕理論上的；假設的	a theoretical explanation 理論解釋
6800 □ **barefoot** [ˋbɛrˌfut]	形 赤腳的 副 赤腳地	a barefoot boy 赤腳的男孩
6801 □ **breathless** [ˋbrɛθlɪs]	形 喘不過氣的，氣喘吁吁的	in a breathless haste 匆忙得喘不過氣
6802 □ **brisk** [brɪsk]	形 活潑的；輕快的；凜冽的	a brisk walk 快走
6803 □ **challenged** [ˋtʃælɪndʒd]	形〔主要為美式用法；和副詞連用〕有缺陷的	aurally challenged 有聽覺障礙的

MP3 038

Word · 單字	Meaning · 字義	Usage · 用法
6804 □ **clinical** [ˋklɪnɪkḷ]	形〔多作限定用法〕臨床的；病床的	clinical medicine 臨床醫學
6805 □ **developmental** [dɪˏvɛləpˋmɛntḷ]	形 發展的；開發的	developmental psychology 發展心理學
6806 □ **feverish** [ˋfivərɪʃ]	形 發燒的；〔限定用法〕高度興奮的	be a little feverish 有點發燒
6807 □ **husky** [ˋhʌskɪ]	形 ① 聲音沙啞的 ② 高大健壯的 名 高大健壯的人；哈士奇犬	in a husky voice 用沙啞的聲音
6808 □ **invalid** [ˋɪnvəlɪd]	形 ① 病弱的 ② 無效的 [ɪnˋvælɪd] 名 體弱多病的人	*one's* invalid wife 某人體弱多病的妻子
6809 □ **limp** [lɪmp]	形 軟弱的；無力的 不及物 跛行 名 跛行	look limp 看起來很軟弱
6810 □ **skinny** [ˋskɪnɪ]	形 皮包骨的，骨瘦如柴的；皮質的；吝嗇的	a skinny model 骨瘦如柴的模特兒
6811 □ **unhealthy** [ʌnˋhɛlθɪ]	形 不健康的；（道德、精神上）不健全的	an unhealthy idea 不健康的想法
6812 □ **wholesome** [ˋholsəm]	形 有益健康的；（道德、精神上）健全的	wholesome books 有益心智的書籍

Word．單字	Meaning．字義	Usage．用法
6813 □ **alarming** [ə`lɑrmɪŋ]	形 驚人的；告急的；令人擔憂的	at an alarming pace 以驚人的步調
6814 □ **amazed** [ə`mezd]	形 驚訝的	with an amazed look on *one's* face 一副吃驚的表情
6815 □ **appetizing** [`æpəˌtaɪzɪŋ]	形 促進食慾的，開胃的；誘人的	smell appetizing 聞起來很開胃
6816 □ **comforting** [`kʌmfɚtɪŋ]	形 安慰的，令人鼓舞的	a comforting call 慰問電話
6817 □ **disagreeable** [ˌdɪsə`griəbḷ]	形（人）很討厭的；（氣氛）不愉快的	a disagreeable person 令人討厭的人
6818 □ **disgusted** [dɪs`gʌstɪd]	形 厭惡的	look disgusted at... 厭惡地看著…
6819 □ **dismal** [`dɪzmḷ]	形 令人憂鬱的；淒慘的 名 低落的情緒	make *someone* feel dismal 讓某人覺得很憂鬱
6820 □ **dreamy** [`drimɪ]	形 夢幻的，輕柔的；愛空想的；很棒的	with a dreamy gaze 輕柔地凝視
6821 □ **drowsy** [`draʊzɪ]	形 昏昏欲睡的	feel drowsy 想睡覺

MP3 039

Word · 單字	Meaning · 字義	Usage · 用法
6822 □ **furious** [`fjʊrɪəs]	形〔補述用法〕暴怒的；〔限定用法〕激烈的	get furious 突然暴怒
6823 □ **hearty** [`hartɪ]	形 熱烈的，真誠的；豐盛的	receive a hearty welcome 受到熱烈歡迎
6824 □ **insane** [ɪn`sen]	形〔多作補述用法〕瘋狂的，精神錯亂的	go insane 瘋了
6825 □ **ironical** [aɪ`ranɪkl]	形 諷刺的；令人啼笑皆非的	in an ironical way 以諷刺的方式
6826 □ **lonesome** [`lonsəm]	形 寂寞無依的；人煙稀少的	feel lonesome 感到寂寞
6827 □ **pitiful** [`pɪtɪfəl]	形 可憐的；微不足道的	a pitiful sight 淒慘的景象
6828 □ **playful** [`plefəl]	形 活潑頑皮的；愛玩耍的；開玩笑的	a playful puppy 愛玩耍的小狗
6829 □ **regrettable** [rɪ`grɛtəbl]	形 令人遺憾的，可惜的	It is deeply regrettable that... ……真的很可惜。
6830 □ **sane** [sen]	形 心智健全的；明智的	be perfectly sane 神志完全正常

Word · 單字	Meaning · 字義	Usage · 用法
6831 □ **senseless** [ˋsɛnslɪs]	形〔多作補述用法〕無意識的，不省人事的；無知的	knock *someone* senseless 把某人打到失去意識
6832 □ **sentimental** [ˏsɛntəˋmɛntl̩]	形 感傷的；多愁善感的；感情上的	a sentimental melody 感傷的旋律
6833 □ **subjective** [səbˋdʒɛktɪv]	形 主觀的；個人的；本質的	a subjective interpretation 主觀的解釋
6834 □ **tearful** [ˋtɪrfəl]	形 催淚的；流淚的	a tearful story 催淚的故事
6835 □ **wretched** [ˋrɛtʃɪd] ! 注意發音	形 悲慘的；〔限定用法〕令人厭惡的	feel wretched 感到很悲慘，難受極了
6836 □ **burnt** [bɝnt]	形 燒焦的；燒傷的；赭色的	a burnt wall 被燒過的牆
6837 □ **chaotic** [keˋɑtɪk]	形 混亂的，雜亂無章的	in a chaotic situation 在混亂的狀態下
6838 □ **cracked** [krækt]	形 破碎的；龜裂的；（信用等）受損的	a cracked cup 碎裂的杯子
6839 □ **distorted** [dɪsˋtɔrtɪd]	形 扭曲的，失真的；受到曲解的	distorted facts 扭曲的事實

MP3 040

Word · 單字	Meaning · 字義	Usage · 用法
6840 □ **edible** [ˋɛdəbḷ]	形 可食用的 名 食物	an edible flower 食用花卉
6841 □ **erotic** [ɪˋratɪk]	形 引起性慾的，撩人的	an erotic novel 情色小說
6842 □ **existent** [ɪgˋzɪstənt]	形 現存的，存在的 名 存在的事物	the existent difference 存在差別
6843 □ **forbidding** [fɚˋbɪdɪŋ]	形 嚴峻的；令人難以親近的	a forbidding look 嚴峻的面容
6844 □ **formidable** [ˋfɔrmɪdəbḷ]	形 難以對付的；令人畏懼的	a formidable enemy 強敵
6845 □ **functional** [ˋfʌŋkʃənḷ]	形 機能的，功能的；職務上的；在起作用的	a functional disorder 機能障礙，功能性障礙
6846 □ **furnished** [ˋfɝnɪʃt]	形 配有家具的	a furnished apartment 附家具的公寓
6847 □ **hairy** [ˋhɛrɪ]	形 多毛的；〔口〕困難的	a hairy chest 毛茸茸的胸膛
6848 □ **identifiable** [aɪˋdɛntəˏfaɪəbḷ]	形 可確認身分的，可證明是同一人（或物）的	identifiable fingerprints 可確認身分的指紋

Word · 單字	Meaning · 字義	Usage · 用法
6849 □ **imposing** [ɪm`pozɪŋ]	形 壯觀的；使人印象深刻的	an imposing cathedral 雄偉的大教堂
6850 □ **ingenious** [ɪn`dʒinjəs]	形 獨創性的；精巧的	an ingenious scheme 天才計畫；巧妙聰明的計謀
6851 □ **intact** [ɪn`tækt]	形〔多作補述用法〕完好無缺的，未受到損傷的	remain intact 保持完好無缺
6852 □ **linear** [`lɪnɪə]	形〔多作限定用法〕直線的，線性的；長度的	a linear motor train 線性馬達列車
6853 □ **messy** [`mɛsɪ]	形 凌亂的；汙穢的；(問題等）麻煩的	a messy kitchen 凌亂的廚房
6854 □ **monstrous** [`mɑnstrəs]	形〔多作限定用法〕醜陋怪異的；巨大的	a monstrous beast 怪獸
6855 □ **motionless** [`moʃənlɪs]	形〔多作補述用法〕靜止不動的	sit motionless 坐著一動也不動
6856 □ **mute** [mjut]	形 無聲的；緘默的 及物 降低（音量）；減輕；使（顏色等）柔和	keep mute 保持沉默
6857 □ **operating** [`apə͵retɪŋ]	形〔限定用法〕手術的；運作的；營運上的	an operating room 手術室

MP3 041

Word · 單字	Meaning · 字義	Usage · 用法
6858 □ **quaint** [kwent]	形 古色古香而有情趣的；奇特而有趣的	a quaint cottage 古色古香的鄉村小屋
6859 □ **queer** [kwɪr]	形 奇妙的；〔俚〕同性戀的 名〔俚〕同性戀者	a queer noise 奇妙的聲音
6860 □ **resistant** [rɪˋzɪstənt]	形〔常構成複合字〕防…的；有抵抗力的 名 抵抗者	fire-resistant 防火的
6861 □ **restrictive** [rɪˋstrɪktɪv]	形 限制的；〔文法〕限定的	restrictive policy 限制性政策 a restrictive clause 〔文法〕限定子句
6862 □ **rotten** [ˋratn̩]	形 腐爛的；很糟糕的；令人討厭的	rotten meat 腐肉
6863 □ **rugged** [ˋrʌgɪd]	形 凹凸不平的；粗獷的；粗魯的	a rugged mountain slope 崎嶇不平的山坡
6864 □ **scarlet** [ˋskarlɪt]	形 猩紅色的，深紅色的 名 猩紅色；深紅色的衣服	scarlet fever 〔醫學〕猩紅熱
6865 □ **shadowy** [ˋʃædəwɪ]	形 神祕莫測的；多蔭的；模糊的；虛幻的	a vague and shadowy figure 謎樣的人物
6866 □ **shining** [ˋʃaɪnɪŋ]	形 發光的；光明的；〔限定用法〕傑出的	with shining eyes 閃亮的雙眼

Word · 單字	Meaning · 字義	Usage · 用法
6867 □ **silky** [ˋsɪlkɪ]	形 像絲綢般的，光滑的，柔滑的	silky hair 絲綢般柔順的秀髮
6868 □ **sown** [son]	形 點綴著（寶石等的）；種滿的	sown with diamonds 點綴著鑽石
6869 □ **sparkling** [ˋsparklɪŋ]	形〔限定用法〕（飲料）冒泡的；閃爍的；發出火花的	sparkling wine 氣泡酒
6870 □ **spotted** [ˋspatɪd]	形〔多作限定用法〕有斑點的；（名聲等）被玷汙的	a spotted dog 有斑點的狗
6871 □ **sprung** [sprʌŋ]	形 裝有彈簧的，有彈簧支撐的	a sprung saddle 裝有彈簧的車座
6872 □ **static** [ˋstætɪk]	形 靜止的；靜電的 名 靜電	static electricity 靜電
6873 □ **tasteful** [ˋtestfəl]	形 雅緻的；有鑑賞力的	tasteful furniture 雅緻的家具
6874 □ **tranquil** [ˋtræŋkwɪl]	形（環境等）寧靜的；（心等）平靜的	the tranquil surface of a lake 寧靜的湖面
6875 □ **traveling** [ˋtrævəlɪŋ]	形〔限定用法〕移動的；旅行的 名 旅遊	a traveling bag 旅行袋

MP3 042

Word · 單字	Meaning · 字義	Usage · 用法
6876 □ **tricky** [`trɪkɪ]	形 棘手的；狡猾的，詭計多端的	a tricky question 棘手的問題
6877 □ **unchanged** [ʌn`tʃendʒd]	形 無變化的，未改變的	remain unchanged 維持不變
6878 □ **variable** [`vɛrɪəbl̩]	形 可變的；易變的；〔數學〕變數的 名 可變物；〔數學〕變數	a variable wing airplane 可變翼飛機
6879 □ **weird** [wɪrd]	形 奇怪的；超自然的	a weird dress 怪異的洋裝
6880 □ **belated** [bɪ`letɪd]	形〔多作限定用法〕延誤的；過時的	belated payment 滯納金
6881 □ **bimonthly** [baɪ`mʌnθlɪ]	形 兩個月一次的 副 兩個月一次地 名 雙月刊	a bimonthly magazine 雙月刊雜誌
6882 □ **consequent** [`kɑnsə͵kwɛnt, -kwənt]	形 作為結果的，因之而起的	the earthquake and consequent tsunami 地震及隨之發生的海嘯
6883 □ **descendent** [dɪ`sɛndənt]	形 祖傳的；衍生的；下降的	be descendent from... 衍生自…
6884 □ **eventual** [ɪ`vɛntʃuəl]	形〔限定用法〕最終的	the eventual outcome 最終結果

Word · 單字	Meaning · 字義	Usage · 用法
6885 □ **hourly** [ˋaʊrlɪ]	形〔限定用法〕每小時的 副 每小時地	on an hourly basis 以小時計
6886 □ **innumerable** [ɪˋn(j)umərəbl̩]	形〔多作限定用法〕無數的	innumerable memories 無數的回憶
6887 □ **perpetual** [pɚˋpɛtʃʊəl]	形〔多作限定用法〕永久的	perpetual snow 萬年雪
6888 □ **prior** [ˋpraɪɚ]	形（時間、順序）在先的，在前的	He did some stretching prior to playing tennis. 他在打網球之前先做了一些伸展動作。

↑ TOEIC part 5, 6 常考！ Prior to the release of her latest book, the author was interviewed by several newspapers and magazines.
這名作家在發表最新作品之前，先接受了數家報社及雜誌社的訪問。

Word · 單字	Meaning · 字義	Usage · 用法
6889 □ **subsequent** [ˋsʌbsɪˏkwɛnt]	形〔限定用法〕隨後的	subsequent progress report 後續的進度報告
6890 □ **abusive** [əˋbjusɪv]	形 口出惡言的，辱罵的	use abusive language 使用汙辱性的言詞
6891 □ **affectionate** [əˋfɛkʃənɪt]	形 充滿深情的，表示愛的	be affectionate to children 疼愛孩子
6892 □ **aimless** [ˋemlɪs]	形〔多作限定用法〕沒有目標的	live an aimless life 過著得過且過的生活

MP3 043

Word · 單字	Meaning · 字義	Usage · 用法
6893 □ **applicable** [ˋæplɪkəbḷ]	形〔補述用法〕合適的；適用的	be applicable to this case 適用於這個案例
6894 □ **blunt** [blʌnt]	形 直言不諱的，直率的；（刀子）鈍的 及物 使變鈍	give a blunt reply 坦率地回答
6895 □ **boastful** [ˋbostfəl]	形 自吹自擂的	be boastful of *one's* achievements 誇耀自己的成就
6896 □ **clumsy** [ˋklʌmzɪ]	形 笨拙的；不雅觀的	be clumsy with *one's* hands 手很笨拙
6897 □ **communicative** [kəˋmjunəˏketɪv]	形〔多作補述用法〕健談的；〔限定用法〕通訊聯絡的	communicative competence 溝通能力
6898 □ **courteous** [ˋkɜtɪəs]	形 彬彬有禮的，謙恭的	a courteous greeting 有禮的問候
6899 □ **crude** [krud]	形 粗魯的；（想法等）未成熟的；天然的	crude behavior 粗魯的行為
6900 □ **destined** [ˋdɛstɪnd]	形 命中注定的；預定的	be destined to *V* 命中注定要做…
6901 □ **dutiful** [ˋd(j)utɪfəl]	形 守本分的；恭敬的，順從的	be dutiful to *one's* parents 對父母親盡孝

Word · 單字	Meaning · 字義	Usage · 用法
6902 □ **easygoing** [ˋizɪˏgoɪŋ]	形 逍遙自在的，隨遇而安的	an easygoing way of life 逍遙自在的生活方式
6903 □ **elastic** [ɪˋlæstɪk]	形 開朗的；伸縮自如的；有彈力的 名 橡皮筋；鬆緊帶	an elastic band 橡皮筋
6904 □ **eloquent** [ˋɛləkwənt]	形 雄辯的；富表達力的；（口才等）動人心弦的	an eloquent speaker 有口才的講者
6905 □ **engaging** [ɪnˋgedʒɪŋ]	形 有魅力的，迷人的	have an engaging personality 具有迷人的個性
6906 □ **feminine** [ˋfɛmənɪn]	形〔多作限定用法〕女性的；有女人味的 名〔文法〕陰性	feminine clothing 有女人味的服裝
6907 □ **gracious** [ˋgreʃəs]	形 親切和善的；（生活等）優雅的	with a gracious smile on *one's* face 臉上帶著親切的笑容
6908 □ **instinctive** [ɪnˋstɪŋktɪv]	形 本能的，直覺的，天生的	an instinctive fear of fire 對火本能地感到害怕
6909 □ **liable** [ˋlaɪəbl̩]	形〔補述用法〕可能會…的；（在法律上）有義務的	be liable to *V* 很可能會做…
6910 □ **masculine** [ˋmæskjəlɪn]	形〔多作限定用法〕男性的；有男子氣概的 名〔文法〕陽性	a masculine voice 男性的聲音

MP3 044

Word · 單字	Meaning · 字義	Usage · 用法
6911 □ **merciful** [ˋmɝsɪfəl]	形 慈悲的	a merciful person 慈悲的人
6912 □ **obstinate** [ˋɑbstənɪt]	形 頑強的；固執的；(疾病等) 難治的	obstinate resistance 頑強的抵抗
6913 □ **outgoing** [ˋaʊtˌgoɪŋ]	形 外向的，好交際的 名〔常用 outgoings〕開銷	an outgoing personality 外向的個性
6914 □ **pious** [ˋpaɪəs]	形 虔誠的，敬神的；虛偽的	a pious Hindu 虔誠的印度教徒
6915 □ **responsive** [rɪˋspɑnsɪv]	形〔多作補述用法〕反應迅速的；敏感的	be responsive to... 迅速回應⋯
6916 □ **sly** [slaɪ]	形 狡猾的；心照不宣的	be as sly as a fox 像狐狸般狡猾
6917 □ **spontaneous** [spɑnˋtenɪəs]	形 自發性的；自然產生的	a spontaneous action 自發性的行動
6918 □ **straightforward** [ˌstretˋfɔrwəd]	形 坦率的；正直的，老實的；簡單明瞭的	Let's be straightforward. 我們就開門見山地說吧。
6919 □ **sullen** [ˋsʌlən]	形 慍怒的；(天氣、天色等) 陰沉的	get sullen 變得不高興

Word · 單字	Meaning · 字義	Usage · 用法
6920 □ **talkative** [ˋtɔkətɪv]	形 健談的	a talkative person 健談的人，話匣子
6921 □ **tireless** [ˋtaɪrlɪs]	形 孜孜不倦的，不知疲倦的；（行動等）不停的	make tireless efforts 努力不懈
6922 □ **tolerant** [ˋtalərənt]	形 容忍的；能耐…的	be tolerant of... 容忍…
6923 □ **virtuous** [ˋvɝtʃuəs]	形 道德高尚的；貞潔的	virtuous conduct 德行
6924 □ **vulgar** [ˋvʌlgɚ]	形 下流的；粗野的；無教養的	a vulgar comment 粗俗的評論
6925 □ **advisory** [ədˋvaɪzərɪ]	形〔多作限定用法〕諮詢的，顧問的；勸告的	an advisory council 諮詢機構
6926 □ **allied** [əˋlaɪd]	形〔限定用法〕（國家、政黨等）同盟的；有關聯的	the Allied Powers （第二次世界大戰的）同盟國
6927 □ **armored** [ˋarmɚd]	形 裝甲的；武裝的	an armored car 裝甲車
6928 □ **binding** [ˋbaɪndɪŋ]	形 有約束力的；細綁的 名 用於細綁的東西；鑲邊	a binding decision 有約束力的決定

MP3 045

Word · 單字	Meaning · 字義	Usage · 用法
6929 □ **comprehensive** [ˌkɑmprɪˋhɛnsɪv]	形 綜合性的，包羅萬象的；有理解力的	a comprehensive conference 綜合性會議
6930 □ **factual** [ˋfæktʃuəl]	形 根據事實的；真實的	factual statement 根據事實的陳述
6931 □ **idealistic** [aɪˌdɪəˋlɪstɪk]	形 理想主義（者）的	have an idealistic view of life 對生活抱持理想主義的觀點
6932 □ **inactive** [ɪnˋæktɪv]	形（市場等）不活絡的；不活動的	The market is inactive. 目前市場低迷。
6933 □ **lawful** [ˋlɔfəl]	形〔多作限定用法〕法律允許的；法定的	a lawful act 合法行為
6934 □ **legislative** [ˋlɛdʒɪsˌletɪv]	形〔限定用法〕有關立法的；立法機構的	a legislative body 立法機構
6935 □ **legitimate** [lɪˋdʒɪtəmɪt]	形 合法的；合情理的，正當的	by legitimate means 藉由合法的手段
6936 □ **patriotic** [ˌpetrɪˋɑtɪk]	形 愛國的，有愛國心的	a patriotic movement 愛國運動
6937 □ **payable** [ˋpeəbḷ]	形〔多作補述用法〕可支付的；（支票等）應付的	be payable by credit card 可用信用卡支付

Word · 單字	Meaning · 字義	Usage · 用法
6938 □ **qualified** [ˋkwɑləˏfaɪd]	形 有資格的，能勝任的	a qualified instructor 合格教師；合格教練
6939 □ **revealing** [rɪˋvilɪŋ]	形 有啓發性的；(衣服等)暴露的；透露內情的	a revealing book 有啓發性的書
6940 □ **unanimous** [jʊˋnænəməs]	形 意見一致的，無異議的	by a unanimous vote 一致表決通過
6941 □ **unofficial** [ˏʌnəˋfɪʃəl]	形 非正式的；非官方的；非公認的	an unofficial comment 非正式的評論
6942 □ **warring** [ˋwɔrɪŋ]	形〔限定用法〕交戰的；(意見等) 衝突的	warring countries 交戰中的國家
6943 □ **wholesale** [ˋholˏsel]	形〔限定用法〕批發的；大規模的 名 批發 副 以批發方式	a wholesale price 批發價
6944 □ **arctic** [ˋɑrktɪk]	形 (Arctic) 北極（地區）的；(arctic) 極寒的 名 (the Arctic) 北極（地區）	the Arctic Circle 北極圈
6945 □ **atmospheric** [ˏætməsˋfɛrɪk]	形〔多作限定用法〕大氣的；有某種氣氛的	a high / low atmospheric pressure 高／低氣壓
6946 □ **foggy** [ˋfɑgɪ]	形 有濃霧的，霧茫茫的	on a foggy night 有濃霧的夜晚

⬇天候・自然

Word · 單字	Meaning · 字義	Usage · 用法
6947 □ **geographical** [dʒɪə`græfɪkl]	形〔多作限定用法〕地理的；地理學的	geographical features 地理特徵，地形
6948 □ **humid** [`(h)jumɪd]	形 潮濕的	a hot and humid day 溼熱的一天

↑ TOEIC part 4 常考！

This bath fan is quiet and powerful, and can quickly exhaust humid air that contributes to mold growth.

這台浴室風扇既安靜又有力，能很快地將潮濕的空氣排出去，避免黴菌滋長。

Word · 單字	Meaning · 字義	Usage · 用法
6949 □ **inland** [`ɪnlənd]	形〔限定用法〕內陸的 副 在（向）內陸 名 內陸	the inland area 內陸地區
6950 □ **planetary** [`plænə͵tɛrɪ]	形〔多作限定用法〕行星的；與行星有關的	a planetary exploration spacecraft 行星探測太空船
6951 □ **polar** [`polɚ]	形〔常用 the ...〕南極或北極的；〔電學〕磁極的	the polar star 北極星
6952 □ **seasonal** [`sizənl]	形〔限定用法〕季節性的	a seasonal wind 季節性風
6953 □ **supernatural** [͵supɚ`nætʃərəl]	形 超自然的；神奇的	a supernatural phenomenon 超自然現象
6954 □ **temperate** [`tɛmpərɪt]	形〔多作限定用法〕（氣候等）溫和的；有節制的	a temperate climate 氣候溫和

Word · 單字	Meaning · 字義	Usage · 用法
6955 □ **tidal** [ˋtaɪdl̩]	形 受潮汐影響的	a tidal wave (= tsunami) 海嘯
6956 □ **abnormal** [æbˋnɔrml̩]	形 反常的，不規則的	abnormal weather 異常的天氣
6957 □ **approximate** [əˋprɑksəmɪt] ! 注意發音	形 近似的；接近的 及物 **接近於** [əˋprɑksə͵met]	an approximate number 概數，近似數
6958 □ **commonplace** [ˋkɑmən͵ples]	形 平凡的，不足為奇的 名 **司空見慣的事**	a commonplace occurrence 司空見慣的事
6959 □ **concise** [kənˋsaɪs]	形 簡明的，簡潔的	a concise explanation 簡單扼要的說明
6960 □ **confidential** [͵kɑnfəˋdɛnʃəl]	形 機密的；祕密的；值得信賴的	a confidential document 機密文件
6961 □ **eminent** [ˋɛmənənt]	形 著名的；地位（或身分）高的	an eminent scientist 著名的科學家
6962 □ **Fahrenheit** [ˋfærən͵haɪt]	形〔限定用法〕華氏的 名 **華氏**	a Fahrenheit thermometer 華氏溫度計
6963 □ **faultless** [ˋfɔltlɪs]	形 完美無缺的	faultless beauty 無瑕的美

MP3 047

Word · 單字	Meaning · 字義	Usage · 用法
6964 □ **forceful** [ˋforsfəl]	形 有說服力的；強而有力的	a forceful speech 具有說服力的演說
6965 □ **given** [ˋgɪvən]	形〔限定用法〕特定的，指定的	within a given period 在特定的期間內
6966 □ **improper** [ɪmˋprɑpɚ]	形 不適當的；不得體的；錯誤的	be improper for the occasion 這個場合上不恰當的做法
6967 □ **inclusive** [ɪnˋklusɪv]	形 一切計算在內的；包含的	inclusive of charges 包含費用在內
6968 □ **inconvenient** [ˌɪnkənˋvinjənt]	形 不便的，有困難的	Monday is inconvenient for me. 我星期一不方便。
6969 □ **indispensable** [ˌɪndɪsˋpɛnsəbl]	形 不可或缺的；不能避免的	be indispensable for / in *Ving* 對做…是不可或缺的

↑ TOEIC part 7 常考！ We provide a fast, reliable, and secure Internet connection, which has become an indispensable part of doing business. 我們提供快速、可靠、安全的網際網路連線服務，這已變成是做生意時不可或缺的部分。

Word · 單字	Meaning · 字義	Usage · 用法
6970 □ **insignificant** [ˌɪnsɪgˋnɪfəkənt]	形 無足輕重的	an insignificant event 不重要的事件
6971 □ **intelligible** [ɪnˋtɛlədʒəbl] ! 注意重音	形 明白易懂的	an intelligible lecture 一次明白易懂的講課

Word · 單字	Meaning · 字義	Usage · 用法
6972 □ **miraculous** [mɪˋrækjələs]	形 奇蹟般的，令人驚奇的	a miraculous recovery 奇蹟似的復原
6973 □ **monotonous** [məˋnɑtənəs]	形 單調乏味的	a monotonous job 單調乏味的工作
6974 □ **notable** [ˋnotəbḷ]	形 著名的，值得注意的 名〔常用 notables〕名人	a notable politician 著名的政治人物
6975 □ **orderly** [ˋɔrdəlɪ]	形 有規則的；有秩序的；整齊的 名（醫院的）雜務工	an orderly life 規律的生活
6976 □ **prospective** [prəˋspɛktɪv]	形〔多作限定用法〕有希望的；將來的；預期的	a prospective winner 勝利在望者
6977 □ **scanty** [ˋskæntɪ]	形 不足的；（衣服）暴露的	a scanty income 收入不足
6978 □ **selective** [səˋlɛktɪv]	形 精挑細選的；選擇性的	be selective about... 對…精挑細選
6979 □ **steadfast** [ˋstɛd͵fæst]	形 堅定的，不變的	a steadfast belief 堅定的信仰
6980 □ **sunk** [sʌŋk]	形〔補述用法〕無法挽救的，玩完的	We're sunk. 我們慘了。/ 我們完蛋了。

MP3 048

Word · 單字	Meaning · 字義	Usage · 用法
6981 □ **surplus** [ˋsɝpləs]	形 過剩的 名 過剩；盈餘	surplus workers 剩餘勞動者
6982 □ **tolerable** [ˋtɑlərəbḷ]	形（表演、食物、收入等）過得去的；可忍受的	The show was barely tolerable to watch. 這場表演勉強還過得去。
6983 □ **understandable** [ˏʌndɚˋstændəbḷ]	形 可以理解的	understandable English 容易理解的英文
6984 □ **undesirable** [ˏʌndɪˋzaɪrəbḷ]	形 不受歡迎的，令人不快的，不良的 名 不受歡迎的人	an undesirable effect 不良效應，不想要的結果
6985 □ **unpopular** [ʌnˋpɑpjəlɚ]	形 不受歡迎的，不得人心的	an unpopular actress 不受歡迎的女演員

副詞

↓ 時間・頻率

Word · 單字	Meaning · 字義	Usage · 用法
6986 □ **hereafter** [ˏhɪrˋæftɚ]	副 從今以後 名〔常用 the ...〕將來	Burnable garbage hereafter will be collected every Thursday. 今後於每週四收集可燃垃圾。
6987 □ **invariably** [ɪnˋvɛrɪəblɪ]	副 不變地，總是	Rita invariably complains about her boss. 芮塔總是在抱怨她的老闆。
6988 □ **ordinarily** [ˋɔrdəˏnɛrɪlɪ]	副 通常；普通地	Ordinarily I go to work by car. 我通常都是開車上班。

↓程度

Word · 單字	Meaning · 字義	Usage · 用法
6989 □ **subsequently** [ˋsʌbsɪˌkwɛntlɪ]	副 後來，隨後	He will hold a recital subsequently in Munich. 之後他將在慕尼黑舉辦獨奏會。
6990 □ **broadly** [ˋbrɔdlɪ]	副 概略地；廣布地；寬廣地	be broadly known 廣為人知
6991 □ **decidedly** [dɪˋsaɪdɪdlɪ]	副 果斷地；顯然	She looked decidedly uncomfortable. 很顯然地，她看起來很不舒服。
6992 □ **heartily** [ˋhartɪlɪ]	副 衷心地；痛快地，徹底地	heartily wish that... 由衷希望…
6993 □ **oddly** [ˋadlɪ]	副 奇怪地；零碎地	Oddly enough, he wasn't surprised at the news at all. 奇怪的是，他對於那個消息完全不會驚訝。
6994 □ **vaguely** [ˋveglɪ]	副 模糊地；曖昧地	I vaguely remember the picture book. 我依稀記得那本繪本。

↑ TOEIC part 5, 6 常考！

The company introduced a new model, the shape of which vaguely resembled that of us.
那家公司發表了一項新產品，產品的形狀大致和我們的類似。

↓其他

Word · 單字	Meaning · 字義	Usage · 用法
6995 □ **hopefully** [ˋhopfəlɪ]	副 但願；抱著希望地	Hopefully it will settle the problem. 但願這能解決問題。
6996 □ **incidentally** [ˌɪnsəˋdɛntl̩ɪ]	副〔常放在句首〕順帶一提；偶然地	Incidentally my blood type is B. 順便提一下，我的血型是B型。

MP3 049

Word · 單字	Meaning · 字義	Usage · 用法
6997 □ **respectively** [rɪˋspɛktɪvlɪ]	副〔常放在句尾〕分別地；各自地	Sarah and Billy drank a coffee and cocoa respectively. 莎拉和比利分別喝了咖啡和可可。
6998 □ **virtually** [ˋvɝtʃuəlɪ]	副 幾乎，事實上	It's virtually impossible for us to find any more trace of the suspects. 我們幾乎無法再找到更多關於嫌犯的線索。

介系詞

Word · 單字	Meaning · 字義	Usage · 用法
6999 □ **notwithstanding** [ˌnɑtwɪðˋstændɪŋ, -wɪθ-]	介 雖然，儘管 副 還是	Notwithstanding bad weather, the voter turnout reached 70 percent. 雖然天氣不好，但投票率還是達到了 70%。

感嘆詞

Word · 單字	Meaning · 字義	Usage · 用法
7000 □ **amen** [ˋeˋmɛn, ˋɑˋmɛn]	嘆 阿門（基督徒禱告結束時的用語）	In Jesus' name, amen. 奉主耶穌的名，阿門。

Memo

Review Passage

1

下面是一篇英文新聞．雜誌的報導，包含 Level 7 所介紹的單字（請見紅色字）。閱讀時請確實弄清楚紅色字的用法。

Ecology Report Calls for Action

1) Environmental groups expressed **dissatisfaction** (6146) with government policies, after a **dismal** (6819) report on **ecology** (6003) showed that a number of animals are suffering the effects of climate change due to harmful **emissions** (6512). 2) The report suggested that **drastic** (6099) action would be necessary to **elevate** (6185) America's efforts to the same level as other developed nations.

3) A group of **eminent** (6961) scientists welcomed the report. 4) Professor John R. Ivanovich, a strong **campaigner** (6191) for the Kyoto agreement, called it "the **dose** (6079) of truth that this country has been waiting for," and added that "if something is not done to **enforce** (6326) the **agenda** (6616) this government has already promised to follow, the **eventual** (6884) **expenditures** (6638) will far exceed the ones they are avoiding making today."

5) Environmental Protection Agency spokesman Frank King called the report "**subjective** (6833)" and asked the media not to "**distort** (6310) the facts," and said that the agency would have a response ready later in the week.

活用神奇記憶板！ 用紅板子遮住英文後，Level 7 所介紹的單字會消失，這時請利用中文翻譯複習單字。用紅板子遮住中文翻譯後，紅色單字的中文字義會消失，這時請對照英文做複習。

生態報告呼籲採取行動

1) 一份令人沮喪的生態報告顯示，有害氣體的排放造成部分動物受到氣候變遷的影響所苦。對此許多環保團體表達了對政府政策的不滿。2) 該報告指出，美國若要將自身的努力提升到與其他已開發國家並駕齊驅的地步，就必須採取激烈的行動。

3) 一群著名的科學家對這份報告表示歡迎。4) 強烈支持京都協議的活動家約翰·伊凡諾維齊教授將之稱為「這個國家等待已久的一劑真理」，並補充說「如果沒有著手落實政府已經承諾遵循的議題，最終的支出將會遠高於目前避免支出的費用。」

5) 環境保護局發言人法蘭克·金稱該報告為「主觀」報告，他要求媒體不要「扭曲事實」，並提到該局將於本週稍後回應。

2

下面是一篇英文新聞．雜誌的報導，包含 Level 7 所介紹的單字（請見紅色字）。閱讀時請確實弄清楚紅色字的用法。

Fisk Challenges School Pledge

1) A recently **nominated** [6365] member of the **municipal** [6338] board of education inspired **outrage** [6545] last week with his comments that he believed in decreasing what he called an "exaggerated sense of **nationalism** [6653] in our schools." 2) In a comment made to a school board **advisory** [6925] group, Brett Fisk **alleged** [6101] that when children were forced to **recite** [6230] **oaths** [6654] such as the Pledge of Allegiance in schools it did little or nothing to **nourish** [6368] students academically, and could lead children to believe that **oppression** [6655] of immigrants was acceptable.

3) While Fisk called for an open **forum** [6263] on the issue, parent groups put up **obstinate** [6912] opposition, and **implored** [6140] Fisk to resign. 4) They claimed that **omission** [6513] of the pledge would be anti-American, and expressed their **indignation** [6040] by holding a protest at City Hall.

活用神奇記憶板！ 用紅板子遮住英文後，Level 7 所介紹的單字會消失，這時請利用中文翻譯複習單字。用紅板子遮住中文翻譯後，紅色單字的中文字義會消失，這時請對照英文做複習。

費斯克對學校的宣誓提出異議

1) 一名新任命的市立教育局委員於上週做出一項評論，認為應該減少他稱之為「被學校誇大的愛國意識情感」，因而引起憤慨。2) 布瑞特．費斯克在向教育委員會顧問團提出的建議中，主張兒童被迫朗誦誓言，如「效忠誓詞」，對學生的學業助益不大或甚至沒有，也會讓兒童相信壓迫移民是可以被接受的。

3) 雖然費斯克呼籲就此議題舉辦公開論壇，但是家長團體卻堅決反對，並懇求費斯克辭職。4) 他們宣稱省略這項宣誓就是反美的表現；他們也在市政府前進行抗議，表達他們的憤怒。

3

下面是一篇英文新聞．雜誌的報導，包含 Level 7 所介紹的單字（請見紅色字）。閱讀時請確實弄清楚紅色字的用法。

Sudden Purchase Bid Worries Investors

1) Investors showed **apprehension** (6069) when struggling **airway** (6691) Frankish Air made an unexpected **bid** (6621) to purchase newly established air-freight company Alternative Airlines. 2) While the two airlines were once allied in their local struggle against big-name carriers, Frankish **deemed** (6451) the plan an "**advantageous** (6783) move," and that it would **broaden** (6002) their place in the market.

3) An **anonymous** (6100) company **aide** (6710) called the decision an "**abandonment** (6237) of company ethics," and said that the company, whose CEO resigned last month over accusations of **improper** (6966) use of funds, was struggling and **aimless** (6892).

4) Industry experts claim the results will be **unpredictable** (6149), but investors clearly found the situation **undesirable** (6984). 5) Stocks for both companies **tumbled** (6253) overnight in an almost **unanimous** (6940) sell-off, leaving the future of the two firms **unsure** (6388).

活用神奇記憶板！ 用紅板子遮住英文後，Level 7 所介紹的單字會消失，這時請利用中文翻譯複習單字。用紅板子遮住中文翻譯後，紅色單字的中文字義會消失，這時請對照英文做複習。

突然出價購買令投資人擔心

1) 當經營困難的航空公司法蘭克航空無預警地出價購買新成立的空中貨運公司阿特那提夫航空時，投資者表達了他們的不安。2) 這兩家航空公司曾進行過區域性結盟，共同對抗大型航空公司，法蘭克航空認為這個計畫是一項「有利的行動」，因為這將會擴大他們的市場占有率。

3) 一位匿名的公司高層助理將此決定稱之為「拋棄企業倫理」的行為，並提到公司本身營運困難且毫無目標。該公司的執行長上個月才因不當運用資金遭到起訴而辭職。

4) 業界專家宣稱（合併的）結果將無法預料，不過投資者卻明顯不歡迎這種情況。5) 兩家公司的股票幾乎一致遭到拋售，一夕之間重挫，讓兩家公司的未來處於渾沌未明的狀態。

4

下面是一篇英文新聞‧雜誌的報導，包含 Level 7 所介紹的單字（請見紅色字）。閱讀時請確實弄清楚紅色字的用法。

New Reptile House Revealed

1) Ken Firth **chuckles** (6168) where most people would scream, and seems amazingly **easygoing** (6902) for a man surrounded by **serpents** (6177) and **lizards** (6437). 2) In fact he almost seems to **cherish** (6280) them.

3) "Look at this lovely girl right here," he says, holding up a **monstrous** (6854) **spotted** (6870) lizard to the **amazement** (6012) of several schoolchildren. 4) "She has these easily **identifiable** (6848) markings. Isn't she beautiful?"

5) Firth is the **eccentric** (6148) yet **eloquent** (6904) head of the new **reptile** (6434) house at the Brockton Zoo. 6) The complex is a full two acres of cold-blooded **specimens** (6768) in all their **splendor** (6216), including lizards, snakes, frogs, and even a few **slugs** (6503) and **snails** (6504) thrown in for good measure.

7) Firth's **expertise** (6026) in the creatures comes from a lifelong **fascination** (6536) with all things **weird** (6879). 8) As a reptile **enthusiast** (6435), he hopes that the newly opened **installation** (6604) will help **arouse** (6106) interest in these **unpopular** (6985) animals among children and adults.

活用神奇記憶板！ 用紅板子遮住英文後，Level 7 所介紹的單字會消失，這時請利用中文翻譯複習單字。用紅板子遮住中文翻譯後，紅色單字的中文字義會消失，這時請對照英文做複習。

新開幕的爬蟲類館

1) 大多數人會驚聲尖叫的地方，卻讓肯．佛斯低聲輕笑。當被蟒蛇和蜥蜴包圍時，他卻顯得十分輕鬆自在。2) 事實上，他似乎相當珍愛這些動物。

3)「看看這邊這個可愛的女孩，」他邊說邊抓起一隻有斑點的巨大蜥蜴到數名吃驚的學童面前。4)「她有這些可以輕易辨識的印記。她很漂亮，不是嗎？」

5) 佛斯是布羅克頓動物園中新成立的爬蟲類館館長，個性古怪卻辯才無礙。6) 爬蟲類館占地整整兩英畝，到處可見壯觀無比的冷血動物實體，包括蜥蜴、蛇和青蛙，甚至還額外包含了一些蛞蝓及蝸牛。

7) 佛斯對於這些動物的專業知識，來自於他畢生為所有奇怪事物的著迷。8) 身為爬蟲迷，他希望新開放的設施能夠喚起兒童及成人對於這些不受歡迎動物的興趣。

5

下面是一篇英文新聞・雜誌的報導，包含 Level 7 所介紹的單字（請見紅色字）。閱讀時請確實弄清楚紅色字的用法。

More Hurricanes This Year

[1] Authorities are hoping to stop more seasonal **catastrophes** (6318), as the summer storm season approaches. [2] Last year, several **gigantic** (6319) hurricanes caused damage to homes and buildings, over a wide range of **geographical** (6947) areas. [3] Many of the storms came further **inland** (6949) than usual, and weather experts **foresee** (6458) more of the same this year.

[4] Some scientists believe that the **chaotic** (6837) weather may be due to the large amounts of ice which have **thawed** (6088) in **Arctic** (6944) regions. [5] "If this melted ice **exerts** (6333) an influence on ocean temperatures, even changes of only a few degrees **Fahrenheit** (6962) may cause significant **atmospheric** (6945) disturbances," said one researcher.

[6] While **coastal** (6223) regions are most at risk, authorities hope to **broaden** (6002) the areas covered by emergency weather services, and will issue early warning **bulletins** (6163) for any storms which seemed **destined** (6900) to **intensify** (6051).

活用神奇記憶板！ 用紅板子遮住英文後，Level 7 所介紹的單字會消失，這時請利用中文翻譯複習單字。用紅板子遮住中文翻譯後，紅色單字的中文字義會消失，這時請對照英文做複習。

今年會有更多颶風

[1] 隨著夏季暴風雨季節的到來，當局希望能避免更多季節性的大災難。[2] 去年有幾個巨大的颶風在廣大的地理區中，對房舍造成了重大的災情。[3] 許多暴風雨比以往更深入內陸，而氣象專家預測相同的情況在今年會發生得更頻繁。

[4] 有些科學家相信天氣的混亂，可能肇因於北極地區有大量的冰融化。[5] 一名研究人員指出：「如果這些融冰對海洋的溫度產生了影響，即使只是改變了華氏幾度，也可能會造成明顯的大氣擾動。」

[6] 雖然以沿海地區最危險，但是當局仍然希望能夠擴大緊急氣象預報的範圍，並且對任何似乎注定會增強的暴風雨提早發布警戒快報。

Start ▶

LEVEL 8

樂讀英文報刊的8000字

狀態・存在類動詞

MP3 050

Buffalos abound on this **prairie**.
這片大草原上有許多水牛。

7001 □ **buffalo** [ˋbʌfəˏlo]	名 水牛 複數 buffalo(e)s /〔集合名詞〕buffalo（單複數同形）
7002 □ **abound** [əˋbaʊnd]	不及物（生物、東西等）大量存在 句型 SV 用法 abound in / on... 大量存在於…
7003 □ **prairie** [ˋprɛrɪ]	名〔常用 prairies〕（尤指美國密西西比河 (Mississippi) 流域的）大草原

A **conspicuous sticker adhered** to the rear **bumper** of the car.
車子後方的保險桿上貼了一張顯眼的貼紙。

7004 □ **conspicuous** [kənˋspɪkjʊəs]	形 顯眼的；引人注目的
7005 □ **sticker** [ˋstɪkɚ]	名 貼紙

7006 □ **adhere** [əd`hɪr]	不及物 黏附；堅持；擁護 句型 SV 用法 adhere to... 附著於…；堅持於…
7007 □ **bumper** [`bʌmpɚ]	名 （汽車的）保險桿；（列車的）緩衝器 形 〔限定用法〕豐收的；特大的

The cause of **displeasure** in a **workplace** is often **ascribed** to **gender inequality**.
職場上所發生的不愉快，往往是因為性別不平等所造成的。

7008 □ **displeasure** [dɪs`plɛʒɚ]	名 不愉快；不滿意
7009 □ **workplace** [`wɝk͵ples]	名 職場，工作場所

↑ TOEIC part 5, 6 常考！
Creating a workplace where all employees are treated fairly and feel a sense of belonging is of the utmost importance.
創造出一個能讓員工受到公平待遇，並擁有歸屬感的工作場所是最重要的事。

7010 □ **ascribe** [ə`skraɪb]	及物 把…歸於；認為…具有 句型 SVO 用法 ascribe ... to~ 把（原因等）歸於～；認為（作品等）是～所作
7011 □ **gender** [`dʒɛndɚ]	名 性別；〔文法〕性
7012 □ **inequality** [͵ɪnɪ`kwalətɪ]	名 不平等；不均質

Level 8 Power Sentences

They **colonized** the entire eastern **shoreline** of the continent and drove **aboriginal** people away.
他們拓殖整個大陸東海岸，並將原住民趕走。

7013 □ **colonize** [ˋkɑlə͵naɪz]	及物 將…開拓成殖民地 句型 SVO
7014 □ **shoreline** [ˋʃor͵laɪn]	名 海岸線
7015 □ **aboriginal** [͵æbəˋrɪdʒənl̩]	形 原住民的；〔常用 Aboriginal〕澳洲原住民的 名〔常用 Aboriginal〕澳洲原住民

The company **computerized** the tracking of **shipments** from **warehouse** to consumers.
公司利用電腦追蹤貨物從倉庫運送到消費者的過程。

7016 □ **computerize** [kəmˋpjutə͵raɪz]	及物 用電腦處理；使電腦化 不及物 使用電腦 句型 SV, SVO 用法 computerize the voting process 用電腦處理投票過程
7017 □ **shipment** [ˋʃɪpmənt]	名 運輸的貨物；（貨物等）裝運

↑ TOEIC part 7 常考！
We will send you a confirmation e-mail at the time of shipment.
出貨時我們會寄一封電子郵件確認函給您。

7018 □ **warehouse** [ˋwɛr͵haʊs]	名 倉庫

↑ TOEIC part 1 常考！

A lot of boxes are piled up in a warehouse.
許多箱子堆積在倉庫裡。

We're going to **consolidate** our security **sensor** system by the end of this month.
我們在這個月底之前要強化安全感應系統。

7019 □ **consolidate** [kən`sɑlə͵det]	及物 強化；合併，統一 句型 SVO 用法 consolidate branches 整合分店
7020 □ **sensor** [`sɛnsɚ]	名 感測器

好用★Phrase **be going to *V*** 即將要做…

The **bishop**'s presence **dignified** the ceremony.
主教的出席讓這場典禮變得莊嚴隆重。

7021 □ **bishop** [`bɪʃəp]	名〔常用 Bishop〕主教；〔西洋棋〕主教
7022 □ **dignify** [`dɪgnə͵faɪ]	及物 使變得莊嚴，使高貴；抬高…的身價 句型 SVO

The judge **discredited** the **eyewitness testimony** because it lacked **consistency**.
法官不採信目擊者的證詞，因為該證詞缺乏一致性。

7023 □ **discredit** [dɪs`krɛdɪt]	及物 不相信；使喪失信譽 句型 SVO 名 懷疑
7024 □ **eyewitness** [`aɪ,wɪtnɪs]	名 目擊者
7025 □ **testimony** [`tɛstə,monɪ]	名（法庭上的）證詞；證據；公開表明
7026 □ **consistency** [kən`sɪstənsɪ]	名（言行、思想等的）一致性，無矛盾

They have **dramatized** some of the popular **online** novels.
他們已經將其中幾本熱門網路小說改編成劇本。

7027 □ **dramatize** [`dræmə,taɪz]	及物 將（事件、小說等）改編成戲劇 句型 SVO 用法 dramatize the story of... 將…故事改編為劇本
7028 □ **online** [`ɑn,laɪn]	形 線上的 副 在線上

Excessive intake of **protein** can **endanger** your health.
過度攝取蛋白質會危害你的健康。

7029 □ **protein** [`protiɪn]	名 蛋白質

7030
□ **endanger**
[ɪn`dendʒɚ]

及物 危害，使遭受危險
句型 SVO
用法 endanger the natural environment 危害自然環境

MP3 051

A fight between **bullies escalated** into an **assault** on **passersby**.
惡霸間的打鬥擴大成攻擊路人的事件。

7031
□ **bully**
[`bʊlɪ]

名 惡霸，欺負弱小者
及物 欺凌；脅迫
用法 bully ... into *Ving* 威脅…去做～

7032
□ **escalate**
[`ɛskə͵let]

不及物 逐步擴大，逐步上升
及物 使逐步擴大，使逐步上升
句型 SV, SVO
用法 escalate into a riot / war 擴大成暴動／戰爭

7033
□ **assault**
[ə`sɔlt]

名 猛烈攻擊；嚴厲抨擊；毆打；〔較 rape 委婉〕強姦
及物 攻擊，對…施暴

7034
□ **passerby**
[`pæsɚ`baɪ]

名 過路人，路人
複數 passersby

The **washer**'s guarantee **expires** at the end of next month.
洗衣機的保固將在下個月底到期。

7035
□ **washer**
[`wɑʃɚ]

名 洗衣機 (= washing machine)；清洗者

7036 □ **expire** [ɪk`spaɪr]	不及物 到期，(期限) 中止 句型 SV

TOEIC part 2, 3 常考！
Bonus points of my card will expire next month.
我卡片的紅利點數將在下個月到期。

好用★Phrase **at the end of next month** 在下個月底

This system will **facilitate coordination** between **donors** and **recipients.**
這個系統將有助於協調器官捐贈者與受贈者器官的配對。

7037 □ **facilitate** [fə`sɪlə͵tet]	及物 使便利，促進 句型 SVO
7038 □ **coordination** [ko͵ɔrdə`neʃən]	名 協調能力；調整；對等（的關係） 複數 無複數形，不可數
7039 □ **donor** [`donɚ]	名（器官等的）捐贈者；〔法律〕贈與人
7040 □ **recipient** [rɪ`sɪpɪənt]	名 接受者；容器

TOEIC part 7 常考！
Scholarship recipients must maintain a minimum grade point average of 2.5 throughout their college career.
獎學金受贈者在就讀大學期間必須維持在學業成績平均點數 2.5 分以上。
＊grade point average (GPA) 成績點數與學分的加權平均值

We cannot **generalize** about the **operational** safety of nuclear **reactors** from this fact alone.
我們不能單憑這項事實就推論核子反應爐在操作上安全無虞。

7041
□ **generalize**
[ˋdʒɛnərə͵laɪz]

不及物 一概而論，概括；推論
及物 歸納；使一般化
句型 SV, SVO
用法 generalize about... 對…一概而論

7042
□ **operational**
[͵ɑpəˋreʃənl̩]

形 操作上的；可使用的；〔軍事〕作戰上的

7043
□ **reactor**
[rɪˋæktɚ]

名 核子反應爐 (= nuclear reactor)；起反應的人或東西

好用★Phrase **a nuclear reactor** 核子反應爐

This **necktie** will **harmonize** with your blue shirt.
這條領帶和你的藍色襯衫會很搭。

7044
□ **necktie**
[ˋnɛk͵taɪ]

名 領帶

7045
□ **harmonize**
[ˋhɑrmə͵naɪz]

不及物 （色彩、樣式等）調和
及物 使調和；以和聲唱（或演奏）
句型 SV, SVO
用法 harmonize well with the surrounding environment 十分融入周遭環境

As the modern age **industrializes** the country, more animal **habitats** will be destroyed.
隨著現今國家的工業化，更多動物的棲息地將會遭到破壞。

7046 □ **industrialize** [ɪn`dʌstrɪə͵laɪz]	及物 使工業化 句型 SVO 用法 become industrialized 變工業化
7047 □ **habitat** [`hæbə͵tæt]	名（動植物的）生活環境

Her dream of marrying an **aristocrat** and living in a **spacious** mansion finally **materialized**.
她想嫁給貴族並住在寬敞豪宅的夢想終於實現了。

7048 □ **aristocrat** [ə`rɪstə͵kræt]	名 貴族；貴族統治論者；出類拔萃者
7049 □ **spacious** [`speʃəs]	形 空間寬敞的；（心胸）開闊的
7050 □ **materialize** [mə`tɪrɪə͵laɪz]	不及物（願望等）實現；突然出現 及物 實現（願望等）；使具體化 句型 SV, SVO

Every **filmmaker** is **keenly** trying to **minimize** production costs.
每位電影製作人都積極設法將製片成本降到最低。

7051 □ **filmmaker** [`fɪlm͵mekɚ]	名 電影製作人 (= moviemaker)

7052 □ **keenly** [ˋkinlɪ]	副 熱心地；銳利地；強烈地
7053 □ **minimize** [ˋmɪnə͵maɪz]	及物 將…減到最少或最小；極度輕視；把（視窗等）最小化 句型 SVO 用法 minimize the risk of infection 把感染的風險降到最低 minimize a window 將視窗最小化

好用★Phrase **production costs** 製作成本

The study of the **subconscious overlaps** with that of human memory, and these two are **inseparable**.
潛意識的研究與人類記憶的研究有重疊之處，而這兩者是不可分割的。

7054 □ **subconscious** [sʌbˋkɑnʃəs]	名 潛意識 形〔限定用法〕潛意識的
7055 □ **overlap** [͵ovɚˋlæp] ! 注意重音	不及物 重疊；部分一致 句型 SV 用法 overlap with... 與…重疊 名 重疊部分 [ˋovɚ͵læp]
7056 □ **inseparable** [ɪnˋsɛpərəbḷ]	形 分不開的

The federal government **privatized** the **fishery**.
聯邦政府讓漁業民營化。

7057 □ **privatize** [ˋpraɪvə͵taɪz]	及物 使民營化 句型 SVO 用法 privatize the nation's postal services 讓國家的郵政事業民營化

7058 □ **fishery** [`fɪʃərɪ]	名 漁業，水產業；〔常用 fisheries〕水產學；漁場

MP3 052

As the economy **receded**, the number of **jobless** persons increased.
經濟衰退導致失業人數增加了。

7059 □ **recede** [rɪ`sid]	不及物 向後退；（記憶等）變模糊；（髮線）往後退；（價格等）下降 句型 SV 用法 My hairline has receded. 我的髮線後退了。
7060 □ **jobless** [`dʒablɪs]	形 失業的 名〔the jobless，用作複數〕失業者

好用★Phrase **a jobless person** 失業者

They **shelved** the project for cutting a **waterway** between the two lakes.
他們擱置了在兩座湖之間開鑿水道的計畫。

7061 □ **shelve** [ʃɛlv]	及物 擱置，暫不進行；把…置於架上 句型 SVO 用法 shelve a bill 擱置一項法案
7062 □ **waterway** [`wɔtɚ͵we, `watɚ-]	名 水道；航道

The number of tourists has **notably slumped** since the **contagious** disease broke out.
自從傳染病爆發之後，遊客的人數就明顯銳減。

7063 □ **notably** [ˋnotəblɪ]	副 顯著地；特別，尤其
7064 □ **slump** [slʌmp]	不及物 （物價等）暴跌；（精神等）萎靡；重重地或突然地倒下 句型 SV 用法 slump into a chair 猛然倒在椅子上 名 暴跌；不景氣；萎靡
7065 □ **contagious** [kənˋtedʒəs]	形 （疾病）接觸傳染的；（情感等）有感染力的

好用★Phrase **break out** （火災、戰爭、傳染病等）突然爆發

Exotic pavilions sprawl across the main street.
大街上遍布著具有異國風情的亭子。

7066 □ **exotic** [ɛgˋzatɪk]	形 有異國情調或風味的，奇異的
7067 □ **pavilion** [pəˋvɪljən]	名 涼亭；（博覽會等的）展示館；大帳篷
7068 □ **sprawl** [sprɔl]	不及物 （城市等）雜亂無章地擴展；伸開四肢躺或坐；蔓延 句型 SV 用法 sprawl out on the bed 呈大字形躺在床上 sprawl over more than 500 square kilometers 蔓延超過 500 平方公里 名 （城市等）無計畫的擴展

The **ecological** system of this forest had been **stabilized** until the **exploitation** began.
在進行開發之前，這座森林的生態系統一直相當穩定。

7069 □ **ecological** [ˌɛkəˋlɑdʒɪkəl]	形 生態的；環保的；生態學的
7070 □ **stabilize** [ˋstebəˌlaɪz]	及物 使穩定；防止…的波動 不及物 穩定 句型 SV, SVO 用法 stabilize the economy 穩定經濟 stabilize prices 平抑物價
7071 □ **exploitation** [ˌɛksplɔɪˋteʃən]	名 開發；開拓市場；剝削

好用★Phrase **ecological system** 生態系統

We should **standardize** the graphic **interface** for users' convenience.
我們應將繪圖界面標準化，方便使用者使用。

7072 □ **standardize** [ˋstændəˌdaɪz]	及物 使標準化；按標準校準 句型 SVO 用法 standardize the format of... 使…的格式標準化
7073 □ **interface** [ˋɪntəˌfes]	名 界面，接觸面 不及物 相互連接

The civil disturbance finally subsided a month after the coup.
政變發生過後的一個月，內亂終於平息了。

7074
□ **subside**
[səb`saɪd]

不及物 （暴動等）平息；（風雨等）平靜下來；（洪水等）消退；（船等）下沉
句型 SV
用法 The winds / storm subsided. 風／暴風雨停了。

7075
□ **coup**
[ku]

! 注意發音

名 政變；成功之舉，了不起的成就

A plank of wood will not suffice for reinforcement of the door.
一塊木板不足以補強這扇門。

7076
□ **plank**
[plæŋk]

名 厚板；支撐物

7077
□ **suffice**
[sə`faɪs]

不及物 足夠
句型 SV
用法 suffice for... 足夠⋯
suffice to *V* 足以做⋯
Suffice it to say that... 只要說⋯⋯就夠了。

7078
□ **reinforcement**
[ˌriɪn`forsmənt]

名 補強；援軍；補給品

Some **intricate** psychological mechanisms **underlie** **uncontrollable** human behaviors.
人類無法控制的行為中存在著一些複雜的心理機制。

7079 □ **intricate** [ˋɪntrɪkɪt]	形〔多作限定用法〕難以理解的，複雜的；纏結的
7080 □ **underlie** [ˌʌndəˋlaɪ]	及物 構成…的基礎，潛藏在…的底下 變化 underlay / underlain 句型 SVO 用法 The assumption underlying this argument is that... 這項主張是基於……的假設。
7081 □ **uncontrollable** [ˌʌnkənˋtroləbl̩]	形 無法控制的

The **likelihood** of water **scarcity** in the area will **worsen**.
這個地區缺水的情形很可能會變得更嚴重。

7082 □ **likelihood** [ˋlaɪklɪˌhʊd]	名 可能性；有可能之事
7083 □ **scarcity** [ˋskɛrsətɪ]	名 不足，稀少
7084 □ **worsen** [ˋwɜsn̩]	不及物 惡化，變壞 及物 使惡化，使變壞 句型 SV, SVO 用法 The situation is worsening. 情勢日益惡化中。 worsen the economic situation 使經濟情勢惡化

溝通類動詞

MP3 053

She **advocated** an **exhaustive reformation** of the **childcare** system.
她主張徹底改革兒童照護制度。

7085 □ **advocate** [ˋædvə͵ket]	及物 主張，提倡，擁護 句型 SVO 用法 advocate higher taxes 主張增稅 名 主張者，支持者，擁護者 [ˋædvəkɪt]
7086 □ **exhaustive** [ɪgˋzɔstɪv]	形 徹底的，沒有遺漏的
7087 □ **reformation** [͵rɛfɚˋmeʃən]	名 改革；改過自新；(the Reformation) 宗教改革運動
7088 □ **childcare** [ˋtʃaɪld͵kɛr]	名 兒童照護

The baby was **babbling** in the arms of its **godfather**.
小嬰兒在教父的懷中牙牙學語。

7089 □ **babble** [ˋbæbḷ]	不及物 （嬰兒等）牙牙學語；（流水）潺潺作響 及物 含糊不清地說；洩露（祕密） 句型 SV, SVO 名 含糊不清的話
7090 □ **godfather** [ˋgɑdˏfɑðɚ]	名 教父；援助者，監護者

The **hysterical** reaction of the **landowners bewildered** the developer.
地主歇斯底里的反應讓開發商感到困惑。

7091 □ **hysterical** [hɪsˋtɛrɪkḷ]	形 情緒異常激動的；患歇斯底里症的
7092 □ **landowner** [ˋlændˏonɚ]	名 地主
7093 □ **bewilder** [bɪˋwɪldɚ]	及物 使困惑，使不知所措 句型 SVO 用法 be bewildered by... 對…感到困惑

A man **conned** me into buying a **pirate** edition of some software.
有個男人騙我買下某個盜版軟體。

7094 □ **con** [kɑn]	及物 誘騙，欺詐 句型 SVO 用法 con *someone* into *Ving* 誘騙某人去做… con *someone* out of a million dollars 騙走某人一百萬美元 名 反對論；反對票 副 反對地 介 反對
7095 □ **pirate** [`paɪrət]	名 侵害著作權（專利權）者；海盜 及物 掠奪；侵犯…的著作權（專利權）

The manager **conspired** with his **subordinates** in the carrying out of many **wrongdoings**.
經理和他的部屬共謀從事許多違法行為。

7096 □ **conspire** [kən`spaɪr]	不及物 共謀 句型 SV 用法 conspire with *someone* 和某人共謀 conspire against... 共謀反對…
7097 □ **subordinate** [sə`bɔrdənɪt] ! 注意發音	名 部屬；附屬物 形 下級的；次要的；附屬的 及物 使居次要地位；使從屬 [sə`bɔrdə͵net]
7098 □ **wrongdoing** [`rɔŋ͵duɪŋ]	名 違法行為；不道德的行為

好用★Phrase **the carrying out of...** 實行…

She **disregarded** my warnings that that physical **therapist** was **unreliable**.
我警告她那位物理治療師不可靠，但她卻不予理會。

7099
□ **disregard**
[ˏdɪsrɪ`gard]
及物 不理會，漠視
句型 SVO
用法 disregard a warning 漠視警告
名 漠視，不關心

7100
□ **therapist**
[`θɛrəpɪst]
名 治療專家

7101
□ **unreliable**
[ˏʌnrɪ`laɪəbl̩]
形 不可靠的

The committee officially **endorsed** Mr. Wordsworth as chairman of the **Postwar Reconstruction** Conference.
委員會正式認可華茲華斯先生擔任戰後復興會議的主席。

7102
□ **endorse**
[ɪn`dɔrs]
及物 （公開）贊同；（在支票背面）簽字背書
句型 SVO
用法 endorse a product 代言一項產品

TOEIC part 2, 3 常考！
Do you know how and where to endorse a check?
你知道要如何與在何處為支票背書嗎？

7103
□ **postwar**
[`post`wɔr]
形 〔多作限定用法〕戰後的

7104
□ **reconstruction**
[ˏrikən`strʌkʃən]
名 重建；修復物

I had to **enlist** the help of the **novice** to finish my work.
我需要那位新人的協助才能完成工作。

7105 □ **enlist** [ɪn`lɪst]
及物 獲得（支持）；使服兵役
不及物 從軍，入伍；協助
句型 SV, SVO
用法 enlist *someone* to *V* 獲得某人的協助以做…
enlist in the army 入伍

7106 □ **novice** [`nɑvɪs]
名 新手，初學者

Veterans have **interacted** with each other through club activities.
退役軍人透過社團活動互相交流。

7107 □ **veteran** [`vɛtərən]
名 退役軍人；老兵；老手，經驗豐富的人
形〔限定用法〕老兵的；經驗豐富的

7108 □ **interact** [ˌɪntə`ækt]
不及物 互相交流；互相影響
句型 SV
用法 interact with each other 彼此互動

好用★Phrase **each other** 互相，彼此

The owner of the **tavern intervened** and stopped the fight.
酒館老闆介入調停，阻止了打鬥事件。

7109 □ **tavern** [`tævən]
名 酒館；客棧

7110 □ **intervene** [ˌɪntə`vin]
不及物 調停；干預；介入
句型 SV

	用法 intervene in the internal affairs of another country 干預他國內政 intervene between two conflicting groups 對兩個起衝突的團體進行調停

MP3 054

Adolescent boys are easily **lured** into **obscene pornography** websites.
青春期的男孩很容易受到誘惑而登入淫穢的色情網站。

7111 □ **adolescent** [ˌædəˋlɛsənt]	形〔多作限定用法〕青春期的；乳臭未乾的 名 青少年
7112 □ **lure** [lʊr]	及物 誘惑；誘走（人、動物等） 句型 SVO 用法 lure ... into~ 引誘…去～ 名 誘惑物；魅力；〔釣魚〕誘餌
7113 □ **obscene** [əbˋsin]	形 淫穢的，猥褻的；可憎的
7114 □ **pornography** [pɔrˋnɑgrəfɪ]	名 色情書刊（或圖片、電影等）；色情描寫

The **supervisor mumbled** something about the **voucher**.
主任含糊地說了有關收據的事情。

7115 □ **supervisor** [ˌsupɚˋvaɪzɚ]	名 監督者，指導者

↑ TOEIC part 2, 3 常考！
They are in need of an accounting supervisor to manage the accounting and financial operations of the company.
他們需要一位會計主任來處理公司會計及財務的運作。

7116
□ **mumble**
[ˋmʌmbḷ]

及物 喃喃地說；（無牙齒者等）抿著嘴嚼
句型 SVO
名 含糊的話

7117
□ **voucher**
[ˋvaʊtʃɚ]

名 憑證，收據；（代替現金使用的）票券；擔保人

↑ TOEIC part 4 常考！
Customers who purchase two or more of our products will receive a voucher worth 10% of the purchase value.
凡購買本公司產品兩件以上的顧客，都會得到消費金額 10% 的商品優待券。

The maker **notified** customers that the shipping of new **processors** would begin soon.
製造商通知顧客新的處理器即將開始出貨。

7118
□ **notify**
[ˋnotə͵faɪ]

及物 （正式）通知
句型 SVO, SVOO
用法 notify *someone* of... = notify ... to *someone*
通知某人…
notify *someone* that... 通知某人…

↑ TOEIC part 7 常考！
This is to notify you that you have won the Excellence in Organic Agriculture Award.
本函旨在通知您獲得了「有機農業傑出獎」。

7119
□ **processor**
[ˋprasɛsɚ]

名 〔電算〕處理器；農產品加工業者

The **commentator paraphrased** some **misleading** words for viewers.
播報員為觀眾解釋了一些誤導性的字詞。

7120 □ **commentator** [ˋkɑmən͵tetɚ]	名（電視、電台等的）實況播報員；時事評論者；註釋者
7121 □ **paraphrase** [ˋpærə͵frez]	及物 將…釋義，改述 不及物 釋義 句型 SV, SVO 名 釋義，改述，意譯
7122 □ **misleading** [mɪsˋlidɪŋ]	形 誤導性的，給人錯誤印象的

The **celebrity raved** about the **cruiser** he had just bought.
那位名人對自己剛買的遊艇讚不絕口。

7123 □ **celebrity** [sɪˋlɛbrətɪ]	名 名人；名氣
7124 □ **rave** [rev]	不及物 讚不絕口；胡言亂語；咆哮 句型 SV 用法 rave about... 對…讚不絕口 名 胡言亂語
7125 □ **cruiser** [ˋkruzɚ]	名 遊艇；巡洋艦；〔美〕巡邏警車

The missionary recounted stories from the Old Testament.
傳教士詳細敘述了《舊約聖經》裡的故事。

7126 □ **missionary** [ˋmɪʃə͵nɛrɪ]	名 傳教士；（外交）使節 形 傳教的；傳教士的
7127 □ **recount** [rɪˋkaʊnt]	及物 詳述，描繪 句型 SVO
7128 □ **testament** [ˋtɛstəmənt]	名 (the Testament) 聖經；證據；〔法律〕遺囑；（人與上帝之間的）誓約

好用★Phrase **the Old Testament**《舊約聖經》

He retorted in a resentful tone, "That's only a coincidence."
他用忿忿不平的口氣反駁說：「那只是巧合而已。」

7129 □ **retort** [rɪˋtɔrt]	及物 反駁，回嘴 不及物 回嘴 句型 SV, SVO 用法 retort that... 反駁說… 名 反駁，回嘴，頂撞
7130 □ **resentful** [rɪˋzɛntfəl]	形 氣憤的；易發脾氣的
7131 □ **coincidence** [koˋɪnsɪdəns]	名（偶然的）一致，巧合；同時發生

My parents belong to a **waltz** club and **socialize** with other members once a month.
我的父母親是華爾滋社的成員，每個月和其他社員交流一次。

7132
□ **waltz**
[wɔlts]

名 華爾滋；圓舞曲
不及物 跳華爾滋

7133
□ **socialize**
[`soʃəˌlaɪz]

不及物 交際；參與社交活動
及物 使適合過社會生活；使社會化
句型 SV, SVO
用法 socialize with... 與…交際

好用★Phrase **belong to...** 屬於…

The man **stammered** badly, but his **prophecy** impressed us deeply.
那個男人結巴得很嚴重，但是他的預言卻讓我們印象深刻。

7134
□ **stammer**
[`stæmɚ]

不及物 口吃，結結巴巴地說話
及物 結結巴巴地說
句型 SV, SVO
名 口吃，結巴

7135
□ **prophecy**
[`prɑfəsɪ]

名 預言；預示

You must not **underestimate** that young architect; he is **enterprising** and has a lot of **stamina**.
你不能小看那位年輕的建築師；他富有進取心且具有強韌的毅力。

7136
□ **underestimate**
[͵ʌndɚ`ɛstə͵met]

及物 對…評價過低，低估
句型 SVO
用法 underestimate the problem 小看了這個問題
underestimate *one's* opponent 低估對手
underestimate the impact of... 低估…的影響
名 低估 [͵ʌndɚ`ɛstəmɪt]

7137
□ **enterprising**
[`ɛntɚ͵praɪzɪŋ]

形 有進取心的；有膽識的

7138
□ **stamina**
[`stæmənə]

名 耐力，毅力
複數 無複數形，不可數

動作類動詞

The **frantic mob battered** two citizens.
發瘋般的暴民痛毆了兩位市民。

7139 □ **frantic** [ˋfræntɪk]	形 發狂的，發瘋似的
7140 □ **mob** [mɑb]	名 暴民，烏合之衆；〔貶義〕大衆 及物 團團圍住；成群襲擊
7141 □ **batter** [ˋbætɚ]	及物 連續猛打；打壞；（風、雨等）肆虐 句型 SVO 用法 batter *someone* to death 毒打某人致死

The pilot **buckled** on his **parachute** and climbed into the **cockpit**.
飛行員扣好降落傘後爬進機艙。

7142 □ **buckle** [ˋbʌkl̩]	不及物 扣住，扣緊；彎曲，變形 及物 扣住；使彎曲，使變形 句型 SV, SVO 名 釦子，釦環；（金屬板等的）變形

7143 □ **parachute** [ˋpærə͵ʃut]	名 降落傘 不及物 跳傘 及物 使跳傘；使空降；空投
7144 □ **cockpit** [ˋkak͵pɪt]	名（飛機、小艇、賽車等的）駕駛員座艙

Sparrows are **chirping pleasantly** in the **farmyard**.
麻雀快樂地在農家的庭院裡吱吱喳喳叫。

7145 □ **chirp** [tʃɝp]	不及物 鳥叫；蟲鳴；（人）愉快地高聲說話 句型 SV 名 吱喳，啁啾，唧唧（鳥或昆蟲的叫聲）
7146 □ **pleasantly** [ˋplɛzəntlɪ]	副 愉快地；和藹可親地
7147 □ **farmyard** [ˋfarm͵jard]	名 農家庭院

The **prosecutor clenched** his fist and glared at the accused.
檢察官緊握雙拳瞪著被告。

7148 □ **prosecutor** [ˋprasɪ͵kjutɚ]	名 檢察官
7149 □ **clench** [klɛntʃ]	及物 緊握（拳頭等）；咬緊（牙關）；抓牢 句型 SVO 用法 clench *one's* teeth 咬緊牙關 名 緊握；緊咬

好用★Phrase **the accused** 被告

She **donned** a **striped** sweater and went out.
她套上一件條紋毛衣後外出。

7150 □ **don** [dɑn]	及物 穿上；披上；戴上 句型 SVO 名 西班牙貴族或紳士；〔源自西班牙文〕先生，閣下
7151 □ **striped** [straɪpt]	形 有條紋的

好用★Phrase **go out** 外出

The **crater** is constantly **emitting toxic volcanic** gas.
火山口一年到頭都散發出有毒的火山氣體。

7152 □ **crater** [ˋkretɚ]	名 火山口；（撞擊或爆炸形成的）坑
7153 □ **emit** [ɪˋmɪt]	及物 散發（光、熱、氣體等）；發布（命令等）；發表（意見等） 句型 SVO 用法 emit carbon dioxide 排放二氧化碳
7154 □ **toxic** [ˋtɑksɪk]	形 有毒的；中毒（性）的
7155 □ **volcanic** [vɑlˋkænɪk]	形 火山的，由火山作用形成的；多火山的

好用★Phrase **volcanic gas** 火山氣體

He **gulped** down a glass of **tonic** water.
他大口地喝下一杯奎寧水。

7156
□ **gulp**
[gʌlp]

及物 大口地喝；狼吞虎嚥地吃
不及物 喘不過氣
句型 SV, SVO
用法 gulp ... down 一口吞下…
名 一口喝下的量

7157
□ **tonic**
[ˋtanɪk]

名 奎寧水 (= tonic water)（一種汽水類的軟性氣泡飲料）；補藥；可振奮精神之物
形 使人精神振奮的；（藥等）滋補強身的

The **innkeeper** opened the valve and water **gushed** from the **hose**.
客棧主人打開活栓，水就從水管裡噴了出來。

7158
□ **innkeeper**
[ˋɪn͵kipɚ]

名 小旅館老闆，客棧主人

7159
□ **gush**
[gʌʃ]

不及物 （液體等）噴出，湧出；滔滔不絕地講
句型 SV
用法 gush from... 從…流出
名 噴出，湧出

7160
□ **hose**
[hoz]

名 軟水管；長筒襪
及物 用水管沖洗（或澆淋）

The farmer **hitched** a horse to a cart, humming a **ballad** to himself.
農夫把馬拴在貨車上，獨自哼著民謠。

7161 □ **hitch** [hɪtʃ]	及物 拴（或勾、套、繫、拉）住 句型 SVO 名 小障礙，暫時故障
7162 □ **ballad** [`bæləd]	名 民謠，民歌；敘事詩歌

The doorbell **jingled** and a boy with **reddish** cheeks came into the shop.
門鈴發出叮噹聲，接著有個臉頰泛紅的男孩走進了商店。

7163 □ **jingle** [`dʒɪŋgl]	不及物 發出叮噹聲 句型 SV 名 叮噹聲
7164 □ **reddish** [`rɛdɪʃ]	形〔多作限定用法〕微紅的，淡紅色的

MP3 056

Jack **mowed** the grass in the garden last weekend, and it proved to be a good **diversion**.
傑克上週末在花園裡割草，結果證明是很棒的消遣活動。

7165 □ **mow** [mo]	及物 割（草等）；收割；（尤指用槍）掃射 變化 mowed / mowed (mown) 句型 SVO

7166 □ **diversion** [dɪˋvɝʒən, daɪ-]	名 消遣活動；轉移注意力的事情或行為

好用★Phrase **prove (to be)...** 證明是…，原來是…

The rescued boy was **quaking**, with a **horrified** look on his face.
獲救的男孩不停地顫抖，臉上帶著驚恐的表情。

7167 □ **quake** [kwek]	不及物 顫抖；（地面等）搖晃 句型 SV 名 地震 (= earthquake)
7168 □ **horrified** [ˋhɔrəˏfaɪd]	形 驚駭的；帶有恐怖感的

Her voice **quivered** as she spoke about the **shooting** incident.
當她提到槍擊事件時，聲音顫抖著。

7169 □ **quiver** [ˋkwɪvɚ]	不及物 發抖；（微微地）搖動 及物 使發抖 句型 SV, SVO 用法 quiver with fear 因恐懼而顫抖 名 顫抖；抖動
7170 □ **shooting** [ˋʃutɪŋ]	名 射擊；狩獵；（電影的）拍攝

Windmills placed in an **arc** were **rotating** at a slow pace.
排成弧形的風車以緩慢的速度旋轉著。

7171 □ **windmill** [ˋwɪnd͵mɪl]	名 風車；〔口〕直升機
7172 □ **arc** [ɑrk]	名 弧；弧形；弓形物 不及物 呈弧形；以弧狀的軌跡行進
7173 □ **rotate** [ˋrotet]	不及物 旋轉；輪流，更迭 及物 使旋轉；使輪流 句型 SV, SVO 用法 rotate on an axis 以一個軸心旋轉 rotate the cleaning duties 輪流做掃除工作

A **trailer** truck was **rumbling** across the bridge at **nightfall**.
傍晚時分，一輛拖車隆隆地行駛過橋。

7174 □ **trailer** [ˋtrelɚ]	名 拖車；移動式房屋 (= trailer house)；（電影等的）預告片
7175 □ **rumble** [ˋrʌmbl̩]	不及物 （車輛）轆轆行駛；隆隆作響 句型 SV 用法 The thunder is rumbling. 雷聲隆隆作響。 名 隆隆聲，轆轆聲；吵鬧聲
7176 □ **nightfall** [ˋnaɪt͵fɔl]	名 日暮，傍晚，黃昏

She scrubbed the sticky dough off the dish with a brush.
她用刷子用力地將黏黏的生麵團從盤子上刷掉。

7177 □ **scrub** [skrʌb]	及物 擦洗；擦掉（灰塵等）；〔口〕取消 句型 SVO 用法 scrub ... off 擦掉… 名 用力擦洗
7178 □ **dough** [do]	名 生麵團

He shoved the honorary platinum badge into his pocket.
他把榮譽獎章硬塞入口袋裡。

7179 □ **shove** [ʃʌv]	及物 亂塞，隨便放；推擠，猛撞 句型 SVO 用法 shove ... into~ 將…塞 / 推擠到~
7180 □ **honorary** [ˋɑnə͵rɛrɪ]	形（學位等）名譽上的，榮譽的；（職位等）無報酬的
7181 □ **platinum** [ˋplætənəm]	名〔化學〕鉑，白金 複數 無複數形，不可數 形（頭髮等）銀灰色的；白金製的
7182 □ **badge** [bædʒ]	名 徽章，獎章；標記

She is a complete **vegetarian**, and **shudders** at the thought of eating **fillets**.
她是個吃全素的人，一想到吃肉片時就全身顫抖。

7183 □ **vegetarian** [͵vɛdʒəˋtɛrɪən]	名 素食者 形 素食主義的
7184 □ **shudder** [ˋʃʌdɚ]	不及物 戰慄；（機器、交通工具等）強烈震動 句型 SV 用法 shudder with cold / fear 因為冷 / 恐懼而顫抖 名 顫抖；恐懼
7185 □ **fillet** [ˋfɪlɪt, fɪˋle]	名（尤指牛肉）無骨肉片；去骨魚片 及物 將肉去骨切片

好用★Phrase **at the thought of *Ving*** 一想到要做…

A car **skidded** around the curve and **narrowly** missed crashing into other cars.
有一輛車在轉彎處打滑，差點撞上其他車子。

7186 □ **skid** [skɪd]	不及物（汽車、飛機等）打滑，滑行 句型 SV 用法 skid on the frozen road 在結冰的路面上滑行 名 打滑，滑行；（飛機等起落用的）滑橇
7187 □ **narrowly** [ˋnærolɪ]	副 勉強地，千鈞一髮地；狹窄地；仔細地

He **sneered** at the **melodrama** with **disdain.**
他以鄙視的態度嘲諷著那齣通俗劇。

7188 □ **sneer** [snɪr]	不及物 譏笑 及物 輕蔑地笑著說 句型 SV, SVO 用法 sneer at... 譏笑… 名 冷笑；譏笑的表情或言語
7189 □ **melodrama** [\`mɛlə͵drɑmə]	名（誇張情緒或動作的）通俗劇；聳人聽聞的事件
7190 □ **disdain** [dɪs\`den]	名 鄙視（的態度） 及物 鄙視；以（做）…為恥 用法 disdain to *V* 不屑做…

MP3 057

The police dog **sniffed** at the **rusty dagger** found in the garden.
警犬嗅了嗅在花園裡發現的生鏽匕首。

7191 □ **sniff** [snɪf]	不及物 嗅，聞；嗤之以鼻 及物 發覺；用鼻子吸入（毒品） 句型 SV, SVO 用法 sniff at... 聞…；對…嗤之以鼻 sniff ... out 查出…，發現… 名 吸氣聲
7192 □ **rusty** [\`rʌstɪ]	形 生鏽的，腐蝕的
7193 □ **dagger** [\`dægɚ]	名 短劍，匕首；敵意

Level 8 Power Sentences

He **snorted** with **discontent** and removed the **dummies** from the show window.
他不滿地發出哼聲，並撤掉展示櫥窗裡的假人。

7194 □ **snort** [snɔrt]	不及物〔表輕蔑、不同意、驚愕等〕噴鼻息 及物 哼著鼻子說；吸（毒品） 句型 SV, SVO 用法 snort at… 對…嗤之以鼻 snort with laughter 輕蔑地大笑
7195 □ **discontent** [ˏdɪskən`tɛnt]	名 不滿意 及物 使不滿意，使不高興
7196 □ **dummy** [`dʌmɪ]	名（服裝店等用的）假人；〔口〕笨蛋 形〔限定用法〕仿造的；虛設的

We **strolled** along the path and enjoyed the **pastoral** landscape.
我們沿著小徑漫步，享受著田園風光。

7197 □ **stroll** [strol]	不及物 漫步，閒逛 句型 SV 名 散步，閒逛
7198 □ **pastoral** [`pæstərəl]	形〔多作限定用法〕田園式的；牧羊人的；牧師的 名 田園詩（或畫、曲、雕刻等）

Luminous smoke was **swirling** around the **guru**'s room where the **initiation** was held.
當入會儀式在古魯的房間裡舉行時，有發光的煙盤旋著。

7199
□ **luminous** [ˋlumənəs]
形〔多作限定用法〕發光的；有光澤的

7200
□ **swirl** [swɝl]
不及物 盤繞，旋轉
及物 使成漩渦，打轉
句型 SV, SVO
用法 swirl around / about... 以…為中心打旋
名 旋轉；漩渦

7201
□ **guru** [ˋguru]
名 古魯（印度教的導師）

7202
□ **initiation** [ɪˏnɪʃɪˋeʃən]
名（常包含特殊儀式的）入會，加入

The little girl in the **snapshot** was **tilting** her head slightly and smiling.
快照中的小女孩偏著頭微笑著。

7203
□ **snapshot** [ˋsnæpˏʃɑt]
名 快照；大致印象

7204
□ **tilt** [tɪlt]
及物 使歪斜；使傾向；使（意見等）偏向
不及物 傾斜；（以文章等）抨擊
句型 SV, SVO
用法 tilt *one's* head 側著頭
tilt back *one's* head 把頭往後仰
名 偏向；傾斜；攻擊

We towed the raft back to shore.
我們把這艘筏拖回岸邊。

7205
□ **tow**
[to]

及物 拖，拉，牽引
句型 SVO
用法 tow a car away 將車拖走
be towed into port 拖進港口中
名 牽引；被拖的車（或船等）

↑ TOEIC part 1 常考！
A truck is towing another truck.
有一輛卡車正拖著另一輛卡車。

7206
□ **raft**
[ræft]

名 筏；救生筏 (= life raft)；（供游泳者使用的）浮台
及物 用筏運送

The boy suddenly began to trot downhill.
小男孩突然開始小跑步下山。

7207
□ **trot**
[trɑt]

不及物 小跑步，急行
句型 SV

7208
□ **downhill**
[ˋdaʊnˋhɪl]

副 下坡地；向下；每況愈下
形 下坡的
名 下坡路；〔滑雪〕滑降（比賽）[ˋdaʊnˌhɪl]

The cat tugged at the fish caught in the mesh.
貓用力地把困在網子裡的魚拉出來。

7209
□ **tug**
[tʌg]

不及物 用力拉，拽
及物 用力拉（或拖出）

句型 SV, SVO

用法 tug (at) *one's* sleeve 拉拉某人的袖子
tug at *one's* heartstrings 撩撥某人的心弦

名 猛拉；努力；拖船 (= tugboat)

7210
☐ **mesh**
[mɛʃ]

名 網眼；網狀物；陷阱

The priest took the **scroll** out of the box and **untied** it.
牧師從盒子裡拿出卷軸並攤開它。

7211
☐ **scroll**
[skrol]

名 卷軸；渦卷形裝飾

不及物 捲起

及物 使成卷形

7212
☐ **untie**
[ʌn`taɪ]

及物 解開（繩結等）；使自由；解決（困難等）

句型 SVO

用法 untie a dog 鬆開狗的繩子
untie *one's* shoelaces 解開鞋帶

The **gale uprooted** some of the trees in the park.
強風將公園裡的一些樹連根拔起。

7213
☐ **gale**
[gel]

名 強風

7214
☐ **uproot**
[ʌp`rut]

及物 連根拔起；把…趕出（家園等）

句型 SVO

用法 uproot terrorism 根除恐怖主義
uproot ... from~ 把…從～趕出去

She had stomach cramps and vomited.
她胃痙攣而吐了。

7215
□ **cramp**
[kræmp]

名 痙攣，抽筋；腹部絞痛

7216
□ **vomit**
[`vamɪt]

不及物 嘔吐

及物 吐出（食物等）

句型 SV, SVO

用法 feel like vomiting 覺得想吐
make *someone* vomit 讓某人作嘔

名 嘔吐；嘔吐物

好用★Phrase **stomach cramps** 胃痙攣

The disciplined dog wagged his tail when he saw his master.
那隻受過訓練的狗看到主人時都會搖尾巴。

7217
□ **disciplined**
[`dɪsəplɪnd]

形 受過訓練的；遵守紀律的

7218
□ **wag**
[wæg]

及物 搖動（身體某部位等）

不及物 （身體某部位等）搖動

句型 SV, SVO

行為類動詞

MP3 058

The **limousine** entered onto the **expressway** and **accelerated** to 120 miles per hour.
豪華轎車上了高速公路，並加速到每小時 120 英里的速度。

7219 □ **limousine** [ˋlɪmə͵zin]	名（通常有專職司機的）大型豪華轎車；（機場、車站等接送旅客的）小型巴士
7220 □ **expressway** [ɪkˋsprɛs͵we]	名〔美〕高速公路；快速道路
7221 □ **accelerate** [ækˋsɛlə͵ret]	不及物 加速，加快 及物 使加速；促進；使早日發生 句型 SV, SVO 用法 accelerate a car 讓車加速 accelerate the pace of reform 加速改革的腳步

The government will **allocate** more than $35 billion for measures against **terrorism**.
政府將會把超過 350 億美元分配到反恐措施上。

7222 □ **allocate** [ˋælə͵ket]	及物 分配；配置 句型 SVO, SVOO

ex They allocated me a new job.
S V O O
他們分配一項新工作給我。

用法 allocate ... to~ 分配…給～
allocate enough budget for...
分配足夠的預算給…

7223
□ **terrorism**
[ˋtɛrə͵rɪzəm]

名 恐怖主義；恐怖行動；恐怖狀態
複數 無複數形，不可數

Turmoil arose during the **solemn rite**.
在隆重的儀式中出現了騷動。

7224
□ **turmoil**
[ˋtɝmɔɪl]

名 騷動，混亂

7225
□ **arise**
[əˋraɪz]

不及物 出現；產生；上升
變化 arose / arisen
句型 SV
用法 arise from... 起因於…

↑ TOEIC part 5, 6 常考！
A strong opposition movement arose to protest the privatization scheme offered by the local government.
為抗議地方政府所提出的民營計畫，爆發了一場強烈的抗爭運動。

7226
□ **solemn**
[ˋsɑləm]

形 隆重的；嚴肅的；宗教上的

7227
□ **rite**
[raɪt]

名〔常用 rites；用作單數〕儀式；慣例

The **investigator ascertained** whether or not there had been a **breach** of contract.
調查員要查明是否曾有違反合約的情事發生。

7228 □ **investigator** [ɪn`vɛstə͵getɚ]	名 調查者，偵查員
7229 □ **ascertain** [͵æsɚ`ten] ! 注意重音	及物 確定，查明 句型 SVO 用法 ascertain the current / present situation of... 弄清…目前的狀況
7230 □ **breach** [britʃ]	名（對法律、承諾等的）違反；（堤防等的）裂縫 及物 違反（法律、承諾等）

A group of **reformers assassinated** the **merciless dictator**.
一群改革者暗殺了殘酷的獨裁者。

7231 □ **reformer** [rɪ`fɔrmɚ]	名 改革者
7232 □ **assassinate** [ə`sæsɪ͵net]	及物 暗殺；詆毀（名譽等） 句型 SVO 用法 a conspiracy to assassinate... 暗殺…的陰謀
7233 □ **merciless** [`mɜsɪlɪs]	形 冷酷無情的
7234 □ **dictator** [`dɪk͵tetɚ]	名 獨裁者；發號施令的人；口述者

好用★Phrase **a group of...** 一群…

They **audited** the financial report of that **pharmacy**.
他們審查了那間藥局的財務報告。

7235
□ **audit**
[ˋɔdɪt]

及物 檢查（帳目），稽核；〔美〕旁聽
句型 SVO
名 會計稽核

↑ TOEIC part 4 常考！
We are required to audit annual financial statements for the last fiscal year by the end of this month.
我們必須在這個月底之前審完上個會計年度的財報。

7236
□ **pharmacy**
[ˋfɑrməsɪ]

名 藥局；藥學；製藥業

好用★Phrase **a financial report** 財務報告書，財報

The villagers **braced** the old **wicket** gate.
村民補強了老舊的小門。

7237
□ **brace**
[bres]

及物 強化；支撐；使振作精神；準備迎接（不快之事、困難等）
句型 SVO
用法 brace *oneself* 振作
brace *oneself* for / against an attack
準備迎接攻擊
名 （褲子的）吊帶；支撐物

7238
□ **wicket**
[ˋwɪkɪt]

名 （設在大門上或旁邊的）小門；售票窗口；營業窗口；〔板球〕三柱門

She brewed a pot of tea to cure her hangover.
她泡了一壺茶來治療宿醉。

7239
□ **brew**
[bru]

及物 泡（茶）；煮（咖啡）；釀（酒等）；策畫（陰謀等）
不及物 泡茶；煮咖啡；釀酒；（危機等）醞釀
句型 SV, SVO
用法 brew tea 泡茶
名 啤酒；一壺茶（或咖啡）

7240
□ **hangover**
[ˋhæŋˏovɚ]

名 宿醉；（藥物的）副作用；遺留物

The shellfish was cleansed by a special chemical.
已經利用特殊的化學藥品將貝類洗乾淨了。

7241
□ **shellfish**
[ˋʃɛlˏfɪʃ]

名 貝類；甲殼水生動物（如蝦、蟹等）

7242
□ **cleanse**
[klɛnz]
! 注意發音

及物 使清潔；淨化（人、心）
句型 SVO

The two airliners reportedly collided on the runway, and it seems there are many casualties.
據說這兩架大型客機在跑道上相撞，似乎造成了許多傷亡。

7243
□ **reportedly**
[rɪˋportɪdlɪ]

副 據傳聞

7244 □ **collide** [kə`laɪd]	不及物 相撞，碰撞；(意見等) 衝突 句型 SV 用法 collide with an oncoming car 和對向來車相撞 collide head-on with... 和…正面相撞；和…起正面衝突
7245 □ **runway** [`rʌnˏwe]	名 (飛機的) 跑道；水道；(動物) 常經過的路
7246 □ **casualty** [`kæʒuəltɪ]	名 (事故或災害的) 死傷者，受害者； (casualties) 死傷人數；大事故

MP3 059

My **buddy commutes** to work on a **bulky** motorcycle.
我的好友騎一台笨重的機車通勤。

7247 □ **buddy** [`bʌdɪ]	名 好友，夥伴 (常指男性)
7248 □ **commute** [kə`mjut]	不及物 通勤 (上班或上學) 及物 減輕 (刑罰)；交換；使變成 句型 SV, SVO 用法 commute by train 搭火車通勤

↑ TOEIC part 2, 3 常考！
Do you commute by public transport or by car?
你搭乘大眾運輸工具或開車通勤呢？

7249 □ **bulky** [`bʌlkɪ]	形 龐大的，笨重的

Each district compiles telephone directories every year.
每年每個地區都會編纂新的電話簿。

7250 □ **compile** [kəm`paɪl]	及物 編輯（書籍）；搜集（資料等） 句型 SVO 用法 compile a dictionary 編纂字典
7251 □ **directory** [də`rɛktərɪ]	名 通訊錄；指令集；（電腦的）目錄 形 指導的，管理的

Retailers must comply with the customary regulations.
零售商必須遵從習慣性規範。

7252 □ **retailer** [`ritelɚ]	名 零售商；（流言等的）傳播人

↑ TOEIC part 2, 3 常考！
Are you sure this tax reform will reduce burden on small retailers?
你確定這項稅制改革將可減輕小零售商的負擔嗎？

7253 □ **comply** [kəm`plaɪ]	不及物 遵從；答應 句型 SV 用法 comply with... 遵從…；答應…
7254 □ **customary** [`kʌstə͵mɛrɪ]	形 習慣（性）的，照慣例的；（行為）習常的

We **compressed** the contents of a 20-volume **encyclopedia** into this single DVD.
我們將 20 冊百科全書的內容壓縮到一張 DVD 光碟中。

7255 □ **compress** [kəm`prɛs]	及物 壓縮；扼要歸納 句型 SVO 用法 compress ... into~ 將…壓縮成～
7256 □ **encyclopedia** [ɪnˏsaɪklə`pidɪə]	名 百科全書

■ **DVD (= digital video disk)** 多功能影音光碟

The real estate agent **computed** the cost of building a **condominium** on the **waterfront**.
不動產經紀人計算了蓋一間濱水區公寓的費用。

7257 □ **compute** [kəm`pjut]	及物 計算；推斷 句型 SVO 用法 compute the cost of... 計算…的成本
7258 □ **condominium** [ˏkɑndə`mɪnɪəm]	名 分戶出售的公寓（各戶擁有獨立產權）
7259 □ **waterfront** [`wɔtɚˏfrʌnt]	名〔常用 a / the ...〕（城市的）濱水區

好用★Phrase **a real estate agent** 不動產經紀人

The virgin forests of the mountain have been conserved under the observation of rangers.
這座山的原生林在巡守員的監督之下一直保存至今。

7260 □ **conserve** [kən`sɝv] ❗注意發音	及物 保存；節約 句型 SVO 用法 conserve energy 節約能源 名 蜜餞，果醬 [`kɑnsɝv]
7261 □ **ranger** [`rendʒɚ]	名 （森林、國家公園等的）巡守員；〔美〕騎兵隊隊員

好用★Phrase **a virgin forest** 原始林，原生林
under the observation of... 在…的監督下

Extravagant use of fertilizer may contaminate soil and crops.
過度使用肥料會汙染土壤與農作物。

7262 □ **extravagant** [ɪk`strævəgənt]	形 過度的；鋪張的，浪費的
7263 □ **fertilizer** [`fɝtḷ͵aɪzɚ]	名 （尤指化學）肥料；受精的媒介物（如蜜蜂）
7264 □ **contaminate** [kən`tæmə͵net]	及物 汙染，弄髒 句型 SVO 用法 be contaminated with... 被…汙染 contaminate food 汙染食物

↑ TOEIC part 7 常考！
The soil around the waste processing plant was found contaminated with poisonous chemicals.
在廢棄物處理廠附近的土壤證實受到了有毒化學物質的汙染。

Level 8 Power Sentences

He has **crammed** a 20-year **accumulation** of junk into the **attic**.
他把 20 年來累積的廢棄物都塞進閣樓裡。

7265 □ **cram** [kræm]	及物 把…塞進 句型 SVO 用法 be crammed with... 塞滿了…，填滿了… cram ... into~ 把…塞進～ 名 死記硬背，臨時抱佛腳；擁擠
7266 □ **accumulation** [əˏkjumjə`leʃən]	名 累積；聚積物
7267 □ **attic** [`ætɪk]	名 閣樓

He **deleted** some **unwanted** files from his **desktop** computer.
他將他桌上型電腦中一些不要的檔案刪掉。

7268 □ **delete** [dɪ`lit]	及物 刪除，劃掉 句型 SVO 用法 delete a sentence 刪除句子
7269 □ **unwanted** [ʌn`wantɪd]	形 不要的，無用的
7270 □ **desktop** [`dɛskˏtap]	形〔限定用法〕（電腦）桌上型的 名 桌上型電腦；（電腦的）桌面

The **biographer depicted** the life of an Italian **sculptor.**
傳記作家描述了一名義大利雕刻家的一生。

7271
biographer [baɪˋɑgrəfɚ]
名 傳記作家

7272
depict [dɪˋpɪkt]
及物 描述；描繪
句型 SVO
用法 vividly depict the lives of ordinary people
生動地描繪了平民百姓的生活
depict ... as~ 將…描述成～

7273
sculptor [ˋskʌlptɚ]
名 雕刻家

Italian 義大利的；義大利人的

MP3 060

The government **designated** the **prehistoric mound** as a National Historic **Landmark.**
政府將史前塚劃定成國家歷史地標。

7274
designate [ˋdɛzɪg͵net]
及物 指定；標示；把…稱作；任命
句型 SVO, SVOC
用法 designate ... for~ 任命…擔任～
形 指定的

TOEIC part 2, 3 常考！
We started a campaign to have this area designated a World Heritage site.
我們發起了一項活動，設法讓這個地區被劃定為世界遺產。

7275
prehistoric [͵prihɪsˋtɔrɪk]
形〔限定用法〕史前（時代）的；〔俚〕過時的

7276 □ **mound** [maʊnd]	名 塚，古墳；小丘；土堆
7277 □ **landmark** [ˋlænd͵mɑrk]	名 具有歷史意義的建築物；地標；劃時代的事件，里程碑

A big **tornado devastated** the northern **locality** of the town.
巨大的龍捲風摧毀了城鎮的北部地區。

7278 □ **tornado** [tɔrˋnedo]	名 龍捲風；（喝采、指責等的）爆發
7279 □ **devastate** [ˋdɛvəs͵tet]	及物 毀壞，蹂躪；使荒廢；擊敗 句型 SVO 用法 devastate a city 摧毀一座城市 devastate an ecosystem 破壞生態系統
7280 □ **locality** [loˋkælətɪ]	名 地區；（特定）場所；（事件等的）現場；方位

The police **disarmed** the **smuggler** and took him into **custody**.
警方解除了走私者的武裝並將他拘留。

7281 □ **disarm** [dɪsˋɑrm]	及物 解除…的武裝，使繳械 不及物 解除武裝 句型 SV, SVO 用法 disarm troops 讓軍隊解除武裝
7282 □ **smuggler** [ˋsmʌglɚ]	名 走私者；走私船

7283 □ **custody** [ˋkʌstədɪ]	名 拘留，監禁；監護

好用★Phrase **take *someone* into custody** 拘留某人

The **ecologist discerned** some **conflicting** statements in the document.
生態學家看出了文件中有些陳述互相矛盾。

7284 □ **ecologist** [ɪˋkɑlədʒɪst]	名 生態學家；環境保護主義者
7285 □ **discern** [dɪˋsɝn, -ˋzɝn]	及物 看出；辨明 句型 SVO 用法 discern good from evil 辨別善惡
7286 □ **conflicting** [kənˋflɪktɪŋ]	形 矛盾的

The society **discontinued** the publication of its **aviation periodicals.**
協會停止發行關於飛機製造業的期刊。

7287 □ **discontinue** [ˏdɪskənˋtɪnju]	及物 中斷，停止；〔法律〕撤銷（訴訟） 句型 SVO 用法 discontinue a development project 停止一項開發計畫
7288 □ **aviation** [ˏevɪˋeʃən]	名 飛機製造業；飛行（術）；航空學
7289 □ **periodical** [ˏpɪrɪˋɑdɪkḷ]	名 期刊 形 〔限定用法〕定期出版的 (= periodic)

The boss often **discriminates** against his employees on **biased** grounds.
老闆常因偏見而對員工有差別待遇。

7290
☐ **discriminate**
[dɪ`skrɪmə͵net]
! 注意發音

不及物 有差別地對待；有辨識力
及物 區別
句型 SV, SVO
用法 discriminate against... 有差別地對待…
discriminate ... from~ 區別…與～
形 差別的 [dɪ`skrɪmənɪt]

7291
☐ **biased**
[`baɪəst]

形 有偏見的

The boy is emotionally **unstable** and often **disobeys** his parents.
小男孩的情緒反覆無常，時常頂撞父母。

7292
☐ **unstable**
[ʌn`stebl̩]

形（情緒）反覆無常的；（狀況等）不穩定的

7293
☐ **disobey**
[͵dɪsə`be]

及物 不服從；違反
句型 SVO
用法 disobey the order 違背命令
disobey the regulation 違反規定

The UN **dispensed humanitarian** aid to the war victims.
聯合國對戰爭受害者提供了人道援助。

7294
☐ **dispense**
[dɪ`spɛns]

及物 施予，分發；執行（法律）；免除（義務等）
句型 SVO

	用法 dispense ... to~ 把…分發給～
7295 □ **humanitarian** [hju͵mænə`tɛrɪən]	形 人道主義的 名 人道主義者

好用★Phrase **a war victim** 戰爭受害者

A small fire in the hall **disrupted** the piano **recital**.
演奏廳所發生的小火災使鋼琴獨奏會中斷了一會。

7296 □ **disrupt** [dɪs`rʌpt]	及物 使暫時中斷；使混亂；使瓦解 句型 SVO
7297 □ **recital** [rɪ`saɪtl̩]	名 獨奏會；獨唱會；（詩歌等的）朗誦；詳述

好用★Phrase **a small fire** 小火災

The **liberation** leader **dodged** a **query** about her identity.
解放運動領袖巧妙迴避了關於自身身分認同的質問。

7298 □ **liberation** [͵lɪbə`reʃən]	名 解放（運動）；釋放 複數 無複數形，不可數
7299 □ **dodge** [dɑdʒ]	及物 巧妙地迴避（質詢等）；迅速躲開 句型 SVO 用法 dodge the attack 閃避攻擊 名 閃躲；規避的計策
7300 □ **query** [`kwɪrɪ]	名 詢問，質問 及物 詢問；對…表示懷疑

Level 8 Power Sentences

MP3 061

She **embroidered decorative** designs on the handkerchief.
她在手帕上繡了裝飾性的圖案。

7301 □ **embroider** [ɪm`brɔɪdɚ]	及物 在…繡上花紋；對（故事等）加以渲染 句型 SVO 用法 embroider *one's* initials on a handkerchief 在手帕上繡上名字的縮寫字母
7302 □ **decorative** [`dɛkərətɪv]	形 裝飾性的

He **emigrated** to South America early in his life and succeeded as a **planter**.
他早年移民到南美洲，並成功地成為大型農場主人。

7303 □ **emigrate** [`ɛmə͵gret]	不及物 移居國外 及物 使移居 句型 SV, SVO 用法 emigrate from... 從…移居 emigrate to... 移居到…
7304 □ **planter** [`plæntɚ]	名 大型農場主人；殖民者；種植者；栽培者

■ **South America** 南美洲

Nature has endowed her with a sophisticated aesthetic sensibility.
上天賦予她洗鍊的美學鑑賞力。

7305 □ **endow** [ɪn`daʊ] ! 注意發音	及物 賦予；捐助 句型 SVO 用法 endow ... with~ 捐贈～給⋯；賦予⋯～ be endowed with... 具有⋯
7306 □ **aesthetic** [ɛs`θɛtɪk]	形 美學的；美的；有審美觀的 名 美學
7307 □ **sensibility** [͵sɛnsə`bɪlətɪ]	名（藝術家等的）細膩感受；（神經等的）感覺；敏感

About five hundred students enrolled in the prestigious school.
大約有五百名學生在這所名校就讀。

7308 □ **enroll** [ɪn`rol]	不及物 入學，註冊；登記；入會 及物 使登記在冊；使入會 句型 SV, SVO 用法 be enrolled in / at... 進入⋯就讀 enroll in / at... 就讀⋯；加入⋯
↑ TOEIC part 5, 6 常考！	A recommendation by the director must be attached to your application to enroll in this training seminar. 你必須在報名表外附上主管的推薦函，才能報名這場訓練研討會。
7309 □ **prestigious** [prɛ`stɪʤ(ɪ)əs]	形 有名望的

The **magistrate**'s moral weakness has **allegedly entangled** him in a **bribery** scandal.
據傳那名法官因為道德薄弱而捲入一起賄賂醜聞中。

7310 □ **magistrate** [`mædʒɪs,tret]	名 地方法官；（擁有司法權的）地方行政官
7311 □ **allegedly** [ə`lɛdʒɪdlɪ]	副 據傳聞

↑ TOEIC part 7 常考！
The incident allegedly occurred shortly before daybreak on August 29.
那起事件據傳是在 8 月 29 日破曉不久前發生的。

7312 □ **entangle** [ɪn`tæŋgl]	及物 使陷入（困難等）；纏住；牽累 句型 SVO 用法 be entangled in... 捲入…
7313 □ **bribery** [`braɪbərɪ]	名 受賄；行賄；賄賂 複數 無複數形，不可數

↑ TOEIC part 2, 3 常考！
I heard the food company around the corner was investigated for bribery.
我聽說轉角那家食品公司因行賄而遭到調查。

The review in the paper **exalted** the **dramatist**.
報紙上的評論讓劇作家得意揚揚。

7314 □ **exalt** [ɪg`zɔlt]	及物 使得意；提高（身分、地位等）；讚揚 句型 SVO
7315 □ **dramatist** [`drɑmətɪst, `dræmə-]	名 劇作家

They **expelled** the former president from his **homeland**.
他們將前任總統逐出祖國。

7316 □ **expel** [ɪk`spɛl]	及物 驅逐；開除；免除（職務） 句型 SVO 用法 expel ... from~ 將…自～逐出
7317 □ **homeland** [`hom͵lænd]	名 祖國

A fire broke out in a **bungalow**, but firefighters soon **extinguished** it.
有一間平房失火，但消防人員很快就撲滅了火勢。

7318 □ **bungalow** [`bʌŋgə͵lo]	名 平房，單層小屋
7319 □ **extinguish** [ɪk`stɪŋgwɪʃ]	及物 熄滅；使（希望等）破滅；使滅絕；使黯然失色 句型 SVO 用法 extinguish a fire 撲滅火災

好用★Phrase **break out**（火災、戰爭、疾病等）突然發生

Could you **fertilize** the **turnips** in the vegetable garden?
你可以替菜園裡的蕪菁施肥嗎？

7320 □ **fertilize** [`fɝtə͵laɪz]	及物 施肥；使（精神、思想等）豐富；〔生物〕使受精 句型 SVO 用法 fertilize a field 在田地上施肥
7321 □ **turnip** [`tɝnɪp]	名 蕪菁

The **serial** killing of **prostitutes horrified** people in Britain.
英國人對妓女連續遭到殺害的事件感到害怕。

7322 □ **serial** [ˋsɪrɪəl]	形 連續的；（小說等）連載的；（出版品）分期發行的 名（小說、戲劇等）分期連載的作品
7323 □ **prostitute** [ˋprastə͵tjut]	名 賣淫者 及物（為名利）出賣（才能等）；使賣淫 用法 prostitute *oneself* 賣淫 prostitute *one's* talents 賤賣才華
7324 □ **horrify** [ˋhɔrə͵faɪ]	及物 使恐懼；對…感到震驚 句型 SVO 用法 be horrified by / at... 對…感到恐懼 be horrified to *V* 對做…感到可怕

■ **Britain** 英國

MP3 062

A **wasp** sting on the face **hospitalized** him for a few days.
他的臉被黃蜂螫到，因而住院好幾天。

7325 □ **wasp** [wasp]	名 黃蜂，胡蜂；容易動怒的人
7326 □ **hospitalize** [ˋhaspɪtə͵laɪz]	及物 使住院治療 句型 SVO 用法 be hospitalized with a stomach ulcer 因胃潰瘍而住院

The **guerrillas** took him **hostage** and **humiliated** him.
游擊隊員挾持他當人質並羞辱他。

7327 □ **guerrilla** [gə`rɪlə]	名 游擊隊員
7328 □ **hostage** [`hɑstɪdʒ]	名 人質
7329 □ **humiliate** [(h)ju`mɪlɪˌet]	及物 羞辱，使出醜 句型 SVO 用法 feel humiliated by being punished in front of peers 對在同儕面前被處罰覺得很丟臉

好用★Phrase **take *someone* hostage** 挾持某人作為人質

Immerse the slices of **avocado** in lemon juice.
將酪梨片泡入檸檬汁中。

7330 □ **immerse** [ɪ`mɝs]	及物 使浸入（液體中）；埋首於，專心於 句型 SVO 用法 be immersed in... / immerse *oneself* in... 埋首於…
7331 □ **avocado** [ˌævə`kɑdo]	名 酪梨，鱷梨

The family **immigrated** to the United States to escape **persecution**.
這家人移居到美國以避免遭到迫害。

7332 □ **immigrate** [`ɪməˌgret]	不及物 移居 句型 SV

Level 8 Power Sentences

	用法 immigrate from... 從…移居 immigrate to... 移居到…
7333 □ **persecution** [ˌpɝsɪˋkjuʃən]	名（尤指因宗教、政治或種族而受到的）迫害

His **pretentious** personality **inhibited** him from making friends.
他自負的個性讓他交不到朋友。

7334 □ **pretentious** [prɪˋtɛnʃəs]	形 自負的；虛偽的，做作的
7335 □ **inhibit** [ɪnˋhɪbɪt]	及物 禁止；抑制（感情、衝動等） 句型 SVO 用法 inhibit ... from *Ving* 禁止…做～

好用★Phrase **make friends** 交朋友

He had to **inject** the **medication** himself.
他必須自行注射藥物。

7336 □ **inject** [ɪnˋdʒɛkt]	及物 注射（藥物等）；為…注射；插入（意見等） 句型 SVO 用法 inject ... into~ 將…注射到～ inject *someone* with... 為某人注射…
7337 □ **medication** [ˌmɛdɪˋkeʃən]	名 藥物

The millionaire **integrated** two **casinos** into one **mammoth** center.
百萬富翁將兩間賭場整合成一間大型賭博中心。

7338 □ **integrate** [ˋɪntəˌgret] ! 注意發音	及物 整合，使成為一體 句型 SVO 用法 integrate ... into~ 將…整合成~ 形 綜合的 [ˋɪntɪgrət]
7339 □ **casino** [kəˋsino]	名 賭場
7340 □ **mammoth** [ˋmæməθ]	形〔限定用法〕龐大的 名 長毛象

The police **intercepted** a car carrying **heroin** before it arrived at the **pier**.
警方在運送海洛因的車子抵達港口前就先把它攔下來了。

7341 □ **intercept** [ˌɪntɚˋsɛpt]	及物 攔截；阻止；迎擊（敵機等） 句型 SVO 用法 intercept ballistic missiles 截擊彈道飛彈
7342 □ **heroin** [ˋhɛroˌɪn]	名 海洛因 複數 無複數形，不可數
7343 □ **pier** [pɪr]	名 碼頭；防波堤；橋墩

好用★Phrase **arrive at...** 抵達…

The broker was liberated on bail set at $60,000.
經紀人以六萬美元交保。

7344 □ **broker** [ˋbrokɚ]	名（股票、外幣等）經紀人，掮客
7345 □ **liberate** [ˋlɪbəˏret]	及物 釋放，使自由 句型 SVO 用法 liberate ... from~ 將…從～釋放出來
7346 □ **bail** [bel]	名 保釋；保釋金；保釋人 及物 保釋；將（財物等）委託給

The filthy bum was lurking in the slum.
那名髒兮兮的流浪漢正在貧民窟裡鬼鬼祟祟地走動著。

7347 □ **filthy** [ˋfɪlθɪ]	形 骯髒的；下流的，猥褻的 副 非常，極
7348 □ **bum** [bʌm]	名 流浪漢；懶鬼 不及物 游手好閒度日 及物 乞討
7349 □ **lurk** [lɝk]	及物 偷偷地行動；潛伏，埋伏；潛藏 句型 SV 用法 lurk in the shadows 埋伏在幽暗處
7350 □ **slum** [slʌm]	名 貧民窟；骯髒的地方

MP3 063

She **marred** the surface of the **sideboard** with a **screwdriver**.
她用螺絲起子劃傷了餐具櫃的表面。

7351 □ **mar** [mɑr]	及物 損毀；玷汙 句型 SVO 用法 mar the beauty of... 玷汙…的美
7352 □ **sideboard** [ˋsaɪd͵bord]	名 餐具櫃；側擋板
7353 □ **screwdriver** [ˋskru͵draɪvɚ]	名 螺絲起子；伏特加橙汁雞尾酒

Certainly she is **hardworking** and **sociable**, but she **meddles** with other people's business too much.
她的確很勤奮也很善於交際，不過卻太愛管別人的事了。

7354 □ **hardworking** [ˋhardˋwɝkɪŋ]	形 努力工作的，勤奮的
7355 □ **sociable** [ˋsoʃəbl̩]	形 好交際的；社交的；（聚會等）聯誼的
7356 □ **meddle** [ˋmɛdl̩]	不及物 干涉，管閒事；擅自摸弄（他人物品） 句型 SV 用法 meddle with... 擅自摸弄… meddle in *one's* private affairs 干涉某人的私事

He **mediated** a dispute between opposing **congressional factions.**
他居中調解了國會對立黨派間的紛爭。

7357 □ **mediate** [ˋmidɪˏet] ❗注意發音	及物 仲裁（爭議等）；斡旋促成 不及物 調解；處於中間 句型 SV, SVO 用法 mediate in a conflict 調解紛爭 mediate between the two parties 在兩方之間進行斡旋 形 居間的 [ˋmidiɪt]
7358 □ **congressional** [kənˋgrɛʃənl]	形 國會的；(Congressional) 美國國會的；會議的
7359 □ **faction** [ˋfækʃən]	名（政治的）黨派；派系；派系鬥爭

The two **apparel** makers will **merge** for **strategic** reasons next spring.
基於策略考量，這兩家服飾製造商將在明年春天合併。

7360 □ **apparel** [əˋpærəl]	名 服飾 及物 使…穿衣服（尤指穿華麗或特殊的衣服）
7361 □ **merge** [mɝdʒ]	不及物 合併；漸漸消失；融合 及物 使合併；使融合 句型 SV, SVO 用法 merge with... 和…合併 merge into... 漸漸消失於…
7362 □ **strategic** [strəˋtidʒɪk]	形 策略（上）的，戰略（性）的；具有戰略意義的

Some of the settlers abandoned the barren land and migrated southward.

有些殖民者放棄了貧瘠的土地並往南遷居。

7363 □ **settler** [ˋsɛtlɚ]	名 殖民者；開拓者
7364 □ **barren** [ˋbærən]	形 （土地等）貧瘠的；不能生育的；（內容等）空洞的 名 不毛之地
7365 □ **migrate** [ˋmaɪˌgret]	不及物 移居；遷徙 句型 SV 用法 migrate from... 從…移居 migrate to... 移居至…
7366 □ **southward** [ˋsaʊθwɚd]	副 往南方 形 往南方的；在南方的

My father is nurturing some flowers in courtyard.

我爸爸正在庭院裡種花。

7367 □ **nurture** [ˋnɝtʃɚ]	及物 培植；養育；孕育（計畫等） 句型 SVO 用法 nurture friendship 培養友情 名 營養物
7368 □ **courtyard** [ˋkɔrtˌjard]	名 （有牆或建築物圍繞的）庭院

An increase in **immigration** may **offset** the **reduced birthrate**.
移民的增加可能與下降中的出生率互相抵銷。

7369 □ **immigration** [ˌɪmə`greʃən]	名（入境）移居；外來移民；入境檢查處 (= immigration control)
7370 □ **offset** [ˌɔf`sɛt] ! 注意重音	及物 抵銷；用平板技術印刷 變化 offset / offset 句型 SVO 用法 the advantages offset the disadvantages 優缺點相抵 名 抵銷；平版印刷 [`ɔfˌsɛt] 形〔限定用法〕平板印刷的 [`ɔfˌsɛt]
7371 □ **reduced** [rɪ`djust]	形 減少的，縮小的
7372 □ **birthrate** [`bɝθˌret]	名 出生率

The **governmental** agencies are trying to **outlaw juvenile** crime gangs.
政府機關正在努力掃蕩青少年犯罪幫派。

7373 □ **governmental** [ˌgʌvən`mɛntḷ]	形〔限定用法〕政府的；執政的；公營的
7374 □ **outlaw** [`autˌlɔ]	及物 將…逐出社會；宣布…不合法；禁止 句型 SVO 名 不法之徒；被剝奪法律保護者 形〔限定用法〕非法的

7375
□ **juvenile**
[ˋdʒuvənḷ, -ˏnaɪl]

形 青少年的；適合青少年的
名 青少年

In the drama they put sexual **harassment** in the **spotlight**, but they **overdid** it.
他們在戲裡凸顯了性騷擾，不過卻也太誇張了。

7376
□ **harassment**
[həˋræsmənt, ˋhærəsmənt]

名 騷擾；折磨人的事物
複數 無複數形，不可數

7377
□ **spotlight**
[ˋspɑtˏlaɪt]

名〔常用 the ...〕公眾注意的中心；聚光燈
及物 使公眾注意；聚光照射
用法 steal the spotlight from *someone*
施展手腕以搶某人的風頭

7378
□ **overdo**
[ˏovɚˋdu]

及物 把…做得過火；使過度疲累
變化 overdid / overdone
句型 SVO
用法 overdo it 工作過度；做得過火

好用★Phrase **sexual harassment** 性騷擾
in the spotlight 處於公眾關注的焦點

The defending champion team **overpowered** us, and we suffered a **crushing** defeat.
衛冕的冠軍隊擊敗了我們，讓我們在比賽中慘敗。

7379
□ **overpower**
[ˏovɚˋpauɚ]

及物 輕鬆戰勝；（情感等）使難以承受；供給過強的電力等給
句型 SVO
用法 be overpowered by... 被…壓倒

7380 □ **crushing** [ˋkrʌʃɪŋ]	形〔多作限定用法〕壓倒性的；決定性的

好用★Phrase **defending champion** 衛冕冠軍

MP3 **064**

> Followers of **fascism** severely **persecuted** many people during World War II.
> 法西斯主義的追隨者在第二次世界大戰期間嚴重地迫害許多人。

7381 □ **fascism** [ˋfæʃɪzəm]	名〔常用 Fascism〕法西斯主義 複數 **無複數形，不可數**
7382 □ **persecute** [ˋpɝsɪˌkjut]	及物 **迫害；困擾，為難** 句型 SVO 用法 be persecuted for *one's* beliefs 因信仰而遭到迫害

好用★Phrase **World War II** 第二次世界大戰

> The men were **poaching ostriches** when they were caught.
> 那些人被捕時正在偷獵鴕鳥。

7383 □ **poach** [potʃ]	及物 **偷獵，偷捕；侵入（他人的土地等）** 句型 SVO
7384 □ **ostrich** [ˋɑstrɪtʃ, ˋɔstrɪtʃ]	名 **鴕鳥**

There are no longer any **trout** in this river, because it has been seriously **polluted**.
這條河因為受到嚴重的汙染，已經沒有鱒魚了。

7385 □ **trout** [traʊt]	名 鱒魚
7386 □ **pollute** [pəˋlut]	及物 汙染；使（心靈等）墮落 句型 SVO 用法 be polluted with chemicals 遭到化學物質汙染

Many of the **tribal** members **populated** the Mideast and made a living as **blacksmiths** or **artisans**.
許多族人住在中東地區，以擔任鐵匠或工匠維生。

7387 □ **tribal** [ˋtraɪbl̩]	形〔多作限定用法〕部落的，種族的
7388 □ **populate** [ˋpapjə͵let]	及物（大批）居住於；移民於 句型 SVO 用法 The Yellowstone area is populated with animals. 動物生活在黃石公園。 be densely / sparsely populated 人口稠密 / 稀疏
7389 □ **blacksmith** [ˋblæk͵smɪθ]	名 鐵匠
7390 □ **artisan** [ˋartəzn̩]	名 工匠

好用★Phrase **make a living as...** 以從事…維生

■ **the Mideast** 中東

Level 8 Power Sentences

The successful launching of a large rocket will **propel** our **aerospace** industry into a leading position in the world.
成功發射大型火箭一事，將會促使我們的航太產業躍居世界龍頭地位。

7391 □ **propel** [prə`pɛl]	及物 推進；驅策 句型 SVO
7392 □ **aerospace** [`ɛrə͵spes]	名 航太工業；宇宙空間 複數 無複數形，不可數

好用★Phrase **a leading position** 領先地位，龍頭地位

The state **prosecuted** the man for **burglary**.
州政府以闖空門的罪名起訴那個人。

7393 □ **prosecute** [`prɑsɪ͵kjut]	及物 起訴；從事 句型 SVO 用法 prosecute *someone* for... 因…而起訴某人
7394 □ **burglary** [`bɝglərɪ]	名 入室行竊，闖空門

They **reconstructed** an ancient **warship** with surprising **rapidity**.
他們以驚人的速度修復了一艘古代軍艦。

7395 □ **reconstruct** [͵rikən`strʌkt]	及物 重建；使（過去的事件）重現 句型 SVO 用法 reconstruct a building 重建一棟建築物 reconstruct the economy 重建經濟
7396 □ **warship** [`wɔr͵ʃɪp]	名 軍艦

7397
☐ **rapidity**
[rə`pɪdətɪ]

名 速度；迅速
複數 無複數形，不可數

They **recreated** by playing volleyball in the **gymnasium**.
他們在體育館打排球作為消遣。

7398
☐ **recreate**
[`rɛkrɪˏet]

! 注意發音

不及物 娛樂，消遣；得到休養
及物 娛樂；使休養
句型 SV, SVO

7399
☐ **gymnasium**
[dʒɪm`nezɪəm]

名 體育館

TOEIC part 1 常考！
Students are standing in line in the gymnasium.
學生正在體育館裡排隊。

Some Diet members think they should **redefine** the **archaic electoral** system.
有些國會議員認為他們應該重新檢視過時的選舉制度。

7400
☐ **redefine**
[ˏridɪ`faɪn]

及物 重新檢視；重新定義
句型 SVO
用法 redefine the goal of... 重新檢視…的目標
redefine a term 重新定義一個詞彙

7401
☐ **archaic**
[ɑr`keɪk]

形 過時的；（語言等）古體的；古代的

7402
☐ **electoral**
[ɪ`lɛktərəl]

形〔限定用法〕選舉的；選民的；由選舉人組成的

Some **modules** of the **trigger** system turned out to be **defective**, so they were totally **redesigned**.
結果證明是觸發系統中的部分模組有瑕疵，所以全被重新設計過了。

7403 □ **module** [ˋmaʤul]	名（機械、電子儀器等的）模組；標準尺寸，基本單位
7404 □ **trigger** [ˋtrɪgɚ]	名 觸發器；（槍等的）扳機；（紛爭等的）誘因
7405 □ **defective** [dɪˋfɛktɪv]	形 有缺陷的

TOEIC part 2, 3 常考！
My computer was damaged by defective software.
我的電腦因為軟體有瑕疵而受損了。

7406 □ **redesign** [ˌridɪˋzaɪn]	及物 重新設計 句型 SVO 用法 redesign the prototype 重新設計原型 名 重新設計

好用★Phrase **turn out to be...** 原來是…，證明是…

MP3 065

Could you **refill** the **cleanser** bottle?
可以請你將瓶子裡的清潔劑補滿嗎？

7407 □ **refill** [riˋfɪl] ! 注意重音	及物 再裝滿，再填滿，再補充 句型 SVO 用法 refill a cartridge 填充墨水匣 名 替換物，新補充物 [ˋriˌfɪl]
7408 □ **cleanser** [ˋklɛnzɚ]	名 清潔劑；清潔工

The fragrance of the dried flowers repels moths if you put them in your wardrobe or closet.
如果你把乾燥花放在衣櫥或壁櫥裡，它的香味可以趕走蛀蟲。

7409 □ **fragrance** [ˋfregrəns]	名 香氣；香水
7410 □ **repel** [rɪˋpɛl]	及物 擊退（敵人等） 句型 SVO
7411 □ **moth** [mɔθ]	名 蛀蟲，蠹；蛾
7412 □ **wardrobe** [ˋwɔrd͵rob]	名 衣櫥；（劇團等的）全部服裝

The breeze rippled the serene surface of the water.
微風讓平靜的水面起了漣漪。

7413 □ **ripple** [ˋrɪpl̩]	及物 使起漣漪 不及物 起漣漪 句型 SV, SVO 名 漣漪，微波
7414 □ **serene** [səˋrin]	形 寧靜的；沉著的；晴朗的

好用★Phrase **the surface of the water** 水面

The cosmetic shop slashed prices on rouges.
這家美妝店大幅降低了口紅的價格。

7415 □ **slash** [slæʃ]	及物 大幅削減（價格等）；（用刀等）深深砍入 句型 SVO

Level 8 Power Sentences

	用法 slash the military budget 大幅刪減軍事預算 slash *someone* on the arm 朝某人的手臂揮砍 名 猛砍；（預算等）大幅削減；斜線號 (/)
7416 □ **rouge** [ruʒ]	名 口紅，胭脂 及物 在…上擦口紅

The military **slaughtered** over 2,000 citizens in one **terrifying** week, according to the most **authentic** accounts.
根據最可靠的描述指出，軍方在駭人的一週內屠殺了超過兩千位平民。

7417 □ **slaughter** [ˋslɔtɚ]	及物 殘殺（人）；屠宰（動物）；〔口〕（尤指比賽時）使慘敗 句型 SVO 用法 slaughter cattle 屠宰牛隻 名 大屠殺；屠宰；〔口〕慘敗
7418 □ **terrifying** [ˋtɛrəˏfaɪɪŋ]	形 令人害怕的
7419 □ **authentic** [ɔˋθɛntɪk]	形 可靠的；真實的

好用★Phrase **according to...** 根據…

The **trio** tried to **smuggle** some **restricted** items out of the US.
這個三人小組想要將一些違禁品走私出美國。

7420 □ **trio** [ˋtrio]	名 三人一組；三件一套；三重唱（或奏、團）
7421 □ **smuggle** [ˋsmʌgl]	及物 走私；把…偷偷帶進或帶出 句型 SVO

用法 smuggle ... in / out 把…走私運入 / 運出
smuggle drugs into... 將毒品偷偷帶入…

7422
□ **restricted**
[rɪˋstrɪktɪd]

形 受（法律等）限制的；（文件等）僅限於內部的

TOEIC part 4 常考！
Access to this facility is restricted to authorized personnel.
這項設施僅限於獲得授權的人員使用。

The **lodger sneaked** some money from the master's room.
寄宿者從主人的房間裡偷走一些錢。

7423
□ **lodger**
[ˋlɑdʒɚ]

名 寄宿者，房客

7424
□ **sneak**
[snik]

及物 偷偷地取（或做、放、走等）
不及物 偷偷溜走；取巧逃避
句型 SV, SVO
用法 sneak into... 溜進…
sneak out of danger 取巧逃避危險
sneak around 在附近偷偷摸摸地走動
形〔限定用法〕暗中進行的

Supposedly, an **intruder cruelly strangled** the **landlady** to death.
據推測，闖入者殘酷地將女主人勒斃。

7425
□ **supposedly**
[səˋpozɪdlɪ, -ˋpozdlɪ]

副 根據推測，一般相信

! 注意發音

7426 □ **intruder** [ɪn`trudɚ]	名 擅自侵入者
7427 □ **cruelly** [`kruəlɪ]	副 殘酷地；〔口〕極度地
7428 □ **strangle** [`stræŋg!]	及物 勒死；使窒息；壓抑（發展等） 句型 SVO 用法 strangle ... to death 勒死…
7429 □ **landlady** [`lænd,ledɪ]	名（旅館、寄住宿舍等的）女主人；女地主

By creating a dam they **submerged** our **ancestral** land in the lake.
他們蓋了水壩，使我們先人的土地沒入湖中。

7430 □ **submerge** [səb`mɝdʒ]	及物 使沉入水中；隱藏 不及物 潛入水中 句型 SV, SVO 用法 submerge *oneself* in... 埋頭於…，全神貫注於…
7431 □ **ancestral** [æn`sɛstrəl]	形 祖先的，祖傳的

His **fanciful** stories **tickled** us.
他古怪的故事逗得我們大笑。

7432 □ **fanciful** [`fænsɪfəl]	形 想像的，奇異的，古怪的

7433
□ **tickle**
[ˋtɪkḷ]

及物 使發笑；使快樂，使滿足；搔癢
句型 SVO
用法 be tickled by... 因…而發笑
be tickled pink / to death 讓人非常愉快，樂翻天
名 使人發癢的東西；搔癢

MP3 066

You cannot **transplant aging** trees; it may shorten their lives.
你不能移植老樹，這樣可能會縮短樹的壽命。

7434
□ **transplant**
[trænsˋplænt]

及物 移植；使移居
句型 SVO
用法 have *one's* liver transplanted / have a liver transplant operation 進行肝臟移植手術
名 移植（手術）[ˋtræns͵plænt]

7435
□ **aging**
[ˋedʒɪŋ]

形〔限定用法〕老化的
名 老化；高齡化；（酒等）熟成

好用★Phrase **shorten *one's* life** 縮短壽命，減壽

Many traders and explorers from the West **traversed** the **marginal** region to enter China.
許多西方的商人和探險者橫越邊境地區進入了中國。

7436
□ **traverse**
[ˋtrævɝs]

及物 橫越；沿…往返移動；沿著（山等）縱走
不及物 橫越；（登山等）Z 字形攀登
句型 SV, SVO
用法 traverse a minefield 越過地雷區
traverse a steep hillside 越過陡坡
名 橫越；Z 字形攀登

7437 □ **marginal** [ˋmardʒɪnl̩]	形 邊境的；頁邊的；最低限度的

■ **China** 中國

> The city will **unify** the two **jurisdictions** within three years.
> 該市將在三年內把兩個管轄區整合為一。

7438 □ **unify** [ˋjunəˏfaɪ]	及物 使統一，使成一體 不及物 成一體 句型 SV, SVO 用法 unify a nation 統一國家 unify ... into~ 將…整合成～
7439 □ **jurisdiction** [ˏdʒʊrɪsˋdɪkʃən]	名 管轄區域；司法權，審判權；權限

> After six **frustrating** months, she **upgraded** her **laptop** PC.
> 過了六個月沮喪的日子之後，她將手提式電腦升級。

7440 □ **frustrating** [ˋfrʌstretɪŋ]	形 令人沮喪的
7441 □ **upgrade** [ʌpˋgred, ˋʌp-] ! 注意重音	及物 使（電腦等）升級；提升（服務品質等） 不及物 升級 句型 SV, SVO 用法 upgrade ... to~ 將…升級到～ consider upgrading to... 考慮升級到… 名〔美〕上坡；提高品質或標準 [ˋʌpˏgred]
7442 □ **laptop** [ˋlæpˏtap]	名 手提式電腦，膝上型電腦

■ **PC (= personal computer)** 個人電腦

His family was **victimized** by **irrational** discrimination.
他的家族是不合理歧視下的犧牲者。

7443
□ **victimize**
[`vɪktɪˌmaɪz]

及物 使犧牲；欺騙
句型 SVO
用法 be victimized by the war 成為戰爭的犧牲者

7444
□ **irrational**
[ɪ`ræʃənl̩]

形 不合理的；失去理性的

Watching too many violent or **unethical** movies may **warp** children's minds.
看太多暴力或不道德的電影會扭曲兒童的心靈。

7445
□ **unethical**
[ʌn`ɛθɪkl̩]

形 不道德的

7446
□ **warp**
[wɔrp]

及物 使（心等）扭曲；使彎翹不平
不及物 （心等）扭曲；變彎，變歪
句型 SV, SVO
用法 warp *one's* personality / mind
扭曲某人的性格 / 心靈
warp *one's* judgment 扭曲判斷
名 曲解；彎翹

They **withheld** judgment about the matter because the experimental results were still **ambiguous**.
因為實驗結果仍不明確，因此他們暫不對那件事情做出評論。

7447
□ **withhold**
[wɪð`hold]

及物 暫緩；不給予；壓抑
變化 withheld / withheld
句型 SVO

用法 withhold announcement of... 暫緩宣布…
withhold *one's* anger 抑制怒氣

↑ TOEIC part 7 常考！

We will have to withhold funds from the project if they cannot meet the performance standards set out in the contract.
如果他們的表現無法達到合約上所訂定的水準，我們就必須凍結提供該計畫資金。

7448 □ **ambiguous** [æm`bɪgjuəs]	形 含糊不清的，模稜兩可的

The photographer **zoomed** in on the **jellyfish** with an **underwater** camera.
攝影師用水中攝影機拍攝水母的特寫。

7449 □ **zoom** [zum]	不及物 攝影機迅速接近（或離開）被攝對象；（物價）直線上升；發出嗡嗡聲 及物 將畫面推近（或拉遠） 句型 SV, SVO 用法 zoom in 將鏡頭拉近，放大 zoom out 將鏡頭拉遠，縮小 zoom in on... 給…特寫
7450 □ **jellyfish** [`dʒɛlɪˏfɪʃ]	名 水母，海蜇；〔口〕意志薄弱的人
7451 □ **underwater** [ˏʌndə`wɔtə]	形〔限定用法〕水中用的；水面下的 副 在水中

知覺・思考類動詞

MP3 067

Alcohol **addiction afflicted** the **preacher** in his youth.
牧師年輕時受酒癮所苦。

7452 □ **addiction** [ə`dɪkʃən]	名 上癮；吸毒成癮
7453 □ **afflict** [ə`flɪkt]	及物 使痛苦，折磨 句型 SVO 用法 be afflicted by / with... 受…所苦
7454 □ **preacher** [`pritʃɚ]	名 牧師，傳道士；訓誡者

The **baron agonized** for days over how he could be true to his **creed**.
男爵多日來對於要如何才能忠於他的信念而苦惱。

7455 □ **baron** [`bærən]	名 男爵

Level 8 Power Sentences

7456 □ **agonize** [ˋægəˏnaɪz]	不及物 感到苦惱；苦鬥 句型 SV 用法 agonize over making a decision 對做決定一事感到苦惱 agonize about / over... 對…感到苦惱
7457 □ **creed** [krid]	名 信念；（宗教上的）信條

好用★Phrase **for days** 好幾天
be true to... 忠於…

Boosted by **nationwide** popularity, this candidate **aspires** to win the **presidency**.
挾著全國的高人氣，這位候選人渴望贏得總統大位。

7458 □ **nationwide** [ˋneʃənˏwaɪd]	形〔限定用法〕全國性的 副 在全國範圍內
7459 □ **aspire** [əˋspaɪr]	不及物 渴望，有志於 句型 SV 用法 aspire to *V* 渴望做…，一心要做…
7460 □ **presidency** [ˋprɛzədənsɪ]	名〔常用 the Presidency〕美國總統的職位或任期；〔常用 the presidency〕總統、總裁等的職位或任期

好用★Phrase **boosted by...** 受…的鼓舞，得力於…

The president was **brooding** over how to avoid **impeachment**.
總統正在苦思如何才能避免遭到彈劾。

7461 ☐ **brood** [brud] ❗注意發音	不及物 沉思；孵蛋 及物 孵（蛋） 句型 SV, SVO 用法 brood over... 苦思冥想… 名 一窩幼雛；家中所有的子女
7462 ☐ **impeachment** [ɪm`pitʃmənt]	名 彈劾

The young politician aimed at a **cleanup** of the political world, but he was **profoundly disillusioned**.
那位年輕的政治人物立志肅清政壇的歪風，但卻被狠狠地澆了一盆冷水。

7463 ☐ **cleanup** [`klin͵ʌp]	名（對貪汙等的）肅清；大掃除；〔棒球〕第四棒打者
7464 ☐ **profoundly** [prə`faʊndlɪ]	副 深深地；懇切地

↑ TOEIC part 5, 6 常考！
Rapid advances in information and communications technology have profoundly changed the world we live in.
資訊與通訊科技的迅速進步，大幅改變了我們所居住的世界。

7465 ☐ **disillusion** [͵dɪsɪ`luʒən]	及物 使理想破滅，使醒悟 句型 SVO 用法 be disillusioned by... 對…感到極度失望

好用★Phrase **aim at...** 以…為目標
the political world 政壇

Her determination to cut down on sweets **faltered** when she saw the **custard** pie.
當她看到卡士達派時，少吃甜食的決心就動搖了。

7466
□ **falter**
[ˋfɔltɚ]

不及物 搖晃；蹣跚地走；說話支吾
句型 SV
用法 falter at... 因…而動搖

7467
□ **custard**
[ˋkʌstɚd]

名 蛋奶凍，卡士達（將牛奶和雞蛋混合加熱後凝固而成的甜點）

好用★Phrase **cut down on...** 減少…

His lecture on **botany** had no **novelty**, and the audience's eyes **glazed** over during the second half of it.
他的植物學演講了無新意，因此下半場時聽眾的眼睛都呈現呆滯的狀態。

7468
□ **botany**
[ˋbatənɪ]

名 植物學；某一地區或某一時期的植物群

7469
□ **novelty**
[ˋnavəltɪ]

名 新穎；新奇的事物或經驗

7470
□ **glaze**
[glez]

不及物 （目光）變呆滯
及物 給（窗戶等）裝玻璃；給…上光
句型 SV, SVO
用法 glaze over 因（疲勞、無聊等）目光呆滯
名 光滑面；（形成於地面、樹木等上面的）薄冰層

He is **obsessed** with the **mystical** idea that a **demon** would take his soul at his **deathbed**.
他對神祕主義相當著迷，認為臨終時魔鬼會帶走他的靈魂。

7471 □ **obsess** [əb`sɛs]
及物 （惡魔、妄想等）纏住；使著迷
不及物 擺脫不開
句型 SV, SVO
用法 be obsessed with / by... 受…困擾；被…所迷

7472 □ **mystical** [`mɪstɪkl]
形 神祕的；神祕主義的；來自靈感的

7473 □ **demon** [`dimən]
名 惡魔；惡棍；精力過人者；技藝出眾者

7474 □ **deathbed** [`dɛθˏbɛd]
名 臨終時；臨死所臥之床

好用★Phrase **at / on *one's* deathbed** 臨終時，在生命垂危之際

Authoritative documentation has become available, so the committee is now **reconsidering** the matter.
由於可信文件已可取得，所以委員會目前正在重新考慮這件事。

7475 □ **authoritative** [ə`θɔrəˏtetɪv]
形 可信賴的；官方的；專斷的

7476 □ **documentation** [ˏdɑkjəmɛn`teʃən]
名 文件的利用（或提供）

7477 □ **reconsider** [ˏrikən`sɪdɚ]
及物 重新考慮；覆議（議案、動議、投票等）
句型 SVO
用法 reconsider a plan 重新考慮一項計畫

好用★Phrase **become available** 變得可取得或利用

We can **relish** the **legendary**, **scenic** beauty of the lake, especially on a **misty** day.
特別是在起霧的日子，我們更能享受到這座湖傳奇且優美的景色。

7478 □ **relish** [ˋrɛlɪʃ]	及物 欣賞，享受；喜愛 句型 SVO 用法 relish a joke 很喜歡一則笑話 名 饒有趣味的事物；（食物等的）風味
7479 □ **legendary** [ˋlɛdʒən͵dɛrɪ]	形 傳說（中）的；傳奇般的，家喻戶曉的
7480 □ **scenic** [ˋsinɪk]	形〔多作限定用法〕風景的；風光明媚的；舞台（上）的
7481 □ **misty** [ˋmɪstɪ]	形 霧濛濛的；（想法等）模糊不清的

MP3 068

The **shareholder habitually scans** the stock quotes in the newspaper every morning.
這名股東每天早上都習慣看報紙檢視股價。

7482 □ **shareholder** [ˋʃɛr͵holdɚ]	名〔英〕股票持有人，股東 （＝〔美〕stockholder）
7483 □ **habitually** [həˋbɪtʃuəlɪ]	副 習慣性地

7484 □ **scan** [skæn]	及物 瀏覽；審視；掃描 不及物 瀏覽；掃描 句型 SV, SVO 用法 scan a photo 掃描相片 scan a drive for errors 掃描磁碟機以找出錯誤 scan through... 瀏覽… 名 細看，審視；掃描

好用★Phrase **a stock quote** 股價

The smell of coal **tar sickens** me.
瀝青的氣味讓我想吐。

7485 □ **tar** [tɑr]	名 瀝青，柏油；（菸草中的）焦油 複數 無複數形，不可數
7486 □ **sicken** [ˋsɪkən]	及物 使作嘔，使不舒服 不及物 作嘔；生病 句型 SV, SVO 用法 sicken for... 因…而想嘔吐

I admit he is a good **theorist**, but his attitude **smacks** of **arrogance**.
我承認他是個優秀的理論家，但是他的態度卻有點傲慢。

7487 □ **theorist** [ˋθiəˌrɪst]	名 理論家
7488 □ **smack** [smæk]	不及物 含有特定味道 句型 SV 用法 smack of... 具有…的味道或風味 名（獨特的）味道，風味

7489 □ **arrogance** [ˋærəgəns]	名 傲慢，自負 複數 無複數形，不可數

The police **speculate** that the **invaders** had known the **layout** of the facilities.
警方推測闖入者應該知道這項設施的配置方式。

7490 □ **speculate** [ˋspɛkjəˏlet]	及物 推測 不及物 推測；做投機買賣 句型 SV, SVO 用法 speculate that... 推測…
7491 □ **invader** [ɪnˋvedɚ]	名 入侵者；侵略國
7492 □ **layout** [ˋleˏaʊt]	名（場地等的）布置；（書籍、廣告等的）版面設計

He **yearns** to succeed as an **entrepreneur**.
他嚮往成為一名成功的企業家。

7493 □ **yearn** [jɝn]	及物 渴望，嚮往；思念 不及物 渴望；想念 句型 SV, SVO 用法 yearn to *V* 渴望做…
7494 □ **entrepreneur** [ˏɑntrəprəˋnɝ]	名 企業家；承包人

Memo

名詞

MP3 069

Word · 單字	Meaning · 字義	Usage · 用法
↓生物 7495 □ **eel** [il]	名 鰻魚；精明油滑的人 複數 eels /〔集合名詞〕eel（單複數同形）	an electric eel 電鰻 (as) slippery as an eel 狡猾難以捉摸，滑頭滑腦
7496 □ **pest** [pɛst]	名 有害的動物，害蟲；討厭鬼；瘟疫	pest control 害蟲防治
↓動作 7497 □ **bearing** [ˋbɛrɪŋ]	名 舉止，態度；結果實（期）；忍耐；方位	have a dignified bearing 態度雍容
7498 □ **displacement** [dɪsˋplesmənt]	名 移動；取代；免職；〔心理學〕轉移作用 複數 無複數形，不可數	displacement activity 〔心理學 · 動物學〕替代性動作
7499 □ **expanse** [ɪkˋspæns]	名 膨脹；擴張；〔常用 an ...〕寬闊的區域	a vast expanse of tropical rainforest 一大片熱帶雨林
7500 □ **rap** [ræp]	名 輕敲 及物 輕敲 不及物 發出敲擊聲	There was a rap on the door. 有輕輕敲門的聲音。
7501 □ **uplift** [ˋʌpˏlɪft]	名 舉起；精神昂揚；（文化水準等的）提高 及物 舉起 [ʌpˋlɪft]	an uplift bra 托高胸罩，集中型胸罩
7502 □ **vibration** [vaɪˋbreʃən]	名 震動；〔物理〕振動；〔常用 vibrations〕（感受到的）氛圍	put your cellphone on vibration mode 將你的手機調成震動模式

Word・單字	Meaning・字義	Usage・用法
7503 □ **antibody** [ˋæntɪˏbadɪ]	名〔常用 antibodies〕抗體	produce antibodies 產生抗體
7504 □ **countenance** [ˋkaʊntənəns]	名 面容，表情；沉著；（精神上的）支持	without changing *one's* countenance 面不改色
7505 □ **deodorant** [diˋodərənt]	名 體香劑，除臭劑	deodorant shampoo 除臭洗髮精
7506 □ **disability** [ˏdɪsəˋbɪlətɪ]	名（身體上的）殘疾；無能；〔法律〕無能力	learning disability 學習障礙
7507 □ **eyeball** [ˋaɪˏbɔl]	名 眼球	move *one's* eyeballs 轉動眼球
7508 □ **fingernail** [ˋfɪŋgəˏnel]	名 指甲	file *one's* fingernails 磨指甲
7509 □ **immortality** [ˏɪmɔrˋtælətɪ]	名 不死，不滅；不朽的名聲 複數 **無複數形，不可數**	believe in the immortality of the soul 相信靈魂不朽
7510 □ **posture** [ˋpastʃə]	名 姿勢；裝腔作勢的樣子；〔常用 a / the ...〕態度	take a defensive posture 採取防衛姿勢
7511 □ **skeleton** [ˋskɛlətn̩]	名 骨架；骸骨；骨瘦如柴的人；梗概，輪廓	the skeleton of a bear 熊的骨架

Word．單字	Meaning．字義	Usage．用法
7512 □ **spine** [spaɪn]	名 脊椎，脊柱；(動植物的) 刺；骨氣	A chill ran up my spine. 我的脊骨掠過一股寒意。
7513 □ **agitation** [ˌædʒəˋteʃən]	名 (心情的) 激動；煽動	hide / conceal *one's* agitation 隱藏內心激動
7514 □ **anguish** [ˋæŋgwɪʃ]	名 (身心的) 極度痛苦 複數 無複數形，不可數	groan in anguish 痛苦地呻吟
7515 □ **aspiration** [ˌæspəˋreʃən]	名〔常用 aspirations〕強烈的渴望；呼吸	have aspirations for... 對…有強烈的渴望
7516 □ **bewilderment** [bɪˋwɪldəmənt]	名 困惑，迷惘 複數 無複數形，不可數	to *one's* bewilderment 令人困惑的是
7517 □ **compassion** [kəmˋpæʃən]	名 同情，惻隱之心 複數 無複數形，不可數	feel compassion for... 對…感到同情
7518 □ **conceit** [kənˋsit]	名 自負，狂妄；(詩文等的) 巧思，奇想 複數 無複數形，不可數	be full of conceit 非常自負
7519 □ **dilemma** [dəˋlɛmə]	名 進退兩難，窘境	be caught in a dilemma 進退維谷
7520 □ **discretion** [dɪˋskrɛʃən]	名 自行決定的自由；慎重；判斷力 複數 無複數形，不可數	at *one's* discretion 自行決定

Word · 單字	Meaning · 字義	Usage · 用法
7521 □ **distraction** [dɪˋstrækʃən]	名 分心；使人分心的事物；心煩意亂	without distraction 心無旁騖，全神貫注
7522 □ **ecstasy** [ˋɛkstəsɪ]	名 狂喜；忘我的境界	in ecstasy 欣喜若狂
7523 □ **estimation** [ˏɛstəˋmeʃən]	名 判斷；估算價值；尊敬	in his estimation 依他的判斷
7524 □ **gut** [gʌt]	名 膽量；消化道，腸；(guts) 內臟	have a lot of guts 很有膽識
7525 □ **humiliation** [(h)juˏmɪlɪˋeʃən]	名 丟臉，羞辱	stand humiliation 忍受羞辱
7526 □ **hypocrisy** [hɪˋpɑkrəsɪ]	名 偽善；偽善行為 複數 無複數形，不可數	full of hypocrisy 充滿虛偽
7527 □ **indulgence** [ɪnˋdʌldʒəns]	名 沉溺；嗜好；任性，放縱	...is *one's* only indulgence. ……是某人唯一的嗜好。
7528 □ **integrity** [ɪnˋtɛgrətɪ]	名 正直，誠實；完整（狀態） 複數 無複數形，不可數	a person of integrity 正直的人
7529 □ **intuition** [ˏɪnt(j)uˋɪʃən]	名 直覺，第六感	My intuition told me that... 我的直覺告訴我……

MP3 071

Word · 單字	Meaning · 字義	Usage · 用法
7530 □ **longing** [ˋlɔŋɪŋ]	名 渴望，憧憬 形〔限定用法〕渴望的	have a longing for... 渴望…
7531 □ **lust** [lʌst]	名（強烈的）情慾；貪慾 不及物（對權力等的）貪求	arouse lust 燃起情慾
7532 □ **mockery** [ˋmɑkərɪ]	名 嘲笑；笑柄；拙劣的模仿	make a mockery of *someone* 嘲笑某人
7533 □ **mourning** [ˋmornɪŋ]	名 哀悼；服喪，戴孝 複數 無複數形，不可數 形 哀悼的	in mourning 服喪中，戴孝中
7534 □ **perseverance** [ˌpɝsəˋvɪrəns]	名 毅力，韌性，不屈不撓的精神 複數 無複數形，不可數	require a lot of perseverance 需要毅力
7535 □ **pretension** [prɪˋtɛnʃən]	名 自命不凡；做作，虛假；〔常用 pretensions〕要求	have no pretensions to... 說不上是…，配不上…
7536 □ **rapture** [ˋræptʃɚ]	名〔有時用 raptures〕欣喜若狂，歡天喜地 複數 無複數形，不可數	go into raptures 狂喜
7537 □ **sanity** [ˋsænətɪ]	名 心智健全；通情達理 複數 無複數形，不可數	lose *one's* sanity 失去理智
7538 □ **stimulation** [ˌstɪmjəˋleʃən]	名 刺激；鼓舞 複數 無複數形，不可數	full of intellectual stimulation 充滿知識的刺激

Word · 單字	Meaning · 字義	Usage · 用法
7539 □ **temperament** [ˋtɛmprəmənt]	名 性情；喜怒無常	a perfect temperament for... …的完美性格
7540 □ **chord** [kɔrd]	名 ①〔音樂〕和弦 ②〔數學〕弦；（樂器的）弦；心弦	a D-minor chord D 小調和弦
7541 □ **comma** [ˋkamə]	名 逗點，逗號	place a comma 加上逗點
7542 □ **commentary** [ˋkamən͵tɛrɪ]	名 評論；註釋；實況報導	a news commentary 新聞評論
7543 □ **lyric** [ˋlɪrɪk]	名 (the lyrics) 歌詞；抒情詩 形〔限定用法〕抒情的	the lyrics of a song 歌詞
7544 □ **revision** [rɪˋvɪʒən]	名 校訂；修改；修訂本	make some revisions to... 做些…的校訂
7545 □ **screening** [ˋskrinɪŋ]	名 審查；過篩；（電影的）上映	a screening test 篩選測驗

↑ TOEIC part 7 常考！ The preliminary screening will be based on written applications submitted by job applicants.
初步的篩選將會根據求職者繳交的書面申請表進行。

Word · 單字	Meaning · 字義	Usage · 用法
7546 □ **alpha** [ˋælfə]	名 希臘字母的第一個（即 α）；第一個；開端	from alpha to omega 自始至終

MP3 072

Word · 單字	Meaning · 字義	Usage · 用法
7547 □ **anatomy** [ə`nætəmɪ]	名 解剖學；〔常用作單數〕解剖學上的構造；（一般的）構造	study human anatomy 研究人類解剖學
7548 □ **carnival** [`kɑrnəvl̩]	名 嘉年華會，狂歡節；飲酒作樂	a carnival parade 嘉年華遊行
7549 □ **clone** [klon]	名〔生物〕複製生物；極為相似的人事物 及物 複製	a Madonna clone 瑪丹娜的翻版
7550 □ **communion** [kə`mjunjən]	名 (Communion) 聖餐；（思想或情感的）交流 複數 無複數形，不可數	Holy Communion 聖餐
7551 □ **critique** [krɪ`tik]	名（對文藝作品等的）評論；批評法	a critique of a movie 電影的評論
7552 □ **dedication** [ˌdɛdə`keʃən]	名 獻身（精神）；捐獻 複數 無複數形，不可數	show dedication to... 奉獻於…
7553 □ **delta** [`dɛltə]	名 希臘字母的第四個（即 δ）；三角洲；扇狀物	a delta area 三角洲地區
7554 □ **divinity** [də`vɪnətɪ]	名 神學；神性，神格；(the Divinity) 神，上帝	a divinity school 神學院
7555 □ **dynamics** [daɪ`næmɪks]	名〔常用作單數〕力學；〔用作複數〕原動力；變動（過程）	dynamics of population 人口動態

Word · 單字	Meaning · 字義	Usage · 用法
7556 □ **enlightenment** [ɪn`laɪtnmənt]	名 啓蒙；〔佛教〕悟，般若 複數 **無複數形，不可數**	an enlightenment activity 啓蒙運動
7557 □ **festivity** [fɛs`tɪvətɪ]	名〔常用 festivities〕慶典；歡慶	organize festivities 籌辦慶祝活動
7558 □ **formulation** [ˏfɔrmjə`leʃən]	名 有系統或明確的陳述；公式化	formulation of policies 政策的制定
7559 □ **imagery** [`ɪmɪdʒərɪ]	名 意象，形象化描述；〔集合名詞〕像	imagery analysis 意象解析
7560 □ **implication** [ˏɪmplɪ`keʃən]	名 言外之意；牽連；〔常用 implications〕可能引起的結果，影響	the implications of a word 字的言外之意
7561 □ **literacy** [`lɪtərəsɪ]	名 讀寫能力，識字；有教養 複數 **無複數形，不可數**	the literacy rate 識字率
7562 □ **materialism** [mə`tɪrɪəˏlɪzəm]	名〔哲學〕唯物論；實利主義，物質主義 複數 **無複數形，不可數**	historical materialism 唯物史觀，歷史唯物論
7563 □ **motto** [`mɑto]	名 座右銘，箴言；（章節等開頭的）題詞	a family motto 家訓
7564 □ **multiplication** [ˏmʌltəplə`keʃən]	名〔數學〕乘法；增加；（動植物的）繁殖	multiplication and division 乘除運算

MP3 073

Word · 單字	Meaning · 字義	Usage · 用法
7565 □ **numeral** [ˋn(j)umərəl]	名 數字；〔文法〕數詞 形 數字的	Arabic numerals 阿拉伯數字
7566 □ **parable** [ˋpærəbl̩]	名（帶說教意味的）寓言故事，比喻	tell a parable 講寓言故事
7567 □ **dandelion** [ˋdændɪˌlaɪən]	名 蒲公英	the fluff of a dandelion 蒲公英的絨毛
7568 □ **eruption** [ɪˋrʌpʃən]	名（火山等）爆發；（疾病等）突然發生；長疹子	a volcanic eruption 火山爆發
7569 □ **fertility** [fɜˋtɪlətɪ]	名（土地的）肥沃，生產力；（創意等的）豐富 複數 無複數形，不可數	soil fertility 土壤肥沃度，土壤肥力
7570 □ **galaxy** [ˋgæləksɪ]	名 銀河；(the Galaxy) 銀河系；(a galaxy) 一群傑出或有名的人	a spiral galaxy 螺旋星系
7571 □ **humidity** [(h)juˋmɪdətɪ]	名 潮濕；〔物理〕濕度 複數 無複數形，不可數	avoid high temperatures and humidity 避免高溫潮濕
7572 □ **ivy** [ˋaɪvɪ]	名 常春藤	be covered with ivy 被常春藤覆蓋
7573 □ **ozone** [ˋozon]	名 臭氧；〔口〕新鮮空氣 複數 無複數形，不可數	the destruction of the ozone layer 臭氧層的破壞

Word · 單字	Meaning · 字義	Usage · 用法
7574 □ **radium** [ˋredɪəm]	名 鐳（放射性金屬元素，符號是 Ra） 複數 無複數形，不可數	radium therapy 鐳療法
7575 □ **spa** [spɑ]	名 礦泉，溫泉	a spa resort 溫泉度假村
7576 □ **starlight** [ˋstɑrˏlaɪt]	名 星光 複數 無複數形，不可數	by starlight 在星光下，趁著夜色
7577 □ **absorption** [əbˋsɔrpʃən]	名 吸收；同化；全神貫注；（對運動等的）入迷 複數 無複數形，不可數	absorption of vitamins 維他命的吸收
7578 □ **adolescence** [ˏædəˋlɛsəns]	名 青春期（通常介於 12 ~18 歲） 複數 無複數形，不可數	reach the age of adolescence 進入青春期
7579 □ **array** [əˋre]	名 排列；大批 複數 無複數形，不可數 及物 部署；打扮	set the troops in array 部署軍隊 an array of... 一大群…；大長排…
7580 □ **blackmail** [ˋblækˏmel]	名 勒索；勒索所得之款 複數 無複數形，不可數 及物 勒索；脅迫	That's blackmail! 這根本是勒索！
7581 □ **blur** [blɝ]	名 朦朧；(a ...) 模糊的東西；汙點 及物 使模糊不清；玷汙	in a blur 一片模糊
7582 □ **buttonhole** [ˋbʌtn̩ˏhol]	名 鈕釦孔	sew buttonholes 縫鈕釦孔

MP3 074

Word · 單字	Meaning · 字義	Usage · 用法
7583 □ **calling** [ˋkɔlɪŋ]	名 呼叫；召集；訪問；強烈的衝動；天職	feel a calling to *V* 有做…的衝動
7584 □ **coedulation** [͵koɛdʒəˋkeʃən]	名 男女同校 複數 無複數形，不可數	a coeducation system 男女同校的制度
7585 □ **confinement** [kənˋfaɪnmənt]	名 拘禁，幽閉；限制；分娩 複數 無複數形，不可數	in confinement 監禁中
7586 □ **congregation** [͵kaŋgrɪˋgeʃən]	名 集合；集會；（聚集做禮拜的）會眾	speak to the congregation 對集會的人演說
7587 □ **cookery** [ˋkʊkərɪ]	名 烹調法，烹飪術	a cookery school 烹飪學校
7588 □ **craze** [krez]	名 （一時的）狂熱，風行	be the craze 大流行
7589 □ **decency** [ˋdisənsɪ]	名 （言語、舉止）高雅；體面；(the decencies) 禮節	have common decency 起碼的禮貌
7590 □ **detachment** [dɪˋtætʃmənt]	名 （對世俗等的）超然；分離；（軍隊的）派遣 複數 無複數形，不可數	detachment from reality 逃避現實
7591 □ **drawback** [ˋdrɔ͵bæk]	名 缺點，不利條件；障礙	suffer from a drawback 有缺點

Word · 單字	Meaning · 字義	Usage · 用法
7592 □ **eccentricity** [ˌɛksɛnˋtrɪsətɪ]	名 奇特，與眾不同； (eccentricities) 怪癖	an act of eccentricity 古怪的行為
7593 □ **epidemic** [ˌɛpɪˋdɛmɪk]	名（突然的）流行；傳染病 形〔限定用法〕傳染的；盛行的	an epidemic of flu 流感的盛行
7594 □ **etiquette** [ˋɛtɪkɛt]	名 禮節；（同業間的）規範 複數 無複數形，不可數	be against etiquette 違反禮節
7595 □ **fad** [fæd]	名 一時的流行或狂熱	become a big fad among kids 在孩童間形成一種流行
7596 □ **fatality** [fəˋtælətɪ]	名 死亡人數；致命；災難；宿命	fatality rate 死亡率
7597 □ **fellowship** [ˋfɛloˌʃɪp]	名 夥伴關係，友誼；協力；（有共同利益等的）團體	offer *someone* the hand of fellowship 對某人伸出友誼之手
7598 □ **footlight** [ˋfʊtˌlaɪt]	名 (footlights) 舞台腳燈	be illuminated by footlights 被舞台腳燈照亮
7599 □ **gloom** [glum]	名 幽暗；鬱悶	in the gloom of a cave 在洞穴的黑暗中
7600 □ **goodwill** [ˋgʊdˋwɪl]	名 善意；（企業等的）商譽，招牌	show *one's* goodwill 釋出善意

MP3 075

Word · 單字	Meaning · 字義	Usage · 用法
7601 □ **hybrid** [ˋhaɪbrɪd]	名 雜交種；混血兒；混合物 形 雜種的；混合的	a hybrid between a donkey and a horse 驢與馬的混種
7602 □ **ignition** [ɪgˋnɪʃən]	名 點火；點火裝置；燃燒	switch on the ignition 啓動點火裝置
7603 □ **imprint** [ˋɪmprɪnt]	名 印痕；深刻的印象 及物 壓印於；銘記於	the imprint of a foot 足跡
7604 □ **individuality** [ˏɪndəˏvɪdʒʊˋælətɪ]	名〔有時用 an ...〕個性；個體 複數 無複數形，不可數	show *one's* individuality 表現個性
7605 □ **infancy** [ˋɪnfənsɪ]	名 嬰兒期；(its / the ...) 初期	in *one's* infancy 在幼兒期；在初期
7606 □ **intercourse** [ˋɪntɚˏkors]	名 性交，交媾 (= sexual intercourse) 複數 無複數形，不可數	have sexual intercourse with... 和…性交
7607 □ **intimacy** [ˋɪntəməsɪ]	名 親密；〔委婉語〕性行為；親密的語言或行為	have an intimacy with... 和…發生性關係
7608 □ **kinship** [ˋkɪnʃɪp]	名 親屬關係，血緣關係；關聯 複數 無複數形，不可數	the ties of kinship 親屬關係
7609 □ **parting** [ˋpartɪŋ]	名 離別；〔委婉語〕死亡 形〔限定用法〕離別的；臨終的	meeting and parting 見面與離別

Word · 單字	Meaning · 字義	Usage · 用法
7610 □ **permanence** [ˋpɝmənəns]	名 恆久不變，耐久（性） 複數 無複數形，不可數	permanence of love 恆久的愛
7611 □ **placement** [ˋplesmənt]	名 布置；工作安排，安插	the placement of staff 職員的調度
7612 □ **potentiality** [pəˏtɛnʃɪˋælətɪ]	名 可能性；潛力，潛能；〔常用 potentialities〕有潛力的事物	have potentiality for change 有變化的可能性
7613 □ **proficiency** [prəˋfɪʃənsɪ]	名 精通，熟練 複數 無複數形，不可數	have proficiency with... 精通…
7614 □ **progression** [prəˋgrɛʃən]	名 進展；（事件的）連續；〔數學〕級數	a steady progression in quality 品質的持續改善
7615 □ **readiness** [ˋrɛdɪnɪs]	名 準備就緒；迅速；〔有時用 a ...〕欣然答應，願意 複數 無複數形，不可數	in readiness for... 對…準備就緒；以備…
7616 □ **relevance** [ˋrɛləvəns]	名〔有時用 a ...〕關聯；（措辭等）貼切，適當 複數 無複數形，不可數	have no relevance to... 與…無關
7617 □ **secrecy** [ˋsikrəsɪ]	名 祕密（狀態）；保密 複數 無複數形，不可數	in secrecy 祕密地，暗中
7618 □ **siren** [ˋsaɪrən]	名 汽笛；警報器；妖艷而危險的女人	sound / blow a siren 發警報聲

MP3 076

Word · 單字	Meaning · 字義	Usage · 用法
7619 □ **sophistication** [sə͵fɪstɪ`keʃən]	名（機械等）複雜，精密；世故；有教養	sophistication of computer systems 電腦系統的複雜程度
7620 □ **specialty** [`spɛʃəltɪ]	名 專長；專門（職業）；特點	That figure skater's specialty is jumping. 那名花式溜冰選手的專長是跳躍。
7621 □ **starter** [`startɚ]	名 初學者；第一道菜，開胃菜	for starters 給初學者
7622 □ **stature** [`stætʃɚ] ! 注意發音	名 聲望；（人）身高；（身體、精神等的）成長 複數 無複數形，不可數	international stature 國際聲望
7623 □ **streak** [strik]	名 條紋；閃電；傾向 及物 加條紋於 不及物 形成條紋	like a streak of lightning 猶如電光石火，極迅速地
7624 □ **symbolism** [`sɪmbə͵lɪzəm]	名 象徵性；符號的使用；〔常用 Symbolism〕象徵主義 複數 無複數形，不可數	symbolism of a color 顏色的象徵性
7625 □ **trait** [tret]	名 特徵，特性	the most interesting trait of... …最有趣的特徵
7626 □ **acknowledgment** [ək`nalɪdʒmənt]	名 承認；答謝；謝禮	get acknowledgment 獲得承認
7627 □ **allegation** [͵ælə`geʃən]	名（無充分證據的）指控，斷言	make allegations against / about *someone* 指控某人

Word · 單字	Meaning · 字義	Usage · 用法
7628 □ **aristocracy** [ˌærəs`tɑkrəsɪ]	名〔常用 the aristocracy；集合名詞〕貴族（階級）；貴族政治	come from the aristocracy 出身貴族階級
7629 □ **attainment** [ə`tenmənt]	名 達成；〔常用 attainments〕成就，造詣	the attainment of *one's* goal 目標的達成
7630 □ **autonomy** [ɔ`tɑnəmɪ]	名 自治（權）；獨立自主	grant autonomy to... 允許…自治
7631 □ **breakthrough** [`brekˌθru]	名（談判僵局的）突破性進展；（科學等的）躍進	achieve a breakthrough in... 在…取得重大進展

↑ **TOEIC** part 7 常考！
Our paper-thin flexible screen technology is a remarkable breakthrough in electronics manufacturing.
我們的可撓性超薄螢幕技術，是電子製造業的一大突破。

Word · 單字	Meaning · 字義	Usage · 用法
7632 □ **breakup** [`brek`ʌp]	名（國家等的）解體；（關係等的）瓦解；（夫妻等的）失和	lead to the breakup of... 導致…的解體
7633 □ **cancellation** [ˌkænsə`leʃən]	名 取消，註銷，作廢	pay a cancellation fee 付取消費用
7634 □ **captivity** [kæp`tɪvətɪ]	名 囚禁，俘虜 複數 無複數形，不可數	be in captivity 被囚禁中
7635 □ **closure** [`kloʒɚ]	名（永久）停業；（道路等的）封鎖；終止	announce the closure of a factory 宣布工廠結束營業

MP3 077

Word · 單字	Meaning · 字義	Usage · 用法
7636 □ **coalition** [ˌkoəˋlɪʃən]	名 聯盟；聯合；合併	form a political coalition 形成政治聯盟
7637 □ **consolidation** [kənˌsɑləˋdeʃən]	名 合併，統一；鞏固 複數 無複數形，不可數	consolidation of banks 銀行合併
7638 □ **constraint** [kənˋstrent]	名 限制；拘束感；克制	place severe constraints on the budget 嚴格限制預算
7639 □ **contributor** [kənˋtrɪbjutɚ]	名 捐贈者；貢獻者；投稿者；（尤指不愉快事件的）促成因素	a major contributor to global warming 造成全球暖化的主因
7640 □ **crusade** [kruˋsed]	名 (the Crusades) 十字軍；改革運動 不及物 參加改革運動	crusade against terrorism 反恐運動
7641 □ **degradation** [ˌdɛgrəˋdeʃən]	名（名譽等）降低；降職；墮落；（環境等）劣化	cause environmental degradation 造成環境惡化
7642 □ **demo** [ˋdɛmo]	名 示範產品；示範；（軟體的）試用版	try a demo version 用用看試用版
7643 □ **deprivation** [ˌdɛprɪˋveʃən]	名 剝奪；匱乏（狀態）；喪失	deprivation of liberty 剝奪自由
7644 □ **disobedience** [ˌdɪsəˋbidɪəns]	名 不服從；（對法律等的）違反 複數 無複數形，不可數	be punished for disobedience 因不服從而受到懲罰

Word · 單字	Meaning · 字義	Usage · 用法
7645 □ **disruption** [dɪsˋrʌpʃən]	名 混亂；破壞；(國家等的) 分裂	suffer a disruption 陷入一片混亂 a market disruption clause 市場紊亂條款
7646 □ **dissolution** [ˏdɪsəˋluʃən]	名 分解；(國會、團體等) 解散；(契約等) 取消	the dissolution of a party 政黨的瓦解
7647 □ **dominance** [ˋdamənəns]	名 支配，控制；優勢；〔遺傳〕顯性 複數 無複數形，不可數	achieve dominance in... 達到支配…的目的
7648 □ **domination** [ˏdaməˋneʃən]	名 統治；主宰；優勢 複數 無複數形，不可數	seek world domination 尋求主宰全世界
7649 □ **dumping** [ˋdʌmpɪŋ]	名 (商品) 傾銷；(垃圾等的) 傾倒 複數 無複數形，不可數	the illegal dumping of waste 非法傾倒廢棄物
7650 □ **elimination** [ɪˏlɪməˋneʃən]	名 排除；〔生理〕排出；根除；〔運動〕預賽	the elimination of nuclear weapons 根除核子武器
7651 □ **emigration** [ˏɛməˋgreʃən]	名 移居外國；〔集合名詞〕僑民	emigration from Ireland to America 從愛爾蘭移民到美國
7652 □ **endowment** [ɪnˋdaʊmənt]	名 捐款，資助；〔常用 endowments〕天資，才能	receive an endowment 收到捐款
7653 □ **entity** [ˋɛntətɪ]	名 實體，獨立存在物；本質	a legal entity 法律實體，法人

MP3 078

Word · 單字	Meaning · 字義	Usage · 用法
7654 □ **equity** [ˋɛkwətɪ]	名 公平，公正	a sense of equity 公平感
7655 □ **feminism** [ˋfɛmə͵nɪzəm]	名 女權主義，男女平權主義	support feminism 支持男女平權主義
7656 □ **forestry** [ˋfɔrɪstrɪ]	名 林業，森林管理；森林學 複數 無複數形，不可數	be engaged in forestry 從事林業
7657 □ **friendliness** [ˋfrɛndlɪnɪs]	名 友善，親切；友誼 複數 無複數形，不可數	promote the friendliness between the two countries 提升兩國間的友好關係
7658 □ **groundwork** [ˋgraʊnd͵wɝk]	名 (the ...) 基礎，地基；（繪畫等的）底子	lay the groundwork for running for mayor 為競選市長打下基礎
7659 □ **hierarchy** [ˋhaɪə͵rɑrkɪ]	名 階級組織或制度	a hierarchy structure 階級結構
7660 □ **humanism** [ˋ(h)jumə͵nɪzəm]	名 人文主義，人本主義，人道主義 複數 無複數形，不可數	based on humanism 以人文主義為基礎
7661 □ **idealism** [aɪˋdiə͵lɪzəm]	名 理想主義；〔哲學〕觀念論，唯心論 複數 無複數形，不可數	seek idealism 追求理想主義
7662 □ **integration** [͵ɪntəˋgreʃən]	名 整合；種族（或宗教）融合	integration of the world's economies 整合世界經濟

Word · 單字	Meaning · 字義	Usage · 用法
7663 □ **intrusion** [ɪn`truʒən]	名 侵入；〔法律〕非法侵占土地；（意見等的）強加	an unwarranted intrusion 不法入侵；無理干涉
7664 □ **lawsuit** [`lɔ͵sut]	名 訴訟，官司	win / lose a lawsuit 打贏 / 打輸官司

↑ TOEIC part 2, 3 常考！

Some families have filed a lawsuit against the toy manufacturer.
有些家庭已對玩具製造商提出了法律訴訟。

Word · 單字	Meaning · 字義	Usage · 用法
7665 □ **legacy** [`lɛgəsɪ]	名 遺產；遺物	the negative legacy of the bubble era 泡沫化時代的負面遺物
7666 □ **lookout** [`lʊk͵aʊt]	名 (a / the ...) 警戒；守望者；瞭望台；前途	be on the lookout for... / be keeping a lookout for... 密切留意…
7667 □ **manifestation** [͵mænəfɛs`teʃən]	名 顯示；（鬼魂）出現；示威運動	a manifestation of *one's* patriotism 愛國心的展現
7668 □ **manpower** [`mæn͵paʊɚ]	名 人力 複數 無複數形，不可數	make the best use of manpower 將人力資源做最好的運用
7669 □ **merger** [`mɝdʒɚ]	名（公司、組織等的）合併	mergers and acquisitions (M&A) 合併與收購，併購

↑ TOEIC part 4 常考！

We proudly announce that RRS Electric Power agreed to the merger with QR Supply Corporation yesterday.
我們很驕傲地宣布，RRS 電力公司昨天同意了與 QR 供應公司進行合併。

Word · 單字	Meaning · 字義	Usage · 用法
7670 □ **migration** [maɪˋgreʃən]	名 遷移；（鳥的）移棲；移民群；移棲動物群	a migration of a population 人口的遷移
7671 □ **mobility** [moˋbɪlətɪ]	名（社會階級等的）流動 複數 無複數形，不可數	social mobility 社會流動
7672 □ **observance** [əbˋzɜvəns]	名（對法律、習俗等的）遵守；〔常用 observances〕（尤指宗教）儀式	observance of laws and regulations 遵守法令規範
7673 □ **orientation** [ˏorɪɛnˋteʃən]	名（組織等的）定位；（對新生、新員工等的）指導	our company's orientation 本公司的定位
7674 □ **par** [pɑr]	名 等價；基準；〔高爾夫球〕標準桿數 及物 以標準桿數進洞	above par 高於票面價值；在標準以上 below / under par 不符合標準，不如預期
7675 □ **plea** [pli]	名 (the / *one's* ...) 藉口，託詞；〔法律〕答辯	on the plea of... 以…為藉口
7676 □ **premium** [ˋprimɪəm]	名 保險費；獎賞；加價 複數 premiums, premia 形 高級的；高價的	insurance premium 保險費
7677 □ **pro** [pro]	名 ① 贊成者 ② 專家 介 贊成，支持 形 職業選手的	*one's* / the pros and cons 優缺點，正反面，利弊

↑ TOEIC part 7 常考！

Your monthly premium will be only $85 in total if you take out this additional insurance by the end of July.
如果您在七月底前加保這個保險，那麼您每個月的保險費只要 85 美元。

Word · 單字	Meaning · 字義	Usage · 用法
7678 □ **prologue** [ˋpro͵lɔg]	名〔有時用 Prologue〕序言，開場白；（事情的）開端	a prologue to World War II 第二次世界大戰的序幕
7679 □ **prosecution** [͵prɑsɪˋkjuʃən]	名〔法律〕起訴；(the ...) 檢方；實行	a prosecution witness 檢方證人
7680 □ **quota** [ˋkwotə]	名 配額，限額；分得的部分	an export quota 出口配額，輸出限額
7681 □ **realism** [ˋrɪə͵lɪzəm]	名 務實精神，現實態度；〔常用 Realism〕寫實主義 複數 無複數形，不可數	political realism 政治務實主義
7682 □ **recruitment** [rɪˋkrutmənt]	名 招募（新兵、新會員等）	recruitment of new employees 招募新員工
7683 □ **reliance** [rɪˋlaɪəns]	名 依賴；信任 複數 無複數形，不可數	increase reliance on natural gas 增加對天然氣的依賴
7684 □ **resignation** [͵rɛzɪgˋneʃən]	名 辭呈；辭職，引退；隱忍服從	hand in *one's* resignation 遞出辭呈
7685 □ **rivalry** [ˋraɪvəlrɪ]	名 對抗，競爭	There is intense rivalry between the two schools. 這兩校之間的競爭愈來愈激烈了。
7686 □ **server** [ˋsɝvɚ]	名 伺服器；服務生；〔網球〕發球員；（盛菜的）托盤	access a server 存取伺服器

Level 8 Word List

MP3 080

Word · 單字	Meaning · 字義	Usage · 用法
7687 □ **statute** [ˋstætʃʊt]	名〔法律〕成文法；（法人等的）章程	a statute book 法典
7688 □ **superiority** [səˌpɪrɪˋɔrətɪ]	名 優越，優勢 複數 無複數形，不可數	have superiority over... 優於…
7689 □ **syndicate** [ˋsɪndɪkɪt]	名 企業聯合，財團 及物 使成為企業組織 不及物 組成企業聯盟	a syndicate of banks 銀行團
7690 □ **takeover** [ˋtekˌovɚ]	名（經營權等）接收；（事業等）接管	a takeover bid (TOB) 公開收購股權 (= a tender offer)
7691 □ **thrift** [θrɪft]	名 節儉 複數 無複數形，不可數	a thrift shop 〔美〕（為慈善目的開設的）二手商店
7692 □ **trademark** [ˋtredˌmɑrk]	名（註冊）商標；（人或物的）特徵，標記	register a trademark 登錄商標
7693 (↓食物) □ **brownie** [ˋbraʊnɪ]	名〔美〕布朗尼，果仁巧克力蛋糕；女童軍	chocolate brownie 巧克力布朗尼
7694 □ **hazelnut** [ˋhezḷˌnʌt]	名 榛果	hazelnut ice cream 榛果冰淇淋
7695 □ **marmalade** [ˋmɑrməˌled]	名（帶碎果皮的）柑橘醬 複數 無複數形，不可數	spread marmalade on toast 在吐司上抹柑橘醬

Word · 單字	Meaning · 字義	Usage · 用法
7696 □ **mint** [mɪnt]	名 薄荷 複數 無複數形，不可數	mint candy 薄荷糖
7697 □ **nourishment** [ˋnɝɪʃmənt]	名 食物；營養；（精神上的）糧食；培養 複數 無複數形，不可數	be full of nourishment 富含營養
7698 □ **rye** [raɪ]	名 裸麥，黑麥	a rye field 黑麥田
7699 □ **abnormality** [ˌæbnɔrˋmælətɪ]	名 異常，變態，畸形	gene abnormality 基因異常
7700 □ **ambiguity** [ˌæmbɪˋgjuətɪ]	名 含糊不清；多義性；模稜兩可的語句	avoid ambiguity 避免含糊不清
7701 □ **analogy** [əˋnælədʒɪ]	名 相似；類推	There is an analogy between ... and~. …和～間有相似之處。
7702 □ **batch** [bætʃ]	名 一束；一團；一批；（食物等）一次生產的量	bake a batch of cookies 烤一爐餅乾
7703 □ **clarity** [ˋklærətɪ]	名 （論點等）清楚；（液體、空氣等）清澈透明 複數 無複數形，不可數	clarity of logic 邏輯清楚
7704 □ **delicacy** [ˋdɛləkəsɪ]	名 （手法等）細緻；（問題等）棘手；美味佳餚	require delicacy 要求細緻

MP3 081

Word · 單字	Meaning · 字義	Usage · 用法
7705 □ **desperation** [ˌdɛspəˋreʃən]	名 絕望，自暴自棄 複數 無複數形，不可數	in desperation 自暴自棄地，不顧一切地
7706 □ **elegance** [ˋɛləgəns]	名〔有時用 an ...〕優雅，高尚；(思考等) 簡潔 複數 無複數形，不可數	give elegance to... 賦予…優雅
7707 □ **eloquence** [ˋɛləkwəns]	名 雄辯，口才；有說服力 複數 無複數形，不可數	eloquence of a speech 有說服力的演說
7708 □ **equilibrium** [ˌikwəˋlɪbrɪəm]	名 平衡，均衡，均勢；(內心的) 平靜 複數 無複數形，不可數	a sense of equilibrium 平衡感
7709 □ **eternity** [ɪˋtɝnətɪ]	名 永恆，不朽；無窮無盡 複數 無複數形，不可數	for eternity 直到永遠
7710 □ **fullness** [ˋfʊlnɪs]	名 滿；充足；豐富 複數 無複數形，不可數	an uncomfortable feeling of fullness after meals 餐後飽脹的不適感
7711 □ **generalization** [ˌdʒɛnərəlaɪˋzeʃən]	名 一般化；概括；一般規則	the generalization of a result 一般化的結果
7712 □ **imbalance** [ɪmˋbæləns]	名 不平衡；(肌肉、內分泌等) 失調	an imbalance between imports and exports 進出口不平衡
7713 □ **inadequacy** [ɪnˋædəkwəsɪ]	名 不完備，能力不足；不適當	inadequacy of *one's* teaching skills 教學技巧不足

Word · 單字	Meaning · 字義	Usage · 用法
7714 □ **inferiority** [ɪn͵fɪrɪˋɑrətɪ]	名 自卑；次級，劣等 複數 無複數形，不可數	have a sense of inferiority toward... 對…產生自卑感
7715 □ **likeness** [ˋlaɪknɪs]	名 非常相像的人事物；相似點；外觀；肖像	There is a strong likeness between ... and~. …和～極為相似。
7716 □ **mastery** [ˋmæstərɪ]	名 精通，熟練；優勝；支配 複數 無複數形，不可數	have mastery of... 精通…
7717 □ **millennium** [mɪˋlɛnɪəm]	名 一千年間；千禧年 複數 millenniums, millennia	millennium celebration 千禧年的慶祝活動
7718 □ **obscurity** [əbˋskjurətɪ]	名 默默無聞（的人）；不清楚，晦澀 複數 無複數形，不可數	live in obscurity 過著默默無聞的生活
7719 □ **persistence** [pɚˋsɪstəns]	名 堅持不懈；（尤指不好的事物）持續存在 複數 無複數形，不可數	with persistence 有毅力
7720 □ **rarity** [ˋrɛrətɪ]	名 罕見，稀有；珍品	have rarity value 具有罕見的價值
7721 □ **transparency** [trænsˋpɛrənsɪ]	名 透明度，透明性 複數 無複數形，不可數	enhance financial transparency 提升財務的透明度
7722 □ **urgency** [ˋɝdʒənsɪ]	名 迫切，緊急；催促 複數 無複數形，不可數	an issue of urgency 迫切的問題

MP3 082

Word · 單字	Meaning · 字義	Usage · 用法
7723 □ **velocity** [və`lɑsətɪ]	名 速度；迅速	the maximum instantaneous wind velocity 最大瞬間風速
7724 □ **brink** [brɪŋk]	名 (the ...)（懸崖峭壁的）邊緣；（危險等的）邊緣	be at the brink of extinction 瀕臨滅絕
7725 □ **correlation** [ˏkɔrə`leʃən]	名 相互關係，關聯	a correlation diagram 相關圖
7726 □ **forefront** [`forˏfrʌnt]	名 (the ...) 最前部	the forefront of a bus 公車的最前方
7727 □ **hemisphere** [`hɛməsˏfɪr]	名（地球、大腦等的）半球；（知識等的）領域	the southern / northern hemisphere 南／北半球
7728 □ **interchange** [`ɪntɚˏtʃendʒ] ! 注意重音	名（高速公路的）交流道 及物 交換 [ˏɪntɚ`tʃendʒ]	Mito Interchange 水戶交流道
7729 □ **manor** [`mænɚ]	名（通常指中世紀的）莊園；（領主的）宅邸	manor house 莊園住宅
7730 □ **maze** [mez]	名 迷宮；(a ...) 迷惘	be lost in a maze of streets 在如迷宮般的街道中迷路
7731 □ **segment** [`sɛgmənt]	名 部分；（圓的）弧段 及物 分割	a segment of a body 身體的一部分

Word · 單字	Meaning · 字義	Usage · 用法
7732 □ **tech** [tɛk]	名 工業專科學校	study at tech 在工業專科學校念書
7733 □ **trench** [trɛntʃ]	名（深的）溝渠，壕；〔常用 trenches〕戰壕	dig trenches 挖戰壕
7734 □ **vent** [vɛnt]	名 通風孔，排氣口；（感情等的）發洩	a gas vent 瓦斯通風孔
7735 □ **addict** [ˋædɪkt]	名（吸毒等）成癮者	a drug addict 有毒癮的人
7736 □ **bearer** [ˋbɛrɚ]	名 送（口信等）的人；搬運工；（支票等的）持有者	the bearer of freedom 自由的推手
7737 □ **dweller** [ˋdwɛlɚ]	名 居住者	a city dweller 都市居民
7738 □ **gourmet** [gʊrˋme, ˋgʊrme] ! 注意發音	名 美食家，老饕	She's a gourmet. 她是位美食家。
7739 □ **grader** [ˋgredɚ]	名〔美〕…年級學生；〔美〕評分者；（土木工程等用的）平地機	an eighth grader 八年級生
7740 □ **lender** [ˋlɛndɚ]	名 貸方	the lender and the borrower 貸方與借方

MP3 083

Word · 單字	Meaning · 字義	Usage · 用法
7741 □ **lunatic** [ˋlunə,tɪk] ❗注意重音	名 大傻瓜，怪人，狂人；精神異常者 形〔限定用法〕精神錯亂的	be considered a lunatic 被當作大傻瓜
7742 □ **narrator** [ˋnæretɚ, nəˋretɚ]	名（戲劇等的）解說員；（故事的）講述者	serve as a narrator 擔任解說員
7743 □ **pickpocket** [ˋpɪk,pakɪt]	名 扒手	catch a pickpocket in the act 當場逮捕一名扒手
7744 □ **pilgrim** [ˋpɪlgrɪm]	名 朝聖者，香客；流浪者	pilgrims to Jerusalem 到耶路撒冷的朝聖者
7745 □ **plaintiff** [ˋplentɪf]	名〔法律〕原告	The plaintiff won / lost the case. 原告在這場官司中勝訴／敗訴。
7746 □ **practitioner** [prækˋtɪʃənɚ]	名（尤指醫師、律師等的）開業者；實踐者	a general practitioner 一般的開業醫師
7747 □ **presenter** [prɪˋzɛntɚ]	名（電視、廣播的）主持人；贈與者；提出者	a presenter of a news bulletin 新聞快報的播報者
7748 □ **realist** [ˋrɪəlɪst]	名 現實主義者；（文學、藝術等的）寫實主義者	a thorough realist 徹頭徹尾的現實主義者
7749 □ **sovereign** [ˋsav(ə)rɪn] ❗注意發音	名 君主；最高統治者 形 擁有主權的；擁有最高統治權的	the Sovereign of the United Kingdom 英國國王

Word · 單字	Meaning · 字義	Usage · 用法
7750 □ **spouse** [spaus, spauz]	名 配偶（夫或妻）	He left his property to his spouse. 他把財產留給他的配偶。
7751 □ **weaver** [`wivɚ]	名 編織者	a weaver of cloth 織布者
7752 □ **workaholic** [ˌwɝkə`hɔlɪk]	名 工作狂，醉心於工作的人	He is a workaholic. 他是個工作狂。
7753 □ **adapter** [ə`dæptɚ]	名 轉接器，接頭	plug an AC adapter into a jack 將交流電轉接器插入千斤頂 (AC = alternating current)
7754 □ **charcoal** [`tʃɑrˌkol]	名 木炭；深灰色 (= charcoal gray) 複數 無複數形，不可數	charcoal drawing 炭筆素描
7755 □ **checklist** [`tʃɛkˌlɪst]	名（核對用的）清單，一覽表，名冊	run through a checklist 快速檢視清單
7756 □ **clasp** [klæsp]	名（首飾等的）釦環；〔常用 a ...〕緊握 及物 緊握，緊抱	a clasp of a bag 包包的釦環
7757 □ **claw** [klɔ]	名〔常用 claws〕爪；螯 及物 用爪子抓（或挖）	claws of a crab 蟹螯
7758 □ **dice** [daɪs]	名 骰子 複數 dice 及物 將（菜等）切成方塊 不及物 擲骰子	throw the dice 擲骰子

⬇ 物

Level 8 Word List

MP3 084

Word · 單字	Meaning · 字義	Usage · 用法
7759 □ **dynamite** [ˋdaɪnəˏmaɪt]	名 炸藥；引起轟動的事物 複數 無複數形，不可數 及物 炸毀	blow up a bridge with dynamite 用炸藥炸毀一座橋
7760 □ **filling** [ˋfɪlɪŋ]	名（牙齒的）填充物；（糕點等的）餡 形 填飽肚子的	a tooth filling 牙齒的填充物
7761 □ **foil** [fɔɪl]	名 金屬薄片，箔；（包裝食物的）箔 及物 阻撓（計畫等）	aluminum foil 鋁箔
7762 □ **gauge** [gedʒ] ! 注意發音	名 計量器 及物 精確測定；評價（能力等）	a blood pressure gauge 血壓計
7763 □ **hinge** [hɪndʒ]	名 鉸鏈 不及物 取決 及物 給…裝鉸鏈	off the hinge 脫開鉸鏈的；健康失調的
7764 □ **hoop** [hup]	名 箍，鐵環	The hoop has gotten loose. 鐵環鬆了。
7765 □ **inscription** [ɪnˋskrɪpʃən]	名 刻印文字；碑文；題詞	carve an inscription on... 在…上銘刻文字
7766 □ **invoice** [ˋɪnvɔɪs]	名 送貨單；發票	receive an invoice 收到發票

↑ TOEIC part 7 常考！

Check the enclosed invoice to ensure that all the items are included in the package.

請檢查內附的送貨單，確認是否所有的品項都在包裹中。

Word · 單字	Meaning · 字義	Usage · 用法
7767 □ **litter** [ˋlɪtɚ]	名 垃圾；(a ...) 混亂 及物 亂丟 不及物 亂丟垃圾	No litter. 請勿亂丟垃圾。
7768 □ **mop** [mɑp]	名 拖把 及物 用拖把拖；擦拭	Could you bring me a mop? 可以拿支拖把給我嗎？
7769 □ **paddle** [ˋpædl̩]	名 槳；槳狀物 不及物 划槳；戲水 及物 用槳划	the paddles of a boat 船槳
7770 □ **portfolio** [pɔrtˋfolɪˏo]	名 文件夾；有價證券（一覽表），投資組合	put ... into a portfolio 將…放入文件夾中
7771 □ **questionnaire** [ˏkwɛstʃənˋɛr]	名 調查表，問卷	answer a questionnaire 填寫問卷

↑ TOEIC part 7 常考！

We would be most grateful if you could fill out the enclosed questionnaire and send it back to us by October 15.

如果您能填寫信中所附的問卷，並在 10 月 15 日前寄回，我們將不勝感激。

Word · 單字	Meaning · 字義	Usage · 用法
7772 □ **quilt** [kwɪlt]	名 棉被	quilt cover 被套
7773 □ **radiation** [ˏredɪˋeʃən]	名 輻射；放射線；輻射物	a radiation detector 輻射偵測器
7774 □ **radiator** [ˋredɪˏetɚ]	名 暖氣爐；發光體；（引擎等）冷卻器	a radiator hose 冷卻管

MP3 085

Word · 單字	Meaning · 字義	Usage · 用法
7775 □ **relic** [ˋrɛlɪk]	名 (relics)（歷史的）遺跡；遺物	the relics of an ancient civilization 古文明的遺跡
7776 □ **socket** [ˋsɑkɪt]	名（燈泡的）插座	a light bulb socket 燈泡座
7777 □ **substitution** [ˏsʌbstəˋt(j)uʃən]	名 代替品；代理人；(字的) 代用；置換	a substitution for sugar 糖的代替品
7778 □ **tack** [tæk]	名 大頭釘；〔縫紉〕粗縫；方針 及物（用大頭釘等）釘住	a tie tack 領帶針
7779 □ **transcript** [ˋtrænˏskrɪpt]	名 抄本，副本；錄音稿；〔美〕（學校的）成績單	a transcript of a speech 演講稿
7780 □ **wrapper** [ˋræpɚ]	名 包裝材料；包裝紙；（書等的）封套	a book wrapper 書皮

形容詞

↓位置關係・相對關係

Word · 單字	Meaning · 字義	Usage · 用法
7781 □ **adverse** [ædˋvɝs]	形〔多作限定用法〕相逆的；敵對的；不利的	adverse criticism 反向批評，逆向評論
7782 □ **anti** [ˋæntaɪ, ˋæntɪ]	形 反對的，有異議的 名 反對者	receive a lot of anti letters about... 收到很多關於…的反對信

Word・單字	Meaning・字義	Usage・用法
7783 □ **borderline** [ˋbɔrdɚ͵laɪn]	形〔限定用法〕國境的；勉強夠格的；不明確的 名 國境	a borderline candidate 在錄取標準邊緣的考生
7784 □ **coherent** [koˋhɪrənt]	形 緊密結合的；連貫的；有條理的	Her story is coherent. 她的故事首尾一致。
7785 □ **compatible** [kəmˋpætəbḷ]	形〔多作補述用法〕（電腦）相容的；能共存的；和諧的	be compatible with... 和…相容
7786 □ **corresponding** [͵kɔrəˋspandɪŋ]	形〔多作限定用法〕一致的；對應的	the corresponding quarter of last year 去年的同一季
7787 □ **incoming** [ˋɪn͵kʌmɪŋ]	形〔限定用法〕（潮汐等）進來的；（官員等）即將就任的	the incoming tide 漲潮
7788 □ **inconsistent** [͵ɪnkənˋsɪstənt]	形〔多作補述用法〕前後矛盾的，不一致的	be inconsistent with the testimony of... 和…的證詞矛盾
7789 □ **interactive** [͵ɪntɚˋæktɪv]	形 交互作用的；〔電腦〕人機對話的	interactive communications 互動式溝通
7790 □ **irrelevant** [ɪˋrɛləvənt]	形〔多作補述用法〕不相關的，不切題的	be irrelevant to... 和…無關
7791 □ **lesser** [ˋlɛsɚ]	形〔限定用法〕（用於鳥、植物等名稱中）較小型的；次要的	a lesser panda 小貓熊

MP3 086

Word · 單字	Meaning · 字義	Usage · 用法
7792 □ **northward** [ˋnɔrθwɚd]	形〔多作限定用法〕向北的 副 向北	a northward train 北上列車
7793 □ **parental** [pəˋrɛntl̩]	形〔多作限定用法〕父母（般）的；作為來源的	parental affection 親情
7794 □ **proportional** [prəˋporʃənl̩]	形〔多作補述用法〕成比例的；相稱的 名〔數學〕比例項	be paid proportional to... 薪資的支付與…成比例
7795 □ **removed** [rɪˋmuvd]	形（距離、關係、時間等）遠離的；與…無關的	be far removed from... 遠離…；與…不相干
7796 □ **spatial** [ˋspeʃəl]	形〔限定用法〕空間的；存在於空間的	spatial arrangement 空間配置
7797 □ **suburban** [səˋbɜbən]	形 郊區的；住在郊區的；平淡乏味的；見識不廣的	in suburban areas 在郊區
7798 □ **unborn** [ʌnˋbɔrn]	形 未誕生的；後世的	an unborn baby 胎兒
7799 □ **unequal** [ʌnˋikwəl]	形 不相等的；不平衡的；〔補述用法〕不能勝任的	be unequal in size 尺寸不同
7800 □ **unrelated** [ˌʌnrɪˋletɪd]	形 不相關的；無親屬關係的	be unrelated to the context 和上下文無關

Word・單字	Meaning・字義	Usage・用法
7801 □ **wandering** [ˋwandərɪŋ]	形〔限定用法〕漫遊的；精神恍惚的	live a wandering life 過著游牧生活
7802 □ **bass** [bes] ! 注意發音	形（樂器）低音的 名〔音樂〕低音；低音歌手	a bass guitar 低音吉他，貝斯
7803 □ **biographical** [ˏbaɪəˋgræfɪkl]	形 傳記（體）的	a biographical novel 傳記小說
7804 □ **descriptive** [dɪˋskrɪptɪv]	形 敘述的	the descriptive passages in the novel 小說裡的敘事段落
7805 □ **festive** [ˋfɛstɪv]	形〔多作限定用法〕節日的；節日氣氛的；歡樂的	in a festive mood 沉浸在節日的氣氛中
7806 □ **hereditary** [həˋrɛdəˏtɛrɪ]	形 遺傳（性）的；世襲的；代代相傳的	a hereditary disease 遺傳性疾病
7807 □ **illiterate** [ɪˋlɪtərɪt]	形 不識字的；知識淺陋的；（表達等）粗鄙的	the number of illiterate people 文盲人口數
7808 □ **introductory** [ˏɪntrəˋdʌktərɪ]	形〔多作限定用法〕介紹性的，導論的，入門的	an introductory chapter 序章
7809 □ **literal** [ˋlɪtərəl]	形〔多作限定用法〕照字面意思的；逐字逐句的	a literal meaning 字面意思，字義

MP3 087

Word · 單字	Meaning · 字義	Usage · 用法
7810 □ **literate** [`lɪtərɪt]	形 能讀寫的；有文化教養的；熟練的 名 識字者，能讀寫者	be computer literate 精通電腦
7811 □ **paradoxical** [ˏpærə`dɑksɪkl̩]	形 悖論的；似非而是的；矛盾的	a paradoxical statement 似非而是的陳述
7812 □ **philosophical** [ˏfɪlə`sɑfɪkl̩]	形 哲學的；達觀的，泰然自若的	a philosophical belief 哲學信仰
7813 □ **postgraduate** [post`grædʒuɪt]	形〔多作限定用法〕大學畢業後的；研究所的 名 研究生	a postgraduate student 研究生
7814 □ **superstitious** [ˏsupə`stɪʃəs]	形 迷信的	a superstitious man 迷信的人
7815 □ **amused** [ə`mjuzd]	形〔限定用法〕被逗樂的，愉快的	with an amused look 神情愉快
7816 □ **annoyed** [ə`nɔɪd]	形 惱怒的	be annoyed by the noise from the street 因為街上的噪音而惱怒
7817 □ **appreciative** [ə`priʃɪˏetɪv]	形 感激的；有欣賞力的	be appreciative of... 感激…
7818 □ **conceivable** [kən`sivəbl̩]	形 可想像的	It's just conceivable that... ……是可想而知的。

感情・感覺

Word · 單字	Meaning · 字義	Usage · 用法
7819 □ **contented** [kən`tɛntɪd]	形 滿足的	with a contented look on *one's* face 臉上帶著滿足的微笑
7820 □ **credible** [`krɛdəbl̩]	形 可靠的	a credible source of information 可靠的消息來源
7821 □ **detached** [dɪ`tætʃt]	形 超然的；分離的；（房屋）獨立式的	keep a detached attitude toward... 對…保持超然的態度
7822 □ **encouraging** [ɪn`kɜɪdʒɪŋ]	形 激勵的，給人希望的	send encouraging words to... 傳送鼓勵的話給…
7823 □ **estimated** [`ɛstə͵metɪd]	形 估計的，推測的	an estimated 2,000 students 推估有 2000 名學生
7824 □ **favored** [`fevəd]	形〔限定用法〕得到好感的；受優惠的	give ... the most favored nation status 給予…最惠國待遇
7825 □ **hesitant** [`hɛzətənt]	形 猶豫不決的，躊躇的	be hesitant about... 對…感到猶豫
7826 □ **imaginable** [ɪ`mædʒɪnəbl̩]	形〔加上 all, every 或形容詞最高級來強調〕可想像的	take every imaginable means 採取各種可能的手段
7827 □ **impulsive** [ɪm`pʌlsɪv]	形 衝動的，受一時感情所驅使的	I'm an impulsive buyer. 我是個衝動型的買家。

MP3 088

Word · 單字	Meaning · 字義	Usage · 用法
7828 □ **incomprehensible** [ɪn͵kamprɪ`hɛnsəbḷ]	形 不能理解的	an incomprehensible rule 難以理解的規則
7829 □ **involuntary** [ɪn`valən͵tɛrɪ]	形 不由自主的；非自願的	an involuntary cry of pain 痛到不由自主地叫出來
7830 □ **ironic** [aɪ`ranɪk]	形 諷刺挖苦的；令人啼笑皆非的	wear an ironic smile 帶著諷刺的微笑
7831 □ **joyous** [`dʒɔɪəs]	形 快樂的	a joyous occasion 歡樂的場合
7832 □ **memorable** [`mɛmərəbḷ]	形 難忘的，值得紀念的；容易記住的	a memorable journey 難忘的旅程
7833 □ **prickly** [`prɪklɪ]	形 如針般刺痛的；(問題等)棘手的	in a prickly situation 處於棘手的局面
7834 □ **reminiscent** [͵rɛmə`nɪsənt]	形〔補述用法〕使人想起的	be reminiscent of... 讓人想起…
7835 □ **sarcastic** [sar`kæstɪk]	形 諷刺的，挖苦的	be sarcastic about... 挖苦… Don't be sarcastic. 別說風涼話。
7836 □ **sensuous** [`sɛnʃuəs]	形 感覺的；激發美感的；性感的	her sensuous lips 她性感的嘴唇

Word・單字	Meaning・字義	Usage・用法
7837 □ **stressful** [ˋstrɛsfəl]	形 壓力大的，令人緊張的	a stressful life 壓力大的生活
7838 □ **tempting** [ˋtɛmptɪŋ]	形 誘人的，吸引人的	with a tempting smile 誘人的微笑
7839 □ **unforgettable** [ˌʌnfɚˋgɛtəbḷ]	形 令人難忘的	an unforgettable scene 令人難忘的場景
7840 □ **unsuspecting** [ˌʌnsəˋspɛktɪŋ]	形〔多作限定用法〕無懷疑的，信任的；不知情的	an unsuspecting child 深信不疑的小孩，毫無戒心的小孩
7841 □ **adaptable** [əˋdæptəbḷ]	形〔多作補述用法〕適應性強的	be highly adaptable to... 十分能適應…

↑ TOEIC part 7 常考！
This lid is adaptable to various size containers and comes in different colors.
這個蓋子適用於各種尺寸的容器，並有各種不同的顏色。

Word・單字	Meaning・字義	Usage・用法
7842 □ **adjustable** [əˋdʒʌstəbḷ]	形 可調整的	an adjustable chair 可調式座椅
7843 □ **analog** [ˋænəlɔg]	形（鐘錶等）有長短針的	an analog watch 指針式手錶
7844 □ **analytic** [ˌænəˋlɪtɪk]	形〔限定用法〕分析的；善於分析的	an analytic method 分析方法

⬇ 形狀・性質・外形・狀態

Level 8 Word List

MP3 089

Word · 單字	Meaning · 字義	Usage · 用法
7845 □ **analytical** [ˌænəˋlɪtɪkl]	形〔限定用法〕分析的；善於分析的	an analytical test 分析測驗
7846 □ **assorted** [əˋsɔrtɪd]	形 五花八門的，混雜的；調合的	a can of assorted cookies 一罐什錦餅乾
7847 □ **composite** [kəmˋpɑzɪt]	形〔多作限定用法〕混合成的，拼成的 名 合成物，複合物	a composite photograph 合成照片
7848 □ **crooked** [ˋkrʊkɪd]	形 彎曲的；不正派的	a crooked path 彎曲的小徑
7849 □ **curved** [kɝvd]	形 曲線形的	a curved line 曲線
7850 □ **disabled** [dɪsˋebḷd]	形〔限定用法〕殘廢的 名 (the ...) 殘障人士	disabled people 殘障人士
7851 □ **disposable** [dɪˋspozəbḷ]	形〔多作限定用法〕用完即可丟棄的；可自由處置的	a disposable lighter 拋棄式打火機
7852 □ **divided** [dɪˋvaɪdɪd]	形 被分割的；分裂的	a divided nation 分裂的國家
7853 □ **driven** [ˋdrɪvən]	形（雪等）吹積起來的；〔常構成複合字〕…驅動的	a battery-driven toy car 電池驅動的玩具車

Word · 單字	Meaning · 字義	Usage · 用法
7854 □ **explanatory** [ɪks`plænə͵torɪ]	形〔多作限定用法〕解釋的；用於說明的	an explanatory note 註釋
7855 □ **extinct** [ɪk`stɪŋkt]	形 滅絕的；(制度等) 廢除的	extinct animals 絕種的動物

TOEIC part 5, 6 常考！
This butterfly was presumed extinct until several years ago, when it was found breeding in the Amazon.
這種蝴蝶原本被認為已經絕種，但在幾年前卻被人發現在亞馬遜河繁衍。

Word · 單字	Meaning · 字義	Usage · 用法
7856 □ **fading** [`fedɪŋ]	形 衰退的；褪色的 名 衰老；(力氣的) 衰弱；褪色	fading memory 衰退的記憶
7857 □ **finished** [`fɪnɪʃt]	形 完成的；技術高超的；(教養等) 完美的	a finished product 成品
7858 □ **fragile** [`frædʒəl]	形 易碎的；體弱的；(外表) 精緻的	a fragile article 易碎品
7859 □ **illustrated** [`ɪlə͵stretɪd]	形 有插圖的，圖解的	an illustrated dictionary 圖解字典
7860 □ **implicit** [ɪm`plɪsɪt]	形 不明說的，暗含的；固有的；盲目的	apply implicit pressure to... 對…施加無形的壓力
7861 □ **implied** [ɪm`plaɪd]	形 含蓄的，暗指的	implied consent 默認

MP3 090

Word · 單字	Meaning · 字義	Usage · 用法
7862 □ **impractical** [ɪm`præktɪkl̩]	形 不切實際的；無實踐能力的；不能實行的	an impractical solution 不切實際的解決方式
7863 □ **inaccessible** [ˌɪnæk`sɛsəbl̩]	形 難到達的；難獲得的；難親近的；難懂的	The village is inaccessible by car. 那個村子汽車難以到達。
7864 □ **inflexible** [ɪn`flɛksəbl̩]	形 不能彎曲的；（規則等）無通融餘地的；頑固的	He is an inflexible man. 他是個不懂得變通的人。
7865 □ **majestic** [mə`dʒɛstɪk]	形 有威嚴的；宏偉的	a majestic castle 宏偉的城堡
7866 □ **mobile** [`mobl̩, -bɪl]	形〔多作限定用法〕移動的；機動的 名 行動電話；動態雕塑	a mobile phone 行動電話
7867 □ **movable** [`muvəbl̩]	形 可移動的；（節日等）日期隨年而變的	a movable bridge 活動橋
7868 □ **mum** [mʌm]	形〔補述用法〕沉默的	keep mum about... 對…保持沉默
7869 □ **ongoing** [`anˌgoɪŋ]	形〔多作限定用法〕繼續存在的；進行中的	an ongoing project 進行中的計畫
7870 □ **raised** [rezd]	形 凸起的，高出的；（用酵母）發酵的	raised bog 上升沼澤

Word · 單字	Meaning · 字義	Usage · 用法
7871 □ **recognizable** [`rɛkəg,naɪzəbl̩]	形 可辨認的	be barely recognizable 幾乎無法分辨
7872 □ **settled** [`sɛtl̩d]	形 確立的；（天氣等）穩定的；已結清的；（問題等）已解決的	a settled problem 已解決的問題
7873 □ **stationary** [`steʃə,nɛrɪ]	形 靜止不動的；固定的	a stationary satellite 靜止衛星，同步衛星
7874 □ **superficial** [,supɚ`fɪʃəl]	形 （傷勢等）表層的；表面（上）的；膚淺的	a superficial relationship 表面關係
7875 □ **unbroken** [ʌn`brokən]	形 完整的；不間斷的；（動物）未被馴服的	unbroken tradition 未曾間斷的傳統
7876 □ **underlying** [,ʌndɚ`laɪɪŋ]	形 〔限定用法〕表面下的；潛在的；根本的	an underlying cause 根本的原因
7877 □ **undisturbed** [,ʌndɪ`stɝbd]	形 未受擾亂的；鎮定的	an undisturbed forest 未受擾林
7878 □ **uneven** [ʌn`ivən]	形 凹凸不平的；不勻稱的；奇數的	an uneven road 不平坦的路面
7879 □ **unfinished** [ʌn`fɪnɪʃt]	形 未結束的，未完成的；未做最後加工的	an unfinished painting 未完成的畫

MP3 091

Word · 單字	Meaning · 字義	Usage · 用法
7880 □ **unsettled** [ʌn`sɛtḷd]	形（狀態等）不安定的；（土地等）無人居住的；未解決的；未付清的	an unsettled debt 未清的債務
7881 □ **vulnerable** [`vʌlnərəbḷ]	形 易受傷害的；易受攻擊的	vulnerable to attack 容易受到攻擊
7882 □ **decimal** [`dɛsəmḷ]	形 十進位的，小數的 名 小數	a decimal point 小數點
7883 □ **enduring** [ɪn`d(j)ʊrɪŋ]	形〔多作限定用法〕持久的；忍受的	gain enduring fame 獲得不朽的名聲
7884 □ **quarterly** [`kwɔrtəlɪ]	形〔限定用法〕一年四次的；四分之一的	the first quarterly period 四期中的第一期
7885 □ **unending** [ʌn`ɛndɪŋ]	形 不斷重複的；無終止的	an unending streak of errors 不斷出現的錯誤
7886 □ **advisable** [əd`vaɪzəbḷ]	形 明智的，恰當的	It is advisable to *V* 做……是明智的。
7887 □ **affirmative** [ə`fɜmətɪv]	形〔限定用法〕肯定的；贊成的；積極的	make an affirmative answer 給予肯定的答覆 in the affirmative 表示贊成
7888 □ **compelling** [kəm`pɛlɪŋ]	形 有說服力的；強制的；引人入勝的	There is a compelling reason to *V* 有做……的有力理由。

↓和數字相關・時間・頻率

↓性格・傾向

Word · 單字	Meaning · 字義	Usage · 用法
7889 □ **conscientious** [ˌkanʃɪˋɛnʃəs] ❗注意重音	形 有良心的；正直的	conscientious support 良心支持
7890 □ **considerate** [kənˋsɪdərɪt]	形 替人著想的；考慮周到的	be considerate of others 能夠體諒他人
7891 □ **cursed** [kɜst, ˋkɜsɪd]	形〔多作補述用法〕受詛咒的；〔限定用法〕可惡的	This cursed TV doesn't work. 這台可惡的電視機居然壞了！
7892 □ **designing** [dɪˋzaɪnɪŋ]	形 狡詐的；有預謀的 名 設計	a designing man 狡詐的人
7893 □ **disinterested** [dɪsˋɪntrɪstɪd]	形 公正無私的；不感興趣的	make a disinterested decision 做公平的決定
7894 □ **homosexual** [ˌhoməˋsɛkʃuəl]	形 同性戀的 名 同性戀者	a homosexual marriage 同性婚姻
7895 □ **immoral** [ɪˋmɔrəl]	形 不道德的	an immoral conduct 不道德的行為
7896 □ **impersonal** [ɪmˋpɜsənḷ]	形 沒有人情味的；不屬於人的；客觀的；〔文法〕非人稱的	an impersonal stare 冷淡的注視
7897 □ **improbable** [ɪmˋprabəbḷ]	形 不大可能的；未必會發生的	an improbable story 不可信的故事

MP3 092

Word · 單字	Meaning · 字義	Usage · 用法
7898 □ **indulgent** [ɪn`dʌldʒənt]	形 縱容的，溺愛的	be indulgent to *one's* children 溺愛小孩
7899 □ **innate** [ɪ`net, `ɪnet]	形〔多作限定用法〕天生的；本質的	innate kindness 天生仁慈
7900 □ **inventive** [ɪn`vɛntɪv]	形 有創造才能的，富有創意的	have an inventive mind 富有創意的心靈
7901 □ **mischievous** [`mɪstʃɪvəs]	形 頑皮的，愛惡作劇的；（言行等）會傷人的	a mischievous child 頑皮的小孩
7902 □ **moody** [`mudɪ]	形 喜怒無常的；悶悶不樂的	a moody person 喜怒無常的人
7903 □ **negligent** [`nɛglɪdʒənt]	形 怠忽職守的；粗心大意的；隨便的	a negligent parent 失職的父親或母親
7904 □ **predictable** [prɪ`dɪktəbḷ]	形 可預測的	predictable results 可預料的結果

↑ TOEIC part 5, 6 常考！ The results of the coming municipal election are highly predictable.
下次市選舉的結果很容易預測得到。

7905 □ **resolute** [`rɛzə͵lut]	形 堅決的，果斷的	a man of resolute will 意志堅決的人

Word · 單字	Meaning · 字義	Usage · 用法
7906 □ **shameless** [ˋʃemlɪs]	形 不知羞恥的	shameless behavior 無恥的行為
7907 □ **shrewd** [ʃrud]	形 精明的；敏銳的；(目光)銳利的	a shrewd calculation 精算
7908 □ **treacherous** [ˋtrɛtʃərəs]	形 背信忘義的；靠不住的，危險的	a treacherous act 忘恩負義的行為
7909 □ **unfavorable** [ʌnˋfevrəbḷ]	形 不利的；不適宜的	unfavorable evidence 不利證據
7910 □ **unfriendly** [ʌnˋfrɛndlɪ]	形 不友善的，有敵意的 副 不友善地，不親切地	in an unfriendly manner 以不友善的態度
7911 □ **untrue** [ʌnˋtru]	形 虛假不實的；不忠實的；不合標準的	an untrue claim 不實主張
7912 □ **alleged** [əˋlɛdʒd]	形〔限定用法〕被聲稱的；可疑的	alleged involvement in conspiracy 涉嫌共謀
7913 □ **aristocratic** [ˌærɪstəˋkrætɪk]	形 貴族的；有貴族氣派的；貴族政治的	aristocratic culture 貴族文化
7914 □ **charitable** [ˋtʃærətəbḷ]	形〔限定用法〕(組織等) 慈善的；寬容的；樂善好施的，慈悲為懷的	a charitable organization 慈善機構

⬇政治・經濟

MP3 093

Word · 單字	Meaning · 字義	Usage · 用法
7915 □ **clerical** [ˋklɛrɪkl]	形 辦事員的；文書的；〔限定用法〕神職人員的 名 牧師	a clerical worker 文書事務人員
7916 □ **confirmed** [kənˋfɝmd]	形〔限定用法〕被確認的；根深柢固的	a confirmed fact 經確認的事實
7917 □ **cosmopolitan** [ˌkɑzməˋpɑlətn̩] ! 注意發音	形 國際的；四海一家的 名 四海為家的人	a cosmopolitan city 國際都市
7918 □ **disciplinary** [ˋdɪsəplɪˌnɛrɪ]	形〔多作限定用法〕訓練的；紀律的；懲戒的	disciplinary dismissal 懲戒免職
7919 □ **freelance** [ˋfriˌlæns]	形 自由職業的 名 自由職業者 副 以自由職業的方式	a freelance writer 自由作家 a freelance journalist 特約記者
7920 □ **governing** [ˋgʌvənɪŋ]	形〔限定用法〕統治的，管理的	the governing body of a hospital 醫院的董事會
7921 □ **ideological** [ˌaɪdɪəˋlɑdʒɪkl]	形 意識型態的，思想上的	an ideological conflict 意識型態的衝突
7922 □ **incorporated** [ɪnˋkɔrpəˌretɪd]	形 法人組織的，公司組織的；〔美〕有限責任的；合併的	an incorporated company 股份有限公司
7923 □ **informative** [ɪnˋfɔrmətɪv]	形 提供信息的；增廣見聞的；有教育價值的	an informative website on environmental problems 對於環境問題具有教育價值的網站

Word・單字	Meaning・字義	Usage・用法
7924 □ **integrated** [ˋɪntəˏgretɪd]	形 統合的，完整的；沒有種族或宗教歧視的	an integrated circuit 積體電路（簡稱 IC）
7925 □ **judicial** [dʒuˋdɪʃəl]	形〔多作限定用法〕司法的，審判的；公正的	judicial power 司法權
7926 □ **licensed** [ˋlaɪsənst]	形 得到許可的，領有許可證的；公認的	a licensed veterinarian 正規的獸醫師
7927 □ **marketable** [ˋmɑrkɪtəbl̩]	形 適合銷售的；暢銷的	highly marketable skills 謀生技能
7928 □ **nationalistic** [ˏnæʃənəˋlɪstɪk]	形 國家主義的	a nationalistic view 國家主義的觀點
7929 □ **occupational** [ˏɑkjəˋpeʃənl̩]	形〔限定用法〕職業的；軍事占領的	an occupational disease 職業病
7930 □ **oppressive** [əˋprɛsɪv]	形（習俗、法律等）壓迫的；（天氣等）悶熱的	oppressive taxes 重稅
7931 □ **organizational** [ˏɔrgənəˋzeʃənəl]	形〔多作限定用法〕有關組織或機構的；組織上的	an organizational chart 組織圖
7932 □ **pending** [ˋpɛndɪŋ]	形 懸而未決的；審理中的 介 直到；在…的期間	a pending issue 懸而未決的問題

MP3 094

Word · 單字	Meaning · 字義	Usage · 用法
7933 □ **pragmatic** [præg`mætɪk]	形 實際的；實用主義的	a pragmatic approach 實際的方法，務實的方法
7934 □ **preventive** [prɪ`vɛntɪv]	形〔限定用法〕預防的，妨礙的 名 預防性投藥；預防措施	take preventive measures against... 對…採取預防措施
7935 □ **problematic** [ˌprɑblə`mætɪk]	形 問題的；有疑難的	a problematic remark 有問題的評論
7936 □ **triumphant** [traɪ`ʌmfənt] ! 注意重音	形 獲得勝利的；(成功或勝利後）歡欣鼓舞的	a young man triumphant in business 事業成功的年輕人
7937 □ **aerial** [`ɛrɪəl]	形〔限定用法〕空氣的；空中的；飛機的	an aerial photograph 空中攝影
7938 □ **bleak** [blik]	形 荒涼的；冷風刺骨的；前景黯淡的	a bleak landscape 荒涼的景色
7939 □ **cloudless** [`klaʊdlɪs]	形〔多作限定用法〕晴朗無雲的；無憂慮的	in a cloudless sky 萬里無雲的天空
7940 □ **leafy** [`lifɪ]	形 枝葉茂盛的；葉狀的	a leafy tree 枝葉繁茂的樹
7941 □ **lunar** [`lunɚ]	形 月的；陰曆的；(光等）蒼白的；月亮形的	a lunar eclipse 月蝕

Word · 單字	Meaning · 字義	Usage · 用法
7942 □ **sterile** [\`stɛrɪl]	形（土地等）貧脊的；不孕的；不結果實的；無菌的	sterile land 不毛之地
7943 □ **absorbing** [əb\`zɔrbɪŋ, -\`sɔr-]	形 令人著迷的	an absorbing novel 引人入勝的小說
7944 □ **arbitrary** [\`ɑrbəˌtrɛrɪ]	形 任意的；武斷的；〔限定用法〕專制的	make an arbitrary selection 任意的選擇
7945 □ **balanced** [\`bælənst]	形〔多作限定用法〕處於均衡狀態的；兼顧各方的	have a balanced diet 擁有均衡的飲食
7946 □ **categorical** [ˌkætə\`gɔrɪkl]	形〔多作限定用法〕（陳述等）明確的；分類別的	a categorical answer 明確的答案
7947 □ **centigrade** [\`sɛntəˌgred]	形〔常用 Centigrade〕攝氏的，百分度的 名 攝氏	a centigrade thermometer 攝氏溫度計
7948 □ **conclusive** [kən\`klusɪv]	形 決定性的，毫無疑問的；終結的	find conclusive evidence 找出決定性的證據
7949 □ **cubic** [\`kjubɪk]	形 立方體的，體積的，容積的；〔數學〕立方的	200 cubic centimeters 200 立方公分
7950 □ **deserved** [dɪ\`zɝvd]	形 理所當然的；該賞（或罰）的；應得的	get deserved praise 得到應得的讚美

MP3 095

Word · 單字	Meaning · 字義	Usage · 用法
7951 □ **durable** [ˋd(j)ʊrəbl̩]	形 耐用的，持久的 名 (durables) 耐用品	durable goods 耐用品
7952 □ **emphatic** [ɪmˋfætɪk]	形 強調的；措辭強烈的	be emphatic that... 強調…，極力主張…
7953 □ **explicit** [ɪkˋsplɪsɪt]	形（陳述等）明確的；〔多作限定用法〕（人）直爽的	an explicit statement 明確的說明
7954 □ **finite** [ˋfaɪnaɪt]	形 限定的，有窮盡的 名 有限的事物	in a finite amount of time 在有限的時間內
7955 □ **frail** [frel]	形 體弱的；薄弱的；易碎的	have a frail constitution 體質虛弱
7956 □ **heavyweight** [ˋhɛvɪˌwet]	形〔限定用法〕超過平均重量的；重量級的 名 重量級選手；有權勢者	become the world heavyweight champion 成為世界重量級冠軍
7957 □ **inaccurate** [ɪnˋækjərɪt]	形 不準確的，錯誤的	an inaccurate description 不精確的描述
7958 □ **incomplete** [ˌɪnkəmˋplit]	形 未完成的；不完備的	be left incomplete 在未完成的狀態
7959 □ **ineffective** [ˌɪnəˋfɛktɪv]	形〔限定用法〕無效的；（人）無能的	an ineffective strategy 無效的策略

Word · 單字	Meaning · 字義	Usage · 用法
7960 □ **inefficient** [ˌɪnəˋfɪʃənt]	形 （機器等）效率低的；技能不足的	be an inefficient means of *Ving* 是一種做…效率很低的方法
7961 □ **integral** [ˋɪntəgrəl]	形 不可或缺的；完整的；〔數學〕積分的；整數的 名 整體	be integral to... 對…是不可或缺的
7962 □ **intolerable** [ɪnˋtɑlərəbl̩]	形 無法忍受的；過分的	This heat is intolerable. 熱到令人無法忍受。
7963 □ **invaluable** [ɪnˋvæljuəbl̩]	形 無價的，非常貴重的	an invaluable experience 寶貴的經驗
7964 □ **lightweight** [ˋlaɪtˋwet]	形〔限定用法〕輕量的 名 輕量級選手；〔口〕無足輕重的人	a lightweight jacket 輕便型的夾克
7965 □ **meaningful** [ˋminɪŋfəl]	形 意味深長的；重要的	cast a meaningful glance at... 向…投以意味深長的一瞥
7966 □ **meaningless** [ˋminɪŋlɪs]	形 無意義的；無價值的	a meaningless discussion 無意義的討論
7967 □ **metric** [ˋmɛtrɪk]	形 公尺的，公制的	the metric system 公制
7968 □ **negligible** [ˋnɛglɪdʒəbl̩]	形 可以忽略的，無足輕重的	have negligible effect on... 對…的影響微不足道

MP3 096

Word · 單字	Meaning · 字義	Usage · 用法
7969 □ **perilous** [ˋpɛrələs]	形 危險的；冒險的	a perilous experiment 危險的實驗
7970 □ **redundant** [rɪˋdʌndənt]	形 冗長的；(人員因過剩) 被解雇的；過剩的	a redundant expression 措辭冗長
7971 □ **scant** [skænt]	形 不足的，貧乏的；〔用於修飾數量〕未滿的	scant clues 缺乏線索
7972 □ **shrill** [ʃrɪl]	形 (聲音) 尖銳的；(言語等) 尖刻的	give a shrill cry 發出尖銳的喊叫聲
7973 □ **unconditional** [ˌʌnkənˋdɪʃənḷ]	形 無條件的	unconditional surrender 無條件投降
7974 □ **unfit** [ʌnˋfɪt]	形 〔多作補述用法〕不適當的；不健康的	be unfit for *one's* purpose 不合乎目標
7975 □ **unreal** [ʌnˋril]	形 不真實的；非現實的，虛構的；〔口〕好得令人不可置信的	It just feels unreal. 那感覺起來很不真實。
7976 □ **unsafe** [ʌnˋsef]	形 不安全的	an unsafe working environment 不安全的工作環境

副詞

Word・單字	Meaning・字義	Usage・用法
⬇位置・場所 7977 □ **locally** [ˋlokəlɪ]	副 在當地；從位置上；土生土長地；局部地	locally produced foods 當地生產的食材
7978 □ **midway** [ˋmɪdˋwe] ! 注意重音	副 在中途 名〔美〕遊樂場 [ˋmɪd͵we]	lie midway between ... and~ 位於…和～之間
⬇時間・頻率 7979 □ **hitherto** [͵hɪðəˋtu]	副〔常用完成式〕到目前為止，迄今	a hitherto unreported disease 至今未曾報告的疾病
7980 □ **nightly** [ˋnaɪtlɪ]	副 在夜間；每夜 形〔限定用法〕夜間（用）的；每晚的	dream nightly of... 每晚夢見…
⬇程度 7981 □ **acutely** [əˋkjutlɪ]	副 強烈地，深深地；尖銳地；敏銳地	be acutely conscious of... 強烈意識到…
7982 □ **affectionately** [əˋfɛkʃənɪtlɪ]	副 充滿愛情地；深情地	Affectionately yours, 〔書信用語；寫給熟人〕敬上
7983 □ **cleverly** [ˋklɛvəlɪ]	副 聰明地，靈巧地	handle the situation cleverly 聰明地處理這個狀況
7984 □ **duly** [ˋd(j)ulɪ]	副 正式地；的確；恰當地；充分地	be duly elected 正式當選

MP3 097

Word · 單字	Meaning · 字義	Usage · 用法
7985 □ **emphatically** [ɛm`fætɪklɪ]	副 斷然地；強調地；全然	emphatically deny a demand 斷然拒絕某項要求
7986 □ **exceptionally** [ɪk`sɛpʃənəlɪ]	副 例外地，異常地；格外地	It's exceptionally warm this winter. 今年冬天格外溫暖。
7987 □ **faintly** [`fentlɪ]	副 隱約地；微弱地；有點	An island can be seen faintly in the distance. 遠處依稀可見一座島嶼。
7988 □ **genuinely** [`dʒɛnjʊɪnlɪ]	副 真誠地；真地	genuinely wish that... 真心希望…
7989 □ **infinitely** [`ɪnfənɪtlɪ]	副 極；無窮地	be infinitely happy 快樂無比
7990 □ **substantially** [səb`stænʃəlɪ]	副 本質上；大體上；相當多地	The oil price rose substantially over the past two months. 石油價格在過去兩個月以來大幅上漲。
7991 □ **sufficiently** [sə`fɪʃəntlɪ]	副 足夠地	be sufficiently motivated to *V* 有足夠的動機去做…

↑ TOEIC part 7 常考！
The new CEO is sufficiently experienced to understand the risks the company faces.
新任執行長擁有足夠的經驗，可以了解公司所面臨的風險。

⬇ 其他

Word · 單字	Meaning · 字義	Usage · 用法
7992 □ **alternatively** [ɔl`tɝnətɪvlɪ]	副〔常放在句首〕二者擇一地；或者	Alternatively, you can e-mail us on 45@gmail.com. 或者，你可以寄電子郵件到我們的 45@gmail.com。

Word・單字	Meaning・字義	Usage・用法
7993 □ **mutually** [ˋmjutʃʊəlɪ]	副 互相地	mutually understand 互相了解
7994 □ **potentially** [pəˋtɛnʃəlɪ]	副 潛在地；可能地	potentially harmful to *one's* health 對健康造成潛在的危害
7995 □ **purposely** [ˋpɝpəslɪ]	副 故意地	He purposely fell down on the floor. 他故意跌在地板上。
7996 □ **suspiciously** [səˋspɪʃəslɪ]	副 懷疑地	look at ... suspiciously 懷疑地看著⋯

介系詞

Word・單字	Meaning・字義	Usage・用法
7997 □ **amid** [əˋmɪd]	介 在⋯之中	amid the war 在戰爭中
7998 □ **versus** [ˋvɝsəs]	介（訴訟、比賽等）對抗；相對，對比	a Japan versus Brazil game 日本對巴西的比賽

連接詞

Word・單字	Meaning・字義	Usage・用法
7999 □ **assuming** [əˋsumɪŋ]	連〔常用 assuming that...〕假定，如果 形 傲慢的，狂妄自負的	Assuming that he is right,... 如果他是對的，⋯⋯

感嘆詞

MP3 098

Word · 單字	Meaning · 字義	Usage · 用法
8000 □ **hurrah** [hə`rɑ]	嘆 好耶，萬歲	Hurrah for...! ……萬歲！

Memo

Review Passage

1

下面是一篇英文新聞．雜誌的報導，包含 Level 8 所介紹的單字（請見紅色字）。閱讀時請確實弄清楚紅色字的用法。

Gloom's Plot is Hard to See

1) The current fantasy **fad** (7595) in Hollywood may be far from over, but **Filmmaker** (7051) Bryan Hill has **faltered** (7466) and stumbled with his latest release "**Gloom**" (7599)—the **fanciful** (7432) tale of a **freelance** (7919) writer who one day awakes in the **expanse** (7499) of a desert and begins the long walk home, only to find that he is actually in another **galaxy** (7570) entirely.

2) Despite the **exotic** (7066) location and **extravagant** (7262) sets, the **finished** (7857) product has a plot that is **frail** (7955) at best. 3) Jack Pale completely **overdoes** (7378) his performance as the lead character, and is so nervous and annoying that by the end you may honestly want to **strangle** (7428) him. 4) Almost as bad, his companion, a tired-looking Joanne Fulsome, looks like she wishes she were elsewhere, as she **strolls** (7197) through the film's **unending** (7885) 120 minutes. 5) All of these things make this film one of the worst releases of the year.

活用神奇記憶板！ 用紅板子遮住英文後，Level 8 所介紹的單字會消失，這時請利用中文翻譯複習單字。用紅板子遮住中文翻譯後，紅色單字的中文字義會消失，這時請對照英文做複習。

「陰鬱」的劇情難以理解

[1] 好萊塢的幻想風潮似乎還沒褪去，但是由布萊恩．希爾擔任電影製作人的新片「陰鬱」卻讓他摔了一跤。這是個關於一名自由作家的想像故事。有一天他在浩瀚的沙漠中醒來，開始步上回家的漫長旅程，結果卻發現自己實際上處於另一個銀河系中。

[2] 儘管拍攝地點富有異國風情，場景也相當華麗，但是電影成品的劇情卻相當薄弱。[3] 擔任主角的傑克．派爾的演出誇張到了極點。他相當神經質，也相當令人討厭，讓人到最後真的很想勒死他。[4] 而和他一起共演、神情疲憊的瓊安．福爾森的表現也一樣差勁。她在電影漫長的 120 分鐘內不斷地蹓躂，似乎希望自己身處他方。[5] 以上種種，都讓這部電影成為今年度上映的電影中表現最差的一部。

Review Passage

2

下面是一篇英文新聞．雜誌的報導，包含 Level 8 所介紹的單字（請見紅色字）。閱讀時請確實弄清楚紅色字的用法。

Reconstructing the Heart: What Does it Mean?

[1] The report that scientists have been able to **reconstruct** (7395) a human heart valve from T-cell promises to revive and **redefine** (7400) the debate on T-cell research. [2] But before we begin to **speculate** (7490), what is the **relevance** (7616) of this **breakthrough** (7631)?

[3] First, it is important to understand that science is still many years away from the **reconstruction** (7104) of an entire human heart. [4] And even when this is achieved, **recipients** (7040) will, in all **likelihood** (7082), be restricted to the animal kingdom for some time to come.

[5] However, using T-cells to build body parts will be **invaluable** (7963) in the future largely because it will allow patients to **minimize** (7053), or even erase, the chance of rejection by the body. [6] The newly created body part will be biologically identical to the **removed** (7795) part. [7] Therefore, the body will not view the replacement as an **intruder** (7426), and there will be no need for a lifelong **reliance** (7683) on **medication** (7337).

活用神奇記憶板！ 用紅板子遮住英文後，Level 8 所介紹的單字會消失，這時請利用中文翻譯複習單字。用紅板子遮住中文翻譯後，紅色單字的中文字義會消失，這時請對照英文做複習。

重建心臟：這意味著什麼？

[1] 關於科學家能夠利用 T 細胞重建人類心臟瓣膜的報導，必定會重新定義 T 細胞的研究，也會再次引起相關的爭論。[2] 但是在我們開始進行推測之前，要先知道這項突破是否恰當？

[3] 首先，要利用科學技術重建整顆人類心臟仍需要許多年的時間，知道這一點很重要。[4] 即使達到這樣的技術，未來有一段時間，接受移植者很可能僅限於動物界。

[5] 然而，未來利用 T 細胞重建器官卻是無價的，主要是因為這樣能讓病人將身體排斥的機率減到最小或甚至完全消除。[6] 新造出來的器官和被摘除的器官以生物學的角度來說是完全相同的。[7] 因此，身體將不會把替代器官視為入侵者，接受移植者也就不用終身仰賴藥物了。

3

下面是一篇英文新聞．雜誌的報導，包含 Level 8 所介紹的單字（請見紅色字）。閱讀時請確實弄清楚紅色字的用法。

Fossils May Show Neanderthal Link

1) Fossils found in a European cave are causing many scientists to **reconsider**[7477] some previously accepted theories about our ancient **ancestral**[7431] past. 2) The 30,000-year-old fossil of an **adolescent**[7111] boy found in a cave in Romania is one of the oldest examples of an **archaic**[7401] modern human. 3) However, while the **skeleton**[7511]'s **anatomy**[7547] is **recognizable**[7871] as that of modern human, there are certain **abnormalities**[7699] that can only be **ascribed**[7010] to Neanderthal **traits**[7625].

4) Neanderthals are a species of human that were believed to have gone **extinct**[7855] before the rise of modern humans, but many **theorists**[7487] now suspect that this is **untrue**[7911].

5) "These are more than **superficial**[7874] differences," said Professor Don Hawker, head of the team currently studying the remains. 6) "Humans have always been **adaptable**[7841] to **adverse**[7781] conditions, and if mixing species was a good way to survive, it's likely that they did it."

活用神奇記憶板！ 用紅板子遮住英文後，Level 8 所介紹的單字會消失，這時請利用中文翻譯複習單字。用紅板子遮住中文翻譯後，紅色單字的中文字義會消失，這時請對照英文做複習。

化石可能透露與尼安德塔人的關聯

[1] 在歐洲一處洞穴裡發現的化石，讓科學家重新思考關於我們遠古祖先一些早先被接受的理論。[2] 這個三萬年前的青春期男孩化石在羅馬尼亞的一個洞穴裡被發現，是最古老的早期現代人類化石之一。[3] 然而，雖然骨骸的解剖可讓人辨認出其為現代人類，但卻有某些異常之處，而這些只能歸成是尼安德塔人的特徵。

[4] 尼安德塔人被認為是現代人類出現之前就已經滅絕的人種之一，但是現在有許多理論家都懷疑這項看法不正確。

[5]「不同之處不僅限於表面，」目前正在研究該化石的小組負責人唐・霍可教授說。[6]「人類總是能適應不利的環境。如果混種是生存的良方，那麼他們就很有可能會這麼做。」

4

下面是一篇英文新聞．雜誌的報導，包含 Level 8 所介紹的單字（請見紅色字）。閱讀時請確實弄清楚紅色字的用法。

Wall Construction Inspires Mexican Anger

[1] Citing the need for a **reduced** [7371] number of **incoming** [7787] illegal workers from Mexico, the United States has begun to **accelerate** [7221] work to extend the walls built along its border. [2] The Department of Homeland Security says attempts to increase border patrols have been **ineffective** [7959], and the barriers will **substantially** [7990] cut down on illegal **immigration** [7369] by making border crossings **impractical** [7862] for individuals on foot.

[3] The wall may be **incomplete** [7958], but Garcia Munoz, a Mexican **governmental** [7373] representative, felt the **implications** [7560] would **humiliate** [7329] both countries.

[4] "It is the worst kind of **hypocrisy** [7526]," said Munoz. [5] "The US wants **hardworking** [7354] Mexican laborers to **immigrate** [7332] and **immerse** [7330] themselves in American culture, yet they **generalize** [7041] all Mexicans as criminals and build a wall between us."

活用神奇記憶板！ 用紅板子遮住英文後，Level 8 所介紹的單字會消失，這時請利用中文翻譯複習單字。用紅板子遮住中文翻譯後，紅色單字的中文字義會消失，這時請對照英文做複習。

築牆引起墨西哥人的憤怒

1) 美國政府以必須減少墨西哥非法工作者進入美國為理由，開始加速增建沿著國境的圍牆。2) 國土安全部指出，要增加邊界的巡邏並不可行，因此這些屏障將可大幅降低非法移民，讓想要徒步越過邊界的人覺得這種方式不切實際。

3) 雖然圍牆可能還沒有完成，但是一名墨西哥政府代表賈西亞·慕諾斯，卻認為它給兩國所帶來的影響是羞辱。

4)「這是最差勁的偽善，」慕諾斯說。5)「美國希望努力工作的墨西哥勞工移入美國，並且融入美國的文化中，但是他們卻將全部的墨西哥人一概視為罪犯，並在兩國之間築起一道牆。」

5

下面是一篇英文新聞．雜誌的報導，包含 Level 8 所介紹的單字（請見紅色字）。閱讀時請確實弄清楚紅色字的用法。

Kidnap Victim Discovered Safe

[1] A 10-year-old boy who was kidnapped almost two weeks ago has been found after an **exhaustive** (7086) search by local authorities. [2] The boy was taken from his family's **condominium** (7258) building on May 12, and kept in **captivity** (7634) in the **attic** (7267) of a small **bungalow** (7318) on the outskirts of the city.

[3] The suspect, a 26-year-old male, was arrested approximately two hours later in the same **locality** (7280), when he **allegedly** (7311) attempted to rob a gas station with a **dagger** (7193). [4] In an **improbable** (7897) twist, the suspect was **overpowered** (7379) and **disarmed** (7281) by the gas station's clerk, who held him until police arrived.

[5] The boy was **liberated** (7345) from the building after a resident working in a neighboring **farmyard** (7147) heard his cries for help and **notified** (7118) police. [6] **Eyewitnesses** (7024) said he emerged looking confused but was not hurt. [7] Police believe his **confinement** (7585) may have been the result of a failed **burglary** (7394).

活用神奇記憶板！ 用紅板子遮住英文後，Level 8 所介紹的單字會消失，這時請利用中文翻譯複習單字。用紅板子遮住中文翻譯後，紅色單字的中文字義會消失，這時請對照英文做複習。

遭綁架者被發現安然無恙

[1] 一名遭綁架將近兩週的 10 歲男童，在地方當局徹底搜查之後終於被發現。[2] 男童在 5 月 12 日從自家公寓被帶走，並一直囚禁在市郊一棟平房的閣樓中。

[3] 約在兩個小時之後，26 歲的男性嫌疑犯在同一地區被逮捕，據說他當時手持匕首企圖搶劫加油站。[4] 在一次難以置信的轉折中，嫌犯被加油站員工制服並奪走武器。該名員工一直壓制著嫌犯，直到警方趕到為止。

[5] 男童之所以能從建築物中被釋放出來，是因為有一名在附近農家庭院幹活的居民，聽到男童的求救聲後通知警方。[6] 目擊者說男童面露困惑但並未受到傷害。[7] 警方相信男童是因為歹徒入室行竊不成而遭到拘禁。

Start ▶

LEVEL 9

目標多益900的9000字

狀態・存在類動詞

MP3 099

A long **drought** has **aggravated** the shortage of food in the country.
長期乾旱使國家食物短缺的情形更加嚴重。

8001 □ **drought** [draʊt] ! 注意發音	名 乾旱；（長期）缺乏
8002 □ **aggravate** [ˋægrəˏvet]	及物 使惡化；激怒 句型 SVO 用法 aggravate the situation 使情況惡化

They **amplified** the piano to solve their **acoustic** problems.
他們放大鋼琴的音量以解決音響方面的問題。

8003 □ **amplify** [ˋæmpləˏfaɪ]	及物 擴大；增強 句型 SVO 用法 amplify sound 把聲音放大
8004 □ **acoustic** [əˋkustɪk]	形 〔多作限定用法〕音響的；聽覺的；（樂器）原聲的

The conductor **animated** the traditional orchestra with his **unconventional** interpretation.
指揮用非傳統的詮釋方式讓傳統的交響樂團活潑了起來。

8005 □ **animate** [ˋænə͵met]	及物 使有生氣；使活潑 句型 SVO 用法 animate a discussion 使討論變得活潑 animate a character 使人物活靈活現
8006 □ **unconventional** [͵ʌnkənˋvɛnʃənl̩]	形 不按慣例的；獨樹一格的

The immigrants **assimilated** themselves into American society through **painstaking** efforts.
移民者費盡千辛萬苦才融入美國社會。

8007 □ **assimilate** [əˋsɪmə͵let]	及物 使同化；吸收（知識等）；消化（食物） 不及物 同化 句型 SV, SVO 用法 assimilate *oneself* into... 讓自己被…同化 assimilate into... 融入…
8008 □ **painstaking** [ˋpenz͵tekɪŋ]	形〔限定用法〕費盡苦心的；不辭辛勞的 名 苦心

■ **American** 美國的；美國人的

The manufacturer has **automated** its process of **semiconductor** production.
廠商讓半導體的製程自動化。

8009 □ **automate** [ˋɔtə͵met]	及物 使（工廠、製程等）自動化 不及物 自動化 句型 SV, SVO
8010 □ **semiconductor** [͵sɛmɪkənˋdʌktɚ]	名 半導體

Over the years, wind and rain had **blackened** the church **steeple**.
教堂的尖塔因多年的風吹雨淋而變黑了。

8011 □ **blacken** [ˋblækən]	及物 使變黑；毀謗（名聲等） 不及物 變黑，變暗 句型 SV, SVO 用法 be blackened by smoke 被煙燻黑
8012 □ **steeple** [ˋstipḷ]	名（教堂等的）尖塔

They **crumbled** the **quartz ore** by exploding a large amount of **gunpowder**.
他們引爆了大量的火藥以粉碎石英礦。

8013 □ **crumble** [ˋkrʌmbḷ]	及物 使粉碎 不及物 碎裂 句型 SV, SVO 用法 crumble away（建築物等）崩塌；（希望等）破滅 名 酥皮水果點心

8014 ☐ **quartz** [kwɔrts]	名 石英 複數 無複數形，不可數
8015 ☐ **ore** [or]	名 礦石
8016 ☐ **gunpowder** [ˋgʌnˏpaʊdɚ]	名 火藥 複數 無複數形，不可數

好用★Phrase **a large amount of...** 大量的…

The **badger**'s health **deteriorated** due to the intake of a **contaminant.**
這隻獾因為食用了汙染物而造成健康惡化。

8017 ☐ **badger** [ˋbædʒɚ]	名 獾 及物 吵著要，糾纏不休
8018 ☐ **deteriorate** [dɪˋtɪrɪəˏret]	不及物 惡化；墮落 句型 SV 用法 The situation deteriorates. 情況惡化了。 The working conditions deteriorate. 工作環境變差了。
8019 ☐ **contaminant** [kənˋtæmənənt]	名 汙染物

好用★Phrase **due to...** 由於…

The **daffodils** in the garden **drooped** because I didn't water them for a few days.
因為我好幾天沒澆水，所以花園裡的水仙花都枯萎了 。

8020 ☐ **daffodil** [ˋdæfədɪl]	名〔植物〕水仙；淡黃色

8021
☐ **droop**
[drup]

不及物 枯萎；體力衰弱；(頭等) 下垂
及物 使下垂
句型 SV, SVO
用法 droop in the heat 因過熱而枯萎
droop *one's* head 垂下頭
名 低垂；意志消沉

It was only after the war that the government **electrified** the village in the **gorge**.
直到戰後政府才將峽谷裡的村莊電氣化。

8022
☐ **electrify**
[ɪˋlɛktrə͵faɪ]

及物 使電氣化；使充電；使觸電
句型 SVO
用法 electrify a railroad 將鐵路電氣化

8023
☐ **gorge**
[gɔrʤ]

名 峽谷；(堵住河流、通道等的) 障礙物
及物 狼吞虎嚥
用法 gorge *oneself* on... 狼吞虎嚥地吃…

MP3 100

The **icon embodies** the **motherhood** of the Virgin Mary.
這尊聖像具體表現出聖母瑪莉亞的母愛。

8024
☐ **icon**
[ˋaɪkɑn]

名 聖像；偶像；(電腦的) 圖示

8025
☐ **embody**
[ɪmˋbɑdɪ]

及物 具體表現 (思想、感情等)；使具體化
句型 SVO
用法 be embodied in... 具體表現在…

8026 □ **motherhood** [`mʌðɚ,hʊd]	名 母性；母親身分 複數 無複數形，不可數

■ **Virgin Mary** 聖母瑪莉亞

> The volcano **erupted** and its heat damaged this **reef**.
> 火山爆發了，爆發的熱度讓這片礁岩受損。

8027 □ **erupt** [ɪ`rʌpt]	不及物 （火山）爆發；（熔岩等）噴發 及物 使噴發 句型 SV, SVO
8028 □ **reef** [rif]	名 暗礁；沙洲；礦脈

> Listening to his **humane** words, my **enmity** toward his country **evaporated**.
> 聽了他有人情味的談話後，我對他祖國的敵意就消失無蹤了。

8029 □ **humane** [(h)ju`men]	形 有人情味的；人道的，慈悲的
8030 □ **enmity** [`ɛnmətɪ]	名 敵意，憎恨
8031 □ **evaporate** [ɪ`væpə,ret]	不及物 （希望等）消散；（水等）蒸發 及物 使（水等）蒸發 句型 SV, SVO

好用★Phrase **listen to...** 聽…

A colorful curtain would **freshen** up this **dreary showroom.**
色彩鮮艷的窗簾能讓這間沉悶的陳列室煥然一新。

8032 □ **freshen** [ˋfrɛʃən]	及物 使有生氣；使精神煥發 不及物 變新鮮 句型 SV, SVO 用法 freshen ... up 使…清新 freshen up 梳洗一番
8033 □ **dreary** [ˋdrɪrɪ]	形 沉悶的；枯燥乏味的
8034 □ **showroom** [ˋʃoˏrum]	名 陳列室

His **muscular** chest with its blue **tattoo** was **glistening** with sweat.
他那刺著藍色刺青的健壯胸膛，在汗水映照下閃閃發光。

8035 □ **muscular** [ˋmʌskjələ˞]	形 肌肉發達的，健壯的；（措辭等）有力的
8036 □ **tattoo** [tæˋtu]	名 刺青，紋身 及物 在…上刺青
8037 □ **glisten** [ˋglɪsn̩]	不及物 閃耀光芒 句型 SV 名 閃耀，發光

The party's **manifesto incurred** the **condemnation** of its **constituencies.**
這個政黨的聲明引發了支持者的撻伐。

8038 □ **manifesto** [ˌmænəˋfɛsto]	名（尤指政黨或政府的）聲明
8039 □ **incur** [ɪnˋkɝ]	及物 引起（危險、憤怒等）；蒙受（損失等） 句型 SVO
8040 □ **condemnation** [ˌkandɛmˋneʃən]	名 譴責，撻伐；有罪宣告
8041 □ **constituency** [kənˋstɪtʃuənsɪ]	名（一批）擁護者；選區；選區內的全體選民

The designer **modernized** a type of **headdress** which was in **vogue** in the 18th century.
設計師讓一款在 18 世紀流行的頭飾具有現代風。

8042 □ **modernize** [ˋmadɚˌnaɪz]	及物 使具有現代風格，使現代化 句型 SVO 用法 modernize the law 使法律現代化
8043 □ **headdress** [ˋhɛdˌdrɛs]	名 頭飾
8044 □ **vogue** [vog]	名（一時的）流行；受歡迎

好用★Phrase **in vogue** 正在流行

Some **constituents** of **cauliflower neutralize** the production of **cholesterol**.
花椰菜中的某些成分能夠抑制膽固醇的生成。

8045 □ **constituent** [kən`stɪtʃʊənt]	名 成分，組成要素；選民 形〔限定用法〕構成的；有選舉權的
8046 □ **cauliflower** [`kɔlə͵flaʊɚ]	名 花椰菜
8047 □ **neutralize** [`n(j)utrə͵laɪz]	及物 使無效；使中和 句型 SVO 用法 neutralize an acid / a poison 中和酸性物質 / 有毒物質
8048 □ **cholesterol** [kə`lɛstə͵rol]	名 膽固醇

Vendors outnumbered shoppers on the main **boulevard** yesterday.
昨天主要幹道上的攤販比顧客還多。

8049 □ **vendor** [`vɛndɚ]	名 小販；賣主

↑ TOEIC part 1 常考！
The street is lined with food vendors.
街道上有一排賣食物的小販。

8050 □ **outnumber** [͵aʊt`nʌmbɚ]	及物 數目超過 句型 SVO
8051 □ **shopper** [`ʃɑpɚ]	名 購物者

8052 □ **boulevard** [ˋbuləˏvard]

名 幹道；林蔭大道

The **racists** tried to **perpetuate** the idea of the **supremacy** of their race.
種族主義分子設法使他們種族優越的觀念流傳下去。

8053 □ **racist** [ˋresɪst]

名 種族主義者
形 種族主義者的

8054 □ **perpetuate** [pɚˋpɛtʃʊˏet]

及物 使不朽；使永存
句型 SVO
用法 perpetuate *one's* name in history 留名青史

8055 □ **supremacy** [səˋprɛməsɪ]

名 至高無上；至高權力
複數 無複數形，不可數

MP3 101

A **militant** mood **pervaded** the entire nation at the beginning of the war.
戰爭初期全國瀰漫著好戰氣氛。

8056 □ **militant** [ˋmɪlətənt]

形 好戰的；富於戰鬥性的；交戰中的
名 好鬥者

8057 □ **pervade** [pɚˋved]

及物 瀰漫，遍及
句型 SVO
用法 pervade our daily life 普及於日常生活

好用★Phrase **at the beginning of...** 在…開始時

Enrollment at the **preparatory** school has **plummeted** to 50 students.
這間預備學校的入學人數大幅滑落到只剩下 50 人。

8058 □ **enrollment** [ɪn`rolmənt]	名 入學；登記；登記人數
8059 □ **preparatory** [prɪ`pærə͵torɪ]	形〔限定用法〕（進大學）準備的；籌備的
8060 □ **plummet** [`plʌmɪt]	不及物（物價、股價等）暴跌；（通常指從高處）垂直落下 句型 SV

The **intrinsic** function of **kidneys** is to **purify** the blood.
腎臟原本的功能是淨化血液。

8061 □ **intrinsic** [ɪn`trɪnsɪk]	形 固有的，本質的
8062 □ **kidney** [`kɪdnɪ]	名 腎臟；氣質，脾氣
8063 □ **purify** [`pjʊrə͵faɪ]	及物 使純淨，精煉 句型 SVO 用法 purify water 淨化水質 purify alcohol 煉酒

If the **tumor** in his liver **recurs**, it will be **lethal**.
如果他肝臟的腫瘤復發，那就有可能會致命。

8064 □ **tumor** [`t(j)umɚ]	名 腫瘤

8065
☐ **recur**
[rɪˋkɝ]
不及物 復發；〔數學〕（小數等）循環
句型 SV

8066
☐ **lethal**
[ˋliθəl]
形 致命的；毀滅性的

Her **forefinger reddened** with **inflammation**.
她的食指因為發炎而變紅。

8067
☐ **forefinger**
[ˋfor͵fɪŋgɚ]
名 食指

8068
☐ **redden**
[ˋrɛdn̩]
不及物 變紅；（因發怒、羞愧等而）臉紅
及物 使變紅
句型 SV, SVO

8069
☐ **inflammation**
[͵ɪnfləˋmeʃən]
名 發炎

The **sliding** door of the **depot squeaked** when he opened it.
當他拉開倉庫的拉門時，門發出了嘎吱嘎吱的聲響。

8070
☐ **sliding**
[ˋslaɪdɪŋ]
形 滑動的

8071
☐ **depot**
[ˋdipo]
名 倉庫；公車站；火車站
! 注意發音

8072
☐ **squeak**
[skwik]
不及物 嘎吱嘎吱響；（老鼠等）吱吱叫
句型 SV
名 嘎吱聲；吱吱聲

The area of **contamination stank** of rotten **sardines.**
受汙染的區域散發出腐爛沙丁魚的臭味。

8073 □ **contamination** [kən͵tæmə`neʃən]	名 汙染；汙染物
8074 □ **stink** [stɪŋk]	不及物 發出惡臭 變化 stank (stunk) / stunk 句型 SV 用法 stink of... 有…的臭味 名 惡臭；（引人注意的）大吵大鬧
8075 □ **sardine** [sɑr`din]	名 沙丁魚

The **tart** taste of **muffins** confirmed their fears that the whole batch was **tainted.**
鬆餅的酸味證實了他們的擔心；這次做的鬆餅全壞了。

8076 □ **tart** [tɑrt]	形 酸的；辛辣的，尖酸刻薄的
8077 □ **muffin** [`mʌfɪn]	名 鬆餅
8078 □ **taint** [tent]	及物 使腐壞；汙染；敗壞（名聲等） 句型 SVO 名 汙染；（名譽上的）汙點

The country's exports **tapered** off because of the **unprecedented** economic **sanctions.**
由於遭到史無前例的經濟制裁，使得國家的出口量逐漸減少。

8079 □ **taper** [ˋtepɚ]	不及物 逐漸減少；一頭逐漸變得尖細 及物 使逐漸減少 句型 SV, SVO 用法 taper off 逐漸減少 名 錐形物
8080 □ **unprecedented** [ʌnˋprɛsəˏdɛntɪd]	形 史無前例的，空前的
8081 □ **sanction** [ˋsæŋkʃən]	名（對某國的）制裁；（正式）批准 及物 對…實施制裁；批准

好用★Phrase **because of...** 因為…，由於…

His **chronic ailments** and the **void** created by his wife's death **undermined** him.
罹患慢性病以及喪妻所帶來的空虛感，使他逐漸失去健康。

8082 □ **chronic** [ˋkrɑnɪk]	形〔限定用法〕（疾病）慢性的；長期的；習慣性的
8083 □ **ailment** [ˋelmənt]	名（慢性而輕微的）病痛
8084 □ **void** [vɔɪd]	名 空虛感；空間 形 無效的；缺乏的 及物 使無效

8085 □ **undermine** [ˌʌndɚˋmaɪn]	及物 逐漸損害（健康等）；暗中毀損（名聲等）；侵蝕…的基礎 句型 SVO 用法 undermine *one's* health 逐漸損害某人的健康

At that time, they **validated** the idea of racial **segregation**, and this resulted in the **holocaust.**
當時他們認為種族隔離是合法的，因而導致了大屠殺。

8086 □ **validate** [ˋvæləˌdet]	及物 使具有法律效力；承認…為正當；證實；（電腦）驗證 句型 SVO 用法 validate an account 驗證帳號
8087 □ **segregation** [ˌsɛgrɪˋgeʃən]	名 種族隔離；分離 複數 無複數形，不可數
8088 □ **holocaust** [ˋhɑləˌkɔst]	名 大屠殺；(the Holocaust)（第二次世界大戰時納粹對猶太人的）大屠殺

好用★Phrase **result in...** 導致…

溝通類動詞

MP3 102

The results of the careful **scrutiny attested** to the **validity** of the **socioeconomic** theory.
仔細檢查的結果證明了社會經濟理論的正當性。

8089 □ **scrutiny** [`skrutənɪ]	名 仔細檢查；監督 複數 無複數形，不可數
8090 □ **attest** [ə`tɛst]	不及物 證實；作證 及物 證實；作為…的證據 句型 SV, SVO 用法 attest to... 證明… attest that... 證明…
8091 □ **validity** [və`lɪdətɪ]	名 正當性；效力 複數 無複數形，不可數
8092 □ **socioeconomic** [ˌsosɪoˌikə`nɑmɪk]	形 社會經濟（學）的

They **bartered poultry** for grain.
他們用家禽交換穀物。

8093 □ **barter** [ˋbɑrtɚ]	及物 以…交換 句型 SVO 用法 barter ... for~ 以…交換～ 名 實物交易
8094 □ **poultry** [ˋpoltrɪ]	名〔用作複數〕家禽；〔用作單數〕家禽肉

They **collaborated** with environmentalists to investigate the **vegetation** of the area.
他們和環境專家合作調查這個區域的植物。

8095 □ **collaborate** [kəˋlæbə͵ret]	不及物 合作 句型 SV 用法 collaborate closely with... 和…密切合作
8096 □ **vegetation** [͵vɛdʒəˋteʃən]	名（某地方的）植物，草木 複數 無複數形，不可數

The mayor **conversed** happily with the **organizer** of the festival.
市長和慶典籌辦人愉快地交談。

8097 □ **converse** [kənˋvɝs]	不及物 交談，談話 句型 SV 用法 converse with... 和…交談
8098 □ **organizer** [ˋɔrgə͵naɪzɚ]	名（演出等的）籌辦者；組織者；分類文件夾

The **malicious** article **degraded** its writer.
這篇文章的作者因為惡意攻擊導致自己顏面盡失。

8099 □ **malicious** [məˋlɪʃəs]	形 懷有惡意的
8100 □ **degrade** [dɪˋgred]	及物 有辱…的人格；降低…的品質 不及物 降低，降級 句型 SV, SVO 用法 degrade the value of... 貶低…的價值

The **broadcaster denounced** the MLB **superstar** as a **misfit** on the team.
播報員譴責那位美國職棒大聯盟的超級巨星與球隊格格不入。

8101 □ **broadcaster** [ˋbrɔdˏkæstɚ]	名（電台或電視台的）播報員；廣播裝置
8102 □ **denounce** [dɪˋnaʊns]	及物 譴責，公然指責；告發 句型 SVO 用法 denounce ... as~ 公然指責…為～
8103 □ **superstar** [ˋsupɚˏstɑr]	名 超級巨星
8104 □ **misfit** [ˋmɪsfɪt]	名 與他人格格不入的人；不適合的東西

■ **MLB** 美國職棒大聯盟（MLB 是 Major League Baseball 的縮寫）

They **dubbed** the **mindless** man "**Earthworm**."
他們把那個蠢人叫作「蚯蚓」。

8105 □ **dub** [dʌb]	及物 為…取綽號，把…稱作 句型 SVO, SVOC
8106 □ **mindless** [ˋmaɪndlɪs]	形 愚蠢的；無意識的，無心的
8107 □ **earthworm** [ˋɜθˏwɜm]	名 蚯蚓

The new laws **empowered** the rebels but didn't stop their **inhuman** treatment of those opposed to their claims for **sovereignty**.
新的法律授予反叛者權利，但未阻止反叛者以不人道的方式對待那些反對他們主張擁有統治權的人。

8108 □ **empower** [ɪmˋpaʊɚ]	及物 授權，准許 句型 SVO 用法 empower ... to *V* 授權…去做～
8109 □ **inhuman** [ɪnˋ(h)jumən]	形 不人道的；冷酷無情的
8110 □ **sovereignty** [ˋsɑvrəntɪ]	名 統治權；主權；主權國家

He **enticed** the **meek** girl into playing **pranks** on their teacher.
他慫恿那名溫順的女孩子對老師惡作劇。

8111 ☐ **entice** [ɪnˋtaɪs]	及物 慫恿，引誘 句型 SVO 用法 entice ... into~ 引誘…做～
8112 ☐ **meek** [mik]	形 溫順的
8113 ☐ **prank** [præŋk]	名 （無惡意的）開玩笑，惡作劇

好用★Phrase **play a prank on...** 對…惡作劇

According to the fisherman, a flock of gulls in the **northwestern** sky **heralds** the return of **herring**.
根據那名漁夫的說法，西北方天空的一群海鳥宣告著鯡魚即將洄游。

8114 ☐ **northwestern** [ˌnɔrθˋwɛstɚn]	形 西北的；（風等）從西北吹來的
8115 ☐ **herald** [ˋhɛrəld]	及物 預示…的來臨 句型 SVO 用法 be heralded as the match of the season 被稱為是本季最重要的比賽 名 （古時的）使節，傳令官；先驅
8116 ☐ **herring** [ˋhɛrɪŋ]	名 鯡魚；鯡魚肉

好用★Phrase **according to...** 據…所說，按…所載

MP3 103

The president was **impeached** for **petty** bribery, but his achievements were **immeasurable**.
雖然總統因收取小額賄款而遭到彈劾，但是他的政績卻是無法估量的。

8117 □ **impeach** [ɪm`pitʃ]	及物 彈劾；〔法律〕檢舉 句型 SVO 用法 impeach ... for~ 因～而彈劾…
8118 □ **petty** [`pɛtɪ]	形 微不足道的；心胸狹小的；卑劣的
8119 □ **immeasurable** [ɪ`mɛʒərəbl̩]	形 不可計量的，無邊無際的

The **constable interrogated** the **unidentified** youth at the **metro** station.
警察在地鐵站詢問那名身分不詳的年輕人。

8120 □ **constable** [`kɑnstəbl̩]	名 警員，警察
8121 □ **interrogate** [ɪn`tɛrə,get]	及物 （尤指警察）詢問，訊問 句型 SVO 用法 interrogate a witness 詢問目擊證人
8122 □ **unidentified** [,ʌnaɪ`dɛntɪ,faɪd]	形 身分不明的；不願透露姓名的
8123 □ **metro** [`mɛtro]	名 (the ...) 地下鐵 形 大都市的

Under the **dictatorship**, the journalists were **intimidated** into writing **stereotype** stories of **patriotism**.
在獨裁政權下，新聞記者被脅迫撰寫刻版的愛國報導。

8124 □ **dictatorship** [dɪkˋtetɚˏʃɪp]	名 獨裁政權；獨裁
8125 □ **intimidate** [ɪnˋtɪməˏdet]	及物 脅迫；使恐懼 句型 SVO 用法 intimidate ... into *Ving* 脅迫…做～
8126 □ **stereotype** [ˋstɛrɪəˏtaɪp]	名 固定觀念，陳規老套 及物〔常用 be stereotyped〕使定型 用法 be stereotyped as a villain 被定型成反派角色
8127 □ **patriotism** [ˋpetrɪətɪzəm]	名 愛國心

He is a Freddie Mercury **freak** and often **mimics** Mercury's **affected** way of singing.
他是弗雷迪・默丘里的歌迷，時常模仿默丘里不自然的唱歌方式。

8128 □ **freak** [frik]	名 狂熱愛好者；怪胎；吸毒成癮者 形〔限定用法〕反常的
8129 □ **mimic** [ˋmɪmɪk]	及物 模仿；酷似 變化 mimicked / mimicked 句型 SVO 用法 mimic *one's* voice 模仿某人的聲音 名 善於模仿的人 形〔限定用法〕〔生物〕擬態的

8130
□ **affected**
[ə`fɛktɪd]
形 裝模作樣的

> The mother claimed her son was only **disobedient** because his teachers **misdirected** him.
> 那位母親宣稱她兒子之所以會不聽話，全是因為老師的錯誤教導。

8131
□ **disobedient**
[͵dɪsə`bidɪənt]
形 不聽話的；反抗的

8132
□ **misdirect**
[͵mɪsdə`rɛkt]
及物 錯誤地指導；寫錯（郵件等的）地址；弄錯目標
句型 SVO
用法 misdirect *one's* efforts 白費心機，認錯目標

> He **mystified** us all with his **incoherent** words.
> 他那語無倫次的話讓我們全都感到困惑。

8133
□ **mystify**
[`mɪstə͵faɪ]
及物 使困惑不解；使神祕化
句型 SVO
用法 be mystified by... 被…弄得莫名其妙

8134
□ **incoherent**
[͵ɪnko`hɪrənt]
形 語無倫次的；無條理的；前後不連貫的

> The **soaked widower pestered** her to drink with him.
> 那名酒醉的鰥夫纏著她，要她陪他喝酒。

8135
□ **soaked**
[sokt]
形〔口〕酒醉的；濕透的；專心的

8136
□ **widower**
[ˋwɪdoɚ]

名 鰥夫，喪妻後未再娶者

8137
□ **pester**
[ˋpɛstɚ]

及物 糾纏；使苦惱
句型 SVO

The company **publicized** its **merchandising** of the **prototype** of a mobile computer.
公司發表了一台行動電腦樣機的推銷計畫。

8138
□ **publicize**
[ˋpʌblɪˏsaɪz]

及物 發表，公布；為…做宣傳
句型 SVO
用法 make efforts to better publicize... 盡量宣傳…

8139
□ **merchandising**
[ˋmɜtʃənˏdaɪzɪŋ]

名 商品推銷；（影片、動畫、音樂等的）附帶商品
複數 無複數形，不可數

8140
□ **prototype**
[ˋprotəˏtaɪp]

名 原型，樣品

The **cameraman seduced** the **naive** fashion model.
攝影師引誘了天真的時裝模特兒。

8141
□ **cameraman**
[ˋkæmərəˏmæn]

名 攝影師

8142
□ **seduce**
[sɪˋd(j)us]

及物 引誘；使入迷
句型 SVO
用法 seduce ... into *Ving* 誘惑…做～

8143
□ **naive**
[nɑ`iv]

❗ 注意發音

形 天真的；容易受騙的

The psychologist **snubbed** the authority of established **psychiatry**.
這名心理學家對既有的精神病學權威嗤之以鼻。

8144
□ **snub**
[snʌb]

及物 對…嗤之以鼻，冷落；壓熄（香菸）
句型 SVO
名 冷落，怠慢

8145
□ **psychiatry**
[saɪ`kaɪətrɪ]

❗ 注意發音

名 精神病學
複數 無複數形，不可數

The news of the ruthless **assassination stunned** people throughout the world.
這則殘酷暗殺事件的新聞震驚了全世界。

8146
□ **assassination**
[ə͵sæsə`neʃən]

名 暗殺

8147
□ **stun**
[stʌn]

及物 使震驚；使不省人事
句型 SVO
用法 be stunned by... 因…而目瞪口呆

The **discoverer unveiled** the ancient bones of the **affluent** kings for the waiting cameramen.
發現者在那些等待的攝影師面前，將古代富裕國王的骨骸公諸於世。

8148 □ **discoverer** [dɪs`kʌvərɚ]	名 發現者
8149 □ **unveil** [ʌn`vel]	及物 使公諸於衆；揭露（祕密等）；（舉行揭幕儀式時）揭開…的布幕 句型 SVO 用法 unveil the details of... 揭露…的細節 unveil a new product 發表新產品
8150 □ **affluent** [`æflʊənt]	形 富裕的；豐富的

動作類動詞

MP3 104

This rectangular button activates the generator.
按下長方形的按鈕就能啓動發電機。

8151
□ **rectangular**
[rɛk`tæŋgjələ˞]
形 長方形的，矩形的；直角的

8152
□ **activate**
[`æktə,vet]
及物 啓動；使活動；將…活性化
句型 SVO
用法 activate a license 啓用授權服務

8153
□ **generator**
[`dʒɛnə,retə˞]
名 發電機；（煤氣、蒸汽等的）發生器

The hungry boarder crunched on some pickles.
飢餓的寄宿者嘎吱嘎吱地吃著泡菜。

8154
□ **boarder**
[`bordə˞]
名 寄宿者；住校生

8155
□ **crunch**
[krʌntʃ]
不及物 嘎吱作響地咀嚼
句型 SV
用法 crunch on... 嘎吱作響地吃著…
名 嘎吱聲；經濟緊縮

8156
- **pickle** [ˋpɪkḷ]
  - 名 (pickles) 泡菜；醃漬食品
  - 及物 醃製

Sitting on a rocker, granddad cuddled me.
爺爺抱著我坐在搖椅上。

8157
- **rocker** [ˋrɑkɚ]
  - 名 搖椅；搖滾歌手

8158
- **granddad** [ˋgrændæd]
  - 名 爺爺；外公

8159
- **cuddle** [ˋkʌdḷ]
  - 及物 擁抱，摟住
  - 不及物 依偎；貼著睡
  - 句型 SV, SVO
  - 用法 cuddle up to... 緊靠…而坐下（或躺下），依偎…
  - 名 擁抱

The angry throngs encircled the legislature building.
憤怒的群眾包圍了議會大廈。

8160
- **throng** [θrɔŋ]
  - 名 群眾
  - 不及物 群集，蜂擁而至
  - 及物 蜂擁而至

8161
- **encircle** [ɪnˋsɝkḷ]
  - 及物 包圍；繞行
  - 句型 SVO
  - 用法 be encircled by / with... 被…包圍

8162
- **legislature** [ˋlɛdʒɪs͵letʃɚ]
  - 名 議會，立法機關

好用★Phrase **a legislature building** 議會大廈

The **thrush** seemed to **hover** for a while in order to catch a **caterpillar** that was on the leaf.
為了抓葉子上的毛毛蟲，畫眉鳥似乎盤旋了一會。

8163 □ **thrush** [θrʌʃ]	名 畫眉鳥
8164 □ **hover** [ˋhʌvɚ]	不及物 空中盤旋；逗留在一處；猶豫不決 句型 SV 用法 hover in the air 在空中盤旋 名 盤旋，徘徊
8165 □ **caterpillar** [ˋkætɚˏpɪlɚ]	名 毛蟲（蝶、蛾等的幼蟲）；(Caterpillar)（商標名）履帶式拖拉機

好用★Phrase **in order to *V*** 為了要做…

The **psychiatrist** took a notebook from the pocket of his **waistcoat** and **jotted** down the **respondent**'s words.
精神科醫師從背心口袋裡拿出筆記本，匆匆記下應答者的話。

8166 □ **psychiatrist** [saɪˋkaɪətrɪst]	名 精神科醫師
8167 □ **waistcoat** [ˋwestˏkot]	名（男性穿的）背心
8168 □ **jot** [dʒɑt]	及物 匆忙記下 句型 SVO 用法 jot ... down 匆忙記下…
8169 □ **respondent** [rɪˋspɑndənt]	名 應答者 形 回答的；有反應的

The athlete was eating a **chunk** of meat and **munching** on other **nutritious** foods.
運動員正在吃一大塊肉，也津津有味地吃著其他營養的食物。

8170 □ **chunk** [tʃʌŋk]	名 厚厚的一塊；相當大的數量
8171 □ **munch** [mʌntʃ]	不及物 大聲咀嚼，津津有味地咀嚼 及物 大聲咀嚼，津津有味地咀嚼 句型 SV, SVO 用法 munch on / at... 津津有味地嚼著⋯
8172 □ **nutritious** [n(j)u`trɪʃəs]	形 有營養的

The **bucks** become aggressive in the **breeding** season and sometimes **nip** other bucks.
公鹿在繁殖季節時變得很有攻擊性，有時還會咬其他的公鹿。

8173 □ **buck** [bʌk]	名 公鹿；〔美俚〕美元 及物 抵抗
8174 □ **breeding** [`bridɪŋ]	名 繁殖；（動物的）飼養；教養 複數 無複數形，不可數
8175 □ **nip** [nɪp]	及物 咬；夾；掐；摘取（嫩芽等）；（風、霜等）摧殘 句型 SVO 名 咬；夾；掐；（嚴寒等的）刺骨

The **assassin**, holding a **revolver**, was **peeking** into the statesman's house.
手持左輪手槍的刺客，正往政治人物的屋裡窺視。

8176 □ **assassin** [ə`sæsɪn]	名 暗殺者，刺客
8177 □ **revolver** [rɪ`vɑlvɚ]	名 左輪連發手槍
8178 □ **peek** [pik]	不及物 窺視，偷看 句型 SV 用法 peek into a room 往房裡偷看 peek through a window 透過窗戶窺視 名 偷看

She **poked** a **toothpick** into the egg's **yolk** so that it wouldn't burst in the microwave.
她用牙籤戳破蛋黃，以免蛋在微波爐裡爆炸。

8179 □ **poke** [pok]	及物 （用手指或尖物）刺，戳；伸出 句型 SVO 用法 poke *someone* in the ribs （用手指或手肘）碰觸某人肋骨以引起注意 名 戳，刺
8180 □ **toothpick** [`tuθ,pɪk]	名 牙籤
8181 □ **yolk** [jok]	名 蛋黃

好用★Phrase **so that...** 以致於…

MP3 105

He tried to pry up the roadside boulder.
他設法撬起路邊的大圓石。

8182 □ **pry** [praɪ]	及物 撬起；費力地得到（消息等） 句型 SVO 用法 pry ... up 撬起… pry ... out of~ 從～打聽到…
8183 □ **roadside** [ˋrod͵saɪd]	形〔限定用法〕路邊的 名 路邊
8184 □ **boulder** [ˋboldɚ]	名 大圓石

An actor was rehearsing the animated monologue on the stage.
有一名演員正在舞台上排練生動的獨白。

8185 □ **rehearse** [rɪˋhɝs]	及物 排練，排演；詳述 句型 SVO 用法 rehearse a song 排練歌曲
8186 □ **animated** [ˋænə͵metɪd]	形 生氣勃勃的；動畫的
8187 □ **monologue** [ˋmɑnə͵lɔg]	名（戲劇的）獨白

The bellboy retraced his steps to look for the lost room keys.
服務生折返腳步以尋找遺失的客房鑰匙。

8188 □ **bellboy** [ˋbɛl͵bɔɪ]	名（旅館、俱樂部等的）服務生（帶有性別歧視之意，用 page, bellhop 較佳）
8189 □ **retrace** [rɪˋtres]	及物 折返；回憶；追溯調查，探…的根源 句型 SVO 用法 retrace *one's* past 回憶過去

好用★Phrase **look for...** 尋找…

After the blizzard passed, the children went out to sling snowballs at each other.
暴風雪過後孩子們到戶外互丟雪球。

8190 □ **blizzard** [ˋblɪzɚd]	名 暴風雪

↑ TOEIC part 4 常考！
The tour was canceled due to a severe blizzard.
旅行因惡劣的暴風雪而取消了。

8191 □ **sling** [slɪŋ]	及物 投擲 變化 slung / slung 句型 SVO 用法 sling ... at~ 向～投擲… 名 投石器；〔醫學〕三角巾；（槍等的）吊帶
8192 □ **snowball** [ˋsno͵bɔl]	名 雪球 不及物 滾雪球般逐漸增大 及物 使像雪球般增大

好用★Phrase **go out** 外出
each other 互相

The **rustic** teacher was **intolerant** of the child's idleness and **spanked** him.
那名鄉下教師無法忍受那個小孩懶散的態度，打了他的屁股。

8193 □ **rustic** [ˋrʌstɪk]	形〔多作限定用法〕鄉下的；質樸的；粗俗的 名 鄉下人
8194 □ **intolerant** [ɪnˋtɑlərənt]	形 無法忍受的；心胸狹窄的
8195 □ **spank** [spæŋk]	及物（用手掌或其他工具）打…的屁股 句型 SVO 名 一巴掌

The crowd opposing the **signing** of the **pact surged** through the Diet Building.
反對簽署該協定的群眾湧進了國會議事堂。

8196 □ **signing** [ˋsaɪnɪŋ]	名 簽署
8197 □ **pact** [pækt]	名 協定；契約
8198 □ **surge** [sɝdʒ]	不及物（人）蜂擁而至；（海浪等）奔騰；（情感）澎湃 句型 SV 用法 surge up（情感等）澎湃，洶湧 名（情感的）突發，湧現；（電壓）急遽上升

■ **the Diet Building**（日本的）國會議事堂

The hawk swooped down to the reservoir and seized a carp.
老鷹突然朝水庫俯衝而下，接著抓到了一條鯉魚。

8199 □ **swoop** [swup]	不及物 俯衝；突然襲擊 句型 SV 用法 swoop down（鳥類）俯衝而下 名 突然襲擊
8200 □ **reservoir** [ˋrɛzɚˏvwɑr]	名 水庫，蓄水池；（知識等的）儲藏
8201 □ **carp** [kɑrp]	名 鯉魚

The sled sped down the hill and thumped into the lamppost.
雪橇加速滑下山，然後猛烈地撞上燈柱。

8202 □ **sled** [slɛd]	名 雪橇 不及物 乘雪橇
8203 □ **thump** [θʌmp]	不及物 重擊 及物 重擊 句型 SV, SVO 名 重擊聲；重打
8204 □ **lamppost** [ˋlæmpˏpost]	名 路燈柱

His face **twitched** with the sharp **pangs** from his injured **forearm**.
前臂受傷所帶來的劇痛使他的臉抽搐。

8205 □ **twitch** [twɪtʃ]	不及物 抽搐，痙攣 及物 使抽搐；猛拉 句型 SV, SVO 名（肌肉等的）抽搐
8206 □ **pang** [pæŋ]	名〔常用 pangs〕（肉體的）劇痛；（內心的）痛苦，傷心
8207 □ **forearm** [`for͵ɑrm]	名 前臂

He took off his **showy** jacket and **unbuttoned** his **snug** shirt.
他脫掉花俏的外套，解開貼身襯衫的釦子。

8208 □ **showy** [`ʃoɪ]	形 花俏的，俗豔的；引人注目的
8209 □ **unbutton** [ʌn`bʌtn̩]	及物 解開…的鈕釦；吐露 句型 SVO 用法 unbutton *one's* shirt 解開襯衫的釦子
8210 □ **snug** [snʌg]	形（衣服等）貼身的；溫暖舒適的

好用★Phrase **take ... off** 脫掉（衣服、鞋子等）

When the child heard the **mournful hoot** from outside, she **wailed** for her mother.
小孩聽到外面貓頭鷹淒厲的叫聲，嚎啕大哭起來要找媽媽。

8211 □ **mournful** [ˋmornfəl]	形（聲音）淒厲的；悲痛的；陰鬱的
8212 □ **hoot** [hut]	名 貓頭鷹的叫聲；大叫聲 不及物（在輕蔑、忿怒等時）叫囂
8213 □ **wail** [wel]	不及物 嚎啕大哭 及物 邊哭邊說 句型 SV, SVO

行為類動詞

MP3 106

"**Supersonic** transport" is **abbreviated** as SST.
「超音速客機」的英文縮寫是 SST。

8214 □ **supersonic** [ˏsupɚˋsɑnɪk]	形 超音速的
8215 □ **abbreviate** [əˋbrivɪˏet]	及物 將…縮寫；將（故事等）縮短 句型 SVO 用法 be abbreviated as / to... 縮寫成…

The government **aborted** the project because of strong opposition from **environmentalists**.
由於環保人士強烈的反對，所以政府中止了計畫。

8216 □ **abort** [əˋbɔrt]	及物 中止（計畫、活動等）；使流產 不及物（計畫等）失敗；流產 句型 SV, SVO 用法 abort a program 中止一項計畫 名（計畫）中止
8217 □ **environmentalist** [ɪnˏvaɪrənˋmɛntəlɪst]	名 環保人士；研究環境問題的專家

好用★Phrase **because of...** 因為…，由於…

The authorities **affixed censorship** seals to the envelopes they opened.
有關單位在他們拆開過的信封上貼上檢查封條。

8218 □ **affix** [ə`fɪks] ! 注意重音	及物 黏貼（郵票等）；附加 句型 SVO 用法 affix a stamp on the envelope 在信封上貼上郵票 名 詞綴 [`æfɪks]
8219 □ **censorship** [`sɛnsɚ͵ʃɪp]	名（尤指政府對書刊、報導等的）審查；審查制度 複數 無複數形，不可數

Anarchists agitated against the government on the streets.
無政府主義者在街上煽動群眾與政府對抗。

8220 □ **anarchist** [`ænɚkɪst]	名 無政府主義者；無法無天的人
8221 □ **agitate** [`ædʒə͵tet]	不及物 煽動，遊說 及物 擾亂；煽動 句型 SV, SVO 用法 agitate for / against the construction of a nuclear power plant 鼓動贊成／反對興建核電廠

The excessive **commercialism** of the TV station has **alienated** a lot of viewers.
電視台過分追求利潤的經營方式讓許多觀眾敬而遠之。

8222 □ **commercialism** [kə`mɝʃəlɪzəm]	名 商業精神，營利主義 複數 無複數形，不可數

8223
□ **alienate**
[ˋeljən͵et]

及物 使疏遠，離間
句型 SVO
用法 alienate *one's* friends 疏遠朋友

■ **TV** 電視

The **ruthless** boss **allotted** his staff **laborious** tasks every day.
無情的老闆每天都把相當吃力的工作分配給員工。

8224
□ **ruthless**
[ˋruθlɪs]

形 無情的

8225
□ **allot**
[əˋlat]

及物 分配；指派
句型 SVO, SVOO
用法 allot ... to~ 將…分配給～

8226
□ **laborious**
[ləˋborɪəs]

形 耗時費力的；(作品等)生硬的

! 注意重音

The **sheriff apprehended** the **notorious villain** on suspicion of murder.
警長以謀殺罪嫌逮捕了惡名昭彰的惡棍。

8227
□ **sheriff**
[ˋʃɛrɪf]

名 郡治安官，警長

8228
□ **apprehend**
[͵æprɪˋhɛnd]

及物 逮捕；擔心
句型 SVO
用法 apprehend that... 擔心…

8229
□ **notorious**
[noˋtorɪəs]

形 惡名昭彰的，聲名狼藉的

8230
□ **villain**
[ˋvɪlən]

名 惡棍；（小說、戲劇等的）反派角色

好用★Phrase **on suspicion of...** 有…的嫌疑

Although the emperor **averted** a collapse of the **dynasty**, the social **unrest** continued.
雖然皇帝避免了王朝滅亡的命運，但是社會持續動盪不安。

8231
□ **avert**
[əˋvɝt]

及物 避開（危險等）；轉移（目光等）
句型 SVO
用法 ...was narrowly averted 驚險地避免…
avert *one's* face 別過臉

8232
□ **dynasty**
[ˋdaɪnəstɪ]

名 王朝；（某領域的）支配集團

8233
□ **unrest**
[ʌnˋrɛst]

名（社會、政治的）動盪
複數 無複數形，不可數

They **censored** her letter under the **pretext** of **oversight**.
他們以監督為名檢查了她的信件。

8234
□ **censor**
[ˋsɛnsɚ]

及物 審查
句型 SVO
用法 censor a film 審查電影
名（書刊、電影等的）審查官

8235
□ **pretext**
[ˋpritɛkst]

名 藉口，託詞，名目

8236
□ **oversight**
[ˋovɚˏsaɪt]

名 監督；疏忽，出錯

好用★Phrase **under / on the pretext of...** 以…為藉口，以…的名目

The **decree centralizes** the economy and it is **illogical**.
這項法令讓經濟趨於中央集權，相當不合理。

8237 □ **decree** [dɪˋkri]	名 法令 及物 頒布（法令） 不及物 頒布法令
8238 □ **centralize** [ˋsɛntrəˏlaɪz]	及物 使成為中央集權制；使處於中心 句型 SVO 用法 centralize political power into... 將政權集中於…
8239 □ **illogical** [ɪˋlɑdʒɪkl̩]	形 不合邏輯的，不合理的

MP3 **107**

Around the **bonfire** they **chanted** prayers celebrating God's **grandeur**.
他們圍著營火吟誦著禱告詞，讚頌神的偉大。

8240 □ **bonfire** [ˋbɑnˏfaɪr]	名 營火
8241 □ **chant** [tʃænt]	及物 唱；吟誦；反覆而有節奏地喊（口號） 句型 SVO 名 歌；（遊行示威時的）口號
8242 □ **grandeur** [ˋgrændʒɚ]	名 偉大；威嚴；雄偉 複數 無複數形，不可數

A lot of gravel and pulp clogged the sewer.
大量的砂礫和泥漿堵住了下水道。

8243
□ **gravel**
[ˋgrævl̩]
名 砂礫
複數 無複數形，不可數

8244
□ **pulp**
[pʌlp]
名 漿狀物；果肉
複數 無複數形，不可數
及物 把（紙張、蔬果等）打成漿

8245
□ **clog**
[klɑg]
及物 阻塞，妨礙
句型 SVO
用法 clog a drain 堵住排水管
clog a road 阻礙道路
名 障礙物

8246
□ **sewer**
[ˋsuɚ]
名 汙水管，下水道

The townspeople commemorated their founder and erected his bust.
鎮民為了紀念鎮的創立者，為他立了一尊半身像。

8247
□ **townspeople**
[ˋtaʊnz͵pipl̩]
名 城鎮居民，城裡生長的人

8248
□ **commemorate**
[kəˋmɛmə͵ret]
及物 紀念
句型 SVO
用法 commemorate the 250th anniversary of Mozart's birth 紀念莫札特的 250 歲誕辰

↑ TOEIC part 4 常考！
The museum will commemorate its 10th anniversary on April 1.
博物館將在 4 月 1 日慶祝 10 週年館慶。

8249
□ **bust**
[bʌst]

名 半身像；胸圍

True loyalists can sometimes be confounded by deceptive hypocrites.
真正愛國的人有時候會讓人與虛偽的偽君子分不清楚。

8250
□ **loyalist**
[`lɔɪəlɪst]

名（政府或統治者的）忠誠支持者

8251
□ **confound**
[kən`faʊnd]

及物 混淆，分不清；使驚慌失措
句型 SVO
用法 be confounded at / by...
對…分不清；對…困惑得不知所措

8252
□ **deceptive**
[dɪ`sɛptɪv]

形 欺騙人的，造成假象的

8253
□ **hypocrite**
[`hɪpəkrɪt]

名 偽君子，偽善者

His hometown had few amenities, but he dabbled at billiards.
他故鄉的娛樂設施不多，但他卻玩撞球。

8254
□ **amenity**
[ə`mɛnətɪ]

名〔常用 amenities〕使生活快樂（便利、舒適）的設施；（環境等的）舒適

↑ TOEIC part 2, 3 常考！
What sort of amenities does the hotel provide?
飯店提供哪種娛樂設施？

8255 □ **dabble** [ˋdæbḷ]	不及物 涉獵 及物 把（手、腳等）濺濕 句型 SV, SVO
8256 □ **billiards** [ˋbɪljədz]	名〔用作單數〕撞球 形 (billiard) 撞球的

My **stepmother darned** the **zigzag nick** in my pants.
我的繼母為我修補褲子上的鋸齒狀裂口。

8257 □ **stepmother** [ˋstɛpˏmʌðɚ]	名 繼母
8258 □ **darn** [dɑrn]	及物 縫補 句型 SVO
8259 □ **zigzag** [ˋzɪgzæg]	形〔限定用法〕之字形的 名 之字形，鋸齒狀 不及物 成之字形前進
8260 □ **nick** [nɪk]	名 裂痕，凹口；刻痕；（皮膚上的）劃痕；〔俚〕監獄 及物 使有刻痕

In the **extended** term, you can **deduct** the expenses for teaching materials from the **tuition** fee.
在延長期間，你可以從學費裡扣除教材費。

8261 □ **extended** [ɪkˋstɛndɪd]	形（期限）延長的；展開的；範圍廣的

8262
□ **deduct**
[dɪ`dʌkt]

及物 扣除；演繹
句型 SVO
用法 Tax Deducted at Source (TDS)
來源代扣繳稅，代扣繳稅款

8263
□ **tuition**
[t(j)u`ɪʃən]

名 學費 (= tuition fee)；教學
複數 無複數形，不可數

TOEIC part 5, 6 常考！
Undergraduate tuition at private colleges and universities rose an average of 3.5% this fall.
今年秋天私立學院及大學的學費平均漲了 3.5%。

Years of heavy **loading** had **deformed** the bed of the farmer's truck.
長年以來的載重已讓農夫卡車上的裝貨台變形。

8264
□ **loading**
[`lodɪŋ]

名 裝載；裝填
複數 無複數形，不可數

8265
□ **deform**
[dɪ`fɔrm]

及物 使變形
句型 SVO

好用★Phrase **years of...** 長年以來的…

Police **detained** the **solicitor** for illegal possession of **cocaine**.
警方拘留了那名律師，因為他非法持有古柯鹼。

8266
□ **detain**
[dɪ`ten]

及物 〔法律〕拘留；使耽誤
句型 SVO
用法 detain a suspect 拘留嫌疑犯

8267
□ **solicitor**
[sə`lɪsətɚ]

名 律師；法務官；掮客，遊說者

8268 □ **cocaine** [ko`ken]	名 古柯鹼 複數 無複數形，不可數

> Her **insecurity** about the future **deterred** the **heiress** from **extravagance**.
> 因為對未來沒有安全感，所以女繼承人不敢鋪張浪費。

8269 □ **insecurity** [ˌɪnsɪ`kjʊrətɪ]	名 不安全感；不可靠
8270 □ **deter** [dɪ`tɝ]	及物 阻止；使打消…的念頭 句型 SVO 用法 deter crime 遏阻犯罪 deter ... from *Ving* 阻止…做～
8271 □ **heiress** [`ɛrɪs]	名 女繼承人
8272 □ **extravagance** [ɪk`strævəgəns]	名 浪費，奢侈；無節制

MP3 **108**

> The sudden decrease in the number of **contestants devalued** the sports festival.
> 參賽者人數驟降，使得這次的體育節失色不少。

8273 □ **contestant** [kən`tɛstənt]	名 參賽者，競爭者
8274 □ **devalue** [di`vælju]	及物 降低…的價值；使（貨幣）貶值 句型 SVO 用法 devalue a currency 使貨幣貶值

In developed countries, **myriad** vehicles **diffuse dioxides** into the air.
在已開發國家中，無數的車輛將二氧化物排放到空氣中。

8275 □ **myriad** [ˋmɪrɪəd]	形〔限定用法〕無數的 名 無數
8276 □ **diffuse** [dɪˋfjuz] ! 注意發音	及物 使（光、熱、氣體等）發散；使普及 不及物 普及；擴散 句型 SV, SVO 用法 diffuse ... into air 將…擴散到空氣中 形 普及的；擴散的 [dɪˋfjus]
8277 □ **dioxide** [daɪˋɑksaɪd]	名 二氧化物 複數 無複數形，不可數

好用★Phrase **developed countries** 已開發國家

She **diluted** the thick **porridge** with milk.
她用牛奶稀釋濃粥。

8278 □ **dilute** [dɪˋlut, daɪ-]	及物 稀釋 句型 SVO 形〔限定用法〕稀釋的；(顏色）變淡的
8279 □ **porridge** [ˋpɔrɪdʒ]	名 麥片粥 複數 無複數形，不可數

This **trolley** will **disconnect** its rear car at the next **upland** station.
電車會在下一個高地車站與拖板車分離。

8280
□ **trolley**
[`trɑlɪ]

名 電車；（運送食物等的）手推車

8281
□ **disconnect**
[ˌdɪskə`nɛkt]

及物 使分離；切斷
句型 SVO
用法 disconnect a PC from the Internet
切斷個人電腦的網路

TOEIC part 2, 3 常考！
I got disconnected from the Internet before I could download the file.
在我下載檔案之前，網路就斷了。

8282
□ **upland**
[`ʌplənd, -ˌlænd]

形〔限定用法〕高地的，高原的
名 高地，高原地區

The hair **conditioner disfigured** her due to an **allergic** reaction.
由於對這瓶潤絲精產生過敏反應，使她變醜了。

8283
□ **conditioner**
[kən`dɪʃənɚ]

名（頭髮的）潤絲精；衣物柔順劑；調節器

8284
□ **disfigure**
[dɪs`fɪgjɚ]

及物 損毀…的容貌；破壞…的外觀
句型 SVO

8285
□ **allergic**
[ə`lɝdʒɪk]

形 過敏的；過敏性的；〔口〕極反感的

好用★Phrase **due to...** 由於…

He **distilled** illegal liquor after they passed the **prohibition** law.
他在禁酒法通過之後非法蒸餾酒。

8286
□ **distill**
[dɪ`stɪl]

及物 蒸餾；抽出…的精華
句型 SVO
用法 distill water 蒸餾水

8287
□ **prohibition**
[ˌproə`bɪʃən]

名 禁止；禁酒；〔常用 Prohibition〕禁酒法

The members of the **tribunal diverged** on the **verdict**.
法庭的裁判官對這項判決的意見分歧。

8288
□ **tribunal**
[traɪ`bjunḷ, trɪ-]

名 法庭，裁判所

8289
□ **diverge**
[dɪ`vɜdʒ, daɪ-]

不及物 （意見、觀點等）分歧；偏離
及物 使偏離
句型 SV, SVO
用法 diverge from... 對…意見分歧；偏離…

8290
□ **verdict**
[`vɜdɪkt]

名〔法律〕裁決；（一般的）判斷

The young **intern** was very tired and **dozed** during the **intermission**.
這名年輕的實習生非常疲倦，所以休息時間都在打盹。

8291
□ **intern**
[`ɪntɜn]

名 實習生；實習醫生；實習教師

8292 □ **doze** [doz]	不及物 打盹，小睡 句型 SV 名 打盹
8293 □ **intermission** [ˌɪntɚ`mɪʃən]	名 休息時間；停頓，中止

The priest tried to **enlighten** the **sinner** with words from the **Scripture**.
牧師設法利用《聖經》中的話語來教化罪人。

8294 □ **enlighten** [ɪn`laɪtn̩]	及物 啓發，教化；使明白，教導 句型 SVO 用法 enlighten ... on / about~ 使…明白～，向…指點～
8295 □ **sinner** [`sɪnɚ]	名（道德、宗教上的）罪人
8296 □ **scripture** [`skrɪptʃɚ]	名〔常用 the Scripture〕聖經；〔有時用 Scripture〕聖經中的文句

His **insensitive sarcasm enraged** his **stepfather**.
他那番沒有分寸的挖苦話語激怒了他的繼父。

8297 □ **insensitive** [ɪn`sɛnsətɪv]	形（發言等）不懂別人感受的；（對刺激等）沒有感覺的
8298 □ **sarcasm** [`sarkæzəm]	名 挖苦，諷刺
8299 □ **enrage** [ɪn`redʒ]	及物 使暴怒 句型 SVO 用法 be enraged by / at... 對…感到非常憤怒

8300
□ **stepfather**
[ˋstɛp͵faðɚ]

名 繼父

MP3 109

He **entrusted** his **caretaker** with selling the **fixtures** of his house.
他委託管理員出售房子裡的設備。

8301
□ **entrust**
[ɪnˋtrʌst]

及物 委託，交託
句型 SVO
用法 entrust ... with~ = entrust ~ to... 將～委託給…

8302
□ **caretaker**
[ˋkɛr͵tekɚ]

名（學校、房屋等的）管理員
形 臨時代理的

8303
□ **fixture**
[ˋfɪkstʃɚ]

名（房屋等內的）固定設備；常客；職位或地位長期不變的人

City Hall **evacuated** all **occupants** because of the danger of **avalanche**.
由於有雪崩的危險，所以市政府疏散了所有的居民。

8304
□ **evacuate**
[ɪˋvækjʊ͵et]

及物 撤離，疏散；騰出（房子）；排泄（糞便）
不及物 避難；排泄
句型 SV, SVO
用法 order residents to evacuate from...
命令居民從…撤離

↑ TOEIC part 4 常考！
All the workers were safely evacuated from the site.
所有的工人都安全地從現場撤離了。

8305 □ **occupant** [ˋɑkjəpənt]	名 居住者；占用者
8306 □ **avalanche** [ˋævə͵læntʃ, -͵lantʃ]	名 雪崩；(an avalanche of...) …蜂擁而至 及物 大量湧至 不及物 雪崩；大量出現

好用★Phrase **because of...** 因為…，由於…

The president **evaded** questions from the employees during his **briefing** on the **layoff**.
總裁在做臨時裁員的簡報時，迴避了員工所提出的問題。

8307 □ **evade** [ɪˋved]	及物 迴避（問題等）；避開；逃避（義務等） 句型 SVO 用法 evade taxes 逃稅
8308 □ **briefing** [ˋbrifɪŋ]	名 簡報；情況的簡要說明
8309 □ **layoff** [ˋle͵ɔf]	名 臨時解雇；活動停止期間

TOEIC part 7 常考！ Employees on layoff for any period of time will be considered to have a non-pay status.
遭到臨時解雇的員工，無論何時都會被視為處於停薪狀態。

Smoking too much **marijuana impaired** the musician's health.
吸食過多的大麻損害了音樂家的健康。

8310 □ **marijuana** [͵mærəˋ(h)wanə]	名 大麻 (= marihuana) 複數 無複數形，不可數

8311 □ **impair** [ɪm`pɛr]
及物 傷害（健康、價值等）；削弱
句型 SVO
用法 impair *one's* sight / hearing
損害某人的視力 / 聽力

His **cheeky** behavior **infuriated** his **godmother**.
他無恥的行為激怒了他的教母。

8312 □ **cheeky** [`tʃikɪ]
形 厚顏無恥的，放肆的

8313 □ **infuriate** [ɪn`fjʊrɪˌet]
及物 使狂怒
句型 SVO

8314 □ **godmother** [`gadˌmʌðɚ]
名 教母，名義上的母親

They **irrigated** a part of the **heath** and built a **beet** plantation.
他們灌溉了部分的石南荒原並蓋了一座甜菜根種植場。

8315 □ **irrigate** [`ɪrəˌget]
及物 灌溉；使滋潤
句型 SVO

8316 □ **heath** [hiθ]
名〔英〕（石南叢生的）荒野；〔植物〕石南

8317 □ **beet** [bit]
名 甜菜根

She was **resourceful** enough to **juggle** a job, kids, her **siblings**, and housework.
她相當能隨機應變，同時兼顧好工作、小孩、手足及家事。

8318 □ **resourceful** [rɪ`zorsfəl, -`sors-]	形 機智的，善於隨機應變的；資源豐富的
8319 □ **juggle** [`dʒʌgl̩]	及物 盡力同時應付；以…變戲法 不及物 玩雜耍 句型 SV, SVO
8320 □ **sibling** [`sɪblɪŋ]	名 手足，兄弟姊妹

The **aerobic** instructor's **adorable** smile **kindled** the man's passion.
有氧運動教練可愛的微笑燃起了那個人的熱情。

8321 □ **aerobic** [ɛə`robɪk]	形〔限定用法〕有氧健身的；（細菌）好氧性的
8322 □ **adorable** [ə`dorəbl̩]	形 可愛的；值得崇拜的
8323 □ **kindle** [`kɪndl̩]	及物 激起（熱情等）；使著火 不及物 著火；容光煥發 句型 SV, SVO

The **bomber** couldn't **localize** the designated dropping area for the **battlefield**.
轟炸機無法定位出戰場上指定投擲的區域。

8324
□ **bomber**
[ˋbɑmɚ]
❗注意發音

名 轟炸機

8325
□ **localize**
[ˋlokə͵laɪz]

及物 使局部化，定位；使具有地方色彩；將…本地化
句型 SVO
用法 localize software 將軟體翻譯成當地語言

8326
□ **battlefield**
[ˋbætl̩͵fild]

名 戰場

The manager was **maddened** by his team's loss in the last **inning**, and knocked out the **tabloid**'s **defenseless** reporter.
經理因為他的球隊輸了最後一局而大發脾氣，把毫無防備的小報記者打昏了。

8327
□ **madden**
[ˋmædn̩]

及物 使大怒；使發狂
句型 SVO
用法 be maddened with pain / despair
因痛苦 / 絕望而發狂

8328
□ **inning**
[ˋɪnɪŋ]

名〔棒球〕一局

8329
□ **tabloid**
[ˋtæblɔɪd]

名 小報（以報導聳動新聞為特點）
形〔限定用法〕扼要的；聳人聽聞的

8330 □ **defenseless** [dɪ`fɛnslɪs]	形 無防備的

好用★Phrase **knock ... out** 把…擊昏

MP3 110

The chairperson **manipulated** the **subcommittee** and got them to shelve the bill.
主席巧妙地操縱小組委員會，讓他們將這項法案擱置。

8331 □ **manipulate** [mə`nɪpjə͵let]	及物 巧妙地操縱（人、輿論等）；熟練地操作（機器等）；竄改（帳目等） 句型 SVO 用法 manipulate public opinion 操控輿論
8332 □ **subcommittee** [`sʌbkə͵mɪtɪ]	名 小組委員會

好用★Phrase **shelve a bill** 將法案擱置

The **chronicle** says that many **pagans** were **massacred** here in the 15th century.
編年史上記載，15 世紀時有許多異教徒在這裡被屠殺。

8333 □ **chronicle** [`kranɪkḷ]	名〔常用 chronicles〕編年史，年代記；(the Chronicle)〔作報紙名稱〕…紀事報 及物 把…載入編年史
8334 □ **pagan** [`pegən]	名 異教徒；多神教徒 形〔限定用法〕異教（徒）的

8335
□ **massacre**
[`mæsəkɚ]
注意發音

及物 大屠殺；〔口〕（在比賽中）使慘敗
句型 SVO
名 大屠殺；〔口〕（比賽等）慘敗

The **unification** of our company and the computer company will **maximize** our profits and tax **exemption**.
我們公司和電腦公司的合併可以讓我們享有最大的獲利及免稅額。

8336
□ **unification**
[͵junəfə`keʃən]

名 統一，聯合
複數 無複數形，不可數

8337
□ **maximize**
[`mæksə͵maɪz]

及物 使最大化；充分利用（或重視）
句型 SVO
用法 maximize a window 將視窗放到最大
maximize *one's* potential for... 充分發揮…的潛能

8338
□ **exemption**
[ɪg`zɛmpʃən]

名（所得稅的）免稅額；（義務等的）免除

Because some farmers **misused pesticides**, many **robins** died in this area.
由於有些農夫濫用殺蟲劑，造成這個地區有許多知更鳥死亡。

8339
□ **misuse**
[mɪs`juz]
注意發音

及物 濫用，使用…不當
句型 SVO
名 濫用 [mɪs`jus]

8340
□ **pesticide**
[`pɛstɪ͵saɪd]

名 殺蟲劑

8341 □ **robin** [ˋrabɪn]	名 知更鳥

Several foot **regiments** were **mobilized** to defend the country's borders.
有數個步兵軍團被調去鎮守國界。

8342 □ **regiment** [ˋrɛdʒəmənt]	名 軍團；〔常用 regiments (of...)〕一大批，大量
8343 □ **mobilize** [ˋmobəˌlaɪz]	及物 動員；調動（財力、資源等） 句型 SVO 用法 mobilize the police 動員警方 mobilize the whole nation to *V* 動員全國去做…

The company **monopolized** the **petroleum** concession in the country and made **phenomenal** profits.
公司獨占了國家的石油開採權，獲得了驚人的利潤。

8344 □ **monopolize** [məˋnapəˌlaɪz]	及物 獨占，壟斷 句型 SVO 用法 monopolize the domestic market 獨占國內市場
8345 □ **petroleum** [pəˋtrolɪəm]	名 石油 複數 無複數形，不可數
8346 □ **phenomenal** [fəˋnamənl̩]	形 驚人的，非凡的

They **moored** the **steamboat** in a **hazy** harbor.
他們把蒸氣船停靠在霧濛濛的港口。

8347 □ **moor** [mʊr]	及物 使停泊 句型 SVO 用法 moor a boat to the bank 把船停泊到岸邊 be moored in / at... 停泊在… 名 沼澤，濕地
8348 □ **steamboat** [ˋstimˏbot]	名 蒸氣船
8349 □ **hazy** [ˋhezɪ]	形 有薄霧的；（對想法或細節）不清楚的

A fallen **gravestone obstructed** the path to the **bog**.
一塊傾倒的墓碑阻礙了通往沼澤的路。

8350 □ **gravestone** [ˋgrevˏston]	名 墓碑
8351 □ **obstruct** [əbˋstrʌkt]	及物 阻塞（道路等）；阻撓（行進、活動等），妨礙 句型 SVO 用法 obstruct judicial proceedings 妨礙司法程序
8352 □ **bog** [bɑg]	名 沼澤，濕地

I **opted** to stay in a **renowned** hotel on the coast for both business and **recreational** purposes.
我選擇住在沿海的知名飯店，以同時達到商務與休閒的目的。

8353 □ **opt** [ɑpt]	不及物 選擇，（選擇後）決定 句型 SV 用法 opt to *V* 選擇做…
8354 □ **renowned** [rɪ`naʊnd]	形 聞名的

TOEIC part 5, 6 常考！ The company is renowned for its excellent customer service.
這家公司以優質的客服聞名。

8355 □ **recreational** [ˌrɛkrɪ`eʃənḷ]	形〔多作限定用法〕消遣的，娛樂的

好用★Phrase **both ... and~** …和～都

The **auditor overestimated** the value of the **duchess**'s property.
查帳員高估了公爵夫人的財產。

8356 □ **auditor** [`ɔdɪtɚ]	名 查帳員，審計員；（大學的）旁聽生
8357 □ **overestimate** [ˌovɚ`ɛstəˌmet] ! 注意發音	及物 高估（數量、價值、能力等） 句型 SVO 用法 overestimate *one's* ability 高估某人的能力 名 **過高的評價** [`ovɚ`ɛstəmɪt]
8358 □ **duchess** [`dʌtʃɪs]	名 公爵夫人；女公爵

MP3 111

The **superintendent oversaw** the **spinners'** work in the factory, but only **reluctantly.**
廠長監督工廠裡紡紗工人的工作，但是做得心不甘情不願。

8359 □ **superintendent** [ˏsupərɪnˋtɛndənt]
名 監督者；（部門）主管

8360 □ **oversee** [ˏovɚˋsi]
及物 監督；偶然看見，偷看到
變化 oversaw / overseen
句型 SVO
用法 oversee the financial management
監督財務管理

8361 □ **spinner** [ˋspɪnɚ]
名 紡紗工人；紡紗機；（釣魚用的）旋式誘餌

8362 □ **reluctantly** [rɪˋlʌktəntlɪ]
副 不情願地，勉強地

The doctor **persevered** with his study about the relation between **diabetes** and **hormones.**
醫生孜孜不倦地研究糖尿病與荷爾蒙之間的關係。

8363 □ **persevere** [ˏpɝsəˋvɪr]
不及物 堅持不懈；堅忍
句型 SV
用法 persevere in *one's* efforts 努力不懈
persevere with a difficult task
堅持去做某項艱難的任務

8364 □ **diabetes** [ˏdaɪəˋbitiz]
名〔常用作單數〕糖尿病

8365 □ **hormone** [ˋhɔrmon]	名 荷爾蒙

It is difficult to pinpoint the time of the dinosaurs' extinction.
要明確指出恐龍滅絕的時間相當困難。

8366 □ **pinpoint** [ˋpɪnˏpɔɪnt]	及物 明確地指出；精確地確定…的位置 句型 SVO 用法 pinpoint the cause of... 找出…確切的原因 名 針尖；極小的東西 形〔限定用法〕非常精確的
8367 □ **extinction** [ɪkˋstɪŋkʃən]	名（物種等的）滅絕；滅火 複數 無複數形，不可數

Many **emigrants** are **plying** their trade in the **gutters**.
許多移民都在貧民窟裡做生意。

8368 □ **emigrant** [ˋɛmɪgrənt]	名 移民，移居外國者
8369 □ **ply** [plaɪ]	及物 經營；勤用（工具等）；不斷供給（食物或飲料） 句型 SVO 用法 ply *one's* trade 做生意，從事工作
8370 □ **gutter** [ˋgʌtɚ]	名〔常用 the ...〕貧民窟；貧困的生活；（道路旁的）排水溝

The **horrid din** of the factory machinery was **punctuated** by the occasional blasts of a siren.
工廠機器所發出的可怕噪音不時會被警報聲打斷。

8371 □ **horrid** [ˋhɔrɪd, ˋhɑr-]	形 可怕的；極討人厭的
8372 □ **din** [dɪn]	名 喧鬧聲 及物 發喧鬧聲擾（人） 不及物 發出嘈雜聲
8373 □ **punctuate** [ˋpʌŋktʃʊˏet]	及物 不時打斷；為…加標點符號；強調 句型 SVO

Many of the **privileged** classes were **purged** from their **fatherland** after the revolution.
革命後許多特權階級人士都遭到整肅而遠離祖國。

8374 □ **privileged** [ˋprɪvɪlɪdʒd]	形 有特權的
8375 □ **purge** [pɝdʒ]	及物 肅清（組織中的異己分子）；使淨化 句型 SVO 用法 purge ... from~ = purge ~ of... 自…肅清~ 名 淨化；整肅
8376 □ **fatherland** [ˋfɑðɚˏlænd]	名〔常用作單數〕祖國（若要避免性別歧視，可用中性的 homeland）

The notorious **aggressors ravaged** the town.
惡名昭彰的侵略者掠奪了城鎮。

8377 □ **aggressor** [ə`grɛsɚ]	名 侵略者，挑釁者
8378 □ **ravage** [`rævɪdʒ]	及物 掠奪；（天災、戰爭等）破壞 句型 SVO 用法 be ravaged by a hurricane 遭到颶風的破壞 名 蹂躪，破壞

We **rearranged** the **partitions** of the office for the new programmers.
我們為新來的程式設計師重新安排了辦公室的隔間。

8379 □ **rearrange** [ˌriə`rendʒ]	及物 重新安排，重新整理 句型 SVO 用法 rearrange icons on the desktop 重新整理桌面圖示
8380 □ **partition** [pɑr`tɪʃən]	名 隔間；隔板；分割 及物 分割；（用隔板等）隔開

He **rebuked** his **chauffeur** for using **indecent** language.
他的司機因為講了粗話而被他斥責。

8381 □ **rebuke** [rɪ`bjuk]	及物 訓斥，譴責 句型 SVO 用法 rebuke ... for~ 因～而訓斥⋯ 名 訓斥

8382 □ **chauffeur** [`ʃofɚ]	名（私人汽車的）司機 不及物 當（私家汽車）司機 及物 開汽車接送
8383 □ **indecent** [ɪn`disənt]	形 粗鄙的，猥褻的

The police found him in the **squad** of **pickup** workers and **recaptured** him.
警方在一群整理貨物的工人中發現他，再次將他逮捕。

8384 □ **squad** [skwɑd]	名（從事同一工作的）小組；（軍隊）班
8385 □ **pickup** [`pɪk,ʌp]	名（貨物、郵件等的）收取，裝載；被搭訕者，勾搭上的人 形〔限定用法〕（菜餚等）臨時做的
8386 □ **recapture** [ri`kæptʃɚ]	及物 再捕獲；收復；重溫 句型 SVO 名 收復；再捕獲

MP3 112

I have to **rectify** all errors in the **warranty** for the new **thermostat** by tomorrow.
我必須在明天前將新款溫控器保證書上所有的錯誤修正完成。

8387 □ **rectify** [`rɛktə,faɪ]	及物 修正；調整（機械、軌道等） 句型 SVO
8388 □ **warranty** [`wɔrəntɪ]	名（品質等的）保證書

↑ TOEIC part 7 常考！

All the DVD recorders purchased before December 31 will have a 5-year warranty.
所有在 12 月 31 日前購買的 DVD 錄影機都享有五年保固。

8389
□ **thermostat** [ˋθɝmə͵stæt]
名 自動調溫器，溫控器

He was late for his date with her, but he **redeemed** himself by giving her an **armful** of **blooming** roses.
他和她約會時遲到了，但他送她一大把盛開的玫瑰，設法彌補過錯。

8390
□ **redeem** [rɪˋdim]
及物 挽回；彌補；〔宗教〕拯救；將（禮券等）換成商品
句型 SVO
用法 redeem *oneself* 彌補過錯
redeem *one's* reputation 挽回名譽

8391
□ **armful** [ˋarm͵fʊl]
名（單臂或雙臂）一抱之量

8392
□ **blooming** [ˋblumɪŋ]
形 開花的；繁盛的；〔英〕十足的，全然的

好用★Phrase **be late for...** …遲到了

The **pensioner reentered** the university to study **biotechnology**.
那名領有老年津貼的人再次回到大學研讀生物技術。

8393
□ **pensioner** [ˋpɛnʃənɚ]
名 領取養老金的人

8394
□ **reenter** [riˋɛntɚ]
及物 再進入；重新登入
句型 SVO

8395 □ **biotechnology** [ˌbaɪotɛkˋnɑlədʒɪ]	名 生物技術，生科 複數 無複數形，不可數

They **reestablished** the **prewar** church of the **parish.**
他們重建了教區戰前的教會。

8396 □ **reestablish** [ˌriəˋstæblɪʃ]	及物 重建；使復原 句型 SVO
8397 □ **prewar** [ˋpriˋwɔr]	形〔多作限定用法〕戰前的
8398 □ **parish** [ˋpærɪʃ]	名 教區；地方行政區

The State **renounced** its **exertion** of authority over the religious group, because its activities were **justifiable.**
該州宣布放棄對那個宗教團體行使公權力，因為該團體的活動都證實是正當的。

8399 □ **renounce** [rɪˋnaʊns]	及物（正式宣布）放棄；與…斷絕關係 句型 SVO 用法 renounce *one's* claim to... 正式放棄對…的權利
8400 □ **exertion** [ɪgˋzɝʃən]	名（權力等）的行使；努力；艱苦的工作（或運動）
8401 □ **justifiable** [ˋdʒʌstəˌfaɪəbḷ]	形 可證明為正當的，有道理的；可辯護的

Hearing his **lighthearted jest**, she could hardly **repress** her laughter.
聽了他那輕鬆的笑話，她忍不住笑開了。

8402 □ **lighthearted** [ˋlaɪtˋhartɪd]	形 輕鬆愉快的；無憂無慮的
8403 □ **jest** [dʒɛst]	名 笑話；戲謔 不及物 說笑話 及物 戲弄
8404 □ **repress** [rɪˋprɛs]	及物 抑制（衝動、慾望等）；鎮壓 句型 SVO 用法 repress *one's* anger 壓抑怒氣

The staff can **retrieve** the **inventory** data on the **woodwork** products.
員工能夠檢索木製品的庫存資料。

8405 □ **retrieve** [rɪˋtriv]	及物 檢索（資訊）；找回；恢復；（獵犬）尋回（獵物） 句型 SVO 用法 retrieve data from a database 從資料庫中檢索資料 名 取回；恢復
8406 □ **inventory** [ˋɪnvən͵torɪ]	名〔美〕（商品、財產等的）在庫清單；庫存

↑ TOEIC part 2, 3 常考！

We don't want to keep any excess inventory.
我們不想留有太多的庫存。

8407
□ **woodwork**
[ˋwʊd,wɜk]

名 木製品；木工技術
複數 無複數形，不可數

Admittedly the election was **rigged**, which is why the country descended into **anarchy**.
一般都認為選舉遭到不正當手段的操控，這就是國家會陷入無政府狀態的原因。

8408
□ **admittedly**
[ədˋmɪtɪdlɪ]

副 公認地，無可否認地

8409
□ **rig**
[rɪg]

及物 （用不正當的手段）操縱；給（船隻）裝上帆及索具
句型 SVO
用法 rig a ship with a sail 幫船裝上帆
名 成套器械；船帆裝置

8410
□ **anarchy**
[ˋænɚkɪ]

名 無政府狀態；無秩序

The **breeder segregated** the sick cows from the healthy ones.
飼主將病牛與其他健康的牛隔開。

8411
□ **breeder**
[ˋbridɚ]

名 飼養動物的人

8412
□ **segregate**
[ˋsɛgrɪ,get]

及物 隔離（病人等）；分開並區別對待（不同種族、性別或宗教的人）
不及物 分離
句型 SV, SVO
用法 segregate ... from~ 從～中隔離出…

The **rascals shoplifted** at the drugstore.
無賴在藥妝店裡順手牽羊。

8413 □ **rascal** [ˋræskḷ]	名 無賴，惡棍；（尤指小孩）淘氣鬼
8414 □ **shoplift** [ˋʃɑp͵lɪft]	不及物 逛商店時行竊 及物 入店偷竊（商品） 句型 SV, SVO

MP3 113

The actress came to **shun** publicity after retirement, and now she is **unavailable** to the mass media.
那名女演員自退休後就避開媒體的關注，因此現在已經無法在大眾傳播媒體上看到她了。

8415 □ **shun** [ʃʌn]	及物 避開 句型 SVO 用法 shun the public eye 閃避眾人的目光
8416 □ **unavailable** [͵ʌnəˋveləbḷ]	形 （人）不在的；無法取得的；無法利用的

好用★Phrase **the mass media** 大眾傳播媒體

The researcher **sifted** through the **samplings** of **parasites**.
研究人員仔細研究寄生蟲的樣本。

8417 □ **sift** [sɪft]	不及物 嚴密調查；（雪、光線等如過篩般地）落下，射入；篩 及物 嚴密調查；篩 句型 SV, SVO 用法 sift through data 細審資料

8418 □ **sampling** [ˋsæmplɪŋ]	名 採樣；試吃，試飲
8419 □ **parasite** [ˋpærəˏsaɪt]	名 寄生蟲；寄生植物

It is **inexplicable** that the tribe was able to **smelt** iron from ore in those days.
令人費解的是，這個部落在當時竟然有辦法煉鐵。

8420 □ **inexplicable** [ɪnˋɛksplɪkəbl̩]	形 無法解釋的，費解的
8421 □ **smelt** [smɛlt]	及物 冶煉（金屬、礦石等） 句型 SVO

好用★Phrase **in those days** 當時，那時候

The advertisement **solicited** contributions for people who had contracted AIDS through blood **transfusions**.
這則廣告懇求大家捐款給因輸血而感染愛滋病的人。

8422 □ **solicit** [səˋlɪsɪt]	及物 懇求；引誘…做壞事 不及物 懇求 句型 SV, SVO 用法 solicit ... for~ 向…乞求~
8423 □ **transfusion** [trænsˋfjuʒən]	名 輸血 (= blood transfusion)；注入

■ **AIDS (= acquired immune deficiency syndrome)** 愛滋病，後天免疫缺乏症候群

Level 9 Power Sentences

The **distracted** mother tried to **stifle** her **sickly** son with a pillow.
心煩意亂的母親試圖用枕頭悶死他多病的兒子。

8424 □ **distracted** [dɪ`stræktɪd]	形 心煩意亂的，注意力分散的
8425 □ **stifle** [`staɪfl̩]	及物 使窒息；忍住（笑、呵欠等）；鎮壓（叛亂等）；扼殺 句型 SVO 用法 stifle a laugh 忍住不笑
8426 □ **sickly** [`sɪklɪ]	形 多病的；病弱的 副 病態地

If you **subscribe** to this magazine in March, you will get a **jigsaw** puzzle featuring a **lovable penguin**.
如果在三月訂閱這本雜誌，就能獲得一個有可愛企鵝圖案的拼圖。

8427 □ **subscribe** [səb`skraɪb]	不及物 訂購（報紙、雜誌等） 句型 SV 用法 subscribe to... 訂購⋯

↑ TOEIC part 4 常考！

If you'd like to subscribe to our magazine, call our service center at 1-800-123-4567 or visit www.newsmagazines.com.
如果您想訂閱我們的雜誌，請撥 1-800-123-4567 到我們的客服中心，或是上我們的網站 www.newsmagazines.com 訂閱。

8428 □ **jigsaw** [`dʒɪg,sɔ]	名 拼圖 (= jigsaw puzzle)；鋼絲鋸（一種用來鋸曲線的鋸子）
8429 □ **lovable** [`lʌvəbl̩]	形 可愛的，惹人愛的

8430 □ **penguin** [ˋpɛngwɪn]
名 企鵝

In the face of economic **adversity**, he **swapped** his **banjo** for money.
面臨經濟困頓之際，他用他的班鳩琴換了錢。

8431 □ **adversity** [ədˋvɝsətɪ]
名 逆境，厄運；〔常用 adversities〕不幸的事，災難

8432 □ **swap** [swɑp]
及物 交換
句型 SVO
用法 swap ... for~ 用…交換~
名 交換

8433 □ **banjo** [ˋbændʒo]
名 班鳩琴

好用★Phrase **in the face of...** 面對…

They **synthesized** a new **vaccine** which provided a high **immunity** to infection.
他們合成了一種對感染具有高度免疫力的新疫苗。

8434 □ **synthesize** [ˋsɪnθəˌsaɪz]
及物 合成；綜合，把…合為一體
句型 SVO
用法 synthesize sound 合成聲音
synthesize several academic fields
綜合數個學術領域

8435 □ **vaccine** [ˋvæksin]
名 疫苗

8436
□ **immunity**
[ɪˋmjunətɪ]

名 免疫；（責任、義務等的）免除；豁免權
複數 無複數形，不可數

They didn't **terminate** the **uninterrupted siege** of the castle until the dictator surrendered.
他們不斷地圍攻城堡，直到獨裁者投降為止。

8437
□ **terminate**
[ˋtɝmə͵net]

及物 終止；解除（契約等）
不及物 終止，結束
句型 SV, SVO
用法 terminate a contract 解除合約

8438
□ **uninterrupted**
[͵ʌnɪntəˋrʌptɪd]

形 不間斷的

8439
□ **siege**
[sidʒ]

名 圍攻

The **linguist transcribed** the **dogma** written in ancient Greek into the Roman alphabet.
語言學家將那些用古希臘文寫成的教條轉譯成羅馬字母。

8440
□ **linguist**
[ˋlɪŋgwɪst]

名 語言學家；通曉數國語言的人

8441
□ **transcribe**
[trænsˋkraɪb]

及物 譯寫；將（口述、錄音等）轉譯（成普通文字）；改編（樂曲）
句型 SVO
用法 transcribe ... from~ 將～譯寫成…

8442 □ **dogma** [ˋdɔgmə]	名 教義，教條；武斷的意見

■ **Greek** 希臘文
■ **Roman** 羅馬的；羅馬人的

When he cut his **fingertip** on a broken **pane** of glass, blood **trickled** onto his shirt.
破碎的窗玻璃割傷他的指尖，血滴在襯衫上。

8443 □ **fingertip** [ˋfɪŋgɚˏtɪp]	名 指尖
8444 □ **pane** [pen]	名 窗玻璃；（牆、天花板、門等的）嵌板
8445 □ **trickle** [ˋtrɪkl̩]	不及物 滴下；慢慢地移動 句型 SV 名 細流；稀稀落落的東西

好用★Phrase **a pane of glass** 一片窗玻璃

War tends to **unleash** the **egoistic barbarism** in human beings.
戰爭往往會顯露出人類自私、野蠻的一面。

8446 □ **unleash** [ʌnˋliʃ]	及物 釋放；宣洩（感情等）；解開…的皮帶 句型 SVO 用法 unleash *one's* anger (on...)（對…）大發雷霆
8447 □ **egoistic** [ˏigoˋɪstɪk, ˏɛgo-]	形 自我本位的，自私自利的

8448
□ **barbarism**
[ˋbarbərɪzəm]

名 野蠻，未開化（狀態）；野蠻的行為

好用★Phrase **tend to *V*** 往往會…，有做…的傾向
a human being 人

The clerk **unpacked** the **bin** and took out some bottles of **mayonnaise**.
店員打開箱子並拿出了幾瓶美乃滋。

8449
□ **unpack**
[ʌnˋpæk]

及物 打開（包裹、容器等）；（從箱子等中）取出；剖析
句型 SVO
用法 unpack a parcel 打開包裹

8450
□ **bin**
[bɪn]

名（貯藏用的）容器，箱子；（地下室的）葡萄酒貯藏窖

8451
□ **mayonnaise**
[ˏmeəˋnez, ˋmeəˏnez]

名 美乃滋，蛋黃醬
複數 無複數形，不可數

好用★Phrase **take ... out** 拿出…

The publisher **verified** who owned the **copyright** of the book on **linguistics**.
出版社確認了這本語言學著作的版權所有者是誰。

8452
□ **verify**
[ˋvɛrəˏfaɪ]

及物 確認，證實；查證，核對
句型 SVO
用法 verify *one's* statement 查證某人的發言內容

↑ TOEIC part 5, 6 常考！
The hardware's capabilities can easily be verified by comparing the processing speed.
藉由比較處理速度就能輕易證明硬體的性能。

8453 □ **copyright** [ˋkɑpɪˏraɪt]	名 著作權，版權 形 受版權保護的
8454 □ **linguistics** [lɪŋˋgwɪstɪks]	名〔用作單數〕語言學

知覺・思考類動詞

MP3 114

The **programmer browsed** through the **specifications.**
程式設計師瀏覽了規格說明書。

8455
□ **programmer**
[ˋprogræmɚ]
名 程式設計師

8456
□ **browse**
[braʊz]
不及物 隨意翻閱；（在網路上）瀏覽訊息
及物 隨便翻看（書等）；（在網路上）瀏覽
句型 SV, SVO
用法 browse through... 瀏覽…，翻閱…
browse websites 瀏覽網頁

8457
□ **specification**
[ˏspɛsəfəˋkeʃən]
名〔常用 specifications〕設計說明書，規格；明細表

↑ TOEIC part 2, 3 常考！
These products are designed to our customers' specifications.
這些產品是依照我們客戶所提供的規格而設計的。

The blond woman was a **knockout** and completely **captivated** John.
那名金髮女子是位絕代佳人，讓約翰十分傾心。

8458
□ **knockout**
[ˋnɑkˏaʊt]

名 絕代佳人；極好之物；〔拳擊〕擊倒
形〔限定用法〕猛烈的；絕妙的；〔體育〕淘汰制的

8459
□ **captivate**
[ˋkæptəˏvet]

及物 迷住，使神魂顛倒
句型 SVO
用法 captivate an audience 使觀眾著迷

The **playwright craved renown**.
那名劇作家渴望成名。

8460
□ **playwright**
[ˋpleˏraɪt]

名 劇作家

8461
□ **crave**
[krev]

及物 渴望
不及物 渴望
句型 SV, SVO
用法 crave to *V* 渴望做…
crave for... 渴望…

8462
□ **renown**
[rɪˋnaʊn]

名 名望，聲譽

My **cynical** father's faint smile **denoted** great **gratification**.
當我那愛冷嘲熱諷的父親露出微笑時，就表示他十分滿意了。

8463
□ **cynical**
[ˋsɪnɪkl̩]

形 冷嘲熱諷的；憤世嫉俗的

8464 □ **denote** [dɪˋnot]	及物 意思是；是…的徵兆；（符號等）代表 句型 SVO 用法 denote that... 預示…
8465 □ **gratification** [ˌgrætəfəˋkeʃən]	名 滿足，喜悅；令人滿意的事物

The **epic** novel **evokes** a **reminiscence** of the 60s in America.
這本史詩式小說讓人回想起 60 年代的美國。

8466 □ **epic** [ˋɛpɪk]	形 史詩般的；壯麗的 名 史詩；敘事詩般的長篇作品
8467 □ **evoke** [ɪˋvok]	及物 喚起（感情、記憶等）；引起（笑聲等） 句型 SVO 用法 evoke a feeling of... 喚起…的感覺
8468 □ **reminiscence** [ˌrɛməˋnɪsəns]	名 回憶；〔常用 reminiscences〕回憶錄

好用★Phrase **the 60s** 60 年代

The **sages** of **antiquity** attempted to **foretell** the future by the movement of the stars.
古代聖哲藉由星星的移動來預測未來。

8469 □ **sage** [sedʒ]	名 賢人，聖人 形 賢明的
8470 □ **antiquity** [ænˋtɪkwətɪ]	名 古代；〔常用 antiquities〕古代的遺物

8471 □ **foretell** [fɔr`tɛl, for-]	及物 預言，預告 變化 foretold / foretold 句型 SVO

The **hospice** nurses often **harassed** patients about their poor **hygiene**.
臨終安養院的護士常因病人的衛生狀況不佳而不斷提醒他們。

8472 □ **hospice** [`hɑspɪs]	名 臨終安養院；（供朝聖者、參拜者等用的）旅客住宿所
8473 □ **harass** [hə`ræs, `hærəs]	及物 （不斷地）騷擾 句型 SVO 用法 harass ... with~ 因～而困擾⋯ be sexually harassed 受到性騷擾
8474 □ **hygiene** [`haɪdʒin]	名 衛生（狀態）；保健法；衛生學

The police **inferred** from the **speck** of blood on the **butler**'s shirt that he had committed the crime.
警方從這名男管家襯衫上的血跡研判他犯了罪。

8475 □ **infer** [ɪn`fɝ]	及物 推斷 句型 SVO 用法 infer (from~) that... （從～）推斷⋯
8476 □ **speck** [spɛk]	名 斑點；微量
8477 □ **butler** [`bʌtlɚ]	名 男管家

好用★Phrase **commit a crime** 犯罪

The leader of the **cult infused** the believers with total **conformity**.
邪教組織的領導人灌輸信徒要有完全服從的觀念。

8478 □ **cult** [kʌlt]	名 邪教，異教；（宗教）崇拜 形〔限定用法〕受特定群體中流行的
8479 □ **infuse** [ɪn`fjuz]	及物 灌輸（思想等）；注入；泡、煮（茶等） 句型 SVO 用法 infuse ... with~ = infuse ~ into... 將～灌輸在…
8480 □ **conformity** [kən`fɔrmətɪ]	名 服從，遵守；一致；相似 複數 無複數形，不可數

The **alpine** plant **intrigued** the **botanist**.
高山植物令這名植物學家著迷。

8481 □ **alpine** [`ælpaɪn]	形〔限定用法〕高山的；非常高的；(Alpine) 阿爾卑斯山的 名 高山植物 (= alpine plant)
8482 □ **intrigue** [ɪn`trig]	及物 激起…的好奇心，迷住 不及物 密謀 句型 SV, SVO 用法 be intrigued with / by... 因…而激起好奇心
8483 □ **botanist** [`bɑtənɪst]	名 植物學家

MP3 115

The **archbishop** was **pondering** the **discord** between the races.
大主教正在思索民族之間不和的問題。

8484
□ **archbishop**
[`artʃ`bɪʃəp]
名〔常用 Archbishop〕大主教

8485
□ **ponder**
[`pandɚ]
及物 仔細考慮，思索
不及物 仔細考慮
句型 SV, SVO
用法 ponder whether... 思索是否…
ponder over a question 思索一個問題

8486
□ **discord**
[`dɪskɔrd]
名 不和；不一致
不及物 不合；不一致 [dɪs`kɔrd]

好用★Phrase **between the races** 民族之間，人種之間

The **childless** couple **rediscovered** love on a second honeymoon, after a **lengthy marital** life.
這對膝下無子的夫妻在漫長的婚姻生活之後二次度蜜月，重新找回了真愛。

8487
□ **childless**
[`tʃaɪldlɪs]
形 無子女的

8488
□ **rediscover**
[ˌridɪs`kʌvɚ]
及物 重新發現，重拾
句型 SVO
用法 rediscover the charm of... 重新發現…的魅力

8489
□ **lengthy**
[`lɛŋθɪ]
形 時間漫長的；（演說、文章等）冗長的

8490
□ **marital**
[`mærətḷ]
形 婚姻的；夫妻（間）的

The police **surmised** that the **runaway** had stolen a **boarding** pass and fled abroad.
警方推測逃犯已經偷了一張登機證並逃往國外。

8491 □ **surmise** [sɚˋmaɪz]	及物 推測 句型 SVO 用法 surmise that... 推測… 名 推測
8492 □ **runaway** [ˋrʌnə͵we]	名 逃亡者；（尤指小孩）離家出走者 形 逃亡的；（勝利等）壓倒性的；（狀況等）無法控制的
8493 □ **boarding** [ˋbordɪŋ]	名 上飛機（車、船等）；用木板鋪成或圍成之物；寄宿 複數 無複數形，不可數

好用★Phrase **a boarding pass** 登機證

The **enlargement** of a nearby mining operation **unsettled** the **placid commune**.
要擴大附近地雷區的作戰方式，使得平靜的社區騷動不安。

8494 □ **enlargement** [ɪnˋlardʒmənt]	名 擴大；放大；放大的照片
8495 □ **unsettle** [ʌnˋsɛtl̩]	及物 使不安；使（胃等）不舒服 句型 SVO
8496 □ **placid** [ˋplæsɪd]	形 平靜的；溫和的；滿足的
8497 □ **commune** [ˋkamjun]	名 共同生活體，社區

The dreamer visualized a utopia on earth.
那名夢想家想像地球上存在一個烏托邦。

8498 □ **dreamer** [ˋdrimɚ]	名 夢想家，不切實際的人
8499 □ **visualize** [ˋvɪʒuəˏlaɪz]	及物 想像；把…視覺化 句型 SVO 用法 visualize statistics 將統計數字視覺化
8500 □ **utopia** [juˋtopɪə]	名 烏托邦，理想國

名詞

MP3 116

Word · 單字	Meaning · 字義	Usage · 用法
⬇生物 8501 □ **flea** [fli]	名 跳蚤	a flea market 跳蚤市場
8502 □ **grasshopper** [ˋgræsˏhɑpɚ]	名 蚱蜢，蝗蟲	a cloud of grasshoppers 一大群的蚱蜢
8503 □ **lioness** [ˋlaɪənɪs]	名 母獅	a young lioness 年輕的母獅
8504 □ **mare** [mɛr]	名 母馬；母驢	Money makes the mare go. 〔諺語〕有錢能使鬼推磨。
8505 □ **reindeer** [ˋrenˏdɪr]	名 馴鹿 複數 reindeer（單複數同形）/〔表種類〕reindeers	a sleigh pulled by reindeer 馴鹿拉的雪橇
⬇動作・運動 8506 □ **acceleration** [ækˏsɛləˋreʃən]	名 促進；加速；加速能力；〔物理〕加速度 複數 無複數形，不可數	an acceleration lane 加速車道
8507 □ **casting** [ˋkæstɪŋ]	名 投擲；鑄造；角色的分派	a casting vote 決定性的一票
8508 □ **distortion** [dɪsˋtɔrʃən]	名 扭曲，變形；（事實等的）曲解	the distortion of the facts 扭曲事實

Word · 單字	Meaning · 字義	Usage · 用法
8509 □ **elasticity** [ɪˌlæsˋtɪsətɪ]	名 彈力，彈性；伸縮性；融通性 複數 **無複數形，不可數**	lose *one's* elasticity 失去彈性
8510 □ **momentum** [moˋmɛntəm]	名 推進力；〔物理〕動量 複數 momenta, momentums	gain momentum 獲得動量，氣勢如虹
8511 □ **mountaineering** [ˌmaʊntəˋnɪrɪŋ]	名 登山，登山運動 複數 **無複數形，不可數**	enjoy mountaineering 享受登山的樂趣
8512 □ **takeoff** [ˋtekˌɔf]	名 起飛；出發；(嘲弄性的）模仿	a night takeoff 夜間起飛
8513 □ **transit** [ˋtrænsɪt]	名 通過；(在機場等的）過境；運輸；變遷	public transit 公共運輸

TOEIC part 4 常考！ For transit passengers, please follow the signs and proceed to the boarding gate.
過境的旅客請循著指示標誌前往登機門。

Word · 單字	Meaning · 字義	Usage · 用法
8514 □ **allergy** [ˋæləʤɪ]	名 過敏（症）;〔口〕厭惡	have an allergy to peanuts 對花生過敏
8515 □ **childbirth** [ˋtʃaɪldˌbɝθ]	名 分娩 複數 **無複數形，不可數**	die in childbirth 分娩時死亡
8516 □ **colon** [ˋkolən]	名 ① 結腸 ② 冒號（即 :)	colon cancer 結腸癌

MP3 117

Word · 單字	Meaning · 字義	Usage · 用法
8517 □ **germ** [dʒɝm]	名〔常用 germs〕細菌；胚；(the ...) 萌芽，起源	a germ cell 生殖細胞
8518 □ **heredity** [həˋrɛdətɪ]	名 遺傳；世襲 複數 無複數形，不可數	the manipulation of human heredity 人類遺傳的運作
8519 □ **intestine** [ɪnˋtɛstɪn]	名〔常用 intestines；用作單數〕腸子	the large / small intestine 大腸 / 小腸
8520 □ **longevity** [lɑnˋdʒɛvətɪ]	名 長壽；壽命 複數 無複數形，不可數	the secrets of longevity 長壽的祕訣
8521 □ **nudity** [ˋn(j)udətɪ]	名 裸體，赤裸裸 複數 無複數形，不可數	a movie with a lot of violence and nudity 有許多暴力及裸體畫面的電影
8522 □ **receptor** [rɪˋsɛptɚ]	名（細胞的）受體；感覺器官；接受器	a nuclear receptor 細胞核受體
8523 □ **recurrence** [rɪˋkɝəns]	名 復發，再發生；循環；回憶	recurrence of cancer 癌症復發
8524 □ **stimulant** [ˋstɪmjələnt]	名 興奮劑，引起興奮的藥物；刺激物 形 使人興奮的；激勵的	the use of a banned stimulant 使用禁用的興奮劑
8525 □ **syndrome** [ˋsɪn͵drom]	名〔醫學〕症候群；同時發生的一連串事件或行動；典型表現	a metabolic syndrome 代謝症候群

Word・單字	Meaning・字義	Usage・用法
8526 □ **abstraction** [æb`strækʃən]	名 抽象概念；抽象化；出神；抽象主義（的作品）	in *one's* abstraction 心不在焉
8527 □ **alienation** [ˌeljə`neʃən]	名 疏離（感）；〔法律〕讓渡，轉讓 複數 無複數形，不可數	have a sense of alienation 有疏離感
8528 □ **apathy** [`æpəθɪ]	名 冷漠；沒興趣；無動於衷 複數 無複數形，不可數	political apathy 政治冷感
8529 □ **compulsion** [kəm`pʌlʃən]	名（難以克制的）衝動；強制，強迫	have a compulsion to gamble 有賭博的衝動
8530 □ **conjecture** [kən`dʒɛktʃɚ]	名 臆測 及物 臆測 不及物 臆測	It's pure conjecture. 純粹只是主觀臆測而已。
8531 □ **consolation** [ˌkansə`leʃən]	名 安慰，慰藉；起安慰作用的人事物	a consolation prize 安慰獎
8532 □ **cowardice** [`kaʊɚdɪs]	名 膽怯 複數 無複數形，不可數	an act of cowardice 膽怯的行為
8533 □ **daze** [dez]	名 (a ...) 茫然 及物 使茫然	in a daze 茫然，恍惚
8534 □ **distaste** [dɪs`test]	名〔有時用 a ...〕厭惡 複數 無複數形，不可數	have a distaste for war 厭惡戰爭

Word · 單字	Meaning · 字義	Usage · 用法
8535 □ **inference** [ˋɪnfərəns]	名 推論；推斷的結果	by inference 根據推斷的結果
8536 □ **mistrust** [mɪsˋtrʌst]	名〔有時用 a ...〕不信任 複數 無複數形，不可數 及物 不信任	have a great mistrust of the government 對政府非常不信任
8537 □ **objectivity** [ˌɑbdʒɪkˋtɪvətɪ]	名 客觀（性） 複數 無複數形，不可數	objectivity in a critique 批評的客觀性
8538 □ **obsession** [əbˋsɛʃən]	名 著魔，擺脫不了的情感（如思想、欲望等）	an obsession about losing *one's* money 老是想著會掉錢
8539 □ **repentance** [rɪˋpɛntəns]	名 後悔；悔改 複數 無複數形，不可數	Repentance comes too late. 後悔莫及。
8540 □ **retrospect** [ˋrɛtrəˌspɛkt]	名 回想 複數 無複數形，不可數	in retrospect 回想起來，事後看來
8541 □ **tact** [tækt]	名 圓滑，機智，得體 複數 無複數形，不可數	show tact in... 在…上表現圓滑
8542 □ **tumult** [ˋt(j)umʌlt]	名 騷動；喧譁；（心情的）激動	be in tumult 喧譁
8543 □ **willingness** [ˋwɪlɪŋnɪs]	名 心甘情願，樂意 複數 無複數形，不可數	willingness to study 樂於學習

Word · 單字	Meaning · 字義	Usage · 用法
8544 □ **woe** [wo]	名 悲痛；〔常用 woes〕悲痛的事；煩惱	Woe to... ……將大難臨頭了。
8545 □ **yearning** [ˋjɝnɪŋ]	名 渴望；思慕 形 渴望的；思慕的	yearning for freedom 渴望自由
8546 □ **anecdote** [ˋænɪkˏdot]	名 軼事；祕史 複數 anecdota, anecdotes	an amusing anecdote about... 關於…的趣聞軼事
8547 □ **aptitude** [ˋæptɪˏt(j)ud]	名〔有時用 an ...〕資質；適切；傾向 複數 無複數形，不可數	have a remarkable aptitude for music 有傑出的音樂才能
8548 □ **collaboration** [kəˏlæbəˋreʃən]	名 合作；合作的成果	in collaboration with... 與…合作
8549 □ **elaboration** [ɪˏlæbəˋreʃən]	名 精心製作；詳細闡述；精心完成的東西	the elaboration of a document 對文件的詳細闡述
8550 □ **excerpt** [ˋɛksɝpt]	名 摘錄，節選 及物 摘錄 [ɪkˋsɝpt]	an excerpt from the novel 小說的摘錄部分
8551 □ **footnote** [ˋfutˏnot]	名 註腳，補充說明 及物 在…上加註腳	the footnote of a book 書的註腳
8552 □ **italic** [ɪˋtælɪk]	名〔常用 italics〕斜體字 形 斜體的	in italics 用斜體

MP3 119

Word · 單字	Meaning · 字義	Usage · 用法
8553 □ **motif** [mo`tif]	名（藝術作品等的）主題；（設計等的）基調；動機	a novel with a revenge motif 以復仇為主題的小說
8554 □ **photocopy** [`fotə,kapɪ]	名 影印；複印件 及物 影印 不及物 影印	make a photocopy of... 影印…
8555 □ **punctuation** [,pʌŋktʃu`eʃən]	名 標點符號；標點法；中斷 複數 無複數形，不可數	punctuation marks 標點符號
8556 □ **sequel** [`sikwəl]	名（小說等的）續集，續篇；（事情的）結果	the sequel of the movie 這部電影的續集
8557 □ **sonata** [sə`natə] ! 注意重音	名 奏鳴曲	sonata form 〔音樂〕奏鳴曲式
8558 □ **beta** [`betə]	名 希臘文的第二個字母；占第二位者；(Beta)〔天文〕β 星	beta waves β 波，腦電波
8559 □ **canon** [`kænən]	名 ①（教會的）教規；準則 ② 聖堂參事會會員	canon law 教會法
8560 □ **carol** [`kærəl]	名（宗教性的）頌歌；（鳥的）歌唱 不及物 唱耶誕頌歌	Christmas carols 耶誕頌歌
8561 □ **coherence** [ko`hɪrəns]	名（文體、邏輯等的）連貫性；凝聚 複數 無複數形，不可數	lose coherence 失去一致性

Word · 單字	Meaning · 字義	Usage · 用法
8562 □ **discourse** [ˋdɪskors]	名 談話；演說；論文 不及物 交談；演講	give a discourse on... 就…發表演說
8563 □ **ethic** [ˋɛθɪk]	名 倫理，道德體系 形 倫理的，道德的	the Protestant ethic 新教徒的倫理
8564 □ **flair** [flɛr]	名 天賦；鑑別力，敏銳的覺察力	have a flair for... 有…的天賦
8565 □ **illiteracy** [ɪˋlɪtərəsɪ]	名 文盲；未受教育；書寫（或說話）錯誤	the illiteracy rate in the country 該國不識字的比例
8566 □ **ingenuity** [ˌɪndʒəˋnuətɪ]	名 發明的才能；聰明才智；精巧（的設計）	use *one's* ingenuity to solve a problem 利用聰明才智來解決問題
8567 □ **laser** [ˋlezɚ]	名 雷射光；雷射裝置	a laser printer 雷射印表機
8568 □ **maxim** [ˋmæksɪm]	名 格言，座右銘；行為準則	preach a maxim 宣揚行為準則
8569 □ **mechanics** [məˋkænɪks]	名 力學；（機器等的）構造；（具體的）方法 複數 無複數形，不可數	the mechanics of a computer 電腦的構造
8570 □ **mythology** [mɪˋθɑlədʒɪ]	名 神話；神話學；神話集	Greek mythology 希臘神話

Word · 單字	Meaning · 字義	Usage · 用法
8571 □ **participle** [ˋpartə͵sɪpl̩]	名〔文法〕分詞	the present participle 現在分詞
8572 □ **piety** [ˋpaɪətɪ]	名 虔誠，敬神；孝順	the piety of the villagers 村民的虔誠
8573 □ **predicate** [ˋprɛdɪkət] ! 注意發音	名〔文法〕述語，謂語 及物 基於；意味著；斷定…為某物的屬性 [ˋprɛdɪ͵ket]	the predicate of a sentence 句子的述語
8574 □ **providence** [ˋprɑvədəns]	名 天意，天命；(Providence) 神，上帝 複數 無複數形，不可數	divine providence 天意
8575 □ **salvation** [sælˋveʃən]	名（靈魂的）救贖；救濟；救世 複數 無複數形，不可數	Salvation Army 救世軍
8576 □ **skepticism** [ˋskɛptəsɪzəm]	名 懷疑的態度；懷疑論，無神論 複數 無複數形，不可數	express skepticism 表示懷疑
8577 □ **spectrum** [ˋspɛktrəm]	名 光譜；（變動的）範圍，幅度 複數 spectra, spectrums	spectrum analysis 光譜分析
8578 □ **syllabus** [ˋsɪləbəs]	名（課程等的）提綱；（判例前的）判決要旨 複數 syllabuses, syllabi	the syllabus of a medical course 醫學課程的教學大綱
8579 □ **synonym** [ˋsɪnənɪm]	名 同義字	the synonym and the antonym of a word 字的同義字與反義字

Word・單字	Meaning・字義	Usage・用法
8580 □ **wording** [ˋwɜdɪŋ]	名 (a / the ...) 措辭，用字	the wording of an article 文章的用字
8581 □ **cedar** [ˋsidɚ]	名 西洋杉，雪松	an old cedar 老西洋杉
8582 □ **coastline** [ˋkostˏlaɪn]	名 海岸線	a beautiful coastline 美麗的海岸線
8583 □ **crescent** [ˋkrɛsənt]	名 新月，弦月；新月形之物	The moon was a crescent on that night. 那晚的月亮是弦月。
8584 □ **ebb** [ɛb]	名 退潮；衰退 複數 無複數形，不可數 不及物 退潮；衰退	the ebb and flow of the sea 海水的漲潮與退潮
8585 □ **eclipse** [ɪˋklɪps]	名（日、月的）蝕；光的消失；（名聲等的）喪失 及物 使（天體）虧蝕	a solar eclipse 日蝕
8586 □ **gust** [gʌst]	名 一陣強風；（憤怒等情緒的）爆發 不及物（風）一陣陣地猛吹	a gust of wind 一陣強風
8587 □ **haze** [hez]	名 煙霧，霾；(a ...)（精神狀態的）迷糊，懵懂 不及物 變朦朧	a heat haze 熱霾
8588 □ **holly** [ˋhalɪ]	名〔植物〕冬青；（作為耶誕節裝飾用的）冬青樹枝	decorate the hall with holly 用冬青樹枝裝飾大廳

Word · 單字	Meaning · 字義	Usage · 用法
8589 □ **irrigation** [ˌɪrə`geʃən]	名 灌溉；灌注；〔醫學〕洗淨法 複數 無複數形，不可數	an irrigation system 灌溉系統
8590 □ **peat** [pit]	名 泥炭；（用作燃料的）泥炭塊	a peat bog 泥炭沼澤
8591 □ **plume** [plum]	名〔常用 plumes〕羽毛；羽毛裝飾 及物 （鳥）整理（羽毛）	the tail plumes of a bird 鳥的尾羽
8592 □ **puddle** [`pʌdl]	名（汙水的）水坑 不及物 在汙泥中打滾	a muddy puddle 泥濘的水坑
8593 □ **sap** [sæp]	名 樹液；體液；元氣 及物 使傷元氣	the sap of a gum tree 橡膠樹的樹液
8594 □ **silicon** [`sɪlɪkən]	名 矽（非金屬元素，符號是 Si） 複數 無複數形，不可數	a silicon chip 矽晶片
8595 □ **splinter** [`splɪntə]	名 碎片；（木、竹等的）刺 及物 使裂成碎片 不及物 裂成碎片	get a splinter in *one's* finger 手指上扎著一根刺
8596 □ **absurdity** [əb`sɜdətɪ]	名 荒謬，悖理	descend into absurdity 陷入荒謬中
8597 □ **actuality** [ˌæktʃʊ`ælətɪ]	名 真實，現實；實況紀錄；(actualities) 現狀	in actuality 實際上，真實地

Word · 單字	Meaning · 字義	Usage · 用法
8598 □ **admittance** [əd`mɪtəns]	名 入場（許可） 複數 無複數形，不可數	gain admittance to the minister's office 獲准進入部長辦公室
8599 □ **affirmation** [ˌæfɚ`meʃən]	名 證實；肯定；〔法律〕無宣誓證詞	an affirmation of life 肯定生命
8600 □ **apprenticeship** [ə`prɛntɪsʃɪp]	名 學徒期，見習期；學徒的身分	serve *one's* apprenticeship as… 當…學徒
8601 □ **bondage** [`bandɪdʒ]	名 束縛；奴役狀態 複數 無複數形，不可數	in bondage to superstition 受到迷信的束縛
8602 □ **camouflage** [`kæməˌflaʒ]	名 偽裝，迷彩 及物 偽裝 不及物 偽裝	camouflage clothing 迷彩服
8603 □ **cleanliness** [`klɛnlɪnɪs] ! 注意發音	名 潔淨；愛乾淨（的習慣） 複數 無複數形，不可數	Cleanliness is next to godliness. 〔諺語〕清淨近乎神聖。/ 潔淨僅次於敬神。
8604 □ **conditioning** [kən`dɪʃənɪŋ]	名 附條件；（空氣的）調節；（動物等的）調教 複數 無複數形，不可數	air conditioning 空調
8605 □ **contour** [`kantʊr]	名 輪廓；等高線；概略 形 顯示輪廓的 及物 畫…的輪廓	a contour map 等高線圖
8606 □ **credibility** [ˌkrɛdə`bɪlətɪ]	名 可信度，威信 複數 無複數形，不可數	lose credibility 失去可信度

Word · 單字	Meaning · 字義	Usage · 用法
8607 □ **designation** [ˌdɛzɪgˋneʃən]	名 指定；標示；命名；稱號	designation fee 指定費
8608 □ **detection** [dɪˋtɛkʃən]	名 發現；偵查；覺察 複數 無複數形，不可數	detection by radar 被雷達偵測到
8609 □ **disclosure** [dɪsˋkloʒɚ]	名 揭發；（發明等的）公開；被揭發的事實	disclosure news 爆料的新聞
8610 □ **evacuation** [ɪˌvækjʊˋeʃən]	名 疏散，避難；撤退；排泄（物）	the evacuation of civilians 疏散平民
8611 □ **feat** [fit]	名 壯舉，功績；絕技	perform a feat 表演絕技

↑ TOEIC part 7 常考！
Come and see this architectural feat in our city.
到我們的城市來參觀這個偉大的建築物。

Word · 單字	Meaning · 字義	Usage · 用法
8612 □ **flashing** [ˋflæʃɪŋ]	名 閃爍；〔建築〕遮雨板	flashing of the neon lights 霓虹燈的閃爍
8613 □ **heroism** [ˋhɛroˌɪzəm] ! 注意發音	名 英雄氣概，大無畏的精神 複數 無複數形，不可數	the act of heroism 英勇的行為
8614 □ **homosexuality** [ˌhoməˌsɛkʃʊˋælətɪ]	名 同性戀 複數 無複數形，不可數	male homosexuality 男同性戀

Word · 單字	Meaning · 字義	Usage · 用法
8615 □ **honk** [haŋk, hɔŋk]	名 汽車喇叭聲；雁叫聲 不及物 按喇叭；雁叫 及物 按（汽車喇叭）	give a honk 按喇叭
8616 □ **misbehavior** [ˌmɪsbɪˋhevjɚ]	名 行為不端 複數 無複數形，不可數	children's misbehavior 孩子偏差的行為
8617 □ **ordeal** [ɔrˋdiəl]	名 嚴酷的考驗	the ordeal of a young doctor 年輕醫生的嚴酷考驗
8618 □ **pollutant** [pəˋlutənt]	名 汙染物質	air pollutants 空氣汙染物質
8619 □ **preview** [ˋpriˏvju]	名 事先查看；預演，試映；預告片 及物 預演，試映	watch the preview of a movie 看電影的預告片
8620 □ **redemption** [rɪˋdɛmpʃən]	名 償還；贖罪；拯救 複數 無複數形，不可數	beyond redemption 無可救藥
8621 □ **reminder** [rɪˋmaɪndɚ]	名 用於提醒的人事物；通知單	reminder mail 提醒信
8622 □ **reunion** [riˋjunjən]	名（學校、親友等的）團聚；再合併	a class reunion 同學會
8623 □ **reversal** [rɪˋvɝsl̩]	名（政策等）反轉；（尤指命運等的）逆轉；〔法律〕撤消	reversal process 〔攝影〕反轉成像法

Word · 單字	Meaning · 字義	Usage · 用法
8624 □ **setback** [ˋsɛt͵bæk]	名 （對進步等的）阻礙；（疾病的）復發；挫折，失敗	meet with a setback 遭遇挫折
8625 □ **silhouette** [͵sɪluˋɛt] ! 注意重音	名 黑色半身側面影像；輪廓，外形 及物 使顯出輪廓	in silhouette 呈現輪廓的，構成白底黑像的
8626 □ **simulation** [͵sɪmjəˋleʃən]	名 模擬實驗；偽裝，模擬	a simulation game 模擬遊戲
8627 □ **spontaneity** [͵spɑntəˋneɪtɪ, -ˋniɪ-]	名 （非做作的）自然情況；自發性 複數 無複數形，不可數	the emotional spontaneity of a child 孩子的情感自然流露
8628 □ **temperance** [ˋtɛmprəns]	名 節制，有分寸；禁酒 複數 無複數形，不可數	a temperance movement 禁酒運動
8629 □ **wiring** [ˋwaɪrɪŋ]	名 配線（工程）；〔醫學〕金屬線縫合術 形 配線的	electrical wiring 電的配線
8630 □ **allocation** [͵æləˋkeʃən]	名 分配；配置；分配額，分配量	the allocation of resources 資源的分配
8631 □ **boon** [bun]	名 恩惠，給生活帶來方便的事物 形 令人愉悅的	be a boon for... 是…的好幫手
8632 □ **clearance** [ˋklɪrəns]	名 清除；拍賣存貨；票據交換，清算	clearance sale 清倉大拍賣

Word · 單字	Meaning · 字義	Usage · 用法
8633 □ **computing** [kəm`pjutɪŋ]	名 使用電腦 複數 無複數形，不可數	computing service 運算服務
8634 □ **contention** [kən`tɛnʃən]	名 論點；爭論；競爭	a bone of contention 爭論的焦點
8635 □ **curfew** [`kɝfju]	名（戒嚴時的）宵禁令；宵禁時間	impose a curfew 實施宵禁
8636 □ **deduction** [dɪ`dʌkʃən]	名 扣除；扣除額；推論；〔邏輯〕演繹（法）	tax deduction 扣稅
8637 □ **deposition** [ˌdɛpə`zɪʃən]	名 革職；〔法律〕宣誓作證；證詞；沉積（物）	take a deposition from... 從…取得證詞
8638 □ **dissent** [dɪ`sɛnt]	名 異議；不同意 不及物 持異議	political dissent 政治異議
8639 □ **downfall** [`daʊnˌfɔl]	名（急遽的）墜落；（國、家等的）沒落；暴雨	the downfall of a company 公司的瓦解
8640 □ **endorsement** [ɪn`dɔrsmənt]	名 背書；承認，支持	the Cabinet's endorsement 內閣的認可
8641 □ **flaw** [flɔ]	名 缺點；缺陷；裂縫 及物 使有缺陷 不及物 有裂縫	a fatal flaw 致命的缺陷

MP3 124

Word · 單字	Meaning · 字義	Usage · 用法
8642 □ **fusion** [ˋfjuʒən]	名 熔解；融合；核融合；〔音樂〕混合樂 形 融合的	nuclear fusion 核融合
8643 □ **gentry** [ˋʤɛntrɪ]	名 士紳階級；〔表輕蔑〕同一類人 複數 無複數形，不可數	the landed gentry 地紳階級
8644 □ **imperialism** [ɪmˋpɪrɪəlɪzəm]	名 帝國主義；帝制；(領土、權力等）擴張主義 複數 無複數形，不可數	economic imperialism 經濟學帝國主義
8645 □ **inconsistency** [ˏɪnkənˋsɪstənsɪ]	名 前後矛盾，不一致	inconsistency in his speech 他演講中的矛盾之處
8646 □ **individualism** [ˏɪndəˋvɪʤʊəˏlɪzəm]	名 個人主義；特立獨行 複數 無複數形，不可數	excessive individualism 極端的個人主義
8647 □ **inefficiency** [ˏɪnəˋfɪʃənsɪ]	名 無效率	inefficiency in public service 公共事業的無效率
8648 □ **infrastructure** [ˋɪnfrəˏstrʌktʃɚ]	名 基礎建設；(團體、組織等的）下部組織	Japanese infrastructure policy 日本基礎建設的政策
8649 □ **legitimacy** [lɪˋʤɪtəməsɪ]	名 合法性，正當性；嫡系，正統 複數 無複數形，不可數	the legitimacy of military action 軍事行動的正當性
8650 □ **liberalism** [ˋlɪbərəˏlɪzm]	名 自由主義；開明的思想或見解；〔常用 Liberalism〕自由黨的政策和主張	a good balance between conservatism and liberalism 保守主義與自由主義的良好平衡

Word · 單字	Meaning · 字義	Usage · 用法
8651 □ **lordship** [ˋlɔrd,ʃɪp]	名 君主或貴族的身分；統治權；(his Lordship) 閣下	the lordship of Ireland 愛爾蘭的統治權
8652 □ **maneuver** [məˋnuvɚ]	名 戰術性調動；軍事演習；策略 及物 調遣 不及物 移防	the army on maneuvers 演習中的軍隊
8653 □ **manipulation** [mə,nɪpjəˋleʃən]	名（熟練的）操作；（對市場的）操縱；（對帳目等的）竄改	political manipulation 政治操作
8654 □ **matrix** [ˋmetrɪks]	名 母體；基礎；〔數學〕矩陣 複數 matrices, matrixes	the matrix for Western civilization 西方文明之母
8655 □ **Messrs.** [ˋmɛsɚz]	名 Mr. 的複數形（放在兩個以上的人名之前，作為公司名稱的一部分）	Messrs. Johnson and James 強森與詹姆斯公司
8656 □ **milestone** [ˋmaɪl,ston]	名 里程碑；（歷史或人生的）劃時代的事件	a milestone in the history of England 英國歷史上的里程碑
8657 □ **morale** [məˋræl]	名 士氣，鬥志 複數 無複數形，不可數	boost the morale of the troop 提振軍隊的士氣
8658 □ **neutrality** [n(j)uˋtrælətɪ]	名 中立（狀態）；中立政策；〔化學〕中性 複數 無複數形，不可數	maintain the political neutrality 保持政治中立
8659 □ **precedent** [ˋprɛsədənt] TOEIC 常考	名 先例，慣例；〔法律〕判例	set a precedent for... 為…開先例

MP3 125

↑ TOEIC part 5, 6 常考！

These regulations will set a good precedent for the future.
這些規定將會為未來留下良好的範例。

Word · 單字	Meaning · 字義	Usage · 用法
8660 □ **protocol** [`protə͵kɔl]	名 外交禮節；議定書，協議；（條約的）草案；〔電腦〕協議	the Geneva Protocol on poisonous gases 有關毒氣的《日內瓦議定書》
8661 □ **racism** [`resɪzəm]	名 種族歧視；種族主義 複數 無複數形，不可數	campaign against racism 反種族歧視運動
8662 □ **refund** [`rifʌnd] ! 注意重音	名 退款，償還金額 及物 退還（錢）；賠償（人）[rɪ`fʌnd]	a tax refund 退稅
8663 □ **repression** [rɪ`prɛʃən]	名 鎮壓；（情感的）壓抑	the repression of a strike 鎮壓罷工
8664 □ **repute** [rɪ`pjut]	名 風評，（尤指好的）名聲 複數 無複數形，不可數	be in good repute with... 以…獲得好評
8665 □ **retention** [rɪ`tɛnʃən]	名 保留，維持；記憶（力）	the water retention capacity of soil 土壤的保水力
8666 □ **seizure** [`siʒɚ]	名（非法物品的）查獲；奪取；（病的）突然發作	seizure of heroin 查獲海洛因
8667 □ **shipbuilding** [`ʃɪp͵bɪldɪŋ]	名 造船（業）；造船術 複數 無複數形，不可數	a shipbuilding industry 造船業

Word · 單字	Meaning · 字義	Usage · 用法
8668 □ **spinning** [ˋspɪnɪŋ]	名 紡織；(天體等的) 急速旋轉；旋式誘餌釣魚法 複數 **無複數形，不可數**	a spinning mill 紡織工廠
8669 □ **subgroup** [ˋsʌb͵grup]	名 隸屬的小組織；〔化學〕亞屬；〔數學〕子群	a subgroup of the committee 委員會的隸屬組織
8670 □ **tactics** [ˋtæktɪks]	名 戰術，策略，手段	be skilled in tactics 擅長運用戰術
8671 □ **torrent** [ˋtɔrənt]	名 (話語等) 連發；(感情等的) 迸發；湍流；〔常用 torrents〕傾盆大雨	a torrent of criticism 連珠炮似的批評
8672 □ **trump** [trʌmp]	名 (牌戲的) 王牌 (= trump card)；絕招，最後的手段	play a trump 使出絕招
8673 □ **turf** [tɜf]	名 地盤；草皮；泥炭；(the ...) 賽馬場	a turf war (幫派或罪犯間的) 地盤爭奪戰；爭權奪勢
8674 □ **uranium** [juˋrenɪəm]	名 鈾 (放射性金屬元素，符號是 U) 複數 **無複數形，不可數**	depleted uranium 耗乏鈾 enriched uranium 濃縮鈾
8675 □ **valuation** [͵væljuˋeʃən]	名 估價；定價；(人、才能等的) 評價	the official valuation of the property 財產的官方鑑價
8676 □ **bran** [bræn]	名 糠，麩 複數 **無複數形，不可數**	rice bran 米糠

⬇食物

Level 9

Word List

MP3 126

Word · 單字	Meaning · 字義	Usage · 用法
8677 □ **champagne** [ʃæm`pen]	名 香檳酒 複數 無複數形，不可數	a bottle of champagne 一瓶香檳
8678 □ **coke** [kok]	名 ①（源自商標名 Coke）可樂 ② 古柯鹼 (= cocaine) 複數 無複數形，不可數	Diet Coke 健怡可樂
8679 □ **cuisine** [kwɪ`zin]	名〔有時用 a ...〕（獨特的）烹調法；菜餚 複數 無複數形，不可數	French cuisine 法式料理
8680 □ **gravy** [`grevɪ]	名 肉汁，滷汁；〔俚〕容易賺得的錢或利潤 複數 無複數形，不可數	a gravy boat 調味汁瓶，醬油壺
8681 □ **lime** [laɪm]	名 ① 萊姆；萊姆果實；萊姆飲料 ② 石灰	lime green 萊姆綠，淡黃綠色
8682 □ **nutrient** [`n(j)utrɪənt]	名〔常用 nutrients〕營養品；養分 形 營養的，滋養的	be rich in nutrients 富含養分
8683 □ **sherbet** [`ʃɜbɪt]	名 雪酪（主材料為水果，口感似雪糕）	lemon sherbet 檸檬雪酪
8684 □ **soybean** [`sɔɪˌbin]	名 黃豆，大豆	a soybean meal 黃豆粉，豆粕
8685 □ **starch** [stɑrtʃ]	名 澱粉；（給布料上漿用的）澱粉漿；古板，拘謹 及物 給…上漿	potato starch 馬鈴薯澱粉，太白粉

↓程度・度量衡・單位

Word・單字	Meaning・字義	Usage・用法
8686 □ **yeast** [jist]	名 酵母（菌）；（尤指啤酒的）泡沫；引起興奮的因素 複數 **無複數形，不可數**	yeast cake 發酵餅
8687 □ **adequacy** [`ædəkwəsɪ]	名 適當；十分 複數 **無複數形，不可數**	the adequacy of the security arrangements 適當的安全措施
8688 □ **adherence** [əd`hɪrəns]	名 忠誠的擁護，堅持 複數 **無複數形，不可數**	adherence to the rules 堅持原則
8689 □ **congestion** [kən`dʒɛstʃən]	名 密集；充斥；擁擠；充血 複數 **無複數形，不可數**	traffic congestion 交通阻塞
8690 □ **digit** [`dɪdʒɪt]	名（從 0 到 9 之間任一）數字；手指；一指寬	a three-digit number 三位數的數字
8691 □ **enrichment** [ɪn`rɪtʃmənt]	名 豐富；濃縮；致富 複數 **無複數形，不可數**	environmental enrichment 環境優質化，環境豐富化
8692 □ **highness** [`haɪnɪs]	名 高，高度，高位；(Highness) 殿下	the highness of the tower 塔的高度
8693 □ **imperfection** [͵ɪmpə`fɛkʃən]	名 不完美；缺點	human imperfection 人的不完美
8694 □ **interim** [`ɪntərɪm]	名 過渡時期；臨時協定 形〔限定用法〕過渡期的	in the interim 在此期間，於此同時

Level 9 Word List

MP3 127

Word · 單字	Meaning · 字義	Usage · 用法
8695 □ **intolerance** [ɪn`tɑlərəns]	名 不寬容；〔醫學〕（對食物、藥物等的）不耐性 複數 無複數形，不可數	racial intolerance 種族偏執
8696 □ **intricacy** [`ɪntrəkəsɪ]	名 複雜；錯綜複雜的事物	the intricacy of the work 工作的複雜度
8697 □ **irrelevance** [ɪ`rɛləvəns]	名 不相關，不切題；無關緊要的問題	the irrelevance of his answer 他的回答不切題
8698 □ **jackpot** [`dʒæk͵pɑt]	名〔口〕大成功；（遊戲或彩券的）累積賭注金	hit the jackpot 發大財；取得巨大成功
8699 □ **monotony** [mə`nɑtənɪ]	名 單調乏味，千篇一律 複數 無複數形，不可數	the monotony of school life 一成不變的學校生活
8700 □ **norm** [nɔrm]	名 規範；行為準則；一般的標準	beyond the norm 平均之上
8701 □ **oblivion** [ə`blɪvɪən]	名 遺忘；無意識狀態；〔法律〕大赦 複數 無複數形，不可數	fall into oblivion 漸被淡忘
8702 □ **pinnacle** [`pɪnəkl̩]	名 頂點；〔建築〕小尖塔；尖峰	at the pinnacle of his success 在他成功的巔峰時刻
8703 □ **preoccupation** [pri͵ɑkjə`peʃən]	名 執著，念念不忘；全神貫注；當務之急	*one's* preoccupation with football 對足球的執著

Word · 單字	Meaning · 字義	Usage · 用法
8704 □ **radius** [ˋredɪəs]	名 半徑；（車輪的）輻；（活動等的）範圍 複數 radii, raiuses	the radius of a circle 圓的半徑
8705 □ **redundancy** [rɪˋdʌndənsɪ]	名 過剩；冗員；（多餘人員的）解雇；累贅物	voluntary redundancy 自願離職
8706 □ **residue** [ˋrɛzɪˏd(j)u]	名 殘餘（物）；〔法律〕（遺產的）剩餘部分	the residue of the estate 剩餘財產
8707 □ **severity** [səˋvɛrətɪ]	名 嚴厲；樸素；劇烈，嚴重；嚴苛的對待 複數 無複數形，不可數	the severity of the damage 受損的劇烈
8708 □ **subtlety** [ˋsʌtļtɪ]	名 精細；稀薄；微妙；敏銳	the subtlety of a question 巧妙的質問
8709 □ **trillion** [ˋtrɪljən]	名 一兆；無數	trillions of stars 無數的星星
8710 □ **watt** [wɑt]	名 瓦特（電力單位，略作W）	a 60 watt light bulb 60 瓦的燈泡
8711 □ **crest** [krɛst]	名 (the ...) 山頂；雞冠；羽冠；（馬等的）頭飾	be on the crest of a wave 處於巔峰時期，在最得意的時候
8712 □ **curb** [kɝb] TOEIC 常考	名（人行道的）路緣，鑲邊；抑制 及物 抑制	pull over to the curb 把車子停靠在道路邊緣

MP3 128

↑ TOEIC part 1 常考！

Cars are parked along the curb.
車輛停放在路邊。

Word · 單字	Meaning · 字義	Usage · 用法
8713 □ **fore** [for]	名 (the ...) 前部 形〔限定用法〕前部的	come to the fore 引人注目，嶄露頭角
8714 □ **foreground** [ˋforˏgraʊnd]	名 (the ...) 最前面；最顯著位置；(照片等的) 前景 複數 無複數形，不可數	in the foreground / come to the foreground 引人注目
8715 □ **haven** [ˋhevən]	名 港口；安全處所 及物 為…提供避難處	a safe haven 避風港
8716 □ **kiosk** [kɪˋɑsk]	名 (車站、廣場等處販賣報刊、香菸等的) 亭子	a kiosk on the station platform 車站月台上的書報攤
8717 □ **ledge** [lɛdʒ]	名 壁架；岩架，岩石凸出部；暗礁	a window ledge 窗台
8718 □ **midweek** [ˋmɪdˏwik]	名 一週的中間，週三 形 週中的 複數 無複數形，不可數	by midweek 在週三之前
8719 □ **nucleus** [ˋn(j)uklɪəs]	名〔常用 the ...〕(組織等的) 核心；原子核 複數 nuclei, nucleuses	the nucleus of a team 團隊的核心人物
8720 □ **observatory** [əbˋzɜvəˏtorɪ]	名 天文觀測台	NASA's Earth Observatory 美國航太總署的地球觀測站

Word · 單字	Meaning · 字義	Usage · 用法
8721 □ **plateau** [plæˋto]	名〔常用 plateaus〕高原；（發展後的）穩定狀態 複數 plateaus, plateaux	reach a plateau 穩定階段，停滯時期
8722 □ **ramp** [ræmp]	名 斜坡道，匝道；斜面；（上下飛機用的）活動梯	an entrance ramp （高速公路的）入口匝道
8723 □ **rink** [rɪŋk]	名（通常指室內的）溜冰場；草地滾木球場	skate on the rink 在溜冰場上溜冰
8724 □ **sanctuary** [ˋsæŋktʃʊˏɛrɪ]	名（鳥獸的）保護區；神聖的場所（教會、寺院等）；（犯罪者等的）避難所	give sanctuary to... 提供…庇護
8725 □ **stairway** [ˋstɛrˏwe]	名 樓梯（包括樓梯平台）	a stairway in the hospital 醫院內的樓梯
8726 □ **suite** [swit] ! 注意發音	名 套房；一套家具；〔音樂〕組曲	an executive suite 行政套房，商務套房
8727 □ **verge** [vɝdʒ]	名 邊緣；界限 不及物 接近	on the verge of... 瀕臨…，即將… verge on... 鄰接…；接近…的狀態
8728 □ **authoritarian** [əˏθɔrəˋtɛrɪən]	名 獨裁主義者 形 獨裁主義的	He is a real authoritarian. 他是個不折不扣的獨裁主義者。
8729 □ **bitch** [bɪtʃ] ! 鄙俗用法	名〔俚〕賤婦，婊子；母狗；棘手的情況，一團糟	Son of a bitch! 狗娘養的！／畜生！

⬇ 人

MP3 129

Word · 單字	Meaning · 字義	Usage · 用法
8730 □ **bowler** [ˋbolɚ]	名 玩保齡球的人；〔板球〕投手	a fast bowler 快速球投手
8731 □ **communicator** [kəˋmjunɪˌketɚ]	名 傳達者；列車內通報器	the communicator of knowledge 知識傳播者
8732 □ **cultivator** [ˋkʌltəˌvetɚ]	名 耕種者，栽培者；耕耘機	a cultivator of the area 這個地區的耕種者
8733 □ **devotee** [ˌdɛvəˋti]	名 狂熱愛好者；（狂熱的）宗教皈依者，虔誠的信徒	a devotee of jazz 熱愛爵士樂的人
8734 □ **egoist** [ˋigoɪst] ! 注意發音	名 自我主義者，利己主義者	He is a sort of egoist. 他是個利己主義者。
8735 □ **empress** [ˋɛmprɪs]	名〔常用 the Empress〕女皇；皇后	Empress of China 武后（即武則天，是中國唯一的女皇帝）
8736 □ **hippie** [ˋhɪpɪ]	名 嬉皮	hippies in the 1960s 1960 年代的嬉皮
8737 □ **humanist** [ˋ(h)jumənɪst]	名 人道主義者；人文主義者（尤指 14 到 16 世紀古典文學的研究者）	a humanist group in Britain 英國的人道主義團體
8738 □ **idealist** [aɪˋdɪəlɪst]	名 理想主義者，愛空想的人；觀念論者，唯心論者	He is an idealist who doesn't know the world. 他是個不熟悉人情世故的理想主義者。

Word · 單字	Meaning · 字義	Usage · 用法
8739 □ **interviewee** [ˌɪntɚvju`i]	名 被面試者；被採訪者	ask about the interviewee's qualifications 詢問面試者的資格
8740 □ **janitor** [`dʒænɪtɚ]	名（大樓等的）工友；（建築物的）管理人，門房	a school janitor 學校門房
8741 □ **layman** [`lemən]	名 外行人；（相對於神職者）普通信徒 複數 laymen	be understandable to the layman 連門外漢都能了解
8742 □ **miser** [`maɪzɚ]	名 守財奴；貪心鬼	a wealthy miser 富有的守財奴
8743 □ **negotiator** [nɪ`goʃɪˌetɚ]	名 磋商者，交涉者；（票據等的）讓渡人	a tough negotiator 強硬的談判者
8744 □ **posterity** [pɑs`tɛrətɪ]	名〔集合名詞〕後代，後世；〔常用 *one's* ...〕子孫 複數 無複數形，不可數	preserve ... for posterity 把…留給後代
8745 □ **snob** [snɑb]	名 勢利小人；自以為高人一等的人	an intellectual snob 自以為才智高人一等的人
8746 □ **spokesperson** [`spoksˌpɝsn̩]	名 發言人	a spokesperson for the group 團體的發言人
8747 □ **subscriber** [səb`skraɪbɚ]	名（書刊等的）訂購者；（電話等）用戶；會員；定期捐款者；簽署者	a telephone subscriber 電話用戶

MP3 130

Word · 單字	Meaning · 字義	Usage · 用法
8748 □ **adornment** [əˋdɔrnmənt]	名 裝飾品	the adornment of a room 房間的裝飾品
8749 □ **barometer** [bəˋrɑmətɚ] ! 注意重音	名 氣壓計，晴雨表；（輿論等的）指標	The barometer is falling. 氣壓計正在下降中。/ 要下雨了。
8750 □ **binder** [ˋbaɪndɚ]	名 活頁夾；裝訂者；〔農具〕割綑機；接合劑	binder paper 活頁紙
8751 □ **duplicate** [ˋd(j)upləkɪt] ! 注意發音	名 副本，複製品；同義詞 及物 複製；複印，複寫 [ˋd(j)uplɪˌket]	in duplicate 一式兩份，正副本

↑ TOEIC part 7 常考！ Submitted photographs will not be returned, so make sure you keep a duplicate for your records.
繳交的照片將不會退還，因此請確認您留存副本。

Word · 單字	Meaning · 字義	Usage · 用法
8752 □ **harness** [ˋhɑrnɪs]	名〔集合名詞〕馬具；似馬具之物 及物 利用…的能源等	in harness 在工作崗位上 die in harness 工作到去世的那一天
8753 □ **hoe** [ho]	名 鋤頭 及物 鋤（地、草） 不及物 用鋤頭幹活	remove weeds with a hoe 用鋤頭鏟除雜草
8754 □ **jack** [dʒæk]	名 起重器，千斤頂；（插頭的）插座 及物 用千斤頂抬起	raise a car with a jack 用千斤頂抬起車子
8755 □ **latch** [lætʃ]	名 門閂；彈簧鎖 及物 閂上	The door was under latch and key. 門已經用門栓和鑰匙鎖上了。

Word · 單字	Meaning · 字義	Usage · 用法
8756 □ **modem** [ˋmodəm, -dɛm]	名〔電腦〕數據機	use a modem to connect to the Internet 用數據機連上網路
8757 □ **mosaic** [moˋzeɪk]	名 馬賽克，鑲嵌圖案	a mosaic floor 鑲嵌地板
8758 □ **obstruction** [əbˋstrʌkʃən]	名 障礙物；妨礙；阻撓議事；路障	obstruction to traffic 路障
8759 □ **oddity** [ˋɑdətɪ]	名 怪事；怪癖；怪人	an animal oddity 動物的癖好
8760 □ **pedestal** [ˋpɛdɪstl̩]	名（雕像等的）基座，座墩	a pedestal table 獨腳桌（指中間由一根支柱支撐的桌子）
8761 □ **placard** [ˋplækɚd, -ɑrd]	名 布告；標語牌；海報；行李牌	a political placard 政治標語牌
8762 □ **plaque** [plæk]	名 匾額；牙垢	a memorial plaque 紀念匾額
8763 □ **propeller** [prəˋpɛlɚ]	名（飛機或輪船的）螺旋槳，推進器	propellers of an airplane 飛機的推進器
8764 □ **rectangle** [ˋrɛkˏtæŋgl̩]	名 長方形，矩形	a rectangle box 長方形的箱子

MP3 131

Word · 單字	Meaning · 字義	Usage · 用法
8765 □ **remnant** [ˋrɛmnənt]	名 (the remnants) 殘餘物；倖存者；遺跡	remnants of lunch 吃剩的午餐
8766 □ **replica** [ˋrɛplɪkə]	名（原作者自己做的）複製品；摹寫品	a full-size replica of the airplane 實物大小的飛機複製品
8767 □ **shoelace** [ˋʃuˏles]	名 鞋帶	tie up *one's* shoelaces 綁鞋帶
8768 □ **signpost** [ˋsaɪnˏpost]	名 路標，標誌桿；明顯的線索（或跡象）	The signpost said "Boonville 10 miles." 路標寫著「距本維爾 10 英里」。
8769 □ **slab** [slæb]	名（石、木、金屬等的）厚平板；(麵包等的）扁平厚片	a slab of bread 一片厚片麵包
8770 □ **spiral** [ˋspaɪrəl]	名 螺旋物 不及物 成螺旋狀行進 形〔多作限定用法〕螺旋的	the shape of a spiral 螺旋形狀
8771 □ **spreadsheet** [ˋsprɛdˏʃit]	名（電子）試算表	an income and expenses spreadsheet 收支試算表
8772 □ **thong** [θɔŋ]	名 皮條；丁字褲；(thongs) 人字拖鞋	put on *one's* thongs 穿上人字拖
8773 □ **transmitter** [trænsˋmɪtɚ]	名〔通訊〕發射機；話筒；傳達者	the medium wave transmitter of a broadcasting company 廣播公司的中波發射機

Word・單字	Meaning・字義	Usage・用法
8774 □ **yoke** [jok]	名 軛；軛狀物；(the ...) 束縛；枷鎖；支配 及物 給（牛等）套上軛	put the yoke on the oxen 把軛套在牛上

形容詞

位置關係・相對關係

8775 □ **adjacent** [ə`dʒesənt]	形 毗鄰的；(時間上）緊接著的	adjacent to our office 在我們辦公室隔壁
8776 □ **akin** [ə`kɪn]	形〔補述用法〕近似的；同血緣的；同源的	a language akin to French 和法文同源的語言
8777 □ **analogous** [ə`næləgəs]	形〔多作補述用法〕類似的，可比擬的	a sensation analogous to sleep 類似想睡的感覺
8778 □ **contradictory** [ˌkantrə`dɪktərɪ]	形 互相矛盾的；愛反駁的	The report was contradictory to the facts. 這份報告與事實矛盾。
8779 □ **differential** [ˌdɪfə`rɛnʃəl]	形 相異的；有差別的；〔數學〕微分的 名 差異；差額；微分	differential treatment 差別待遇
8780 □ **downstream** [`daʊn`strim]	形 順流而下的；下游的 副 順流地；在下游	a downstream city 下游都市
8781 □ **frontal** [`frʌntḷ]	形〔限定用法〕正面的；前面的；〔氣象〕鋒的	a frontal attack 正面攻擊 frontal zone 鋒帶

MP3 132

Word · 單字	Meaning · 字義	Usage · 用法
8782 □ **incidental** [ˌɪnsəˋdɛntḷ]	形 偶然的；隨…而發生的，附帶的	incidental music 伴奏音樂
8783 □ **incompatible** [ˌɪnkəmˋpætəbḷ]	形 不相容的；（人）不能和諧共存的；矛盾的	I'm incompatible with him. 我和他一山不容二虎。
8784 □ **maternal** [məˋtɝnḷ]	形〔多作限定用法〕母方的，母系的；母親的；像母親般的	*one's* maternal uncle 舅父
8785 □ **median** [ˋmidɪən]	形〔限定用法〕中央的；〔數學〕中位數的；〔解剖〕中樞的	a median strip （道路的）中央分隔島
8786 □ **northeastern** [ˌnɔrθˋistən]	形 東北的；向東北的；東北部的；（風）吹自東北的	the Northeastern United States 美國東北部
8787 □ **predominant** [prɪˋdɑmənənt]	形 占主導地位的；主要的；卓越的	play a predominant role 占主導地位
8788 □ **reciprocal** [rɪˋsɪprəkḷ]	形〔多作限定用法〕相互的；互惠的；相應的；回報的	take a reciprocal action 採取相應行動
8789 □ **separable** [ˋsɛpərəbḷ]	形 可分離的	be separable from... 可與…分離
8790 □ **southeastern** [ˌsaʊθˋistən]	形 東南的；向東南的；東南部的；（風）吹自東南的	the southeastern part of Germany 德國的東南部

Word · 單字	Meaning · 字義	Usage · 用法
8791 □ **southwestern** [ˌsaʊθˋwɛstɚn]	形 西南的；向西南的；西南部的；（風）吹自西南的	southwestern wind 西南風
8792 □ **supplementary** [ˌsʌpləˋmɛntərɪ]	形 補充的，額外的 名 補充物	a supplementary income 額外收入
8793 □ **evolutionary** [ˌɛvəˋluʃəˌnɛrɪ]	形 進化論的；演化的；發展的	evolutionary biology 演化生物學
8794 □ **fictional** [ˋfɪkʃənl̩]	形 虛構的；小說式的	a fictional story 虛構的故事
8795 □ **geological** [ˌdʒɪəˋlɑdʒɪkl̩]	形〔多作限定用法〕地質學的；地質的	a geological survey 地質學調查
8796 □ **lyrical** [ˋlɪrɪkl̩]	形 抒情詩般的；熱情奔放的	a lyrical poem 抒情詩
8797 □ **notional** [ˋnoʃənl̩]	形 概念上的；抽象的；想像的；名義上的	a notional value 名目價值
8798 □ **optical** [ˋɑptɪkl̩]	形〔多作限定用法〕光學（上）的；視覺的；幫助視力的	optical fiber 光纖
8799 □ **orchestral** [ɔrˋkɛstrəl]	形〔多作限定用法〕管弦樂（團）的	an orchestral work 管弦樂曲

MP3 133

Word · 單字	Meaning · 字義	Usage · 用法
8800 □ **phonetic** [fəˋnɛtɪk, fo-]	形〔多作限定用法〕語音的；語音學的；表示語音的	phonetic symbols 音標
8801 □ **scholarly** [ˋskɑlǝlɪ]	形 學術的；學者的；有學者風度的；有學問的	a scholarly book 學術專書
8802 □ **secular** [ˋsɛkjǝlɚ]	形 世俗的；非宗教的；（神職者）不住在修道院的 名（相對教士而言）俗人	secular affairs 世俗事務
8803 □ **surgical** [ˋsɝdʒɪkḷ]	形〔限定用法〕外科（用）的；外科醫生的	a surgical operation 外科手術
8804 □ **tutorial** [t(j)uˋtorɪǝl]	形 家庭教師的；個別指導的 名 個別指導時間；指導手冊	the tutorial system 個別輔導制度
8805 □ **utopian** [juˋtopɪǝn]	形 烏托邦式的；（計畫、想法等）不切實際的	a utopian vision 不切實際的想像
8806 □ **agonizing** [ˋægǝˌnaɪzɪŋ]	形 令人痛苦的；苦悶的	an agonizing choice 令人痛苦的選擇
8807 □ **awesome** [ˋɔsǝm]	形 使人敬畏的，可怕的；令人驚奇的	an awesome performance 精彩的表演
8808 □ **cheery** [ˋtʃɪrɪ]	形 心情愉快的；有精神的	be in a cheery mood 心情愉快

Word · 單字	Meaning · 字義	Usage · 用法
8809 □ **complacent** [kəm`plesənt]	形 自滿的，自鳴得意的；漠不關心的	a complacent attitude 自滿的態度
8810 □ **conceited** [kən`sitɪd]	形 自負的，驕傲自滿的	a conceited young man 自負的青年
8811 □ **contemptuous** [kən`tɛmptʃuəs]	形 表示輕蔑的，瞧不起的	I'm contemptuous of him. 我瞧不起他。
8812 □ **damned** [dæmd]	形 可惡的，該死的；完全的，非常的 副 非常，極	a damned test 該死的考試
8813 □ **desirous** [dɪ`zaɪrəs]	形〔補述用法〕渴望的，想得到的	be desirous of success 渴望成功
8814 □ **dubious** [`d(j)ubɪəs]	形 可疑的；半信半疑的；（話等）曖昧含糊的	be dubious about... 對…有所懷疑
8815 □ **ecstatic** [ɛk`stætɪk]	形 欣喜若狂的；恍惚的；陶醉的	an ecstatic crowd 欣喜若狂的群衆
8816 □ **foreseeable** [for`siəbḷ]	形 可預見的	the foreseeable future 可預見的未來
8817 □ **hospitable** [`hɑspɪtəbḷ]	形 熱情友好的，殷勤周到的；（氣候、環境等）宜人的	a hospitable climate 宜人的氣候

MP3 134

Word · 單字	Meaning · 字義	Usage · 用法
8818 □ **intuitive** [ɪn`t(j)uɪtɪv]	形〔多作限定用法〕直覺的；憑直覺獲得的	an intuitive approach 直覺的方式
8819 □ **platonic** [plə`tanɪk, ple-]	形 理想的；柏拉圖哲學的；精神戀愛的；(Platonic) 柏拉圖的	a platonic relationship 柏拉圖式關係
8820 □ **puzzling** [`pʌzlɪŋ]	形 令人困惑的，難解的	a puzzling situation 令人困惑的狀況
8821 □ **radiant** [`redɪənt]	形〔限定用法〕洋溢著喜悅的；（熱、光等）輻射的 名 光點	a radiant smile 流露著喜悅的微笑
8822 □ **retrospective** [ˌrɛtrə`spɛktɪv]	形〔多作限定用法〕回顧的，懷舊的 名 作品回顧展	be in a retrospective mood 沉浸在回憶中，以懷舊的心情
8823 □ **sensory** [`sɛnsərɪ]	形〔多作限定用法〕知覺上的，感覺的	a sensory organ 感覺器官
8824 □ **speechless** [`spitʃlɪs]	形（因驚愕而）說不出話的；無法用言語形容的；不會說話的	The news left me speechless. 這則新聞讓我說不出話來。
8825 □ **stirring** [`stɝɪŋ]	形〔多作限定用法〕鼓舞人心的；活躍的 名〔常用 stirrings〕萌芽	a stirring speech 鼓舞人心的演講
8826 □ **subdued** [səb`d(j)ud]	形（態度等）沈靜的，抑鬱的；被征服的；被抑制的	subdued laughter 壓抑的笑

Word · 單字	Meaning · 字義	Usage · 用法
8827 □ **unintentional** [ˌʌnɪnˋtɛnʃənḷ]	形 不是故意的，無心的	an unintentional mistake 無心之過
8828 □ **unloved** [ʌnˋlʌvd]	形 未被愛的，不受喜愛的	an unloved wife 不受寵的妻子
8829 □ **unnoticed** [ʌnˋnotɪst]	形〔多作補述用法〕無人理睬的；未引起注意的	The problem went unnoticed. 這個問題無人聞問。
8830 □ **unwelcome** [ʌnˋwɛlkəm]	形 討人厭的；不受歡迎的	an unwelcome guest 不速之客
8831 □ **angelic** [ænˋdʒɛlɪk]	形〔限定用法〕天使般的，溫柔善良的；天使的	an angelic smile 天使般的微笑
8832 □ **automotive** [ˌɔtəˋmotɪv]	形 汽車的；自動推進的	an automotive engineer 汽車工程師
8833 □ **circumstantial** [ˌsɝkəmˋstænʃəl]	形 視情況而定的；附帶的；偶然的；詳細的	circumstantial evidence 〔法律〕間接證據，旁證
8834 □ **compulsive** [kəmˋpʌlsɪv]	形 強迫性的；強制的；(書、節目等) 吸引人的	compulsive shopping 強迫性購物
8835 □ **connected** [kəˋnɛktɪd]	形 連接的；有關聯的；有親戚關係的	be closely connected with... 與…的關係密切

MP3 135

Word · 單字	Meaning · 字義	Usage · 用法
8836 □ **crimson** [ˋkrɪmsən, -zən]	形 深紅色的；血腥的 名 深紅色	a crimson rose 深紅色的玫瑰
8837 □ **devoid** [dɪˋvɔɪd]	形〔補述用法〕完全缺乏的	a teacher devoid of humor 缺乏幽默感的老師
8838 □ **erroneous** [ɪˋronɪəs]	形 錯誤的	the erroneous belief 錯誤的信念
8839 □ **fishy** [ˋfɪʃɪ]	形 魚的；魚腥味的；多魚的；可疑的	a fishy story 可疑的報導
8840 □ **floating** [ˋflotɪŋ]	形 漂浮的，移動的，浮動的	a floating dock 漂浮船塢
8841 □ **fragrant** [ˋfregrənt]	形 氣味芬芳的；令人愉快的	a fragrant flower 芬芳的花朵
8842 □ **grotesque** [groˋtɛsk]	形 怪誕的；奇形怪狀的；奇異風格的	a grotesque novel 怪誕小說
8843 □ **handmade** [ˋhænd͵med]	形 手工製作的	handmade gloves 手工製的手套
8844 □ **insecure** [͵ɪnsɪˋkjʊr]	形 不堅固的；有危險性的；感到不安的	an insecure ladder 不堅固的梯子

Word · 單字	Meaning · 字義	Usage · 用法
8845 □ **jointed** [`dʒɔɪntɪd]	形 有活動接頭的，有關節的	a ball-jointed doll (BJD) 球形關節人偶（指擁有球形關節的可動人偶）
8846 □ **lifelike** [`laɪf͵laɪk]	形 栩栩如生的，逼真的	a lifelike portrait 栩栩如生的畫像
8847 □ **loaded** [`lodɪd]	形 裝有彈藥的；裝滿貨的；裝有底片的；（提問等）別有用意的	a loaded camera 裝好底片的照相機
8848 □ **occidental** [͵aksɪ`dɛntl]	形〔常用 Occidental〕西方的；西方人的 名 西方人，歐美人	occidental cultures 西方文化
8849 □ **packed** [pækt]	形 擠得滿滿的；富含…的，充滿…的	a packed train 客滿的火車
8850 □ **polished** [`palɪʃt]	形 磨光的，有光澤的；爐火純青的	a polished performance 完美的演出
8851 □ **precarious** [prɪ`kɛrɪəs]	形（局勢）不確定的；不穩固的；不安定的	precarious living conditions 不安定的生活狀況
8852 □ **radioactive** [͵redɪo`æktɪv]	形 放射性的，有輻射能的	radioactive waste 放射性廢棄物
8853 □ **reproductive** [͵riprə`dʌktɪv]	形〔多作限定用法〕再生的；生殖的；複製的	reproductive organs 生殖器

MP3 136

Word · 單字	Meaning · 字義	Usage · 用法
8854 □ **seeming** [ˋsimɪŋ]	形〔限定用法〕表面上的；貌似真實而其實未必的 名 外觀，外貌，表象	seeming friendship 表面上的友誼
8855 □ **shaped** [ʃept]	形〔常構成複合字〕具有…形狀的；合適的	an egg-shaped stone 卵石
8856 □ **silvery** [ˋsɪlvərɪ]	形〔多作限定用法〕似銀的；如銀鈴般的，清脆響亮的；含銀的	a silvery bell 銀鈴
8857 □ **sinister** [ˋsɪnɪstɚ]	形 邪惡的；有惡意的；不吉利的	a sinister figure 邪惡的身影
8858 □ **slack** [slæk]	形 懈怠的；（水等）緩動的 名 鬆弛部分；〔商業〕淡季 不及物 懈怠	a slack rope 鬆弛的繩索
8859 □ **specialized** [ˋspɛʃəˌlaɪzd]	形 特殊的；專業的；專科的	specialized education 特殊教育
8860 □ **sturdy** [ˋstɝdɪ]	形 頑強不屈的；健壯的	a sturdy horse 健壯的馬
8861 □ **suggestive** [səˋdʒɛstɪv]	形 引起聯想的；富於暗示的；性挑逗的	a suggestive idea 富於暗示的想法
8862 □ **sunken** [ˋsʌŋkən]	形 沉沒的；下陷的；（眼、頰）凹陷的	a sunken ship 沉船

Word · 單字	Meaning · 字義	Usage · 用法
8863 □ **swollen** [ˋswolən]	形 腫脹的；膨脹的；漲水的；得意忘形的	a swollen face 浮腫的臉
8864 □ **synthetic** [sɪnˋθɛtɪk]	形 合成的；綜合的；人造的 名 合成物；合成物質	a synthetic detergent 合成清潔劑
8865 □ **tasteless** [ˋtestlɪs]	形（食物）淡而無味的；粗俗不雅的；（服裝等）沒品味的	tasteless soup 淡而無味的湯
8866 □ **thermal** [ˋθɝml]	形〔多作限定用法〕熱的；溫泉的；保暖的	a thermal reactor 熱反應爐
8867 □ **thunderous** [ˋθʌndərəs]	形 像打雷的，雷鳴般的	thunderous applause 雷鳴般的掌聲
8868 □ **turbulent** [ˋtɝbjələnt]	形（風、波浪等）狂暴的；騷亂的；被擾亂的	the turbulent sea 波濤洶湧的海洋
8869 □ **undone** [ʌnˋdʌn]	形〔補述用法〕解開的；未完成的；破滅的	My shoelaces have come undone. 我的鞋帶鬆開了。
8870 □ **wanting** [ˋwantɪŋ]	形〔補述用法〕缺乏的；未達（標準等）的	He is a little wanting in humor. 他有點缺乏幽默感。
8871 □ **watertight** [ˋwɔtəˏtaɪt, ˋwatə-]	形 防水的；（論點等）無懈可擊的	a watertight argument 無懈可擊的論點

MP3 137

Word · 單字	Meaning · 字義	Usage · 用法
8872 □ **watery** [ˋwɔtərɪ, ˋwɑtə-]	形 淡的；水的；水分多的；（文章等）缺乏內容的	a watery sky 像要下雨的天空
8873 □ **yielding** [ˋjildɪŋ]	形 柔軟的，易彎曲的；順從的	yielding materials 柔軟的材料
8874 □ **ceaseless** [ˋsislɪs]	形 不停歇的	a ceaseless noise 不停發出的噪音
8875 □ **instantaneous** [ˌɪnstənˋtenɪəs]	形 瞬間的，即時的，立刻的	an instantaneous decision 瞬間的決定
8876 □ **overdue** [ˌovɚˋd(j)u]	形〔常用 long ...〕過期的；延誤的；（事件或變化）早該發生的	The baby is a week overdue. 嬰兒已經超過預產期一週了。

↑ TOEIC part 7 常考！
You can't check out books or CDs if you still have an overdue item.
如果你還有逾期未還的物件，就不能借書或光碟。

Word · 單字	Meaning · 字義	Usage · 用法
8877 □ **periodic** [ˌpɪrɪˋɑdɪk]	形〔限定用法〕定期的，週期的；間歇性的	a periodic checkup 定期檢查
8878 □ **populous** [ˋpɑpjələs]	形 人口稠密的；非常多的	a populous city 人口稠密的都市
8879 □ **premature** [ˌpriməˋtʃʊr, -ˋt(j)ʊr]	形 過早的；早產的 名 早產兒	premature death 早夭，早逝

Word · 單字	Meaning · 字義	Usage · 用法
8880 □ **temporal** [ˋtɛmpərəl]	形 ①時間的；現世的；世俗的；一時的 ②〔解剖〕太陽穴的	temporal power 世俗的權力
8881 □ **transitional** [trænˋzɪʃənḷ]	形〔限定用法〕過渡性的；轉變的	the transitional government 過渡政府（指新政府產生前的臨時政府）
8882 □ **treble** [ˋtrɛbḷ]	形 ①三倍的 ②最高音部的 及物 使成為三倍 不及物 變三倍	sell for treble the price 以三倍的價格出售
8883 □ **unprepared** [ˏʌnprɪˋpɛrd]	形 即席的；無準備的	an unprepared performance 即席表演
8884 □ **addicted** [əˋdɪktɪd]	形〔補述用法〕（吸毒）上癮的；沉迷於某種嗜好的	be addicted to heroin 海洛因成癮
8885 □ **addictive** [əˋdɪktɪv]	形（藥物等）使人上癮的；會成習慣的	addictive personality 成癮人格
8886 □ **amiable** [ˋemɪəbḷ]	形 和藹可親的，友善的	an amiable woman 友善的女人
8887 □ **artful** [ˋɑrtfəl]	形〔多作限定用法〕詭計多端的；精巧的，有技巧的	an artful dodger 狡詐之徒
8888 □ **assertive** [əˋsɝtɪv]	形 果斷的，肯定的	in an assertive tone 用果斷的語氣

Word · 單字	Meaning · 字義	Usage · 用法
8889 □ **behavioral** [bɪˋhevjərəl]	形 行為的，與行為有關的	behavioral science 行為科學
8890 □ **carefree** [ˋkɛr͵fri]	形 無憂無慮的，無牽掛的	a carefree life 無憂無慮的生活
8891 □ **compassionate** [kəmˋpæʃənɪt]	形 有同情心的，憐憫的	compassionate leave〔英〕喪假
8892 □ **discreet** [dɪˋskrit]	形 小心謹慎的，考慮周到的	discreet inquiries 慎重的調查
8893 □ **faithless** [ˋfeθlɪs]	形 不忠實的；沒有信仰的；不可信賴的	*one's* faithless husband 某人不忠的丈夫
8894 □ **frivolous** [ˋfrɪvələs]	形 輕佻的；瑣碎的	a frivolous student 輕浮的學生
8895 □ **gifted** [ˋgɪftɪd]	形 有天賦才能的	a gifted baseball player 有天賦的棒球選手
8896 □ **immune** [ɪˋmjun]	形〔多作補述用法〕免疫的；免除的；不受影響的	be immune to... 對…免疫
8897 □ **imprudent** [ɪmˋprudənt]	形 輕率的，不謹慎的	It was imprudent of you to lend him money. 你借錢給他真是太輕率了。

Word · 單字	Meaning · 字義	Usage · 用法
8898 □ **inappropriate** [ˌɪnəˋproprɪɪt]	形（言詞等）不適當的；不相稱的	inappropriate behavior 不得體的行為
8899 □ **inborn** [ɪnˋbɔrn]	形〔多作限定用法〕天生的；先天的，遺傳的	an inborn talent 與生俱來的才能
8900 □ **inconclusive** [ˌɪnkənˋklusɪv]	形 不確定的；無結論的	an inconclusive discussion 沒有結果的討論
8901 □ **insincere** [ˌɪnsɪnˋsɪr]	形 不誠懇的，虛偽的	an insincere promise 無誠意的承諾
8902 □ **lavish** [ˋlævɪʃ]	形 慷慨的；過分豐富的；奢侈的 及物 慷慨地給予	a lavish gift 慷慨的禮物
8903 □ **lesbian** [ˋlɛzbɪən]	形 女同性戀的 名 女同性戀者	a lesbian magazine 女同性戀雜誌
8904 □ **martial** [ˋmarʃəl]	形〔多作限定用法〕好戰的；戰爭的；軍事的	martial arts 武術（如空手道、柔道、劍道等）
8905 □ **misguided** [mɪsˋgaɪdɪd]	形（人、行為等）被錯誤引導的，誤入歧途的	a misguided attempt 受到誤導的嘗試
8906 □ **perverse** [pɚˋvɝs]	形 乖張的，脾氣彆扭的；邪惡的；有悖常理的	take a perverse delight in... 從…獲得邪惡的樂趣

Word · 單字	Meaning · 字義	Usage · 用法
8907 □ **prone** [pron]	形〔多作補述用法〕有…的傾向（通常指不好的事）	She is prone to waking up late. 她總是晚起。
8908 □ **psychic** [ˋsaɪkɪk] ! 注意發音	形 靈魂的；通靈的；精神方面的	psychic power 通靈能力，特異功能
8909 □ **renewable** [rɪˋn(j)uəbl̩]	形（資源）可再生的；可恢復的；（契約等）可延長期限的	a renewable contract 可延長期限的合約
8910 □ **rigorous** [ˋrɪgərəs]	形 嚴格的；縝密的	a rigorous safety check 嚴格的安檢
8911 □ **skeptical** [ˋskɛptɪkl̩]	形 多疑的；(Skeptical) 懷疑論的	be skeptical about... 對…存疑
8912 □ **submissive** [səbˋmɪsɪv]	形 服從的，順從的	be submissive to *one's* parents 順從父母之意
8913 □ **suicidal** [ˏsuəˋsaɪdl̩]	形 自殺的；自殺性的；自取滅亡的	a suicidal tendency 自殺傾向
8914 □ **unconcerned** [ˏʌnkənˋsɝnd]	形 不關心的；不在意的；不相關的	He is unconcerned about the future. 他對未來漠不關心。
8915 □ **debatable** [dɪˋbetəbl̩]	形 有爭議的；值得商榷的	a debatable choice 待商榷的選擇

Word · 單字	Meaning · 字義	Usage · 用法
8916 □ **exempt** [ɪg`zɛmpt]	形〔補述用法〕（義務、責任等）免除的 及物 免除	The item is exempt from taxes. 這項物品免稅。

TOEIC part 7 常考！
Families with three children or more are exempt from this tax.
有三個以上小孩的家庭免繳此稅。

Word · 單字	Meaning · 字義	Usage · 用法
8917 □ **feudal** [`fjudḷ]	形 封建制度的；封建的；封地的	the feudal system 封建制度
8918 □ **illegitimate** [ˌɪlɪ`dʒɪtəmɪt]	形 非婚生的；違法的；（語句等）不合規則的 名 私生子	an illegitimate child 私生子
8919 □ **judiciary** [dʒu`dɪʃɪˌɛrɪ]	形 司法的 名 (the ...) 司法部；司法制度；〔集合名詞〕法官	the judiciary branch of the state government 州政府的司法部
8920 □ **lucrative** [`lukrətɪv]	形 賺錢的，可獲利的	a lucrative business 有賺頭的生意
8921 □ **materialistic** [məˌtɪrɪə`lɪstɪk]	形 唯物論的，唯物主義的	materialistic ideology 唯物論的意識型態
8922 □ **multinational** [ˌmʌltɪ`næʃənḷ]	形 跨國企業的；多國的 名 跨國公司	a multinational force 多國聯軍
8923 □ **negotiable** [nɪ`goʃɪəbḷ]	形〔多作補述用法〕可協商的；（票據等）可轉讓的；（橋等）可通行的	At this point, everything is negotiable. 關於這一點，一切都可以商量。

MP3 140

Word · 單字	Meaning · 字義	Usage · 用法
8924 □ **operative** [ˋapərətɪv]	形 運轉的；發生效力的；最重要的；手術的 名 技工；私家偵探	the operative word 關鍵字
8925 □ **receivable** [rɪˋsivəbḷ]	形 可接受的；(帳款等) 應收的；可信的 名 (receivables) 應收帳款	accounts receivable 應收帳款
8926 □ **repressive** [rɪˋprɛsɪv]	形 鎮壓的；(情感) 壓抑的	a repressive regime 高壓政權
8927 □ **rogue** [rog]	形〔限定用法〕(動物) 離群的；破壞性的 名 流氓；淘氣鬼	a rogue state 流氓國家
8928 □ **sociological** [͵soʃɪəˋlɑʤɪkḷ]	形〔限定用法〕社會學上的；社會學的	a sociological theory 社會學理論
8929 □ **speculative** [ˋspɛkjə͵letɪv]	形 思索的；冒險性的，投機的	a speculative venture 投機性事業
8930 □ **taboo** [təˋbu]	形 禁忌的 名 禁止，禁忌；禁忌語	taboo words 禁忌語
8931 □ **tyrannical** [tɪˋrænɪkḷ, taɪ-]	形 專制的；暴君的；殘暴的	a tyrannical leader 殘暴的領導人
8932 □ **unsold** [ʌnˋsold]	形 未出售的，賣剩的	unsold goods 未售出的商品

Word · 單字	Meaning · 字義	Usage · 用法
8933 □ **vocational** [voˋkeʃənl̩]	形〔多作限定用法〕職業的；就職指導的	a vocational school 職業學校
8934 □ **aquatic** [əˋkwatɪk, əˋkwæt-]	形〔限定用法〕水生的，水棲的；水上的	an aquatic plant 水生植物
8935 □ **celestial** [sɪˋlɛstʃəl]	形〔多作限定用法〕天空的，天的；天體的；神聖的	a celestial globe 星象儀，渾天儀
8936 □ **cosmic** [ˋkazmɪk] ! 注意發音	形〔多作限定用法〕宇宙的；外太空的；廣大無邊的	a cosmic rocket 宇宙火箭
8937 □ **evergreen** [ˋɛvɚˏgrin]	形〔多作限定用法〕常綠的 名 常綠植物	an evergreen tree 常綠樹
8938 □ **freezing** [ˋfrizɪŋ]	形 凍得刺骨的，嚴寒的 名 結冰，冷凍	a freezing night 嚴寒的夜晚
8939 □ **astronomical** [ˏæstrəˋnamɪkl̩]	形（數字、距離等）極巨大的；天文學的；天文的	an astronomical price 天價
8940 □ **bizarre** [bɪˋzar]	形 奇特的，怪異的	a bizarre behavior 奇怪的行為
8941 □ **bottomless** [ˋbatəmlɪs]	形 深不可測的；深奧難解的；無限的	a bottomless well 無底深井

Word · 單字	Meaning · 字義	Usage · 用法
8942 □ **burdensome** [ˋbɝdn̩səm]	形 沉重的，難以負擔的	a burdensome task 負擔沉重的工作
8943 □ **comprehensible** [ˌkɑmprɪˋhɛnsəbl̩]	形〔多作補述用法〕可理解的，能懂的	The movie was barely comprehensible to me. 我幾乎看不懂這部電影。
8944 □ **congenial** [kənˋdʒinjəl]	形 適宜的；同性質的，志趣相投的；友善的	a congenial friend 好相處的朋友 a friend congenial to me 和我志趣相投的朋友
8945 □ **disruptive** [dɪsˋrʌptɪv]	形 破壞性的；因分裂而產生的；分裂性的	a disruptive influence 破壞性的影響
8946 □ **effortless** [ˋɛfɚtlɪs]	形 不費力的，容易的	effortless work 不費力的工作
8947 □ **elemental** [ˌɛləˋmɛntl̩]	形 基本的；本質的；〔化學〕元素的	elemental needs 基本的需要
8948 □ **eventful** [ɪˋvɛntfəl]	形 多變故的；經歷豐富的	an eventful year 多事之秋
8949 □ **exceeding** [ɪkˋsidɪŋ]	形 過度的；非常的	exceeding expectations 過度的期待
8950 □ **fabulous** [ˋfæbjələs]	形 難以置信的；〔口〕絕妙的；傳說的	a fabulous price 過高的價格

Word · 單字	Meaning · 字義	Usage · 用法
8951 □ **forcible** [ˋforsəbl̩]	形〔多作限定用法〕強迫的，強制的；強有力的	a forcible blow 用力的一擊
8952 □ **frugal** [ˋfrugl̩]	形 節儉的；（飲食等）花錢少的；樸素的	a frugal life 節儉的生活
8953 □ **futile** [ˋfjutl̩, ˋfjutaɪl]	形 徒勞的；瑣碎的	a futile attempt 徒勞的嘗試
8954 □ **generic** [dʒɪˋnɛrɪk]	形〔限定用法〕普通的；〔文法〕通稱的；無註冊商標的；〔生物〕屬的	a generic drug 普通藥
8955 □ **hazardous** [ˋhæzɚdəs]	形 有危險的；冒險的	hazardous waste 有害廢棄物

↑ **TOEIC** part 5, 6 常考！

City authorities require that hazardous waste be stored in sealed containers.
市政機關要求有害廢棄物必須貯存在密封的容器內。

Word · 單字	Meaning · 字義	Usage · 用法
8956 □ **hectic** [ˋhɛktɪk]	形 非常忙碌的；興奮的；發燒的	a hectic week 忙亂的一週
8957 □ **impotent** [ˋɪmpətənt]	形 無能為力的；虛弱的；〔醫學〕性無能的	The UN is impotent to deal with Iraq. 聯合國無力處理伊拉克的問題。
8958 □ **inconceivable** [ˌɪnkənˋsivəbl̩]	形〔口〕難以相信的；想像不到的	an inconceivable accident 令人無法置信的事故

MP3 142

Word · 單字	Meaning · 字義	Usage · 用法
8959 □ **inescapable** [ˌɪnəˋskepəbl̩]	形 不可避免的，逃不掉的	an inescapable truth 無法逃避的事實
8960 □ **infrequent** [ɪnˋfrikwənt]	形 罕見的，不頻繁的	an infrequent phenomenon 罕見現象
8961 □ **irresistible** [ˌɪrɪˋzɪstəbl̩]	形 無法抵抗的；富有誘惑力的；（感情等）不能抑制的	an irresistible force 不可抗力
8962 □ **lukewarm** [ˋlukˋwɔrm]	形 不冷不熱的，微溫的；冷淡的	a lukewarm greeting 冷淡的問候
8963 □ **meager** [ˋmigɚ]	形 貧乏的；粗劣的；瘦弱的；不毛的	a meager meal 粗茶淡飯
8964 □ **mediocre** [ˋmidɪˌokɚ]	形 二流的；平庸的	a mediocre cook 很普通的廚師
8965 □ **noteworthy** [ˋnotˌwɝðɪ]	形 值得注意的，顯著的	a noteworthy actor 值得注意的演員
8966 □ **obligatory** [əˋblɪgəˌtorɪ]	形 義務的，強制性的；（科目等）必修的	an obligatory subject 必修科目
8967 □ **obsolete** [ˋɑbsəˌlit]	形 作廢的；陳舊的，過時的	an obsolete idea 過時的想法

Word · 單字	Meaning · 字義	Usage · 用法
8968 ☐ **outrageous** [aʊtˋredʒəs]	形 令人無法容忍的；無法無天的，極無禮的；殘暴的	an outrageous character 無法無天的性格

↑ TOEIC part 2, 3 常考！
I believe the price he charged is outrageous.
我覺得他的收費貴得出奇。

Word · 單字	Meaning · 字義	Usage · 用法
8969 ☐ **overt** [oˋvɜt]	形〔多作限定用法〕明顯的，公然的	overt sexism 明顯的性別歧視
8970 ☐ **passable** [ˋpæsəbl̩]	形 過得去的，尚可的；（道路等）尚可通行的	speak passable English 說一口尚可的英文
8971 ☐ **pointless** [ˋpɔɪntlɪs]	形 無意義的；鈍的；（在競賽中）沒有得分的	a pointless activity 無意義的活動
8972 ☐ **potent** [ˋpotənt]	形 有說服力的；有權勢的；（藥物等）有效的	a potent argument 有說服力的論據
8973 ☐ **readable** [ˋridəbl̩]	形 易讀的，讀起來有趣的；（字體、印刷等）清晰易讀的	a readable book 值得一讀的書
8974 ☐ **righteous** [ˋraɪtʃəs]	形 正義的；正當的；廉直的	a righteous anger 義憤
8975 ☐ **robust** [roˋbʌst]	形 健壯的；不屈不撓的；需要體力的；粗野的	a robust man 健壯的男人

MP3 143

Word · 單字	Meaning · 字義	Usage · 用法
8976 □ **sustainable** [sə`stenəbl̩]	形 可持續的；(資源等) 可持續使用而不破壞環境的	sustainable development 永續發展
8977 □ **tangible** [`tænʤəbl̩]	形 有實體的，有形的，可觸知的；明確的	tangible evidence 具體證據，明確的事證
8978 □ **tentative** [`tɛntətɪv]	形 試驗性的，暫行的；猶豫不決的	a tentative plan 暫時性計畫
8979 □ **undeniable** [ˏʌndɪ`naɪəbl̩]	形 無可否認的；無可挑剔的，確實好的	It is undeniable that he is an able man. 他是個有能力的人，這點毋庸置疑。
8980 □ **workable** [`wɝkəbl̩]	形 可實行的；可加工的；(機器等) 能運轉的	a workable plan 可行的計畫

副詞

位置．場所

Word · 單字	Meaning · 字義	Usage · 用法
8981 □ **afar** [ə`fɑr]	副 在遠方；從遠方	come from afar 來自遠方
8982 □ **aloof** [ə`luf]	副 遠離；冷漠超然地 形 遠離的；冷淡的	stand aloof from... 站在離…很遠的地方
8983 □ **astray** [ə`stre]	副 迷路；入歧途 形〔補述用法〕迷途的；誤入歧途的	go astray 誤入歧途

Word・單字	Meaning・字義	Usage・用法
8984 □ **conversely** [kən`vɜslɪ]	副 逆，相反地	He is active; conversely, his brother is passive. 他很主動；相反地，他弟弟卻很被動。
8985 □ **squarely** [`skwɛrlɪ]	副 正對著；筆直地；直截了當地；公正地	stand squarely 筆直地站著
8986 □ **anytime** [`ɛnɪˌtaɪm]	副 無論何時	Ask me anytime. 任何時候都可以問我。
8987 □ **indefinitely** [ɪn`dɛfənɪtlɪ]	副 無限期地；不明確地	The publication was suspended indefinitely. 出版計畫無限期延期。
8988 □ **gaily** [`gelɪ]	副 興高采烈地；華麗地	sing gaily 歡樂地唱歌
8989 □ **idly** [`aɪdlɪ]	副 懶散地，無所事事地	sit idly 無所事事地坐著
8990 □ **principally** [`prɪnsəpəlɪ]	副 主要地	The money was principally used as investment. 錢主要用於投資。
8991 □ **respectfully** [rɪ`spɛktfəlɪ]	副 恭敬地	Respectfully yours, / Yours respectfully, 敬上（用於對長輩的書信結尾）
8992 □ **whatsoever** [ˌ(h)watso`ɛvɚ]	副 無論什麼，任何，絲毫（用於名詞詞組之後，強調否定陳述）	I know nothing whatsoever about the country. 我對這個國家一無所知。

時間・頻率

程度

Level 9 Word List

MP3 144

其他

Word · 單字	Meaning · 字義	Usage · 用法
8993 □ **alternately** [ˋɔltɚnɪtlɪ]	副 交替地，輪流地	We used the computer alternately. 我們輪流使用電腦。
8994 □ **apiece** [əˋpis]	副 每；每個；每人	The notebooks cost 200 yen apiece. 筆記本每本是 200 日圓。
8995 □ **thereby** [ðɛrˋbaɪ]	副 與那個相關連，從而	Thereby hangs a tale. 其中大有文章。/ 說來話長。
8996 □ **variously** [ˋvɛrɪəslɪ]	副 各種各樣地	change variously 變化成各種樣子
8997 □ **whereby** [(h)wɛrˋbaɪ]	副〔關係副詞〕憑藉；〔疑問副詞〕靠什麼	Art is one of the means whereby people can find the joy in life. 藝術是人們在生活中找尋喜悅的方法之一。

代名詞

Word · 單字	Meaning · 字義	Usage · 用法
8998 □ **thou** [ðaʊ]	代〔第二人稱單數代名詞主格〕汝，爾 複數 you, ye	Thou shalt not steal. 汝不可偷竊。
8999 □ **ye** [ji]	代〔第二人稱複數代名詞主格〕汝等，爾輩	Do what ye will. 照汝等之意進行。

感嘆詞

Word・單字	Meaning・字義	Usage・用法
9000 □ **ha** [hɑ]	嘆〔表驚訝、懷疑、歡樂、惱怒等〕哈	Ha! He made a mistake again. 哈！他又犯錯了。

1

下面是一篇英文新聞・雜誌的報導，包含 Level 9 所介紹的單字（請見紅色字）。閱讀時請確實弄清楚紅色字的用法。

Helmut Bern's Work is "It"

1) Photographer Helmut Bern's most recent show, simply entitled "It," may not **captivate** [8459] the most **cynical** [8463] of museum patrons, but Bern's work remains surprisingly **lifelike** [8846] and its simplicity can be **deceptive** [8252].

2) Bern's photos—most of simple household objects like scissors, **shoelaces** [8767], even **toothpicks** [8180]—could be described as **frugal** [8952], but each is **manipulated** [8331] with **painstaking** [8008] care. 3) There is an **inescapable** [8959] **ingenuity** [8566] in his ability to make these photos **mimic** [8129] casual snapshots. 4) Bern is a **devotee** [8733] of pure composition, and the **jigsaw** [8428] puzzle of how each object fits into the photo may challenge the viewer's **complacent** [8809] ideas about everyday objects.

5) His images are **devoid** [8837] of flair, but also devoid of **flaws** [8641] in composition. 6) Bern purposely pins his photo to the gallery wall with everyday tacks in order to **devalue** [8274] the idea of "artwork" and **intrigue** [8482] viewers with the images themselves.

活用神奇記憶板！ 用紅板子遮住英文後，Level 9 所介紹的單字會消失，這時請利用中文翻譯複習單字。用紅板子遮住中文翻譯後，紅色單字的中文字義會消失，這時請對照英文做複習。

黑姆特・伯恩的作品「It」

1) 攝影家黑姆特・伯恩最近的展覽名稱就叫作「It」。這項展覽可能無法深深吸引常去美術館參觀者中最憤世嫉俗的一群，但是伯恩的作品仍然出乎意料地逼真，而作品的單純卻可能只是個假象。

2) 伯恩的照片——大部分都是簡單的家用物品，例如剪刀、鞋帶，甚至是牙籤——可以稱之為樸素，但其實每張照片都是經過嘔心瀝血、巧妙的處理。3) 他的作品脫離不了他巧妙設計的能力，讓這些照片都酷似隨意拍出來的快照。4) 伯恩是純粹構圖法的忠誠信徒。每個物件如何融入照片的拼圖，在在挑戰了參觀者對於日常生活用品自我滿意度的看法。

5) 他的作品缺乏優雅，但也全無構圖上的瑕疵。6) 伯恩刻意用日常生活中的大頭針將他的照片釘在美術館的牆壁上，以貶低「藝術品」的價值，並用來引起參觀者對影像本身的興趣。

2

下面是一篇英文新聞・雜誌的報導，包含 Level 9 所介紹的單字（請見紅色字）。閱讀時請確實弄清楚紅色字的用法。

Radiation Leak Results in Evacuation

1) Two hundred workers were treated for exposure to **radioactive** (8852) elements **midweek** (8718), when an accident occurred at a **uranium** (8674) processing facility in **southeastern** (8790) Ontario. 2) The **ore** (8015) refining facility has ruled out **malicious** (8099) intent, stating the accident was due to human error. 3) According to clean-up crews, any immediate threat has been **neutralized** (8047).

4) Following security **protocols** (8660), the local government **opted** (8353) for the **evacuation** (8610) of residents within a two-mile **radius** (8704) of the plant. 5) Such an evacuation is **unprecedented** (8080), and **unleashed** (8446) a **torrent** (8671) of **condemnation** (8040) from residents as they **reluctantly** (8362) left their homes.

6) "I just don't see how this kind of thing is **justifiable** (8401)," said one local man. 7) "That plant was **unwelcome** (8830) when it arrived, and it's even more unwelcome now."

8) The incident **infuriated** (8313) environmentalists, but officials seemed **unconcerned** (8914) about risks to the surrounding countryside, the **severity** (8707) of the accident has not yet been fully **verified** (8452).

活用神奇記憶板！ 用紅板子遮住英文後，Level 9 所介紹的單字會消失，這時請利用中文翻譯複習單字。用紅板子遮住中文翻譯後，紅色單字的中文字義會消失，這時請對照英文做複習。

輻射外洩導致的疏散事件

1) 週三安大略省東南方的鈾處理場發生事故，有兩百名工人因接觸到放射性元素而接受治療。2) 該煉礦場排除了惡意目的，說明該起事故是人為錯誤所造成的。3) 根據清理人員的說法，所有立即的威脅皆已解除。

4) 遵照安全協議的指示，當地政府決定疏散工廠周遭半徑兩英里內的居民。5) 此一疏散行動是史無前例的，也引發了居民連番的譴責，因為他們不願意遠離家園。

6)「我就是認為這樣不合理，」當地一位男性說。7)「那間工廠出現在這裡時並不受到歡迎，現在更不受歡迎了。」

8) 這起事件激怒了環保人士，但政府官員似乎不關心這對附近鄉村地區所造成的危險，而事故的嚴重性也尚未完全獲得確認。

3

下面是一篇英文新聞・雜誌的報導，包含 Level 9 所介紹的單字（請見紅色字）。閱讀時請確實弄清楚紅色字的用法。

Celebrations a First for Papalu

1) The small nation of Papalu declared its first public holiday as it **commemorated** [8248] the eight-year rule of King Tuvak II. 2) The celebrations are the first of their kind, following the successful completion of the country's first democratic election. 3) The election and brand new **legislature** [8162] were welcomed as **milestones** [8656] marking the end of a **lengthy** [8489] civil war which has **ravaged** [8378] the tiny nation since the 1980s.

4) Newly elected prime minister, Thomas Urul, spoke to the crowd. 5) "Our country has been affected by **anarchy** [8410] and **adversity** [8431] in the past, but our **bondage** [8601] is over! 6) The people have shown their **willingness** [8543] to **modernize** [8042], and the **grandeur** [8242] of this celebration will **attest** [8090] to our **patriotism** [8127]."

7) The king is considered the direct descendent of Papalu's **discoverer** [8148], and is credited with lowering **illiteracy** [8565] among the people. 8) A statue of Tuvak II was **unveiled** [8149] in a public square.

活用神奇記憶板！ 用紅板子遮住英文後，Level 9 所介紹的單字會消失，這時請利用中文翻譯複習單字。用紅板子遮住中文翻譯後，紅色單字的中文字義會消失，這時請對照英文做複習。

帕帕魯國*的首個節日

1) 小國帕帕魯公布了第一個國定假日，用以紀念土瓦克二世國王在位八年的統治。2) 這是繼帕帕魯國成功完成國家首次民主選舉後的第一個節日。3) 選舉及新議會被視為是劃時代的事件，標誌著漫長內戰的結束。該內戰自 1980 年代開始就一直摧殘著這個小國。

4) 新選出來的首相湯瑪斯·烏魯爾向群眾發表了演說。5)「雖然過去我們國家受到無政府狀態和厄運的作弄，但是現在束縛已經解除了！6) 人民已然展現出願意接受現代化的態度，而這個莊嚴的節日將會證明我們的愛國心。」

7) 國王被認為是帕帕魯發現者的嫡系子孫，而且有降低人民不識字比例的功績。8) 土瓦克二世國王的雕像在一座公共廣場上揭幕。

＊虛構的國家名稱

4

下面是一篇英文新聞．雜誌的報導，包含 Level 9 所介紹的單字（請見紅色字）。閱讀時請確實弄清楚紅色字的用法。

Food Chains Facing Mistrust

(1) Experts in a **southwestern** (8791) university say the most recent outbreak of food poisoning is threatening to **taint** (8078) the entire food industry. (2) Fast food is a **trillion** (8709)-dollar industry, but the frequent **recurrences** (8523) of illness among consumers, coupled with recent investigations into restaurant **cleanliness** (8603), have **incurred** (8039) **undeniable** (8979) **skepticism** (8576) in the market, which is **reddening** (8068) the faces of major food chains everywhere.

(3) Researchers at Bondhead University conducted a **specialized** (8859) consumer study of attitudes toward outbreaks such as e-coli. (4) It **validated** (8086) their claims that, among the many other industry **setbacks** (8624), people are now **skeptical** (8911) about more than just meat.

(5) "People know it's not just the **sardines** (8075) they need to worry about; it's the spinach too. (6) And it can happen anywhere, **anytime** (8986)," said Harold Crank, a senior researcher. (7) "This should be a flashing red light for the food industry. (8) They're in a **precarious** (8851) position, and the **mistrust** (8536) of the public is growing."

活用神奇記憶板！ 用紅板子遮住英文後，Level 9 所介紹的單字會消失，這時請利用中文翻譯複習單字。用紅板子遮住中文翻譯後，紅色單字的中文字義會消失，這時請對照英文做複習。

食物連鎖店面臨不信任危機

[1] 西南部一所大學的專家指出，近來爆發的食物中毒事件將毀了整個食品工業的名聲。[2] 速食是高達一兆美元的產業，但由於一再發生消費者生病的案例，再加上最近對餐廳所做的清潔度檢查，不可否認地，已經引發市場的懷疑，這讓各地主要食品連鎖業者覺得丟臉。

[3] 龐黑德大學研究人員針對消費者對於像大腸桿菌等事件爆發的態度，做了專門的研究。[4] 這證實了他們的看法，就是在業界發生了許多其他的失誤後，民眾現在對於肉類以外的食物也會產生懷疑。

[5]「大家知道該擔心的不只是沙丁魚而已，菠菜也要擔心。[6] 而這隨地、隨時都有可能會發生，」資深研究員哈洛德．克蘭克說。[7] 這對食品工業來說應該是個閃紅燈的警訊。[8] 他們立於危險的處境中，而大眾對他們的不信任感也在增加中。」

5

下面是一篇英文新聞．雜誌的報導，包含 Level 9 所介紹的單字（請見紅色字）。閱讀時請確實弄清楚紅色字的用法。

Animal Smugglers Captured

1) Customs officials were **speechless**[8824] Monday morning when a Colombian ship suspected of containing **cocaine**[8268] turned out to be part of an exotic animal smuggling ring. 2) The **seizure**[8666] included 40 live macaws, the eggs of 50 other rare tropical birds, 11 endangered lizards, and two leopard-cat kittens.

3) A spokesperson for US Customs said that the animals were in poor health—some suffering with serious **ailments**[8083] due to the poor **hygiene**[8474] onboard.

4) The ship's crew is being **interrogated**[8121] about the **bizarre**[8940] cargo's final destination, while authorities attempt to **retrace**[8189] the ship's path. 5) A smaller boat spotted near the Florida **coastline**[8582] is suspected to be in **collaboration**[8548] with the smugglers, but has so far **evaded**[8307] capture.

6) **Environmentalists**[8217] said several of the species are close to **extinction**[8367], and said the eggs may have sold for up to $2,000 **apiece**[8994]. 7) They would have been sold on the black market to private **breeders**[8411] and collectors.

活用神奇記憶板！ 用紅板子遮住英文後，Level 9 所介紹的單字會消失，這時請利用中文翻譯複習單字。用紅板子遮住中文翻譯後，紅色單字的中文字義會消失，這時請對照英文做複習。

動物走私者被捕

[1] 星期一上午，一艘疑似挾帶古柯鹼的哥倫比亞籍船隻，證實是外國動物走私組織的一環，這讓海關人員說不出話來。[2] 查獲的物品包括 40 隻活體金剛鸚鵡，50 顆其他稀有熱帶鳥類的蛋，11 隻瀕臨絕種的蜥蜴，以及兩隻豹貓的幼貓。

[3] 一名美國海關的發言人指出，這些動物的健康狀況不佳——有些因為船上的衛生狀況不佳而罹患嚴重的疾病。

[4] 所有的船員正在接受訊問，以釐清這些珍奇貨品的最終目的地為何，而有關當局則試圖追查這艘船的航路。[5] 一艘在佛羅里達州海岸線附近發現的小船，被懷疑與這些走私者共謀，但是目前已經逃避了追緝。

[6] 環保人士說其中有幾種動物已瀕臨絕種，而這些鳥蛋每顆的售價可高達 2000 美元。[7] 這些蛋很可能會在黑市銷售，賣給私人飼主與收藏家。

Index

單字編號索引

F

G

H

I

J

K

N

O

P

Q

R

S

U

Y

Z

Memo

Memo

究極英單12000

Classified Ad

黃玟君的觀念英文閱讀：從看懂句子開始

作者：黃玟君

定價：250 元

文章看不懂、閱讀速度慢、句子看了後面卻忘了前面？針對有以上閱讀困擾的讀者，本書提出一條一生必學的文法觀念——「一個句子只有一個主詞、一個動詞」。只要把握這個觀念，不僅再複雜的句子都看得懂，還能進一步掌握段落、甚至整篇文章的大意！

新聞英文閱讀與翻譯技巧

作者：廖柏森

定價：350 元

在同類書籍中，唯一著重「英文新聞文體特色」及「閱讀翻譯技巧分析」兩大重點！廖柏森博士以他曾在《遠東經濟評論》、非凡電視台、《經濟日報》等擔任新聞編譯的實務經驗，結合英語教學的專長，編著了這本坊間少數經由透析文體原理，來培養新聞英文應用能力的專書。

讀出好英文：用美國中學課本學閱讀

MP3

作者：林功

定價：350 元

大量閱讀，是增進英文能力的最佳方法！本書從美國中學課本取材，文章內容涵蓋數理文史，讀者在做主題性閱讀時，廣泛接觸日常、課堂使用詞彙，無形中內化成自然語法，豐富相關背景知識，英文也可以和美國學生一樣好！適合各種英文能力檢定的準備教材。

讀出好英文 2：用美國中學課本學進階閱讀

MP3

作者：林功

定價：380 元

大量閱讀，是增進英文能力的最佳方法！本書延續第一集的概念，從美國中學課本取材，收錄 25 篇有關歷史、社會、政治、經濟、環境、數學六大主題的文章，涵蓋美國史上重大的政經事件，了解這些重要「背景知識」，對日後閱讀其他相關文章時會有極大幫助。

國家圖書館出版品預行編目（CIP）資料

究極英單 12000 ③ 高階字彙 / 株式会社アルク編；游懿萱譯 .
-- 初版 . -- 臺北市：眾文圖書 , 2012.06. 面；公分
ISBN 978-957-532-417-9（平裝附光碟片） 1. 英語 2. 詞彙
805.12 100023701

SE046

究極英單 12000 ③ 高階字彙

定價 400 元
2015 年 3 月 初版 4 刷

作者	株式会社アルク
譯者	游懿萱
責任編輯	黃琬婷
主編	陳瑠琍
副主編	黃炯睿
資深編輯	黃琬婷・蔡易伶
美術設計	嚴國綸
行銷企劃	李皖萍・莊佳樺
發行人	黃建和
發行所	眾文圖書股份有限公司 台北市 10088 羅斯福路三段 100 號 12 樓之 2
網路書店	www.jwbooks.com.tw
電話	02-2311-8168
傳真	02-2311-9683
郵撥帳號	01048805

ISBN 978-957-532-417-9 Printed in Taiwan